KB262212

작야우昨夜雨

작야우昨夜雨 1

초판 1쇄 찍은 날 § 2008년 11월 10일
초판 1쇄 펴낸 날 § 2008년 11월 20일

지은이 § 이정숙
펴낸이 § 서경석

편집장 § 문혜영
편집책임 § 이종민
편집 § 조수희

펴낸곳 § 도서출판 청어람
등록번호 § 제1081-1-89호
등록일자 § 1999. 5. 31
어람번호 § 제5-0215호

주소 § 경기도 부천시 원미구 심곡동 163-2 서경B/D 3F (우) 420-010
전화 § 032-656-4452 팩스 § 032-656-4453
http://www.chungeoram.com
E-mail § eoram99@chollian.net

ⓒ 이정숙, 2008

ISBN 978-89-251-1548-1 04810
ISBN 978-89-251-1547-4 (SET)

작야우

昨夜雨

1

어젯밤에 내린 비 昨夜雨

• 이정숙 지음 •

도서출판 청어람

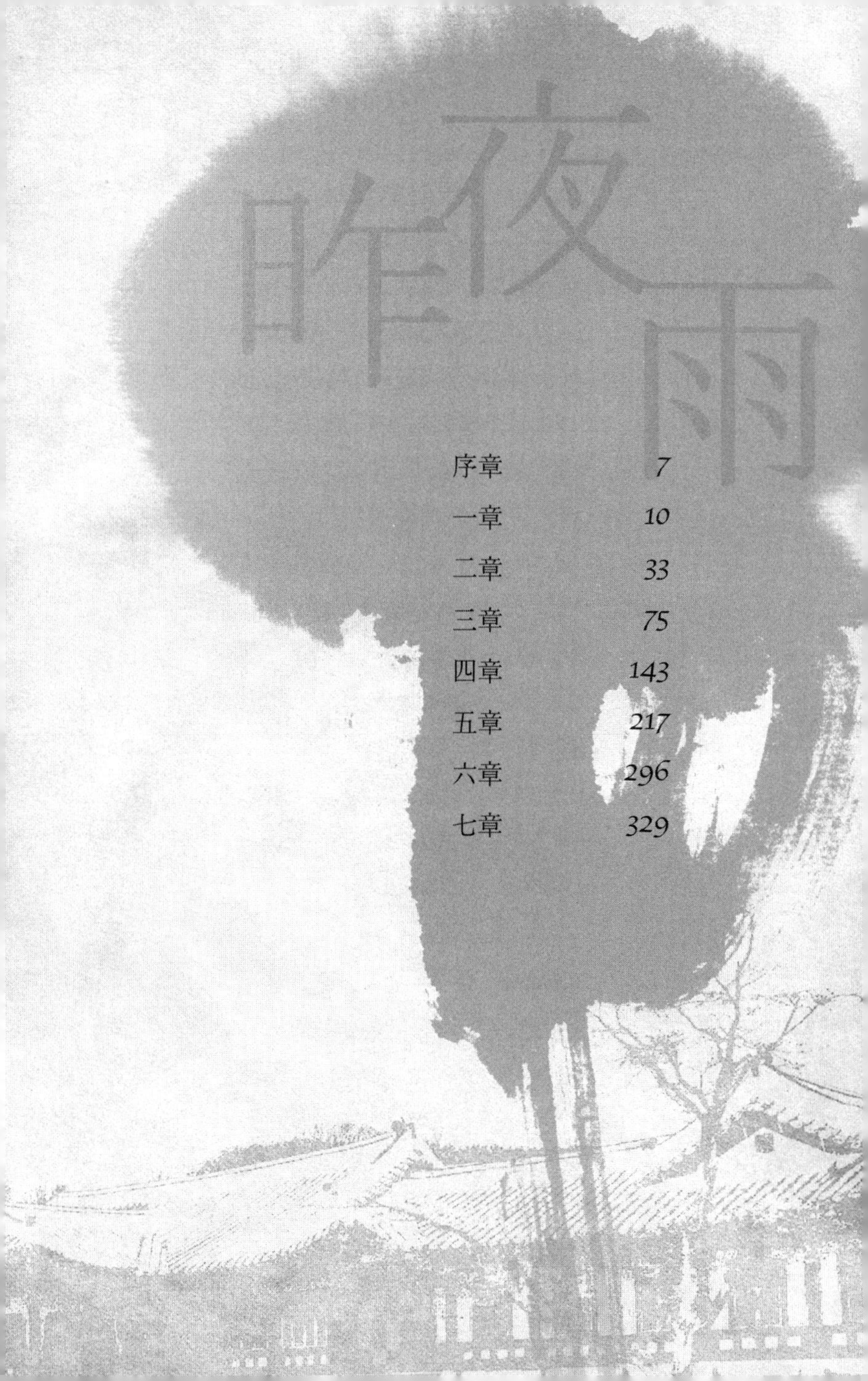

昨夜雨

생애 처음 만난 여인을 생애 처음 연모하게 되었다.

생애 처음 만나 생애 처음 연모하게 된 여인은 단 한 번도 그에게 미소를 주지 않았다. 생각해 보니 자신에게 보내진 미소가 단 한 자락도 없었다. 그런데도 어떻게 그토록 마음이 갈 수 있었을까. 어떻게 그토록, 그녀를 보는 것 자체로도 그리 웅성거릴 수 있었을까. 단 한 번도 보지 못한 그녀의 미소이나 너무나 선명하게 가슴에 박혀 있는 걸 보니, 연모의 정이란 건 온통 환영인 듯. 그 여인을 목숨보다 소중하게 생각한 그 모든 감정도, 절절한 그리움도, 죽을 것 같던 고통도 모두가 다 환영이었던 듯.

처음부터 떠나려고 눈앞에 나타난 여인은, 마지막까지 그의 손길을 거부하고서 그 고운 뺨에 눈물만을 적신 채 완전히 돌아서고 말았다. 이 사내의 비참함 따위, 이 사내의 참담함 따위 그녀는 처음부터 돌아봐 준 적이 없으니, 이렇게 멋대로 가버려도 이 사내는 괜찮을 거라고. 오히려 이 사내 때문에 죽은 거라 각인시키며, 그녀는 이렇게 조롱하듯 쉽게 떠나 버린 것인가.

그대를 잃어도 나는 아무렇지도 않다. 그대란 사람, 늘 외면만 주었으니 죽었다고 해도 나는 차라리 웃어 보일 수 있다. 나는 절대 참담하지 않다. 비참하지 않다. 괴롭지도 쓰리지도 않다. 그대가 곱다 생각한 일 따위 한 번도 없었다. 그대를 은애한 그런 마음 따위, 절대 가진 일이 없다.

미워한다. 오로지 절망한다. 그립지도 않다. 아프지 않다. 슬픔 따위 더더욱 있을 리가 없다.

휴의 텅 빈 시선은 타버린 별채 앞에서 움직일 줄을 몰랐다. 절망을 넘어선 허무가 그를 오히려 웃게 하고 있었다. 하하…… 하하하…… 광증에 걸린 사람처럼 그는 타 들어가는 전각 앞에서 천천히 고개를 숙였다. 눈물도 흐르지 않는 참담함에, 더 이상 쥐어뜯지도 못할 정도로 지친 피로에, 눈앞의 현실을 두고서도 차마 믿지 못하는 이 비참함에 사지가 썩어 들어가고 있었다.

오로지 지쳐 가고 있을 뿐이었다. 그대가 사라질 때 이 심장까지 함께 덜어간 겁니까. 적어도, 괴로워라도 하도록 두고 가지 그랬습니까. 이 사내는 그대를 잃은 슬픔조차도 갖지 말아야 한다는 것입니까. 그것조차 이 사내에게는 허락하고 싶지 않았습니까.

"사실입니까……."

낮은 소리가 천천히 흘러나왔다.

"내가 그리도 미워서…… 죽어가고 있을 때 웃고 계시지나 않으셨습니까. 드디어 이 사내를 벗어날 수 있다고…… 오히려 행복하셨습니까."

이미 형체도 남지 않을 정도로 불길이 먹어 치워 버린 붉고 검은 잿더미가, 숯덩이가 그를 비웃듯 공격하고 있었다.

"아니요. 그대가 죽었을 리 없습니다. 그대의 모든 것을 파괴시키고, 그리도 괴롭게 한 이 잔인한 사내를 살려두고 그대가 그리 쉽게 죽겠습니까. 복수도 하지 않고서, 그대가 죽었을 리가 없지요."

허허로운 웃음소리가 나무가 탁탁 타오르는 소리에 섞여 들었다. 똑바로 눈을 들어 전소된 별채를 노려보았다.

"나는, 그대를 찾아냅니다. 뼈 한 조각이라도 찾아내 그 뼈에 다시 칼을 꽂겠습니다. 이것이 복수입니다. 이것이 진정한 복수란 말입니다!"

참지 못한 분노가 검(檢)에 고스란히 묻어 잿더미를 관통해 날아가 정중앙에 꽂혀 진동했다.

"으아아아!"

품 안에 담겨 있던 꽃 한 송이를 잃은 것으로 하늘도, 땅도, 그 자신마저도 모두 잃어버린 사내의 참담한 비명 소리가 하늘을 울렸다.

一 章

홍무(洪武)국 496년, 묘통사(妙通寺) 인근의 산기슭은 말발굽 달리는 소리로 요란했다. 선두를 달리는 청년은 금색 꽃이 장식된 첨두철발혈(尖頭鐵鉢型) 투구와 화려한 갑주로 그 기상이 남달랐다.

바람을 가르며 달리는 얼굴은 관옥처럼 아름다웠고 근육이 발달한 어깨와 팔은 건장하면서도 날랬으며 등은 곧게 뻗어 마상에 앉은 모습이 더없이 용맹스러웠다. 청년의 활시위 끝은 노루 떼를 겨냥하고 있었다. 싸리나무 살대에 학의 깃, 순록의 뿔로 깍지[哨]를 만든 청년의 활과 화살은 단단하면서도 유연하게 방향 전환을 했다.

활과 화살을 쥐고 또 하나의 화살은 허리에 꽂은 채 시위를 당기려는 찰나, 하필이면 눈앞에 얼음이 언 큰 연못이 나타났다. 노루 떼가 연못을 가로질러 도망가자 청년의 수려한 얼굴에 잠시 난감한 기색이 돌았다. 그러나 청년은 이내 말고삐를 힘껏 당겨 그대로 속도를 높여 연못가를 돌아 노루를 쫓았다. 그리고 달리는 노루를 향해 시위를 힘껏 당기자, 공기에 부딪혀 우는 소리를 내며 날아간 화살이 정확히 첫 번째 노루를 명중시켰다. 찰나를 두지 않고 이어진 화살도 연이어 다른 노루들을 명중시켰다. 노루들이 둔탁한 소리를 내며 쓰러질 때마다 구경하고 있던 휘하의 군졸들이 환호성을 지르며 기뻐했다.

곧 군졸들은 청년의 성공에 힘입어, 달아난 나머지의 노루 떼를 뒤쫓았다. 그러나 말발굽 소리도 요란하게 뛰어간 보람도 없이 쓰러진 나뭇등걸에 가로막혀 나무 밑으로 빠져 달아나는 노루들을 손 놓고 지켜볼 수밖에 없었다. 그때 황망하여 그 자리에 멈춰 선 군졸들의 뒤로 어느새 청년이 따라붙었다.

"비켜라."

언제 온 건지 등 뒤로 바짝 달라붙은 청년이 말은 그대로 나무 밑으로 통과시키고 자신은 몸을 날려 나무 위로 훌쩍 뛰어넘었다. 한 마리 비호처럼 나뭇등걸을 넘어간 날렵한 몸은 정확히 착지해 다시 말을 잡아타고 동시에 노루 엉덩이를 향해 활시위를 당겼다. 바람을 가르며 날아간 화살은 그대로 목표물을 꿰뚫어 또 한 마리의 노루를 쓰러뜨렸다.

"명중이오!"

나뭇등걸에 막혀 아무것도 못했던 군졸들이 감탄하며 환호성을 질렀다. 용맹과 과감한 결단력을 두루 갖춘 청년은 그야말로 하늘이 내린 천재(天才)였다. 그를 아는 사람이라면 누구나 그 아름다움과 용맹을 사랑하는, 보석처럼 소중하게 여겨지는 존재였다. 여기저기에서 감탄과 환호가 그치질 않자 그때까지 자신의 형님을 홀린 듯 바라보고 있던 이찬(李贊)이 기쁜 얼굴로 자랑스럽다는 듯 웃었다.

"과연 인력으로 따라갈 수 있는 게 아니지."

청년은 이휴(李携), 자(字)는 건록(乾綠)으로 후사 없이 승하한 전대 왕의 뒤를 이어 새로운 왕을 옹립시키고 또 폐위시키며 다시 올리는 등 왕권까지 아우르는 무소불위의 권력을 지닌 사도(司徒) 이겸의 셋째 아들이었다. 날 때부터 무인 출신 부친의 근골(肩骨)과 모친의 빼어난 자색을 고스란히 이어받아 아름다운 용모와 범처럼 건장한 체구를 지녔다.

이렇듯 선천적인 무예 능력과 명석한 두뇌를 가진 그는 걸음마를 뗄 때부터 부친과 휘하의 장수들과 어울려 검술과 지략을 익혀 이미 열 살이 되었을 때는 말을 다루는 속도가 바람을 갈랐고, 대초명적(大哨鳴鏑)에는 따를 자가 없었다. 십오 세에 건록이라는 자(字)를 받고, 십육 세에 문과에 합격하여 뛰어난 천재성과 발군의 실력을 바탕으로 군사 요직의 수장에 임명되었다. 그랬기에 셋째라 해도 휴에게 거는 부친 이겸의 애착과 기대는 적장자(嫡長子)를 뛰어넘을 정도였다.

한 번은 왕이 행궁(行宮)에서 여러 무신(武臣)에게 명하여 활을 쏘게 한 일이 있었다. 설치된 과녁은 겨우 이 치(二寸) 적경으로 더욱이 거리도 오십 보(步)나 밖이었다. 모두가 불가능하다고 생각했고 또한 많은 무신이 과녁을 맞히려 했지만 협소한 공간을 뚫기란 어려웠다. 백이면 백 도전에 실패했지만, 오로지 휴의 박두(樸頭)만이 과녁의 정중앙을 꿰뚫었다. 구경하던 모든 이가 감탄하고, 그중 한 백관이 부친인 이겸에게 입에 침이 마르도록 칭송했다.

"귀랑(貴郎)은 참으로 비범하십니다. 공(公)의 가업(家業)을 번창(繁昌)하게 할 사람은 반드시 이 아드님일 것입니다."

그 말처럼 이겸에게는 전처소생의 네 아들과 후처소생의 두 아들이 있었지만 셋째인 휴가 이겸의 뒤를 이을 재목으로 장성하고 있었다. 하지만 그것은 좀 더 후의 일이고, 당시 휴는 열일곱 앳된 기운이 남아 있는 단정한 이목구비의 미청년일 뿐이었다.

군사들이 노루를 갈무리하는 걸 흘끗 쳐다본 휴(携)는 곧 활과 화살을 거두고 수고했다는 듯 말의 등을 살짝 쓰다듬어 주었다. 천천히 눈꺼풀을 내리자 긴 속눈썹이 부드럽게 움직이며 광대뼈에 그늘을 만들었다.

"노루를 잡아 오늘 반찬을 하시자더니 이미 그 이상인데요. 형님의 활 솜씨는 역시 비범하십니다."

형님을 세상 누구보다 존경하는 찬이 다가와 웃으며 말했다. 하지만 본래 잘 웃지 않는 휴는 천천히 말을 걷게 하며 다소 딱딱하게 입을 열었다.

"시재현상 불가불발(矢在炫上 不可不發), 화살이 활시위 위에 있으면 쏘지 않을 수 없다 했다."

찬은 얼른 휴의 뒤를 따랐다. 휴가 이내 낮은 목소리로 말을 이었다.

"어느 사내가 사냥을 하러 산속 깊이 들어갔는데 마침 호랑이를 만났다. 놀란 나머지 있는 힘을 다해 호랑이의 가슴을 향해 화살을 쏘았는데, 어찌 된 일인지 호랑이는 쓰러지지 않고 그 자리에 서 있더라. 웬일인가 싶어 가까이 가보니 화살이 박힌 것은 호랑이가 아니라 호랑이처럼 생긴 바위였다. 활 하나로 바위를 뚫는 건 불가능한 일이지. 허나 마음과 몸을 모아 쏜 화살은 바위마저도 뚫는 것이다. 마음이 담긴 화살 하나의 위력을 얕잡아 보지 말아야 할 것이다."

휴의 말에 찬은 공손히 고개를 조아렸다. 심성이 똑바르고 선한 찬에게 있어 휴는 그가 평생 따라가야 할 유일한 이상향이었다.

"부족한 아우, 형님 말씀 깊이 뼈에 새겨 앞으로도 열심히 정진하겠습니다."

후에 냉혹한 정복자로서 권력을 위해서라면 친형제까지도 죽음으로 몰고 가는 비정한 찬탈자 이휴(李携), 그도 그때까지는 동모제(同母弟: 동복 아우)를 위하는 인간미가 있는 평범한 형의 모습이었다. 다만, 뚜렷한 위압감과 실력으로 자기만의 영역을 견고하게 만들고 있는 휴의 활과 검은 언제 어느 때든 자신의 앞을 가로막는 것이라면 무엇이라도, 비록 사람이라도 베고 뚫을 준비를 하고 있었다.

묘통사의 구석진 암자 안, 귀부인 노씨는 세 딸을 앞에 두고 수심 가득한 표정으로 앉아 있었다. 이미 출가한 세 딸과, 막내 설란(雪

蘭)을 바라보는 노씨의 눈빛은 애틋했다.

왕가의 7대손 장연부원군의 아들 유와 혼인하여 장남과 삼녀를 낳고 마지막으로 얻은 여식이 바로 설란이었다. 수려한 외모를 가진 남편과 달리 인물로는 그리 볼 것 없는 노씨라 위의 세 딸은 모두 외탁을 하여 평범한 인물들이었으나, 설란만은 친탁을 해 부친의 고귀한 생김을 그대로 이어받았다.

어느 날 천자(天子)의 운명과 관련되었다는 자미성(紫微星)이 전에 없이 반짝이는 날 태어난 설란은 이름처럼 눈보다 하얗고 난초처럼 향기로운 소녀로 자라가고 있었다. 비록 여식이라고는 하나 태어날 때부터 상서로운 조짐을 갖고 난 설란이라, 평온한 시대에는 고귀한 운명으로 살아갈 수 있겠지만, 시국이 하루가 다르게 뒤바뀌는 상황이고 보니 귀부인 노씨는 아직 어리디어린 딸이 혹시라도 난세에 휩쓸려 고통받는 건 아닌가 싶어 늘 걱정이었다.

한참 네 딸의 얼굴을 번갈아 보기만 하던 귀부인 노씨가 목소리를 낮추어 입을 열었다.

"내 이 산사에 예불행향(禮佛行香) 하고자 왔으나 기실 너희들에게 기무(機務: 비밀)로 할 말이 있구나."

"네. 말씀하세요, 어머니."

장녀 숙영이 공손히 조아렸다. 한 번 더 딸들을 훑어본 노씨가 말을 이었다.

"본조(本朝)의 인주(人主: 왕)께서 포악한 짓을 행하고 죄 없는 이들을 마음대로 살육하니 민초의 곡성이 하늘을 찌르고 원한이 내를 이루는구나. 이에 아버님께서 어미에게 은밀히 이르시거늘, 곧 거사가 일어 종실의 일원인 아버님께서 장차 대보(大寶: 왕위)에 오르실 것이라 하셨느니라.”

생각지도 못했던 말에 일순간 딸들의 안색이 파랗게 질리며 눈에 띄게 굳었다. 실로 하늘과 땅이 진동할 일이라, 은밀하게 말하고 있는 귀부인 노씨의 기색도 딸들과 마찬가지로 심란하고 힘들어 보였다. 방 안의 공기는 금세 무겁게 가라앉았다.

“어, 어머님……. 소녀들은 황망하여 어떻게 대답해야 옳을지 모르겠사옵니다.”

“그래, 놀랄 일이기도 하지. 허니 일부러 너희들을 여기까지 불러와 따로 언질을 주는 게 아니겠느냐. 아버님께서 나에게만 언질을 주신 이야기니 너희들은 목숨을 걸고 함구해야 할 것이야.”

그동안 어머니의 마음고생이 얼마나 심했을지 딸들은 새삼 상상이 가 숙연해졌다. 그 엄청난 일을 앞둔 방 안 모든 이들의 표정에 기쁨과 환희, 자랑스러움보다는 걱정과 근심, 머뭇거림이 더했다. 이렇게 어지러운 세상에서 천자의 자리에 오른다 한들 무엇이 기쁠까. 안 그래도 조정이 혼란스러우면 가장 먼저 거둥을 조심해야 할 게 바로 종친이라는 자리였다. 벌인 짓 없이도 늘 견제와 적대를 받는 위태로운 그들의 입장에서는, 거센 세파에서 벗어나 안전하게 살고 싶은 것이다.

역시 그런 근심을 가득 담은 노부인의 말이 이어졌다.

“무엇보다 이 모두는 아녀자들은 보아서도 들어서도 안 되는 지엄한 일인 바, 너희들은 앞으로 어떤 일이 일어난다 한들 그저 귀 닫고 눈 닫고 살아가야 하느니라. 그렇지 않으면 이 어미가 평생을 고통의 짐을 지고 살아가게 될 것이야."

"걱정 마셔요, 어머니. 부족하나마 소녀들의 없는 지혜를 모아 올바르게 행동하겠사옵니다."

숙영이 성심을 다해 대답하였으나 노씨의 표정은 쉽게 펴지지 않았다.

"실로 운명이 기약 없이 흘러가는구나. 금상께서 보위에 오르신 지가 채 일 년도 지나지 않았거늘, 세상 무엇보다 존귀한 인주(人主)의 자리가 실로 바람 앞의 등불이다. 부디 네 아버님께서 두 대에 걸쳐 이어진 폭정으로 피폐해진 민심을 바로잡고 만조백관의 태양이 되시기를 성심으로 기원하자꾸나."

한숨과 섞여 나온 귀부인 노씨의 말속엔 기원보다 남편에 대한 근심이 더했다. 또한 딸들을 향한 애처로움이 수없이 묻어나고 있었다.

물론 사사롭게 봤을 때는 실로 영광스러운 일이었으나, 무릇 천하의 부귀와 영화를 주는 자리를 얻음에는 반드시 대가가 있는 법. 무리를 하여 얻은 부귀광명보다 가족의 안정과 평온한 생활에 더 가치를 두는 사람도 있었다. 바로 노씨의 생각이 그러하였다. 반정(反正)으로 얻은 자리가 얼마나 단단할 것이며, 어쩔 수 없이 운명이 자신과 남편을 그리로 인도한다면 받아들여야 하겠지만 아무것도 모르고서 이런 부담을 겪어야 자식들은 아무래도 걱정되었던 것이다.

"어머니, 너무 근심하지 마시어요. 아버님의 존함으로 홍무국 왕조가 재건되고 대대손손 영화가 있을 것이옵니다."

장녀 숙영이 근심에 지친 귀부인 노씨를 위로하며 말했다. 맏딸의 어른스러움에 귀부인 노씨는 그나마 희미하게 웃었다.

"그래! 고맙구나. 어미는 너희들을 믿는다. 다만 아직 어린 설란이가 어미 눈에 가장 밟히니, 이미 출가한 너희에게 이런 부탁은 힘겨울지 모르겠으나, 너희 세 자매가 설란일 지켜주고 보듬어주려무나."

"예, 어머니."

숙영을 포함한 세 딸은 저마다 안심하라는 표정으로 대답했다. 곧 상아처럼 깨끗한 얼굴에 복숭앗빛 뺨을 가진 설란이 아직 어린 나이임에도 의젓한 모습으로 고운 앵둣빛 입술을 열었다.

"어머니, 예로부터 제왕은 천명으로 일어나신다고 하였사옵니다. 아버님께서 덕으로 밝은 전감(前鑑)은 받아들이시고 피폐해 쓰러진 민심은 구폐하시어, 만조백관과 백성들이 복을 입고 나라가 평안해질 것을 믿어 의심치 않사옵니다. 소녀의 일신은 아버님의 무거운 운명과 비교해 한갓 실 뭉치보다 가볍고 하찮으니 소녀의 평범한 삶을 의심치 마시옵소서."

"설란아……."

실로 열 살의 소녀답지 않은 차분함과 음전함이었다. 그래서 더더욱 노씨의 애정을 흠뻑 받았던 설란의 앞날이 어떻게 펼쳐질지 노씨는 기대가 되면서도 못내 마음이 무거웠다.

"아직 네가 관례에 다가설 나이가 못 되어 배필을 맺어주지 것이 신경이 쓰이는구나. 하여 어미의 마음을 의논해 보았더니, 감사하게도 우사의대부(右司議大夫) 포곤 정온 어른께서 널 거두어주신다고 하시는구나. 그 대성(大姓)과 기로(耆老)는 따로 언급할 필요도 없을 터, 예부(豫婦: 민며느리)로서 너를 귀히 여기며 책임져 준다 하시니 어미는 마음의 짐을 던 듯하다. 허여 너도 그리 알고 준비해야 할 것이야."

설란의 운명에 몰아닥칠 비구름을 예상했던 것일까. 안 그래도 어린 설란이 신경 쓰이던 어느 날 꿈속에 돌아가신 시어머니께서 나타나시더니 무서운 얼굴로 노씨를 닦달해 왔다.

「이런 한심한 것을 봤나. 당장 그렇게 해! 어허, 당장 그렇게 하지 못할까!」

설명도 없이 무조건 그렇게 하라는 것이다. 섬뜩해서 꿈에서 깨어났지만 도대체 무엇을 어찌하라는 것인지 모르는 건 꿈 밖에서도 마찬가지였다. 그러는 와중에도 똑같은 꿈이 그로부터 사흘이나 더 지속되니, 노씨 부인은 속병을 얻어 음식도 들지 못하고 날로 수척해 갔다. 그리고 나흘째 되는 날 실로 놀랍게도 포곤 정온이 직접 방문하여 설란을 예부로 맞이하고 싶다며 혼담을 넣어왔다. 남편에게 그런 사실을 전해들은 노씨 부인은 그 순간 몸을 관통하는 섬광에 온몸이 저릿했다.

「당장 그렇게 해! 그리 하지 못하겠느냐!」

시어머니의 말은 바로 이것이었던가. 그길로 곧장 달려가 남편에게 꿈의 일을 상의한 노씨 부인은 설란이 아직 어리니 정온의 뜻에 따라 예부로 보내는 것이 좋겠다며 남편을 설득시켜 혼담이 결정되었다. 그러자 신기하게도 시어머니는 더 이상 꿈에 나타나지 않았고 다시금 편안한 잠을 이룰 수 있었다.

아무튼 노씨 부인의 말에 설란도, 설란의 언니들도 잠시 아무 말도 하지 못했다. 곧 장녀 숙영이 나서서 말했다.

"하지만 어머니, 설란인 아직 어리고 이 혼례는 갑작스러울 수가 있어요."

"알고 있다. 허나 포곤 어른의 막내 자제 분이라면 빠지는 자리도 아니지 않느냐. 오히려 어미는 다행이다 싶구나. 우리 설란이가 여인으로서의 행복을 누리며 살아갔으면 싶구나."

"그렇지만……."

"아니어요, 언니. 알겠습니다. 소녀 그렇게 하겠어요."

뭐라고 더 말하려던 숙영은 설란의 또박또박 단호한 말에 그만 입을 다물고 말았다. 물론 설란도 너무나 갑작스러운 말에 당황스러운 건 마찬가지였으나, 그랬기에 더더욱 혼란을 밖으로 드러내지 않고서 공손히 고개를 조아렸다. 우사의대부 포곤 어른의 집안이라면 어머니 말씀대로 더 고른다고 해도 고를 수 없는 자리였다. 다만 그 시기가 너무 빠르다는 게 어머니의 노파심에 기인한 것 같다는 생각은 지울 수 없었다. 하지만 그렇게라도 부모님께서 안심을 한다면 어차피 치러질 혼례가 조금 앞당겨진들 상관이 없었다.

무엇보다 그녀의 아버님은 만조백관의 추대를 받아 더없이 존귀한 자리에 오르실 분이 아닌가. 종묘사직을 받들어 큰 위업을 이르실 분이었다. 하찮은 여식의 일 하나로 신경 쓰이도록 하고 싶지 않았다.

정온은 사도 이겸과 함께 타락한 사직을 바로잡고자 노력하는 양대 산맥이었다. 다른 점이 있다면 정온은 학자 출신으로 온건적 혁명을 주도하고 있었고, 이겸은 무인 출신으로 급진파라는 것이었다. 외교 정채의 실패, 그로 인한 대국들의 위협, 또한 내부적으로 거듭되는 실정과 썩고 병든 제도들로 인해 민심은 흉흉하고 곳곳에서 쳐들어오는 외적 문제까지 더해져 나라는 병들어가고 있었다.

조정은 외적을 막기 위한 군사 징집과 성벽을 쌓는 데 시도 때도 없이 강제로 장정들을 동원해 농번기의 일손까지 끌려가 젊은 이들은 전장에서 싸우다가, 남은 이들은 가난과 기근으로 죽어가야 했다. 상황이 그러한데도 현왕은 민심을 안정시킬 생각을 하기는커녕 호기만 가득 차 대국을 치겠다는 생각으로 전쟁에만 생각이 가 있으니 사람 살기 어려운 땅이 이 나라가 되었다. 그런 조정을 바로잡고 제도를 혁파하여 조정을 올바르게 이끌려는 이가 바로 정온과 이겸이었다.

아무튼 현재 권력의 핵심인 두 집안 중 어느 한쪽에든 안전하게 의지하여 설란의 일신을 보호하고 싶은 것이 귀부인 노씨의 생각이었다. 왕으로 추대된다 한들 임시로 국사를 서리(署理: 대리)하는 역할에 지나지 않는다는 걸 그녀는 이미 잘 알고 있었다. 궁이란 들어갈 때는 두 다리로 들어가더라도 나올 땐 목 없이 나와야 했다. 그런 것까지 딸들에게 알리고 싶지는 않은 노씨였다. 그런데 저 어린 막내 여식이 자신의 마음을 이해해 주고 있으니 역시 인물은 하늘이 내리는 것이 아닐지.

어미의 근심을 짐작한 설란이 다소곳이 고개를 조아리며 말했다.

"소녀, 아버님 어머니의 뜻을 받아 포곤 어른의 자제 분을 배필로 맞이하여 성의정심(誠意正心)으로 받들겠사옵니다."

변고는 그 다음에 일어났다. 딸들과 부처님에게 공양을 올리고 막 돌아가려던 귀부인 노씨 일행의 앞에 갑자기 계집종들이 기함할 비명을 지르며 뛰어들었다. 그들뿐이 아니었다. 보이지 않는 저쪽에서도 무시무시할 정도로 높은 비명 소리가 산발적으로 터졌다. 귀부인 노씨는 감히 공양을 올리는 산사(山寺)에서 방정치 못한 짓들을 하는 종들을 타박했다.

"무슨 일이냐. 여기가 어디라고 감히 방정들인 게야!"

"마, 마님! 피, 피……."

심옥이 말을 잇지 못하며 덜덜 떨고 있었다. 얼굴이 하얗게 질려 있고 손가락으로 어딘가를 가리키고 있기는 한데, 그 끝이 일정치 못하고 동공도 반쯤 벌어져 있었다.

"피, 피하십시오, 마님……."

겨우 모기만한 소리를 흘렸지만 제대로 들리지도 않았다. 무언가에 심하게 충격을 받은 게 분명한 모습이라 지켜보는 노부인 일행도 당황스러웠다.

"심옥아, 진정하고 말해봐. 무슨 일이냐는데도?"

보다 못한 설란이 몸종 심옥을 설득하며 나선 그때였다. 무슨 소리가 들렸다. 그것은 흡사 하늘을 찢을 듯 어지러운 포효였다. 땅이 울리고 그 땅을 딛고 선 사람들의 발바닥부터 시작해 온몸을 진동하게 만드는 소리였다. 이제 두려움은 모두에게 전이되어 그 누구도 꼼짝도 못하고 있는 그때, 암적황색 짐승이 어슬렁거리며 그들의 눈앞에 나타났다. 그것은 분명히 호랑이였다.

영물(靈物)의 사나운 눈빛과 몸집, 생김새를 직접 접한 순간 여인들만으로 이루어져 있는 그들은 그대로 굳어버렸고, 급기야 심옥은 혼절하고 말았다. 혼절한 심옥의 치마 속 관고(寬袴)의 밑단을 적시며 소변이 흘러내려 흙바닥을 적셨다.

"서, 설란아. 다들 어미 뒤로, 어, 어서!"

귀부인 노씨가 가장 먼저 정신을 차려 그 와중에서도 딸들의 안전을 살폈다.

"안 돼요, 어머니! 섣불리 움직이지 마셔요!"

그러나 딸들을 챙기려던 귀부인 노씨를 정지시킨 건 설란의 낮지만 단호한 목소리였다. 어린 설란의 눈동자 역시 두려움과 경악으로 댕그래져 있었고 온몸은 사시나무처럼 떨고 있었다. 그래도 설란은 한 마디 한 마디 힘주어 신중하게 말을 이었다.

"주, 주둥이에 피가 묻어 있어요. 벌써 사람을, 잡아먹은 게 틀림없어요."

절망적으로 흘러나온 설란의 말처럼 호랑이의 암연피색(暗軟皮色) 주둥이에는 벌써 사람의 피로 보이는 것이 군데군데 묻어 있었다. 쳐다보기도 두려운 눈빛에서 시퍼런 안광이 쏟아져 나왔다. 웬만한 장정보다 더 큰 몸집, 등면에는 불규칙한 검은 가로무늬와 눈과 뺨 밑은 순백색에 검은 점이 있어 더욱 상서로운 생김이었다. 흔히들 용맹스러운 사내를 호랑이에 비유하곤 했으나 실제로 그 영물과 부딪치는 순간부터 아직 아무런 해를 입지 않았다고 해도 벌써 온몸이 마비되는 건 어쩔 수 없었다.

"오, 오는 도중이든 산사 안에서든…… 만약 사람을 잡아먹었다면 배는 부른 상태일 거예요. 호랑이는 배가 부르면 사냥을 하지 않는다니까 섣부르게만 행동하지 않는다면, 살 수 있어요."

설란은 언젠가 주지스님께 들었던 말을 떠올리며 마음을 단단히 먹고 말했다. 안 그래도 이 부근은 호랑이가 자주 출몰한다는 곳이었다. 침착한 설란의 말에 가솔들과 계집종들은 그나마 기대 어린 눈빛으로 숨죽여 더욱 가까이 모여들었다.

"저기다! 저기에 있다!"

그 순간이었다. 반대편에서 사내들의 목소리가 들리더니 스님들과 노씨의 사천(私賤:노비) 들이 헐레벌떡 뛰어왔다. 동시에 호랑이의 주변으로 화살이 산발적으로 날아들자 으르렁거리고 있던 호랑이의 시선이 돌아갔다. 설란은 그제야 말할 수 없는 안도감을 느끼며 어머니와 언니들과 함께 얼른 호랑이의 사정권 밖으로 피해 달아났다. 그리고 숨죽여 지켜보았지만 곧 설란의 눈빛은 말할 수 없이 암담해졌다.

장정들이 총동원해 호랑이와 사투를 벌이고 있었지만, 본래 날렵하고 근육의 힘이 월등히 강한 육식동물에게 서투른 화살이나 돌 같은 게 먹힐 리가 없었다. 게다가 겁을 집어먹어 튕겨져 나간 화살은 이미 조준이 잘못되어 있어, 비 오듯 쏟아지는 화살이라 해도 그 어느 하나 호랑이의 몸통을 맞히지 못하고 모조리 비껴 나갔다. 어느새 땅을 박차고 뛰어오른 호랑이가 달려들자 사내들은 혼비백산하여 달아나는가 하면 스님들도 넋을 잃은 채 그 자리에 털썩 주저앉아 버렸다. 결국 사내와 스님들은 하나씩 하나씩 피를 뿜으며 쓰러졌다.

"사, 사람 살려. 사람……!"

호랑이가 한 사내의 목줄기를 잡아 뜯는 순간, 그 광경을 차마 견디지 못한 설란의 가족과 계집종들이 고개를 돌리며 눈물을 뚝뚝 흘렸다.

"어떡해, 어떡하니. 설란아……."

"언니, 진정해. 울지 말고. 이렇게 기척을 내면 안 돼, 언니."

설란이 안 그래도 겁이 많은 바로 위 언니 정선의 손을 잡아주며 말했다. 그러나 정선은 떨며 울음을 그치지 못했다. 순간 그 흐느낌이 호랑이의 주의를 끈 것인지, 그 많은 사내들을 일시에 피 묻은 어육으로 만든 호랑이가 이쪽을 돌아보고는 맹렬하게 돌진해 왔다.

"꺄아아아악!"

"다, 다들 피해요! 얼른요! 제, 제가 어떻게든 해볼게요!"

"설란아, 안 돼! 당장 이리 오지 못하겠니! 설란아!"

노씨가 미친 듯 소리쳤지만 설란은 생각할 여유도 없었기 때문에 잡히는 대로 주위에 있던 굵은 나뭇가지를 덥석 잡고서 가족들 앞을 막아섰다. 무섭지 않아, 무섭지 않아! 심장을 얼려 버릴 것 같은 공포를 억지로 견뎌가며 있는 힘껏 몽둥이를 고쳐 쥐는 그 순간이었다. 바람이 우는 소리를 내며 어딘가에서 날아온 화살이 호랑이의 앞발을 정확히 꿰뚫었다. 그 바람에 속도를 늦추지 못한 호랑이는 육중한 무게의 값까지 받아 그대로 내팽개쳐져 흙먼지를 일으키며 옆으로 한참을 굴렀다.

"설란아!"

호랑이가 쓰러지자마자 벌떡 일어난 노씨가 설란을 그대로 확 끌어당겨 가슴에 안았다.

"어찌 이리 경망스러워! 어찌 이리 함부로 행동해!"

잘못했으면 막내 여식을 잃을 뻔했던 노씨가 비명처럼 꾸짖으며 설란을 더더욱 꽉 끌어안았다. 설란은 그제야 자신의 행동이 얼마나 무모한 것인지를 깨닫고서 덜덜 떨어댔다. 어머니의 품속에서 말할 수 없는 피곤함을 느꼈다. 어쩔 수 없었던 상황이라 생각보다 행동이 먼저 앞선 것이었지만, 안정을 찾자마자 두려움이 한꺼번에 급습해 온 것이다. 어떻게 그런 짓을 벌일 용기가 났을까.

'아냐, 안심하고 있을 때가 아냐.'

겨우 영물의 습격은 피했지만 설란은 아직 끝나지 않은 상황에 눈을 번쩍 떴다.

"어머니, 잠시만요. 아직 호랑이가 죽은 거 아니에요."

"왜 이러니, 설란아. 네가 끼어들 문제가 아니야. 그대로 어미 품 안에 있으래도!"

겁도 없이 다시 나서려는 설란을 노씨가 기겁을 하고 말렸다. 거의 애원하며 설란을 막았지만 설란은 가만히 있을 수가 없었다. 게다가 저 덩치의 호랑이가 겨우 화살 하나 발에 맞은 것으로 쓰러질 리가 없었다.

설란은 말리는 모친의 품에서 겨우 빠져나와 얼른 정면을 살폈다. 역시 호랑이는 앞발에 화살을 꽂은 채 어슬렁거리고 있었다. 고통스럽다는 듯 그르렁거리며 자신에게 일침을 놓은 목표물을 향해 공격할 준비를 하고 있는 것 같았다.

설란의 시선이 그 호랑이가 경계하는 곳으로 옮겨 갔다. 절을 감싸고 있는 산의 구릉 위에 군사들로 보이는 한 무리가 말을 멈추고 운집해 있었다. 그리고 가장 선두에, 마상(馬上)에서 허리를 똑바로 세우고 앉아 있는 청년이 있었다. 화려한 갑주와 투구, 그 눈빛은 한없이 맑고 얼굴빛은 더없이 희었으며 사내임에도 입술은 석류처럼 붉었다. 희대의 도공이 정성들여 깎아놓은 옥이 저렇듯 아름다울까. 제아무리 투명한 수정이 저처럼 맑을까. 속이 환히 들여다보이는 얼음처럼 차고도 투명한 느낌으로 감싸인 청년이 마상에서 똑바로 호랑이를 마주 쏘아보았다. 그 빛은 호랑이를 앞에 두고도 한 치의 흔들림도 없었다. 마치 얼릴 듯 무심한 차가움만이 있는 상태에서, 그나마 미세하게 비치는 것이 있다면 흥미로운 상대를 만났다는 데서 온 호승심과 같은 종류였다.

호랑이 역시 선뜻 달려들지 못하고서 원의 형태로만 빙빙 돌고 있었는데, 아마도 그것은 자신의 몸보다 훨씬 큰 영물임에도 절대 물러남이 없는 청년의 기백과 눈빛 때문이리라.

"쏴라."

그 순간 휴가 옆의 찬에게 명했다. 갑작스러운 명령에 찬은 질린 기색이었다. 그러나 형님의 명령을 거부하지 못해 마지못해 말을 한 보 몰고 나가 활시위를 겨누었다.

"이 모든 건 우리가 훈련 중 노루 사냥을 벌인 까닭이다. 내가 나서기 전에 네가 끝내라."

건조하게 흘러나온 음성에 찬은 정신을 바짝 차렸다. 그러나 활시위는 정처 없이 흔들리고 있었고 정신을 집중해 보아도 도저히 마음이 안정되질 않았다. 관자놀이에 맺힌 식은땀이 얼굴을 적시며 흘러내렸다. 호랑이의 짙푸른 안광과 마주하자 찬의 손가락 끝이 더 심하게 떨리며 요동쳤다.

휴는 그런 찬을 무심히 지켜보고 있었다. 아우를 전장보다 더 두려운 사지에 서게 한 형으로서의 걱정은 단 한 치도 없어 보였다. 그저 객관적인 눈으로 평가를 하겠다는 듯 시종일관 굳힌 표정은 흡사 호수 위의 꽁꽁 얼어버린 표면보다도 더 차가웠다.

활시위가 팽팽해짐에 따라 호랑이도 근육에 힘을 주어 점차 수축시키고 있었다. 언제라도 날아서 덮칠 준비가 되었다는 뜻처럼 보였다. 핑, 하는 소리와 함께 화살이 찬의 활시위를 벗어나 날아갔다. 거의 동시에 호랑이도 땅을 박차고 날아들었다. 그러나 엄청난 압박과 긴장 때문인지 마지막 순간 시위는 안정을 잃어버렸고 당연히 화살은 호랑이를 저만치나 비껴 날아가 꽂혔다. 덕분에 어느 것에도 방해 받지 않은 호랑이는 찬을 목표물로 해서 거칠 것 없이 달려들었다.

시퍼런 안광을 쏘며, 무시무시한 포효로 달려든 호랑이는 찬의 눈에 흡사 저승사자와 비할 바가 아니었다. 군졸들의 얼굴도 새파랗게 질려 동요되었고 설란의 표정 또한 굳었다. 찬은 바위처럼 굳어 움직일 줄 몰랐고 말은 호랑이의 위엄에 질려 요동을 쳤다. 그러나 말 주인이 얼이 나가 있는 상태라 말을 안정시킬 방법이 전혀 없었다. 고삐만 쥔 채 이리저리 흔들리며 달려나가지도 그렇다고 가라앉히지도 못하고 있는 그때 등 뒤에서 휴의 단호한 외침이 일었다.

"달려!"

찬은 본능적으로 말고삐를 잡아당겨 말의 방향을 돌렸다. 동시에 화살이 몇 개 날아와 땅에 박히자, 간발의 차이로 찬의 말이 미친 듯 아우성치며 도망가기 시작했다.

동시에 호랑이의 공격 목표가 휴로 바뀌었다. 더없이 흥분한 호랑이는 자신의 앞을 방해하는 휴의 말 궁둥이를 향해 흉포한 이를 드러내며 날아올랐다. 그러나 날카로운 이가 궁둥이를 움켜 채기 직전 침착하게 몸을 돌린 휴가 활시위를 수직으로 그어 호랑이의 드러난 이빨을 내려쳤다.

순간 충격을 감당하지 못한 호랑이가 고개를 쳐들고 거꾸러져 바닥을 굴렀다. 휴는 기회를 놓치지 않고서 얼마간 말을 박차고 달려나가 거리를 벌리자마자 말을 돌이켜 그 머리와 심장에 각각 화살을 박았다. 대초명적은 정확히 호랑이를 꿰뚫었고, 영물은 생의 마지막 포효를 남긴 채 그 커다란 몸집을 흙바닥에 굴리며 쓰러져 숨을 거두었다. 그렇게 드디어 호랑이와의 길고 긴 사투가 끝났다.

"형님……."

겨우 수습이 되었을 때에야 말을 진정시키고 돌아온 찬이 휴의 앞에 섰다. 어떤 도움도 되지 못한 자신이 그렇게 부끄럽고 창피할 수 없었다. 질타를 받아도 할 수 없었다. 아니, 차라리 질타라도 받고 싶었다. 그러나 휴는 시선도 맞추지 않고서 군졸들에게 일렀다.

"호랑이는 거두어 가죽을 벗기고, 공격을 당한 무고한 이들의 시신을 수습하여 숨이 붙어 있는 자들은 상처를 돌보도록 하라! 너희 다섯은 갇힌 부녀자들을 호위하여 무사히 돌려보내라."

휴의 날카로운 시선은 묘통사 안의 어떤 부분도 놓치지 않고 있었던 것이다. 휘의 명령에 군사들은 일사불란하게 명을 받들었다. 다만 찬만이 형님의 명령 하나 제대로 처리하지 못하고서 실망시키고 만 자신에게 질려 기가 꺾여 고개를 숙이고 있었다.

"죄송합니다."

진심으로 사죄의 뜻을 올렸지만 휴는 어떤 감정의 빛도 없이 건조하게 시선을 돌렸다. 차라리 실망했다거나 혹은 멸시의 빛이라도 있으면 나을 것 같았다. 찬은 언제나 휴만 대하면 들곤 하는 위화감과 자괴감 때문에 가슴이 다시금 무거워졌다. 명석한 두뇌와 호걸의 기운을 타고난 휴와 달리 평범하기만 한 자신이라는 존재가 지금 이 순간 다시 찬을 괴롭히는 것이다.

그의 바람은 단 하나, 존경하고 사모하는 휴에게 자신의 존재를 인정받고 싶었다. 그래서 그림자처럼 따라다니고 있었지만 곁에 있으면 있을수록 그라는 빛에 치여 그의 어둠은 깊어져만 갔다.

결국 찬은 자신에게 실망스러워 두 번 다시 말을 붙이지 못하고 뒤로 물러났다. 그때 말을 움직이려던 휴가 그제야 찬을 향해 입을 열었다.

"분명 언질을 했을 터였다. 만약 사내가 바위라는 것을 미리 알고서 활을 쏘았다 한들 뚫을 수 있었겠느냐. 사내의 화살이 바위에 꽂힌 이유는 사내가 죽을힘을 다해 시위를 당겼기 때문이다."

찬은 천천히 고개를 숙였다.

"전쟁은 사투다. 목 없는 귀신이 되거나 계속해서 싸울 수 있거나, 둘 중 하나다."

설란은 멀찍이 서서 휴를 쳐다보고 있었다. 말 한 마디, 행동 하나까지 너무나 냉정해 보이는 사람이었다. 노씨가 계집종들을 시켜 설란을 끌어오게 했지만 설란은 그 자리에서 꼼짝도 않고 계속해서 휴를 바라보고 있었다.

"만약 네가 이 산에서 호랑이 가죽을 새로이 벗겨온다면 너를 다시 봐줄 수도 있다."

갑작스러운 말에 찬의 말문이 막혔다. 대화를 듣고 있던 설란의 눈도 댕그래졌다. 그때 문득 고개를 돌린 찬의 근심 가득한 눈동자에 이쪽을 하염없이 쳐다보고 있는 소녀가 들어찼다. 소녀의 옷차림도 그렇고 뒤쪽 귀부인들이 쓰고 있는 검은 비단 몽수(蒙首)나 차림새, 허리를 묶은 채색끈, 금방울, 향낭의 화려함을 보니 어느 귀족가의 여인들인 모양이었다. 마땅히 저들을 구해냈어야 했는데 그러지 못했다는 생각에 찬은 그들에게 미안해졌다. 천천히 휴에게로 시선을 돌렸다.

"남겠습니다. 반드시 가죽을 벗겨 형님께 바치겠습니다."

"좋다."

휴는 단호하게 말을 끝맺고 군사들과 함께 돌아섰다. 찬의 시선이 멀어지는 자신의 형님에게 하염없이 닿아 있었다. 찬이 바라보는 방향으로 설란의 시선도 함께 머물렀다.

　그 청년 장수는 뒤도 안 돌아보고 말을 달려 군사들과 함께 묘통사를 떠났다. 냉정한 뒷모습에서는 금방이라도 쪽빛의 물이 뚝뚝 떨어져 지면에 닿을 새도 없이 급속도로 얼어버릴 것만 같았다. 그것이 비끼듯 지나간 열 살의 설란과 열일곱 휴의 짧은 첫 만남이었다.

二章

오 년 후.

요란한 북소리와 군사들의 함성 소리가 하늘에 닿을 듯했다. 육도삼략(六韜三略)을 총동원한 국가 간의 전쟁은 격렬하고도 무시무시했다. 아군의 쇠살(金矢)이 적진에 화살비를 내리게 하고, 적진의 쇠뇌도 아군을 목표로 무차별적으로 날아왔다. 서서 활을 쏘는 입사수가 천보노를 쏘아대고 앉으면 꿇어앉아 대기하고 있던 궤사수가 뒤를 이어 화살의 비를 퍼부었다. 겉으로 보기에는 한 치의 물러섬도 없는 팽팽한 접전 같았지만 이미 아군의 기세는 한참이나 수세에 몰리고 있었다. 상승하는 북소리는 절대 질 수 없다는 오기였고, 함성 소리는 승전을 향한 기합 소리일 뿐이었다.

이미 군사 셋 중의 한 명은 이곳저곳에서 피를 흘리며 불귀의

객이 되었고 말들은 더없이 지쳤다. 다행히 오늘의 접전이 무승부가 난다고 해도 더 이상 끌고 갈 만한 군량이 모자라 더 견딜 수도 없는 상황이었다. 연이어 터지는 전란으로 그들은 이미 지칠 대로 지쳐 있었다. 제아무리 출중한 능력을 지닌 장수라고 해도 사흘이 멀다 하고 벌어지는 외침에 제 능력을 발휘할 기회도 없이 쫓기듯 전란에 임하고 있는 상황이었다.

대신들이 민심을 잃은 왕을 폐하고, 장연부원군의 아들 유로 하여금 왕위를 잇게 한 지도 벌써 오 년이 지났다. 그러나 새 정치를 펼쳐 볼 새도 없이 이미 기강이 무너진 나라 안팎의 사정은 금상을 괴롭히기만 했다. 지방 곳곳에서 민란이 일어나고, 불순한 종파가 올바른 교리처럼 전파되어 난세에 민초들을 현혹시켰다. 이름뿐인 왕좌는 점차 더 불안해지고, 사도 이겸과 우사의대부에서 사마(司馬)의 자리에 오른 정온 등 삼공(三公)의 힘이 커가는 상황이었다.

그러나 삼공의 의견도 합치되지는 않아서, 구 문신(文身)으로 이루어진 정온 등 충신들은 국왕을 보필하여 옛 흥무국의 영광을 재건하려는 필사의 노력을 했지만, 신진 무인 세력인 이겸의 당여(黨與)들은 더 이상 국왕에게 의지할 것이 없다 하여 그들 세력의 힘을 모아 전제와 군제 개혁 등 새로운 혁명을 주도하려 하고 있었다. 그로 인한 정온과 이겸의 마찰이 조금씩 불거지고 있는 상황이었다.

이렇듯 나라 안이 혼란스러우니 접경 지역의 외적들이 가만히 있을 리가 없었다. 대국뿐 아니라 영토 확장에 혈안이 된 유구국(琉

球國), 오량합(吾良哈) 등 주변 오랑캐들까지 노리고 쳐들어와 공물을 요구하며 백성들을 노략질했다. 이 싸움 역시 오랑캐 정토(征討)라는 이름으로 용호군(龍虎軍)의 상장군(上將軍) 정탁(鄭濯)이 스스로 나서기를 자처한 전쟁이었다. 한 임금을 섬기기로 한 신하로서, 한 여인을 지키고 싶은 사나이로서 탁은 이 전쟁에 임했다. 그 기상과 무예로 초반에는 선점을 하는가 싶었지만, 달포를 넘는 지루하고 기나긴 싸움 끝에 군사는 지치고 군량은 바닥이 났다.

"적의 포차가 나옵니다!"

안 그래도 수세에 몰린 형국인데 무차별적으로 돌을 발사시키는 덩치 큰 포차까지 등장하자 어떻게든 군사들을 지탱하며 용맹하게 맞싸우고 있던 정탁(鄭濯)도 아연실색할 수밖에 없었다. 이 싸움을 이겨 이름을 빛낼 생각이었다. 그리고 돌아가 어여쁘고 어여쁜 각시 설란과 정식으로 혼례를 치를 생각이었다. 대의와 충절이 사내를 이끄는 큰 물줄기인 건 당연했지만, 가끔 그저 한 떨기 꽃이 사내의 지친 발을 움직이게 할 때도 있는 것이다. 그러나 지금은 마음 놓고 한 사람을 생각하고 있을 때가 아니었다.

탁의 얼굴에 깊은 수심이 드리워졌다. 깊은 생각 끝에 그는 어쩔 수 없이 군사를 되돌리기로 했다.

"퇴각하라! 모든 군졸을 번진(藩鎭)으로 물러나 대오를 정비하고 다시 돌아온다!"

기회는 얼마든지 더 얻을 수 있었지만, 창칼에 찔려 죽임을 당하는 군사들은 다시는 되돌려 받을 수 없는 것이었다. 달포나 끌어온 접전 끝에 패배해서 물러나야 한다는 자괴감을 애써 잊으며 그는 어쩔 수 없다는 듯 선두에서 말을 돌려 낭장(郎將)에게 명했다.

상장군 탁의 명령이 떨어지자 중랑장 이하 낭장, 별장들이 신속하게 군사들을 되돌렸다. 처음 용호군에 속한 장정이 천 명 이상이었다. 그들을 모두 이끌고 출전을 했는데도 현재 남은 인원은 셋에 둘도 되지 못하는 대패(大敗)의 상황이었다.

'애석하고 애석하구나.'

탁이 원통함을 참지 못해 말고삐를 꽉 쥐는 그때였다. 저쪽에서 마치 해일처럼 먼지바람이 일더니 천지를 뒤흔드는 북소리와 함께 한 떼의 군마가 날아오듯 거리를 좁혀오고 있었다. 창검이 해를 가리고, 용맹은 대지를 들끓게 했다. 순간 패전의 쓴맛밖에 남지 않았다고 생각한 탁의 두 눈이 번쩍 떠졌다. 수십 기의 깃발을 펄럭이며 다가오고 있는 건 분명 아군의 원군이었다.

"원군입니다! 이건록 장군의 원군입니다!"

바로 휴의 정예 군사들이었다. 수하 군사들의 사기가 하늘을 찌르고, 수장을 향한 충성심이 높기로 이름이 나 있는 백전백패의 사병 집단. 역시나 먼지를 구름처럼 일으키며 달려오고 있는 군사들의 눈빛은 형형했으며 땅을 박차고 달리는 말의 기상은 굳건했다. 이미 더 이상 견딜 수 없을 정도로 지친 탁의 군대에 비할 바가 아니었다.

"와아아!"

접전을 앞두고 1)함매(銜枚)가 해제되는 순간 북소리를 넘어서는

---

1)함매(銜枚): 군사가 행진할 때에 떠들지 못하도록 군졸들의 입에 나무 막대기를 물리던 일

군사들의 함성 소리가 접전지에 새로운 활기를 일으켰다. 탁의 시선이 선두에서 바람처럼 달려오고 있는 휴에게로 향했다.

"머뭇거릴 틈이 없다! 돌진하라!"

속도를 줄이지 않고 곧바로 적진으로 뛰어든 휴는 닥치는 대로 화살을 쏘고 칼로 벴다. 그 검과 살이 지나는 곳마다 어김없이 적의 머리가 떨어지고 주인을 잃은 말이 요동쳤다. 그야말로 명철한 지략과 호협(豪俠)으로 무장한 사나이의 용맹스러운 모습이었다. 자신들의 수장이 표범보다 더 날렵하게 싸우는 모습을 보는 군사들의 위세도 하늘을 찔렀다.

전세가 뒤집힌 건 순식간이었다. 제아무리 승전 상황이라고 하더라도 저쪽도 달포를 싸워 지친 상태였기 때문에 그때 마침 들이닥친 생각지도 못한 원군은 커다란 타격이었다. 게다가 이미 다 이긴 싸움이라고 방심하고 있던 터에 일어난 청천벽력이라 효과는 더더욱 컸다.

상승 기류를 타고 탁도 적군을 찌르고 벴다. 같은 연갑(年甲)의 벗인 휴가 만들어준 기회였다. 놓치지 않기 위해서라도 젖 먹던 힘까지 끌어 모아 군졸들을 이끌며 적진을 뚫고 나갔다. 곧 적장의 목을 벤 휴와 탁의 시선이 마주쳤다. 휴의 관옥 같은 얼굴에는 자신의 것이 아닌 적의 피만이 묻어 붉게 빛나고 있었다. 그 붉은 피 탓일까, 전장에서 마주친 휴의 싸늘히 식은 얼굴은 더더욱 무서우리만치 아름다웠다.

강인한 근골에 깎아놓은 듯 유려한 외모, 거기에 누구의 추종도 불허하는 무예 실력과 깊숙이 숨은 야망, 그 모든 것이 이제 스물

둘이 된 이휴의 것이었다. 한 치의 흔들림도 없이 적장의 머리를 베어 번쩍 위로 들어 종전(終戰)을 알리고 있는 휴, 순간 그 얼굴 곳곳에 튄 붉은 핏자국을 바라보는 탁의 마음에 일순간 무언가 섬뜩한 감각이 지나갔다. 왠지는 모르겠지만 그 붉은 핏물이 증폭하며 다가와 마치 자신을 위협하는 것 같은 느낌. 그러나 탁은 말도 안 되는 생각이라며 대수롭지 않게 무시하고 넘어갔다.

"고맙네, 건록……."

무엇보다도 자신을 도와주기 위해 먼 거리를 마다하지 않고 달려와 준 휴를 향해 고개를 숙여 고마움을 표시했다. 그러나 휴의 눈은 탁에게 향하고 있지 않았다. 수정처럼 맑고 차가운 눈동자엔 또 한 번의 승전으로 인한 기쁨의 빛도 없이, 그저 무심하게 저 먼 곳 어딘가에 고정되어 있을 뿐이었다. 그가 바라보는 곳이 어디인지, 당시의 탁도, 본인인 휴마저도 아직까지는 모르고 있었다.

아마도 그 전투 이후였을 것이다. 휴와 마찬가지로 탁 역시 십육 세에 무과에 합격하여 세상 사람들의 총행(寵幸)을 받으며 승승장구의 인생을 펼치고 있었다. 다만 동렬(同列)이었던 탁과 휴의 능력 차이가 결정적으로 드러난 그 전투 이후 두 사람은 조금씩 길을 달리하게 된다.

그리고 또 하나의 결정적인 계기, 바로 그것 때문에 두 사람 사이에 돌이킬 수 없는 흔단(釁端)이 생기게 된다는 걸 두 사람은 아직 모르고 있었다. 그 결정적인 계기를, 이상을 향한 야심 외에는 그 어디에도 시선을 두지 않던 휴의 쪽에서 제공한다는 사실도.

"궁주(宮主)마마! 궁주마마! 서방님께서 승전하셔서 용전(龍殿)에 드셨다 합니다아!"

방정맞을 정도로 통통거리는 음색이 밖에서 들려오자, 설란은 마음이 영 잡히지 않아 들고만 있던 수틀을 탁자 위에 놓고서 고개를 들었다. 곧 모습을 드러낸 심옥이 헐레벌떡 뛰어들어 와 섰다.

오년 전 귀부인 노씨는 산사에서 이미 운을 떼었듯 묘통사에서 내려온 다음달 곧바로 설란을 포곤 정온의 댁으로 보내고, 정온의 막내아들 정탁이 설란을 예부(像婦)로서 맞았다. 설란이 약혼하여 들어온 그 해가 열 살 되던 해였으니, 벌써 오 년이 지나 설란도 이제 열다섯의 성인으로 기품있게 자라 있었다. 안 그래도 어릴 때부터 어여쁘던 자색(姿色)은 나이를 먹어감에 따라 더해진 꽃 같은 은은함과 단아한 향취로 이제 완연한 성숙함이 은은하고도 또 짙게 배어 있었다.

초승달처럼 부드럽게 휘어진 눈썹 하며, 청명한 하늘빛처럼 맑은 두 눈과 버선코처럼 오뚝 선 콧망울과 콧날, 연한 복사 빛으로 물든 동그란 뺨이 그렇게 어여쁠 수 없었다.

이토록 아름답게 성장한 설란은 정씨 댁의 모든 이에게 사랑받아, 이제 정식으로 탁을 배필로 받아들이기 위한 혼례만을 남겨두고 있었다. 본래 민며느리란, 여자가 열 살이 되면 약혼을 하고 신랑 집에서 맞아들여 양육한 후, 성인이 되어 친정으로 다시 돌아갔다가 전폐(錢幣)를 바치고 나서 다시 맞아들이는 제도이다. 허나 설란의 경우에는 궁주(宮主: 왕녀)인지라 친정으로 돌아가는 등의 과정을 생략하고서, 전쟁에 나간 탁이 돌아오는 대로 때를 봐 혼례를 치르기로 하였다. 이번 혼례는 당사자인 탁 이외에도 포곤 정온과 유씨 부인 등 모든 이들의 기쁨이 담긴 잔치였다. 설란은 그 어여쁜 외모에 어울리는 아름다운 언행과 기품 있는 거조(擧措)로 예부(豫婦)가 아닌 딸로서 사랑받았던 것이다.

안 그래도 탁의 출전 때문에 이제나저제나 근심에 잠겨 있던 설란은 승전 소식에 그 어느 때보다 환한 미소를 입가에 머금었다.

"그래. 언제 도착하신다더냐?"

마음은 앞에 앉은 천방지축 심옥보다 더 들뜨고 설레었지만 설란은 위엄을 잃지 않으며 물었다. 심옥이 헤죽헤죽 웃으며 대답했다.

"저물 때나 되어야 도착하신다고 들었구만요."

"그래? 그렇구나."

어쩔 수 없이 설란의 낯빛이 조금 흐려졌다. 빨리 만나보고 싶은데 그렇게나 늦게 도착한다니 내심 실망스러웠다. 그 기색을 읽은 것인지 심옥이 일부러 명랑한 목소리로 떠들었다.

"금세 오실 것이구만요. 지금은 아주 엄청 중대한 일 때문에 저리 계시지만 서방님께서도 얼른 달려와서 궁주님을 만나 뵙고 싶을 것이구만요."

심옥의 낯간지러운 말에 설란의 뺨에 더더욱 고운 홍조가 돌았다.

"무, 무슨 방정맞은 소릴……. 그래. 지금 아바마마를 만나 뵙고 계시다고 하였지?"

"맞습니다요. 무식한 종년이 듣기로 서방님께서는 용전에서 포백과 궁온을 하사 받고 계시다 합니다요. 헌데, 포백은 무엇이고 궁온은 또 무엇이옵니까요? 마마께 알려 드리려고 모자란 머리로 열심히 외워오기는 했습니다만 당최 뭔 소린지 알아들을 수가 있어야지요."

심옥의 말에 설란은 부드럽게 웃었다. 때 묻지 않은 심옥의 순수함이었다. 모르는 것을 모른다고 하였을 뿐인데, 그렇게 심옥이 사랑스러울 수가 없었다. 아마 자신이라면 그것을 무지라 생각하여 이리 아무렇지도 않게 말할 수는 없었을 것이다.

"포백(布帛)이란 베와 비단을 말하는 것이요, 궁온(宮醞)이라 함은 임금이 신하에게 내리는 술을 말하는 것이란다. 이해가 갔느냐?"

"아아, 그 소리구만요! 그렇다면 베와 비단이라 하면 될 것이고, 술이라 하면 될 것을 뭐가 그리 어렵게들 돌려 말씀하시는지 상전님네들은 정말 알다가도 모르겠다니까요."

오히려 볼을 한참이나 부풀리고 툴툴거리고 있는 심옥이었다. 설란은 부드럽게 웃었다.

무엇보다 그녀는 용전에 들었다는 탁이 너무나 믿음직스러웠다. 안 그래도 호시탐탐 국경을 노리는 오랑캐들 때문에 나라 안팎이 어지러웠는데, 탁이 그것을 저지하였다는 것은 가문의 영광이기도 하거니와, 인주(人主)의 자리에 있는 그녀의 부친을 생각했을 때 너무나 도움이 되는 일이었다.

'잘하셨어요, 오라버니. 설란인 오라버님이 너무 자랑스러워요.'

부디 탁이 부마(駙馬)의 예로서 하사품을 받고 또한 만조백관의 신임을 얻기를 간절히 바랐다.

저녁 내내 설란의 발걸음은 별채의 후원을 하릴없이 오가고 있었다. 잠시 멈추었다가도 금세 마음을 잡지 못하고 또다시 초조하게 움직였다가 다시 설핏 멈추었다가 이내 누군가를 기다리듯 다시 서성이기를 지속했다.

혹시라도 거친 전장에서 상처라도 입은 건 아닌지, 지쳐 있는 몸을 아바마마께서 너무 오래 붙잡아두시는 것은 아닌지, 설란으로서는 모든 것이 걱정되었다. 어떻게든 직접 눈으로 보고 무사를 확인해야 이 방정맞은 마음이 안심이 될 것 같았다.

"나도 참, 왜 이렇게 초조해하는 거야."

그도 그럴 것이, 서로 예를 지키고 어느 정도의 거리를 두어 섬겨야 하는 대상인 탁은 설란에게 그런 무거운 의미보다는 오라버님처럼 친근하고 살가운 존재였다. 워낙 어린 나이에 시집와서인지 몰라도, 탁뿐 아니라 정온의 가족 모두가 설란을 며느리가 아닌 딸로 대하고, 설란 역시 정온을 시아버님이 아닌 부친으로, 유씨 부인을 또 한 분의 어머니로 여겼다.

그러다 보니 설란과 탁의 관계는 격식을 차리고 무겁게 내외를 하는 부부의 의미가 아니라 함께 글공부를 하고 소소한 이야깃거리로 소곤소곤 정담을 나누며 농을 걸기도 하고 서로 쳐다보며 활짝활짝 웃기도 하는, 마치 친오누이보다 더 가까운 사이가 되었다. 그러니 지금 그를 기다리는 마음도 지어미로서 지아비를 기다리는 마음보다 오라비가 돌아오기를 눈 빠지게 기다리고 있는 누이동생으로서의 마음이 더 컸다.

앞으로 정식으로 혼례를 치르게 되면, 자연 합방도 해야 하고 지아비와 지어미라는 다소 무거운 짐을 어깨에 지고 살아야 할 것인데도 아직 설란은 그 무게를 잘 깨닫지 못하고 있었다. 언제까지고 탁이 자신을 어여쁘다, 어여쁘다 칭찬해 주는 오라버니였으면 좋겠다는 생각만 하고 있으니, 모든 면에서 어른스러운 설란도 그런 쪽에서는 아직까지 철부지와 다름없었다.

"왜 이렇게 안 오시지?"

그래서 지금도 빨리 모습을 보여주지 않는 탁이 야속하다 애를 끓이고 있었다. 만약 귀가를 한다면 곧 이곳 별채로 들를 것이었다. 탁이나 계집종들 외에 별채에 출입하는 사람은 시어머니인 유씨 부인을 포함해 손에 꼽을 정도였다. 그도 그럴 것이 이 별채는 탁의 배필이 지내는 거처인 동시에, 임금의 딸인 궁주(宮主)의 거처이기도 하기 때문이었다.

그때 인기척과 함께 혁리(革履)가 자갈을 밟는 소리가 중문 밖에서 들려왔다. 그제야 설란의 표정이 활짝 펴지며 연못가에서 서성이던 발걸음을 얼른 중문으로 돌렸다. 살금살금 땅을 밟으면서도 날랜 걸음으로 중문 근처까지 다가가 얼른 벽에 몸을 숨겼다.

모든 이의 앞에서 행동거지가 반듯하고 우아하기가 국화 향기 풍길 정도로 은은하고 조심스러운 설란이었음에도, 어쩐 일인지 탁의 앞에서만은 조심스레 장난기가 발동하곤 했다. 그건 똑같이 늘 장난스럽고 부드럽게 설란을 대해주는 탁의 선한 심성 때문이리라.

"부모님도 보고 싶을 테고, 자매, 동기들도 보고 싶을 테고. 우리 설란이 가여워서 어쩌나. 에잇, 안 되겠다! 이 오라버니가 우리 설란이 가엾지 않게 매양 웃게 해줘야겠다."

탁은 언제나 그렇게 설란을 위해주고 감싸주었다. 그래서 지금도 설란은 언제나 탁에게 하던 장난을 치려고 중문간에 숨어 있었다. 길고 커다란 그림자가 중문의 문턱을 넘어서는 순간, 그대로 숨기고 있던 몸을 팔랑 날려 포근하고 따뜻한 탁의 품으로 뛰어들었다.

"오라버니! 지금껏 얼마나 기다렸는지 아셔요? 혹, 전장에서 상처는 입지 않으시었어요? 너무 걱정되고 기다리다가 지쳐서⋯⋯."

종알종알, 그 누구에게도 보이지 않는 모습을 편하게 드러내며 말을 쏟아 붓다시피 한 설란이 고개를 든 순간이었다. 부드럽게 휘어진 초승달 같은 눈썹이 놀라움으로 활짝 올라가고, 만월처럼 은은하고 밝은 빛으로 가득 차 있던 눈동자도 그만 빛이 바래지며 굳어버렸다. 너무나 경악스러운 일에, 맑은 두 눈에 가득 차 있던 반가움의 눈물이 자신도 모르게 또르르 굴러 떨어졌다. 마치 스스로 놀라서 결정이 되어 떨어진 것 같은 느낌이었다.

안기는 형상으로 날아들어 안착한 이 품은 설란이 생각한 탁의 것이 아니었다. 그 자리에는 갑작스러운 일에 대한 다소의 놀라움과 그보다 더한 불쾌함을 내쏘는 듯한 표정으로 보이고 있는 낯선 청년이 서 있었다.

시선이 마주친 순간의 경악을 대체 뭐라고 설명할 수 있을까. 세상천지 이보다 더 수치스러운 일이 있을까? 무엇보다 금방이라도 찬 기운이 묻어날 것 같은 이 사람은 그 배척하는 눈빛 때문인지, 눈이 번쩍 뜨일 정도의 아름다운 용모 때문인지 더더욱 낯설고 두렵게 느껴졌다. 물러났어도 벌써 열두 번은 더 그래야 하는데도 설란은 굳어버린 듯 차마 움직이지 못했다. 그건 아마도 탁과는 너무나 상반된 이 차가운 느낌들 때문이리라.

다행히 얼마 가지 않아 설란은 본인 스스로의 의지로는 움직이지 못하는 이런 상태를 그나마 벗어날 수 있었다. 휴가 먼저 손을 들어 설란의 팔을 살짝 잡아 자신의 몸에서 떼어냈기 때문이다. 그가 보인 그런 행동 자체도 수치스러운 일이었지만 설란은 지금 그런 것까지 생각해 볼 여유가 없었다. 스스로 먼저 망측한 짓을 저질렀다는 창피함이 가장 큰 타격이었다. 아무튼 체온이 멀어지자, 움직이지도 못할 정도로 굳어 있던 설란은 그제야 겨우 정신을 차렸다.

"죄, 죄송합니다."

고개를 숙이고 울 것 같은 마음으로 사죄를 했다. 하고 있는 차림새나, 온몸에서 풍겨 나오는 분위기가 2)경대부(卿大夫)의 자제라는 걸 알 수 있었다. 어떻게 이런 사람에게 그런 실수를 저지를 수 있었을까. 대체 탁에게는 뭐라고 설명할 것이며, 이런 행동 자체

----

2)경대부(卿大夫): 높은 관직에 있는 벼슬아치

에 대한 변명을 어떻게 해야 옳을까. 당장 무엇이라고 말해야 할지 갈피를 못 잡고 있으니.

"반가움의 눈물 같은데, 놀라는 바람에 떨어져 버렸으니 눈물의 주인이 안타까워할 일이로군요."

웃음기라곤 전혀 없는 목소리였다. 낮게 흘러나온 말에 설란은 자신도 모르게 그의 눈을 들여다보았다. 그러나 눈빛이 마주치자마자 그대로 고개를 숙여 버리고 말았다.

"귀공께서는 부디 오늘의 추태를 잊어주시어 이 괴로움을 덜게 해주셔요. 부탁드립니다."

설란은 더 이상 견딜 수 없어 황망하게 돌아섰다. 그리고 거처로 향하려는데 커다란 그림자가 그녀의 앞을 막아섰다. 고개를 드니 놀랍게도 금방까지 뒤에 서 있던 사람이었다. 움직이는 기척도 없이 바람보다 가뿐한 몸놀림으로 설란을 막아선 것이다.

"무, 무슨 일이신가요?"

설란은 덜컥 겁이 나 자신도 모르게 뒷걸음질을 치며 물러났다. 혹시라도 자신의 추태가 이 사람에게 가볍게 보여 희롱의 빌미를 제공한 것이 아닌가 하여 너무나 걱정이 되었다. 그렇다면 이 얼마나 추태요, 왕실의 체통이 떨어지는 일일까를 생각하니 그저 앞이 깜깜할 따름이었다. 점점 더 표정이 흐려지는 설란을 가만히 지켜보고 있던 휴가 입을 열었다.

"길을 잘못 들어 고생하고 있었소. 관휘(탁의 字)의 정침(正寢: 거처)을 알고 싶소만."

순간 설란의 눈동자가 크게 흔들리더니 겨우 입을 열었다.

"나가셔서, 오른쪽으로 가시면 됩니다. 그럼……."

설란은 쫓기듯 그 자리를 벗어났다. 운이 없어도 이렇게 없을 수 있을까. 탁을 찾아온 손님이라니. 이번 일이 그에게 알려지는 건 시간문제란 생각을 하니 그렇게 암담할 수가 없었다. 비록 탁이라고 생각하고 저지른 일이라지만, 체통을 잃은 설란으로서는 그 뒷감당을 어찌해야 할지 도무지 감이 잡히지 않았다.

한편 설란이 떠난 자리에서 휴는 조용히 서 있었다. 문득 시선을 내려 천천히 자신의 손을 들어 올려보았다. 그 안에 부드럽게 와 닿던 소녀의 촉감이 아직도 손에 묻어 있는 것 같았다. 무엇보다 자신의 눈앞에서 또르르 떨어지던 구슬 결정처럼 맑은 눈물방울이 이상하게도 휴의 머릿속에 조심스럽게 남아 있었다.

열여섯이라는 나이로 천하를 호령한 그였다. 수많은 미인들을 보아왔고 수없이 많은 향기로움을 접해보았다. 그러나 단 한 번도 눈길이 머무른 적은 없었다. 별다른 관심도 없었고, 제아무리 향기로운 꽃이라도 딱히 마음이 가지 않았다. 그를 끌 정도로 매력적인 것은 전쟁과 들끓는 야심, 그것뿐이었다. 그런 마음은 지금도 마찬가지일 터인데, 왜 자신은 저 소녀에게 잠시 닿았던 이 손을 다시 들여다보고 있는 걸까. 왠지 눈에 익은 얼굴……. 아마도 그것 때문인 것 같다. 확실치는 않지만, 초면은 아닌 것 같다는 어딘가 기억에 남은 얼굴이라는 생각을 내내 하고 있었다.

"재미있군."

곧 휴는 대수롭지 않다는 듯 웃고는 곧 몸을 돌려 왔던 길을 되밟아 나갔다.

"어서 오시게, 건록."

막 거처로 들어서는 휴를 탁이 일어서서 반갑게 맞았다. 도착하자마자 내심 설란에게 먼저 달려가 보고 싶었지만, 휴가 넘어올 것이었기에 어쩔 수 없이 뒤로 미루었다. 탁에게 휴는 공적으로는 같은 임금을 받드는 충성스러운 신하였으며, 또 사사롭게는 동경계(同庚契)로서 친하게 지내는 벗이었고, 이제는 생명의 은인까지 되었다.

"서북면(西北面)에서 왜구를 막고 있다는 소식을 들었는데 어떻게 원군까지 해주었는가. 그때 내 기분이 어땠을지 자네는 상상도 못할 걸세. 실로 천군만마를 얻은 느낌이었어."

의자에 앉자마자 진심으로 고마움을 담아 탁이 말하자 휴가 입을 열었다.

"우연히 자네의 소식을 들었을 뿐이네. 벗으로서 당연히 달려가야 하지 않겠는가."

"그렇게 겸양을 보일 일이 아니네. 그대로 패전으로 떨어지는 줄로만 알았으니까. 건록, 자네의 도움이 아니었다면 내 필시 사랑스러운 아내도 보지 못하고 목이 떨어진 혼이 될 뻔했네."

지금에야 크게 웃으며 말할 수 있었지만 그때의 비참함은 다시 생각하기도 싫은 것이었다. 그나저나 말하다 보니 또 설란의 이야기였다. 설란의 고운 얼굴과 표정이 떠오르자 탁의 얼굴에 자신도 모르게 부드러운 미소가 머금어졌다. 그러나 휴는 그런 탁과는 달리 딱딱함을 유지한 채 별다른 반응 없이 앉아 있었다. 그 건조함을 한참 쳐다보던 탁이 한숨을 폭 내쉬며 말했다.

"여전히 자네의 마음을 뒤흔드는 규수는 영영 없던가? 나도 이제 곧 정식으로 혼례를 치를 터인데 자네 혼자 외로워서 어쩌려고 그러는가."

탁이 다소 장난스럽게 말해보았지만 휴는 한 번 짧게 웃는 게 다였다.

"궁주마마께서는 잘 계신가."

역시나 다른 이야기로 비껴 나갈 뿐이었다. 쑥스러워서 일부러 다른 이야기를 꺼내는 게 아니었다. 일부러 화제를 돌리는 것도 아니었다. 그저 관심이 없을 뿐인 것이다, 이 사내는.

탁은 어쩔 수 없이 체념하고서 말했다.

"그럴 게 아니라 언제 한번 소개시켜 주겠네. 자네는 내 친형제와 다름없으니 내자를 소개시키는 것도 그리 큰 허물은 아닐 걸세."

본래 친척이나 아주 가까운 사이가 아니면 처첩을 소개시켜 주는 것은 세간에서 볼 때 흉이었다. 그러니 처를 소개시켜 준다는 탁의 말은 휴에 대한 대단한 애정의 표현과 다름없었다.

"그러지. 한번 뵙고 싶군."

휴도 금상의 막내딸이 탁의 예부로 지내고 있다는 건 익히 들어 알고 있었다. 휴의 생각으로는 뭐 하러 그렇게 번거로운 형식을 거쳐 가면서까지 아내를 맞는 건지 잘 이해는 가지 않았다. 물론 그 대상이 궁주(宮主)라면 입장이 달라지기는 하겠지만.

그런 면에서 정온이 혹시라도 어떤 야심을 품고서 궁주를 며느리로 들인 건 아닌지 날카롭게 정온 주변을 주시하고 있었다. 세자 웅(熊)을 위시로 해서, 혹시라도 탁을 부마로 들여 무언가를 꾸미려는 것이라면 부친인 이겸과 자신이 견제해야 할 일이었다.

현재 조정은 이겸의 동조 세력과 정온 등 구신들의 알력 다툼이 점점 더 험악한 상태로 치닫고 있었다. 처음엔 뜻을 같이한 동지였다 하더라도 정치적 입장이 달라지면 언제든 서로의 등을 칠 수밖에 없는 게 정치적 견제인 것이다. 구신들을 아우르고 있는 정온과 병권을 아우르는 이겸 사이엔 본래 처음부터 합일할 수 없는 묘한 기운이 있었다. 병권은 이겸이 완전히 장악하여 실권적 지위를 행사하고 있었지만, 그렇다고 그의 세력이 우위라고도 할 수 없었다.

본디 이겸은 변방의 하찮은 군벌 세력 출신으로, 이겸의 부친이 천호로 있을 때 중요 군사 요지를 대국으로부터 탈환하는 데 절대적인 공을 세운 것으로 중앙 정계에 진출하게 되었다. 바로 그런 점이 가문과 혈통을 중요시하는 조정 대신들에게는 아무래도 무시하고 싶은 점으로 작용한 것이다.

그러니 이겸은 병권 외에도 정치적인 판단 능력 또한 뒤처지지 않는 자신을 마치 힘만 센 시정잡배가 우연히 힘을 내세워 조정으로 진출한 것으로 취급하는 구신들이 곱게 보일 리가 없었다. 그러다 보니 정통성을 내세우는 정온 파와 그들을 무력으로 저지시킬 만한 힘이 있는 이겸 사이에 묘한 대치 상황은 점점 격해지는 것이다.

생각하던 휴는 천천히 입을 열었다.

"아버님께서 언제 한번 사제(私第)에 다녀가라고 하시는군."

"사도 어른께서? 알겠네, 그러지."

다만 이겸과 정온의 관계는 그렇게 악화일로를 걷고 있었지만, 어릴 때부터 동문으로 함께 수학한 탁과 휴의 관계는 아직 틀어지지 않았다. 그것은 휴의 조심성도 있었지만, 탁의 남을 쉽게 경계하지 않고 의심하지 않는 선한 성품 때문이기도 했다. 부친끼리는 정치적 입장 차이로 멀어졌더라도, 자신은 인간적으로 끌리는 휴를 절대 적대 상대로 만들고 싶지 않았다.

"궁온을 들이겠습니다."

그때 밖에서 계집종이 주안상이 당도했음을 알렸다.

"그리하라."

미소 섞인 탁의 대답에 곧 문이 열리더니 탁자 위로 궁온과 물과 뭍에서 나는 향기로운 식재료로 만든 음식들이 놓여졌다. 한가운데에는 황금빛 비단에 감싸인 궁온이 자리 잡고 있었다. 그야말로 임금이 하사한 술이었다. 곧 일어나 먼저 예를 갖춘 두 사람은 다시 의자에 앉았다. 탁이 먼저 술병을 들어 휴에게 건넸다.

"자, 상만호(上萬戶) 어른, 한잔 받으시게."

이번 구적(寇賊: 외적)을 평정한 공으로 휴는 순군을 지휘하는 순군만호부(巡軍萬戶府) 상만호의 품계를 받게 되었다. 순군이란 명목상으로 절도, 난동, 풍기를 담당하는 단속 기관이었으나, 사실상 갖고 있는 권한은 훨씬 더 컸다. 치안 외에도 전토(田土), 노비에 관한 소송, 금군(禁軍), 근위(近衛), 출정군(出征軍)뿐 아니라 형옥(刑獄)까지 아우르는 그야말로 정치, 경제, 사법을 장악한 막강한 군사 지휘 기관이었다. 같은 계품이라도 순군을 부릴 수 있는 순군만호부의 지위는 다른 직첩에 비할 바가 아니었다.

잔을 받은 휴는 술잔을 입에 댔다. 실로 금가루를 함께 녹였다고 하는 신묘한 맛을 지니고 있었다.

"관휘, 자네도 수고했네."

탁의 잔도 채워준 후 술병을 놓은 휴는 즐거운 얼굴로 술을 맛보고 있는 탁을 잠시 바라보다가 입을 열었다.

"누이동생과의 사이가 더없이 애틋한가 보더군."

왜인지 몰라도 술이 한잔 들어가니 문득 눈물에 젖어 매달리던 얼굴이 떠올랐다. 그래서 자신과는 전혀 어울리지 않는 말을 꺼냈더니, 안 그래도 뜬금없는 말이었던 듯 탁이 술잔을 놓고서 놀란 얼굴을 했다.

"누이동생? 자네가 우리 도화를 아는가?"

의아함이 묻은 탁의 말에 휴는 설핏 웃었다. 그러나 탁은 여전히 궁금증을 씻지 못하는 얼굴이었다. 지금껏 휴가 관심을 가진 것이 전쟁과 사직 이외에 무엇이 있었던가. 그런데 도화라니, 아무리 자신의 누이동생이라고 하더라도 그 아이도 여인이 아닌가. 그렇다면 드디어 건록이 여인에게 관심을 드러낸다는 것인가?

휴가 미묘한 웃음기를 입가에 머금으며 대답했다.

"복사꽃[桃花]이라, 잘 어울리는 이름이군."

"자네…… 혹 내 누이동생을 만났던가?"

"내가 자네인 줄 알고 기뻐하더군. 걱정으로 눈물까지 흘리면서 말이지. 자, 이제 눈물의 주인에게 그 근심을 돌려주었으니 다행이라고 해야 하나?"

"눈물의 주인이라니, 도대체 무슨 소리를 하는지 모르겠네."

"그렇다는 걸세. 한 잔 더 받게."

휴가 술병을 들자 탁은 얼떨결에 잔을 들었다. 살피듯 조심스레 휴의 기색을 탐색해 보았지만 평소에는 입 밖에도 내지 않던 이상한 말로 사람을 놀라게 한 것치고는 담담하기만 한 표정이었다. 혹시라도 믿고 의지하는 벗과 집안의 경사를 치르는 건 아닌가, 내심 기대를 해보았건만……

만약 휴와 도화가 맺어진다면 그 이상의 경사는 없을 것이었다. 휴의 부친과 자신의 부친, 현 정권의 양 축을 담당하고 있는 두 집안이 혼약으로 인해 더욱 단단하게 묶여지는 것이다. 안 그래도 요사이 급진적인 개혁을 주장하는 이견으로 인해 부친 정온과의 관계가 이전과 같지 않아 탁은 늘 걱정이 되었다. 더 이상 악화일로를 걷기 전에 만약 자식들끼리의 혼인으로 두 사람의 관계가 개선된다면, 숨 쉴 틈도 없이 쳐들어오는 외적의 위협과 무너진 왕권으로 약해질 대로 약해진 사직에 새로운 바람이 불 건 당연했다.

게다가 다소 냉정하기는 하지만 그 인물됨이나 큰 그릇, 당당한 기상을 생각했을 때 도화의 짝으로 휴 이상 가는 상대가 없었다. 누이동생의 여인으로서의 행복을 따진다고 해도 너무나 탐나는 상대였다.

"혹, 우리 도화에게 사내로서의 마음이 조금이라도 동한 것이라면……"

　조심스럽게 흘러나온 탁의 말에 휴는 표정을 굳힌 채 그를 바라보았다. 어떤 빛도 깃들지 않은 냉정하리만치 투명한 눈동자로 탁을 보다가 천천히 입을 열었다.

　"너무 앞서 가지 말아주게. 아직 누군가를 정하고 싶다는 생각은 해본 일이 없으니."

　탁은 섣부른 행동을 한 것 같아 후회가 일었다. 하긴, 늘 저렇게 냉정한 태도로 여색에 관심이 없는 휴이니 먼저 말을 꺼냈다는 것 자체로도 의미가 있는 행동이었는데, 괜히 자신의 망언 때문에 도화의 자존심만 상처 낸 건 아닌가 싶었다. 하지만 그만큼 욕심이 나는 상대라 어쩔 수 없었다. 일절 상관이 없을 때는 몰라도, 도화에 대해 조금이라도 언질을 한 상태라면, 그와 동서가 되고 싶다는 욕심을 막을 수 없었다.

　"어차피 자네도 혼례를 올려야 하지 않겠는가. 만약 내 도움이 필요하다면 언제라도 말하게. 내 자네의 든든한 후원군이 되어주지."

　사내 대 사내로서 진심으로 호감이 가는 벗이었기에 탁은 한 번 더 자신의 속마음을 비춰 보였다. 자신이 전장을 누비는 삶을 살게 된다면, 마지막까지 함께 가고 싶은 전우가 바로 휴였다. 같은 연배라지만 탁은 전장에서의 휴를 존경하고 있었다.

　"자네의 후원이라면 언제든 환영이네. 언제든 아내를 맞고 싶을 때 말하지."

　이것은 단순히 취기 때문일까. 휴는 왜 자신이 이런 말까지 곁들이고 있는 건지 스스로도 신기했다. 쉽게 농을 하는 성격도 아니었고, 실현되지 않을 말을 함부로 내뱉을 만큼의 경솔함도 없었다. 어차피 집안에서도 슬슬 압박이 들어오고 있으니 한 번은 해야 할 혼례라면 왠지 얼굴을 보고 가까이 접촉을 했는데도 짜증이 들지 않았던, 오히려 어떤 감미로운 부드러움을 느꼈던 그 소녀라면 괜찮을 것인가, 그런 생각을 하고 있는 것인지.

"자네 누이동생을 내게 주게."

생각에 빠져 있던 휴는 자신이 해야 할 성싶은 말을 대신 흘리고 있는 탁을 흘끗 쳐다보았다. 탁이 온화하게 웃었다.

"바로 이 말을 듣고 싶은 걸세, 난."

휴가 대답하듯 낮게 웃었다.

"언젠가는."

그래, 언젠가는 그런 말을 하게 될 날이 올 수도 있겠지. 허나 아직 그의 마음을 붙들 만한 건 없었다.

"아…… 멋진 말이구나."

아무리 기다려도 탁이 오지 않아 혹시 아직 귀가하지 않은 건 아닐까 싶어 마구간을 기웃거리던 설란은 잡털이 하나도 없이 윤기가 흐르는 말을 발견하자 자신도 모르게 탄성을 질렀다. 탁의 말도 좋은 종자였지만 지금 눈앞에 있는 말만큼은 아니었다. 맑고 검은 눈동자와 탄탄하고 매끈한 살집이 황홀하도록 시선을 끌었다.

"넌 누구니? 여긴 어떻게 온 게야?"

설란은 마치 사람에게 말을 걸듯 가까이 다가가 물어보았다. 잘 훈련된 말은 낯선 사람이 다가서는데도 필요없는 행동을 하지 않았다. 기품 있는 모습으로 설란을 똑바로 쳐다보며 서 있었다. 목덜미에서 등까지 난 긴 털도 잘 관리되어 있어서 설란은 어떻게든 그 갈기를 직접 만져 보고 싶었다. 그래서 자신도 모르게 손을 뻗는데 등 뒤에서 낯익은 목소리가 날아들었다.

"그만두는 게 좋을 것 같소."

순간 설란의 손이 멈칫했다. 누구의 목소리인지 금세 알아차렸다. 물론 친근한 이의 목소리는 아니었지만, 만난 지 얼마 지나지도 않았는데 벌써 잊을 리가 없었다. 게다가 그의 목소리에는 뚜렷한 외모만큼이나 무시할 수 없는 묘한 울림이 있어서 더더욱 쉽게 기억할 수 있었다. 중문 앞에서 마주쳐 그 추태를 보였던 사람이라는 걸 떠올린 순간 설란은 '하필이면……' 이라는 생각을 하며 한 걸음 뒤로 물러나 섰다.

어떻게든 피해야 할 사람이었는데 이렇게 또 마주치고 말았다. 오늘따라 그녀답지 않은 상황에 자주 부딪치게 되고 보니, 자신이 심옥만큼이나 방정맞은 사람으로 여겨졌다.

"야율은 여인을 겁줄 만큼 예의가 없지는 않으나, 주인이 아닌 다른 이의 손길이 닿았는데도 참아줄 정도로 인내심이 많지도 않은 놈이오."

"아, 이름이 야율인가요? 혹, 이 말의 주인이 귀공…… 이신가요?"

안 그래도 말의 주인이 너무나 궁금했던 차라 고개를 번쩍 들고 재잘거리던 설란은 휴와 시선이 마주치자마자 금세 자신의 경솔한 행동을 깨닫고는 말끝을 흐렸다. 그래도 차마 궁금증을 견디지 못하고 끝까지 다 물어보고야 말았다.

천천히 다가온 휴는 오늘따라 자주 마주치는 이 소녀를 주의 깊게 쳐다보았다. 탁의 누이동생이라……. 탁과 그다지 닮지는 않은 생김이었다.

휴는 곧 시선을 거두어 야율에게로 옮겼다. 손을 뻗어 부드럽게 야율의 말갈기를 쓰다듬었다.

"네놈이 여색을 밝힌다는 걸 익히 알고 있었으나, 손을 대려 하는데도 요동을 치지 않다니 훈육을 다시 받아야겠다."

장난인 듯 아닌 듯 흘러나온 휴의 말에 설란의 고개가 갸웃했다. 전혀 웃지 않는 딱딱한 표정으로 흘리는 말이 장난기의 어조를 품고는 있으니 함께 웃어야 할지, 말아야 할지. 그래도 야율을 바라보고 있는 그의 눈매는 온화해 보였다.

'무서운 표정을 하고 있는 사람인데, 말과는 친근한 얼굴을 하기도 하는구나.'

설란은 조금 의외라는 듯한 얼굴로 휴를 바라보며 말했다.

"말이…… 아니, 야율이 참 아름다워요."

야율에게 시선을 두고 있는 휴의 입가에 잔잔한 미소가 머금어졌다.

"본래 3)진헌마(進獻馬)로 고국 땅과 이별할 처지였으나 그만 욕심이 동해 한 필을 빼돌렸소. 그놈이 야율이오."

순간 설란의 눈이 휘둥그레졌다.

---

3)진헌마(進獻馬): 중국 황제에게 바치던 말

"저, 정말인가요?"

휴는 대답 없이 묘한 미소만 머금으며 곧 야율을 끌어냈다. 그리고 가뿐한 몸놀림으로 안장에 올랐다. 설란은 조금 떨어진 거리에서 그런 휴를 조용히 올려다보고 있었다.

"덕분에 늦게나마 제대로 길을 들어……."

그때 탁의 처소를 알려준 것에 대한 감사의 말을 하고자 고개를 돌리던 휴의 눈동자가 멈칫했다. 떨어진 거리에서 자신을 하염없이 바라보고 있는 그 눈을 마주한 순간 어떤 기억이 어렴풋이 떠올랐다.

그래, 어느 날인가 이와 똑같은 일이 있었다. 호랑이라는 무시무시한 영물을 눈앞에서 접하고도, 또한 그 영물에게 위협을 당한 후임에도 그 소녀는 두려움이나 공포 따위 언제 있었냐는 듯 자신을 하염없이 쳐다보고 있었다. 그때, 전혀 시선을 주지는 않았었지만 자신을 바라보고 있는 그 어린 소녀의 눈빛은 느낄 수 있었다. 무인(武人)으로서 주변의 작은 상황 하나도 놓치지 않는 그의 날카로움 탓이었다. 아니, 호랑이를 고작 나뭇가지 하나로 맞서려고 했던 그 소녀에 대한 궁금증도 확실히 존재했었다.

'역시 그랬었군. 그때의 소녀였단 말인가.'

휴는 왜인지 계속 낯이 익은 듯한 느낌의 이유를 그제야 알아냈다. 휴가 하던 말을 갑자기 멈추자 설란은 고개를 갸웃거렸다.

"왜 그러시나요? 아, 저는 귀공을 본 게 아니라 야율을 좀 더 보고자……."

혹시라도 싶어 궁색한 변명을 하는 설란을 바라보는 휴의 입가에 알아채지 못할 정도의 낮은 미소가 그려졌다. 한편 설란은 왜 이러니, 왜 이러니, 속으로 하염없이 자신을 탓하고 있었다. 이상하게 이 남자 앞에선 자신이 심옥이 되는 것만 같았다. 꿈에 다시 생각날까 무서운 실수들을 연방 저지르고 있으니.

"과연 나뭇가지 하나로 호랑이를 맞상대하던 그 소녀로군."

이어 흘러나온 말에 설란의 동그란 눈동자가 활짝 열렸다.

"무슨……."

"그 기백이라면 내 얼굴을 똑바로 쳐다본 것 정도로 그렇게나 변명을 하지는 않을 터인데. 안 그렇소?"

들리는 말 모두가 이해가 안 가는 것투성이라서 갸웃거리며 휴를 쳐다보았더니 그는 마치 놀리듯 웃고 있었다. 설란의 뺨이 확 붉어졌다. 그나저나 호랑이라니, 나뭇가지 하나로 상대했다는 건 무슨 뜻일까. 생각하던 설란의 머릿속이 곧 하얗게 변했다.

"아……."

생각이 났다. 분명, 자신의 운명이 달라진 그날이었다. 부친이 보위에 오를 것이란 사실을 어머니 노씨로부터 전해 듣고 또 그날 혼례의 말을 들었었다. 그날부터 열 살의 어린 계집아이는 사라지고, 한 집안의 며느리인 자신이 새로 태어난 것이다.

그날 마주쳤던 마상 위의 그 사람은 너무도 눈이 부셔서, 수정처럼 맑은 아름다움과 옥처럼 빛나는 청수함에 시선을 빼앗기고 말았다. 성난 호랑이의 위협조차 오히려 도전처럼 여기며 두려워하지 않았던 그가 그제야 떠올랐다. 변한 것은 없었다. 관옥처럼 유려한 그 외모도 그대로고, 변했다면 더욱 더 당당해진 체구와 사내다움인데, 생명의 은인을 어떻게 그토록 까마득하게 잊었던 것일까.

"설마 묘통사에서 호랑이를 이긴 그분이신가요?"

다시금 그때 마주쳤던 호랑이의 안광이 떠올라 자신도 모르게 목소리가 떨렸다. 아직도 그때를 생각하면 두려움으로 온몸의 솜털이 쭈뼛 솟았다. 그의 말처럼, 겨우 나뭇가지 하나로 무엇을 어떻게 해볼 심산이었던 건지.

"아직 다 기억해 내지 못한 것 같소만 뭐라고 대답하면 좋겠소?"

"아, 아니에요. 기억하고 있어요. 감사합니다. 그때는 경황이 없어 목숨을 구함 받고도 감사의 인사도 드리지 못했습니다."

설란은 진심을 담아 허리를 숙여 감사를 전했다. 휴는 보면 볼수록 묘한 느낌이 드는 설란을 마상에서 조용히 내려다보고 있었다. 무엇일까, 왜 저 작은 소녀의 행동 하나하나가, 말 하나하나가 신경을 끄는 것일까. 알았다고 말하고 돌아서면 되는 것을 왜 좀 더 지켜보고 있는 것일까. 한줄기 섬광 같은 것이 휘의 눈빛을 날카롭게 스쳐 지나간 순간 그가 천천히 입을 열었다.

"생명의 은인이라면, 작은 것이라도 보은을 해야 하는 게 당연할 터. 진심으로 고맙게 생각한다면 내게 무엇이라도 보답을 해야 하지 않겠소?"

자신도 모르게 짓궂게 나가는 말을 휴는 스스로 막고 싶은 마음이 없었다. 고개를 든 설란이 잠시 난처한 표정을 짓더니 곧 함초롱한 얼굴에 환한 미소를 머금었다.

"어떤 것이든 제 능력 밖의 것이 아니라면 보답을 하겠습니다. 아니, 하고 싶습니다."

소녀의 미소는 격식만 따지는 귀족 여식의 것이라기에 좀 더 친근하고 좀 더 소박한 것이었다. 그래서 웃는 데 익숙하지 않은 휴는 어느새 그런 소녀의 미소에 동화되어 따뜻해지는 마음을 느끼고 있었다.

어쩌면 그가 전장에 나가 창칼을 휘두르며 지키는 것도, 이런 소박한 종류의 미소가 아닐지. 그런 생각을 하고 있었다.

"좋소. 언제라도 내가 그대에게 무언가를 원할 때 그대는 그 바람을 들어주어야 하오."

그가 원하는 것을 그녀는 주어야 한다. 그러하겠노라 스스로 먼저 약조를 했으므로. 설란은 순수한 미소를 지으며 고개를 끄덕였다. 그 약속이 두 사람에게 어떤 의미의 힘겨운 고난을 줄지 두 사람 다 전혀 알지 못하고서.

"소녀 반드시 그러하겠습니다. 헌데…… 계속 궁금한 것이 하나 있어, 여쭤봐도 되겠는지요?"

휴는 가뿐하게 고개를 끄덕였다. 무엇이 그토록 내내 궁금했던 것인지 이번엔 오히려 그가 더 궁금해졌다.

"그때, 묘통사에서 귀공께서 어떤 랑(郞)께 말씀하시길, 호랑이 가죽을 새로이 벗겨오면 받아주시겠다 하셨는데 그 랑께서는 이후에 호랑이를 잡으셨는지요?"

어쩌면 가장 설란다운 호기심이었다. 생각 같아서는 그때 며칠 더 묘통사에 머무르며 그 랑(郞)이 호랑이의 가죽을 벗기게 될지 확인까지 해보고 싶은 심정이었다. 그렇게나 호되게 질타를 받은 그 사내가 절치부심하여 사냥에 성공했을지, 그 차갑고 냉정한 사람은 그 랑(郎)의 실수를 용서하고 다시 받아들여 주었을지, 가끔 그날 일을 떠올리면 항상 함께 궁금했었다. 그러니 설란은 어떻게든 알고 싶어 물어본 말이었다.

하지만 휴는 설란의 궁금증이 자신의 예상 범위와 벗어나자 조금 당황하고 있었다. 확실히 다급한 상황에서 목숨을 구함 받은 규수가 물어볼 방향의 질문은 아니었다. 무엇보다 아우 찬에 대한 궁금증이라, 이상하게도 약간의 불쾌감마저 들었다.

"대답은 직접 물어보고 받으면 될 것 같소."

어차피 곧 만나게 될 일이 있을 것 같으니.

뒷말은 자른 채 불성실한 대답만을 남기고 휴는 고삐를 힘껏 당겼다.

"우리 도화에게 사내로서의 마음이 조금이라도 동한 것이라면, 내 자네의 든든한 후원군이 되지."

이상하게도 탁의 그 말이 떠올랐다. 하지만 설란의 입장에서는 그 말이 무슨 말인지 선뜻 이해가 안 가 휴의 등을 쳐다보았다. 그러나 그는 뒤도 안 돌아보고 곧 사라졌다.

야율이 정온의 사저(私邸)의 긴 담을 따라 요란한 말발굽 소리를 내며 지나갈 때였다. 갑자기 야율의 직선거리 앞에 다 헤진 방포(方

袍) 차림에 삿갓을 쓴 나이 지긋한 원정(圓頂: 중)이 서 있었다. 워낙 근접한 거리라 이대로 힘껏 속도를 줄여도 노인을 겨우 피할 수 있을까 말까였다. 어떻든 휴는 곧장 말고삐를 잡아당겼다.

"워!"

간담이 서늘해져 식은땀까지 났다. 휴로서는 쉽게 느껴본 적이 없는 초조함이었다. 그도 그럴 것이 분명 정면이 뚫린 것을 보고 말을 달렸는데, 눈꺼풀을 한 번 닫았다가 뜬 순간 그 원정이 갑자기 눈앞에서 버티고 서 있는 것이다. 기이한 기분이었다.

휴는 겨우 야율의 상태를 가라앉히고 자신을 이렇게나 속수무책으로 놀라게 만든 당사자에게 벌을 주기 위해 고개를 번쩍 들었다. 그러나 다음 순간 더욱 놀라울 일이 벌어졌다. 삿갓을 쓴 중은 분명 야율과 몇 발자국 정도의 거리에 서 있었다. 그것도 앞에.

그런데 어느 순간 등 뒤에서 홀연히 목소리가 날아들었다.

"귀공께서는 이 늙은이를 찾는 것이오?"

순간 휴는 퍼뜩 말머리를 돌려 목소리의 주인을 돌아보았다. 노인은 금방 생사의 갈림길에 섰던 사람치고는 더없이 평온하고 차분한 표정으로 서 있었다. 그것은 본능적인 느낌이었다. 노인에게서 범상치 않은 분위기를 전해 받은 휴는 그대로 안장에서 훌쩍 뛰어내려 합장의 예를 갖춰 노인을 대했다.

"소생이 상세히 살피지 못하고 말을 달렸나 봅니다. 혹여 길을 막았다면 사죄드립니다."

"길을 막은 것은 오히려 이 늙은이가 아니겠소."

대답하는 노인의 입가에 잔잔한 미소가 돌았다.

"어리석은 소생에게 무슨 말씀을 해주시려 길을 붙드셨는지요."

음의 고저 없이 차분하게 흘러나온 말에 원정은 일견 온화한 미소를 지었다.

"이 늙은이가 귀공께 하고 싶은 말이 있다는 건 어찌 아셨소."

"일생에 귀인(貴人)을 만나는 것이 흔치는 않은 일, 어떤 이는 평생 불가능하다고도 하나, 부족한 소생, 만나면 반드시 알아볼 수 있는 눈은 뜨고 있었습니다."

휴는 벌써 확신하고 있었다. 이 원정은 단순한 노파가 아니다. 운명을 점치는 상명사(相命師)라는 것을. 휴의 대답에 노인이 껄껄 웃었다.

"도리어 이 하찮은 빈도(貧道)가 귀공의 눈에 들어 감사한 일이외다."

그 음성과 웃음소리는 쇠약한 노파의 것이라기에 놀라울 정도의 울림과 기운을 담고 있었다. 휴는 더욱 긍긍업업(兢兢業業)하여 예를 갖춰 노인을 조용히 바라보았다. 곧 노인이 서서히 정색을 하고서 말했다.

"사생죄보(死生罪報)라, 죽고 사는 것이란 죄업(罪業)에 대한 응보(應報)요. 귀공의 앞길에 너무나 많은 사생이 얽혀 있구려. 귀공의 사생 또한 그 업보로 인하여 필시 편치는 않을 터."

과히 듣기 좋은 말은 아니었으나 휴는 내식 없이 원정을 바라보는 것을 멈추지 않았다.

"청렴하고 강직하나 한없이 고지식한 곧은 나무가 있으니 귀공의 칼끝이 이를 향하겠구료."

그러나 그 말에는 휴의 눈동자도 짧게 움직였다.

"그 말씀은 어리석은 소생이 누군가를 모해(謀害)한다는 뜻이오이까."

"허허, 글쎄올시다. 대답을 원한다면 드리지 못한다는 것이 제 대답인 바. 다만, 내 일찍이 사람들의 운명을 관찰하고 다녔으나 귀공과 같은 상(相)은 없었소이다. 사직이 장차 귀공의 손안에 돌아갈 것이니 전쟁의 괴로움을 피하지 말고 능히 나라를 지키는 공을 이루시오."

일순 휴의 눈이 번쩍 떠졌다.

"무, 무슨 뜻이오이까. 소생 듣는 덕이 부족하여 알아듣기 어려우니 부디 설명을 해주십시오."

"받아들이는 것은 귀공의 몫. 내 눈에 보인 귀공의 명은 군장의 운명이니, 머지않아 반드시 깊은 뜻을 품고 일어날 것이외다."

그 순간 휴의 가슴속에서 들끓고 있던 야망의 덩어리가 스스로 얽어매고 있던 사슬을 끊어내며 독사의 그것처럼 발딱 머리를 치켜들었다. 참을 수 없는 고양감으로 온몸의 신경이 떨리고, 그 떨림이 그의 가슴속 깊은 곳까지 휘몰아쳐 울렸다. 그러나 그런 휴를 바라보는 원정의 눈빛에는 짙은 안타까움이 담겨 있었다.

"다만, 가지기를 원하나 가질 수 없는 꽃이 귀공의 운명을 내내 시험할 것이니."

"그 무슨……."

말도 안 되는 일이었다. 가지기를 원한다면 정복하면 되는 것이다. 그것이 그가 살아온, 그리고 살아갈 방식이었다. 그 어느 것도 그가 정복하기를 원했을 때 그의 힘 앞에 무릎 꿇지 않은 게 없었다. 허나 노인은 애틋하다는 듯 고개를 가로저었다.

"가석하고 가석하니. 힘주어 쥐려 하면 할수록 귀공의 손만 열상을 입어 데이고 말 것을. 버리지도 못하고 취하지도 못하니. 그 혼잡을 막아줄 이 귀공 자신밖에 없으나 귀공 스스로는 버리지도 못하는 집착이니."

그리고 원정은 혀를 쯧쯧 차며 더 이상 할 말이 없다는 듯 몸을 돌렸다. 휴는 그가 말한 의미를 제대로 이해하고 싶었으나 왜인지 더는 그 노파를 잡을 수 없었다.

무엇인가. 도대체 무엇을 의미하는 것인가. 아무리 생각을 해보아도 지금의 휴로서는 결론을 도출할 수 없는 의문이었다. 생각에 잠겨 있던 휴의 고개가 번쩍 들렸다. 뒤늦게 노파를 다시 찾았으나 이미 그 모습은 사라진 후였다. 휴는 천천히 걸음을 옮겨 야율의 미끈한 몸을 쓰다듬으며 중얼거렸다.

"야율, 대체 무엇인 것 같으냐."

야율은 투레질만 할 뿐, 대답이 있을 리가 없었다. 공연히 속만 갑갑해져 휴는 훌쩍 말안장에 오르자마자 힘껏 박차를 가해 바람에 몸을 맡기듯 달려나갔다.

탁이 별채의 설란을 찾은 것은 저물녘도 한참 지나 밤이슬이 내릴 때였다. 하루 종일 본의 아니게 숨바꼭질을 한 설란은 덕분에 한창 골이 나 있어 그렇게 기다리던 탁이 왔는데도 침상에서 뒤돌아 앉아서 아는 체도 하지 않았다.

"설란아, 미안하다. 오라비가 이리 사과하지 않느냐."

설란의 옆에 자리를 잡고 걸터앉은 탁은 미안해서 어쩔 줄을 몰라 했다. 안 그래도 한참 뿔이 나 있는데 탁에게서 옅은 술 냄새까지 풍기자 설란은 더욱 토라졌다.

"호사스러운 술잔치를 벌이셨나 봅니다. 술로 연못을 이루고 고기로 숲을 이루느라 소녀 따위는 생각나지도 않으셨나 봅니다."

난데없이 주지육림(酒池肉林)을 들고 나오는 설란 때문에 탁은 더더욱 몸 둘 바를 몰랐다.

"설란아……."

"술기운이 불콰하시니 오늘은 이만 처소로 돌아가시어 침수를 드시지요, 서방님."

"허어, 우리 설란이가 단단히 골이 났나 보구나. 아무도 없을 때는 오라비라 부르랬는데도."

휴가 찾아온 일도 있었고, 그가 돌아간 후에는 마침 부친이 부른지라 또 탁은 그곳에서 시간을 잡아먹어야 했다. 그러나 마음은 벌써 설란에게 와 있었다. 자신이 없는 동안 혹 쓸쓸하지는 않았을까, 외롭지는 않았을까 벌써부터 궁금해서 어떤 말도 귀에 들리지 않을 지경이었다. 그래서 걸음은 벌써부터 별채로 달려오고 싶었는데도 짬이 나지 않아 더욱 안이 달았는데, 그런 자신의 마음도 몰라주고 이렇게 잔뜩 골이 나 있으니 탁은 도리어 설란이 야속했다. 그래서 어떻게든 그 마음을 풀어주고 싶어 탁은 다시금 설란의 마음을 녹이는 데 정성을 다했다.

“미안하다. 내 이렇게 사과할 테니 어서 마음 풀려무나. 네 웃는 얼굴이 보고 싶어서 전장에서도 정신없이 달려오지 않았느냐.”

그제야 미동도 없던 설란의 몸이 조금 움직였다. 전장이란 소리가 나오니 여인의 좁은 마음으로 이렇게 성이나 내고 있는 자신이 너무 얕게 느껴졌다.

“승전하신 소식은 벌써 들었어요. 다행이어요.”

이내 쭈뼛거리며 입을 열었다.

“에이, 그러지 말고 얼굴 좀 보자. 서운해라. 잘했다 칭찬도 해 주지 않을 테냐?”

설란은 마지못해 넘어가 준다는 듯 볼을 부풀리고서 그제야 몸을 돌렸다. 언제나 다정한 탁의 부드러운 얼굴을 바라보며 머뭇머뭇 말했다.

“경하드려요. 하지만 얼마나 걱정했는지 아셔요?”

탁이 빙긋 웃으며 설란의 뺨을 다정하게 쓸어주었다. 응시하는 탁의 눈동자에 소중하고도 소중한 상대를 대하는 애정이 가득 깃들어 있었다.

“허나 이번엔 내 혼자의 능력으로 이긴 게 아니야. 건록이라는 벗이 있다. 그가 때맞춰 와주어 원군을 해주지 않았더라면 아마도 쓰디쓴 패배의 잔을 마셔야 했겠지. 실제로는 져버린 싸움이었단다.”

탁의 얼굴엔 누를 수 없는 짙은 근심이 배어 있었다. 아마도 본인의 능력으로 이기지 못했다는 데 대한 자괴감이리라. 그 고뇌가 가슴에 선연히 와 닿은 설란은 고작 한나절 그와 어긋났다고 골을

냈던 자신이 그렇게 창피할 수가 없었다.

"소녀, 비록 어리석은 여인이지만 전장의 고됨을 모를 정도는 아니에요. 원군이 와 이겼다 하셨으나, 그때까지 군사들을 이끌고 싸워 버티신 건 분명 오라버님의 공이어요. 마땅히 누려야 할 승전의 기쁨을 그런 생각으로 하찮게 치부하지 마셔요."

언제나 그렇듯, 아이처럼 토라지는 모습을 보이다가도 또 금세 어른스러운 모습으로 자신을 다독여 주는 설란을 탁은 사랑하지 않을 수 없었다. 애틋하고도 애틋한 그의 단 하나의 여인이었다.

"역시 네게 듣는 오라버니 소리는 좋다."

그것은 탁의 진심이었다. 단지 자신이 지아비가 될 사람이기 때문에 그녀와 가까운 건 싫었다. 오라비처럼, 벗처럼 지내고 싶었다. 그러다가 진정 마음 전체로 아끼고 위해주는 지아비가 되고 싶었다. 그건 너무 어린 나이에 자신의 집으로 들어와 그 긴 세월을 견디고 보내온 설란을 위한 배려이기도 했다. 지아비라는 이름으로 아직 어린 설란에게 부담을 주기는 싫었다. 이미 열다섯, 여인으로서 만개한 나이임에도 탁은 여전히 설란이 아주 작고 작은 꽃이었다. 바람이라도 불라치면 혹시라도 꽃잎이 떨어지지 않을까 걱정스러운, 그만의 여린 꽃이었다.

"아직 정식으로 혼례를 올리지 않았으니 그때까지는 너와 나, 오라비와 누이동생으로 더 가깝게 지내자."

"하지만……."

설란은 걱정스러운 낯빛으로 웅얼거렸다. 낮의 일 때문에 신경이 쓰였다. 자신의 조심성 없는 행동으로 그런 청천벽력 같은 일이 일어났다. 그 일 때문에라도 앞으로는 꼬박꼬박 서방님이라 부르며 더욱 조심스럽게 탁을 대해야지 생각하고 있었다.

다행히도 야율의 주인인 그 사람이 탁에게 쉽게 고해 바치진 않은 모양인지 아직 탁은 낮의 일에 대해 모르는 것 같았다. 그런 말 따위를 흘릴 사람으로 보이지도 않았지만.

"알겠지?"

탁이 다시 한 번 다짐을 받으려 하자 고민에 빠져 있던 설란은 못 이기는 척 고개를 끄덕였다. 그녀도 서방님보다 오라버니라고 부르는 데 더 익숙해져 있기 때문인지도. 당분간은 더 탁에게 어리광을 부리고 싶은 마음이었다. 그래서 설란은 활짝 웃으며 대답했다.

"네, 오라버님."

"그래. 우리 고운 설란이, 어여쁜 설란이."

언제나처럼 탁은 설란의 결 좋은 머리카락을 쓰다듬으며 중얼거렸다. 그 손길만 받으면 설란은 마음이 한없이 편안해졌다.

"아 참, 얘기가 나왔으니 말인데, 건록 그 친구가 아무래도 도화에게 마음이 있는 것 같아. 한 번도 그런 적 없는 친구가 오늘 와서 도화의 이야기를 비추더구나."

낮게 돌고 있는 술기운 때문일까, 아니면 설란의 화가 풀려서 즐거워서인지 몰라도 탁은 아직 확실치 않은 말을 흘리고 있었다. 이런 식의 앞서 가기를 별로 좋아하지 않을 건록의 성정이라는 걸 잘 알고 있는데도 왠지 오늘은 이런 기분 좋은 이야기만 하고 싶었다. 실제로 건록이 그런 마음이기를 더없이 바라고 있기 때문인지도 몰랐다.

　순간 설란의 눈이 반짝반짝 빛나며 호기심을 보였다.

　"어머, 정말이요? 도화 아가씨를 말이어요?"

　설란이 즐거워하자 더 즐거워하며 탁이 커다랗게 웃음을 터뜨렸다.

　"그렇게 재미있누? 뒤에서 속닥거릴 말이 생기니까 기쁜 게지."

　장난스럽게 설란의 콧등을 살짝 튕기며 탁이 한 말에 설란은 밉지 않게 흘겨보며 변명했다.

　"그런 것만은 아니에요. 왠지 아가씨랑 잘 어울리실 것도 같아서란 말이에요."

　그건 사실이었다. 야율의 주인인 그 사람이 건록인 것 같은데, 그의 수려한 외모라면 그 어떤 이라도 아름답게 빛내줄 것 같았다. 그런데 하물며 이 댁의 고명딸인 어여쁜 도화 아가씨라면 더 더욱 그렇겠지.

　그나저나 감정 표현이라곤 없을 것 같은 그런 사내가 여인에게 관심을 갖고 있었다니, 설란은 그게 좀 놀랍기도 하고 재미있기도 했다. 어떤 이를 마음에 품고서, 그 오라비 되는 사람에게 속마음을 표명할 사람으론 전혀 보이지 않았던 것이다. 하지만 더욱이 그런 느낌 때문일까, 차갑고 무심하게만 느껴지던 그 표정이 조금은 인간적으로 생각되었다.

　설란이 그렇게 자신만의 생각에 빠져 있을 때 탁의 얼굴에선 일순간 웃음기가 사라지고 있었다. 고개를 갸웃거리며 물었다.

　"건록을 알고 있니?"

덕분에 더 놀란 건 설란이 되어버렸다. 하마터면 낮에 있었던 추태를 자신의 입으로 늘어놓을 뻔했다. 설란은 깜찍할 정도로 뻔뻔한 표정으로 얼른 사태를 수습했다.

"아니어요. 그럴 리가 있나요? 도화 아가씨가 너무 예쁘니까 어떤 분이 곁에 서도 선남선녀일 것 같아 함부로 해본 말이어요."

거짓말을 늘어놓고 있는 목소리에는 그 어떤 머뭇거림도 없었다. 말을 하면서도 설란은 자신이 이렇게 뻔뻔한 인물이라는 걸 처음 알았다.

"아아, 그래. 우리 도화도 어여쁘지. 우리 설란이만큼은 아니지만 그래도 어여쁘지."

중얼거리듯 말하던 탁의 몸이 슬슬 기울어지더니 곧 설란의 무릎을 베고 누웠다. 아무래도 불콰한 술기운과 여독 때문에 쉬이 피곤해진 것 같았다.

설란은 탁이 잠시라도 눈을 부칠 수 있도록 그에게 무릎을 내주었다. 조금 여독을 푼 후에 사람을 시켜 그의 거처로 옮기면 되니, 그때까지는 조금이라도 쉬게 해주고 싶었다. 그 누가 자신에게 이렇게나 따뜻하고 정성스럽게 대해줄까. 언제나 탁을 생각하면 애틋한 마음부터 들었다. 자신은 그저 부모님의 마음을 편하게 해드리기 위해, 오로지 그 마음으로 그의 아내라는 자리에 들어온 것인데, 그는 언제나 깨지기 쉬운 무언가처럼 마음을 다해 그녀를 대해주었다. 가슴 깊이 그에게 감사하고 있었다.

비록 이 마음이 세상 사람들이 말하는 남녀 간의 괴는 마음과는 다를지언정. 속절없는 두근거림도, 생각만 해도 저릿한 감각도,

뜨겁게 타오르는 열정 같은 것은 없다고 하여도 더없이 편안하고 따스하여 행복하므로. 설란은 그것만으로도 이 사람과 평생의 언약을 지켜가며 살아가고 싶다고 생각하고 있었다.

"잠시만 눈을 붙이마."

벌써 수마에 반쯤은 의식을 빼앗긴 탁이 끝까지 정신을 붙들고 말했다. 설란은 그런 탁이 너무도 안쓰러워 안심시켜 주고 싶었다.

"걱정 마셔요. 오라버님 찾아 바람님 놀러오면 없으시마 말하고, 비님 들이닥치면 바쁘시다 핑계 대고, 꽃비 흩날리면 후에 함께 놀러가마 일러둘게요. 아무도 방해하지 못하게 설란이가 다 따돌려 드릴게요."

그러니 편히 눈 붙이셔요.

마치 어미가 자식에게 하듯 설란은 자신보다 일곱 살이나 많은 탁을 다독이며 편안히, 아주 편안히 잠의 문턱으로 배웅하고 있었다. 그래서 탁은 고운님의 품 안에서 그녀의 바람대로 편안히 잠이 들고 있었다. 고백처럼, 잠결에 흘리는 말처럼 탁은 잠들기 전의 자신을 붙들고 낮게 중얼거렸다.

"나는…… 조금 두렵기도 하다. 너무 곱고 고와서, 너무 어여뻐서 혹여라도 누가 우리 설란이 내게서 빼앗아갈까 봐, 꿈에라도 그 모습 봐버리면 소스라치게 놀라서 잠도 다 달아나 버려. 우리 설란인 아직 그 누구한테도 보여주고 싶지 않아. 보여주마 말은 했지만 건록이라도 마찬가지야. 그 친구……. 욕심이 대단해서 자칫 잘못하면 빼앗겨 버릴지도 모르거든. 무서운 친구야."

설란은 탁의 그 말을 늘 그가 흘리는 장난의 하나로 듣고서 잔
잔하게 웃었다. 그러나 왜일까, 탁은 무섭도록 덮쳐드는 수마의
와중에서도 상당히 묵직하게 그 생각들에 휘둘리고 있었다. 그것
은 예감이었을까. 이상하게도 탁의 피부에 전율처럼 울리며 와 닿
는 생각들이었다.

'그러니 오라비는…… 설란이 네가 그 친구는 끝내 몰랐으면
좋겠구나.'

미처 끝맺지 못한 말은 잠결 속으로 함께 끌려 들어가 버리고
말았다.

三章

"경의 뜻은 내 잘 알고 있으나 공신(功臣)의 토지마저 거두어들이는 것은 좀 더 생각해 봐야 할 일이오."

왕은 수북이 쌓인 상소를 앞에 두고서 이겸을 달래듯 나지막이 타이르고 있었다. 일부러 다른 대신들은 제외한 채 이겸만 맞대하고 있었다. 급진적인 전제, 군제 개혁을 주장하고 있는 이겸이 현 왕은 왠지 부담스러운 동시에 혹시나 싶어 견제가 되었다. 그러나 그가 쥐고 있는 병권을 무시할 수 없는 것이기에, 또한 자신을 보위에 올리는 데 있어 가장 공이 큰 그이기에 함부로 대하지는 못하고 있었다.

"허나 사전(私田)을 국고로 회수하는 것은 개인의 배를 채우는 것이 아닌 사직을 튼튼히 하고자 하는 것이옵니다. 폐관(廢官)의 수탈로부터 농민의 경작권을 보호하여 백성을 무거운 조세의 부담으로부터 줄이고자 하는 바, 사사로이 잇속만 채우고자 사직을 등한시하는 불충한 무리를 전하의 위엄으로 아우르시라, 신 감히 주청드리옵니다."

겉보기로는 백성과 사직을 위하는 이겸의 주장도 틀린 것은 없어서 왕의 용안에는 점점 더 짙은 수심이 어렸다. 다만 이겸이 저렇듯 내세우며 추진하고 있는 개혁에 구신들의 공신전 외에도 왕의 뒤를 받쳐 주는 귀족들의 사유 재산까지 관련되어 있어 구신들의 반발이 이만저만이 아니었다.

"내 더 숙고해 보겠소. 경은 그만 물러가시오."

왕은 결국 어떤 결정도 내리지 못하고서 이겸을 물렸다. 그가 나간 후 왕의 시선은 다시금 상소로 옮겨갔다. 상소는 하나같이, 병권을 아우르고 있는 이겸이 휘하 세력들을 이용해 무리한 요구를 내세워 사직을 어지럽히고 있으니 마땅히 그에 걸맞은 벌을 내려 왕권의 지엄함을 보여주십사 계청하는 내용들이었다. 그러나 왕으로서는 수많은 전란을 통해 빼어난 전공을 세운 이겸에게 단호한 행동을 내리기가 어려웠다.

제아무리 대단한 인재라 하여도 출전한 모든 전장에서 승리한다는 것은 무예도 물론이거니와 전략적 능력도 뛰어나야 했다. 또한 이겸은 타고난 무인 기질을 갖고 있었으면서도 휘하의 사람을 잘 부려 인재를 곁에 붙들어두는 융화적 인물이었다. 그런 수많은 장점을 가진 비범한 인재이니 저렇듯 상소를 빗발치게 올려도 반대 세력으로 만들기가 쉽겠는가. 그러니 출신도 미비한 이를 능히 제압하지 않고 방관, 조장한다는 불만이 여기저기에서 터지는 시국이었다.

"이리할 수도 저리할 수도 없는 노릇이구나."

왕의 입에서 짙은 한숨이 흘러나왔다.

한편 대전을 나선 이겸은 자신을 배척하고 왕을 조정하는 무리들에게 깊은 배신감을 느끼고 있었다. 부친 때부터 사직을 지키기 위해 목숨을 바쳐 충성을 하였거늘 돌아오는 것이 이런 괄시란 말인가. 안 그래도 자신의 출신을 들먹이며 견제를 하는 구신들에게 조금씩 일어나던 반발은 왕이 점점 자신을 의심하고 구신들의 편을 들려 하자 더더욱 노기가 솟았다.

자신의 도움으로 오른 왕위가 아닌가. 헌데 어찌 자신을 의심하고 개혁 추진에 저리 소극적인 태도를 보이는 건지 좀처럼 불만과 화가 잦아들지 않았다. 화난 그대로 사저에 도착해 역정을 내며 걷는데 마침 거처 앞에서 도윤이 기다리고 있어 합류했다.

"양전의 상황은 어떠한가."

걸어가며 이겸은 도윤에게 은밀히 물었다.

"금일까지 삼십만 결의 토지가 등록되었습니다. 이전의 전적도 모두 소각할 준비를 마쳤습니다."

도윤의 대답에 이겸은 조용히 고개를 끄덕였다. 왕과 구신들이 반대를 하더라도 그는 자신의 의도대로 추진하고 있었다. 전제와 군제 개력은 첨예한 이해와 실권의 향방이 결정되는 사안인만큼, 무슨 일이 있어도 성공해야 했다. 다만 저들도 눈뜬 장님은 아니니 더더욱 충돌이 일고 있었고, 이로써 양 세력 간에 반목이 극에 달하게 되는 건 당연한 사실이었다.

그러나 견제하는 데만 정신이 팔려 있는 그들도 미처 모르는 사실이 있었다. 왕을 보필하는 충신으로서 자신의 자리를 확고히 하기 위해 반대 세력을 눌러 버리려 한다, 단지 그것 때문에 이렇게 무리까지 해서 개혁을 단행하려는 건 아니라는 사실을.

이겸의 가슴속에 이는 야망은 좀 더 크고 좀 더 치명적인 것이었다. 바로 홍무국의 국운이 다했다는 것. 그것을 예리하게 읽고서, 그는 새로운 왕조를 열 역성(易姓)의 준비를 하고 있었다. 도윤을 필두로 그를 따르는 세력들과 자신을 대신해 사병들을 아우르고 있는 아들들, 그 모든 기반 위에서 혁명의 조짐이 조금씩 번지고 있었다.

“아이고, 궁주마마. 꽃 같은 것이야 가만히 두면 자라는 것을요!”

별채에 딸린 화원에서 직접 꽃을 돌보며 물을 주고 필요없는 잡풀을 뽑아내고 있는 설란을 발견한 심옥이 헐레벌떡 달려와 야단을 떨었다. 비단 저고리의 팔을 반쯤 걷어 올리고 치마저고리 또한 거동하기 편하게 띠로 묶어 고정시킨 설란이 흙 묻은 맨손을 털어내며 일어섰다.

“심옥아, 너도 이제 나이가 차 당장 내일 혼인을 한다 해도 빠르지 않거늘 어찌 그리 경망스러운 게야.”

늘 더펄거리며 뛰어다니는 심옥이 아무래도 걱정스러운 설란이었다. 이제 열여덟, 벌써 혼인을 했어도 모자랄 나이였다. 못나지 않은 얼굴에 성품도 선해 몰래 마음에 품고 있는 총각들이 여럿 있는데도 심옥은 거들떠보지도 않았다.

"하이고, 마마께서도 참. 무슨 그런 소름 돋아버리는 말씀을 하시고 그러신대요."

그렇게 짝을 지어주려고 애를 써도 저가 싫다고 저리 내빼니 도리가 없었다. 나이만 먹었지 아직도 철부지에 정신을 쏙 빼놓고 다니는 청맹과니였다.

"쯧쯧."

설란은 혀를 차고는 다시 꽃 사이에 앉아 잡풀을 골라냈다. 심옥이 기겁하고 달려들었다.

"궁주마마! 그만 하실 것처럼 구시더니 다시 주저앉으시면 어쩌신대요! 잘못하면 고운 손 다 갈라지십니다! 이년이 치도곤당하기 전에 제발 도로 나오세요오!"

"꽃도 정성을 들여야 더 곱게 색을 물들이고, 바위 하나도 애착을 가져야 더 단단해지는 게야."

"파하하하, 무슨 그런 말도 안 되는 말씀을요! 바위 따위야 흘끗 쳐다보지 않아도 잘만 단단하고 꽃도 가만둬도 쑥쑥 잘만 자라면서 지들 멋대로 니는 노랗니? 나는 벌겋네, 잘만 물들이는데요."

제멋대로 말하며 무에가 그리 웃긴지 배꼽을 잡으며 웃어대는 심옥이었다. 설란은 그 웃음소리가 벌써부터 귀가 따가울 정도로 커다래서 신경이 쓰이면서도 어쩐지 듣기 싫지는 않았다. 그저 아무것도 모르는 순박한 심옥이 저렇게 즐겁게 웃을 수 있는 세상이 바로 아버님께서 바라시는 것이 아닐까 하는 생각이 들어서였다.

용상에 오른 부친을 생각하면 이리 제 한 몸 편하게 지내고 있는 자신이 늘 미안하고 마음 한가운데 커다란 돌을 얹어놓은 것 같았다.

지난번 비 때문에 휘어진 꽃의 줄기를 곧게 펴주며 설란은 심옥을 밉지 않게 흘겨보았다.

"그러니 심옥이 네 말은 꽃 같은 것이야 가만히 둬도 잘 자란다는 뜻이렷다?"

"암만요! 궁주마마께서 가만히 두시면 아랫것들이 뭐시냐, 알아서 잘 키워낸다 이 말뜻이지요."

"말도 안 돼."

심옥의 설렁설렁 대답에 설란은 맑게 웃음을 터뜨렸다. 그리고 계속해서 자신의 할 일만 했다. 심옥은 아무리 말려도 듣지 않을 것 같아 어쩔 수 없이 한숨을 폭 내쉬었다.

"하면 이년은 얼른 달려가서 손 씻을 물을 떠올 테니까 어서 나오셔요. 나오셔야 합니다요!"

"알았다. 알았으니까 어서 가보아라."

허락이 떨어지자 심옥은 날듯 사라졌다. 말이 소세 물을 뜨러 간 것이지 아마도 돌아오려면 한나절은 걸리리란 걸 알고 있었다. 착하고 순박하긴 한데 어찌나 수다 떨기를 좋아하는지 소세 물을 마련하다가도 누군가와 마주치면 그 자리에서 한참이나 묵은 말을 풀어내야 직성이 풀리는 아이였다. 정신 차리고 뒤늦게야 달려와서는 죽을죄를 졌다고 징징 우는 게 심옥의 일과였다.

심옥은 언제나 기겁을 했지만 설란은 이렇게라도 흙에 손을 묻히고 꽃의 향그러움에 취해 있는 게 좋았다. 늘 손수 관리를 해서 그런지 별채의 화원은 그 어느 처소보다 아름답고 싱그러웠다.

"그래, 너도 바로 해주마. 그렇게 뿔난 것처럼 외면하고 있지 말렴."

설란은 빗줄기 때문에 옆의 꽃과 엉켜서 고개를 돌리고 있는 꽃에게 말을 걸었다. 흙이 묻은 하얗고 긴 손가락으로 엉킨 꽃을 풀어주고 있는데, 문득 긴 그림자가 졌다. 심옥이라 생각한 설란은 쭈그리고 앉은 모습으로 웃으며 고개를 돌렸다.

"어쩐 일이니. 오늘은 평소보다 빨랐……."

웃으며 말하던 설란의 말이 끊겼다. 생각지도 못한 사람이 서 있어 앉은 모습 그대로 굳어버렸다. 그림자를 드리운 그곳에는 휴가 고개를 살짝 기울이고서 설란을 내려다보며 서 있었다.

"아……."

설란은 이게 또 무슨 창피한 짓이냐고 생각하며 얼른 일어나 섰다. 어쩔 줄 몰라 하며 당황을 내보이다가 흙이 묻은 손이 눈에 들어오자 곧바로 뒤로 감추었다. 그러자 휴의 시선이 반쯤 걷어 올라간 소매 아래로 드러난 뽀얗고 가는 손목에 가 닿았다. 그 시선의 방향을 눈치 챈 설란은 울상을 지으며 저고리의 소매까지 얼른 끌어 내렸다.

'짓궂은 분이 아니고 뭐야. 보인다고 보실 건 또 뭐람.'

뭐라고 쏘아붙여 주고도 싶었지만, 탁의 벗인 이 사람이 바로 도화를 마음에 둔 사람이면서 탁을 전장에서 도와준 사람이란 걸 알고 있었기 때문에 그럴 수도 없었다. 되도록 좋은 인상을 주고 싶건만, 이런저런 모습들을 보이는 바람에 그런 기대는 애초에 그른 것 같았다.

"이곳은 별채입니다. 뭇 사내들이 함부로 드나들 수 없을 곳일 텐데요."

그래도 그것만은 항의하고 싶어 말했다. 그 말 그대로였다. 만약 함부로 출입할 수 없는 이곳에 그가 마음대로 출입하지만 않았다면 이런저런 일을 보여서 창피할 일도 없었을 것이다. 그런 생각으로 원망을 조금 섞어 말했더니, 놀라기를 기대한 그는 덤덤한 얼굴로 짧게 말했다.

"그렇군요."

설란은 도무지 이해할 수 없는 사람이라는 얼굴로 그를 바라보았다. 도리어 그가 곰곰이 생각하는 얼굴로 물어왔다.

"헌데 방금까지 누가 있지 않았소?"

그러자 이번엔 설란이 궁금한 얼굴이 되어 도리도리 고개를 저었다.

"아니요. 저 혼자 있었는걸요."

"그럴 리가. 분명히 누군가와 대화를 나누는 것……."

중얼거리던 휴가 문득 말을 멈췄다. 한 번 더 화원에 시선을 두는 순간 이 소녀가 대화를 나누던 상대가 무엇인지 깨닫게 된 것이다. 순간 무언가 간지러운 것이 슬금슬금 몸을 기어 다니는 것 같아 대번에 휴의 낯빛에 불쾌한 기색이 깃들었다. 차라리 개미가 낫지, 꽃과 대화를 나눈다니. 그로서는 상상도 할 수 없는 일이었다. 설마…… 하는 마음으로 시선을 돌렸더니 소녀가 함빡 웃으며 말했다.

"꽃이었나 봐요. 얼마 전에 내린 비로 모두 피곤하고 병이 들었거든요. 말을 걸어주고 있었어요."

휴의 낯에서 혈색이 사라졌다. 무언가 메슥거리는 사실을 듣기라도 한 듯 고개를 돌려 버렸다.

'이래서 어린 처녀는 문제야. 소름 돋는 소리를 잘도 하는군.'

아마도 그런 생각을 하고 있었는지도 모르겠다.

잠시 두 사람 간에 침묵이 돌았다. 아주 무겁고 무거운 침묵이.

"헌데 이곳엔 무슨 일로……."

저쪽은 고개만 돌려 버린 채 별로 입을 열 생각이 없어 보여서 할 수 없이 설란이 먼저 말을 꺼냈다. 어색한 모양으로 계속 그 자리에 서 있을 수도 없고, 왜인지는 모르겠지만 먼저 찾아와서는 마치 괜히 왔다는 듯 불쾌한 기색을 역력히 드러내고 있는 그가 신경 쓰였다. 그의 청수한 이마에 마뜩치 않다는 듯 세 줄 주름이 져 있었다.

철들 때부터 전쟁터를 뛰어다녀 창검(槍劍)과 같은 날카롭고 투박한 것에만 익숙해 있는 휴에게는 가볍게 밟기만 해도 여리여리 짓눌려져 버리는 꽃도 부담스러운 것이었지만 꽃과 대화를 나누는 순진무구한 어린 처녀도 더더욱 부담스러운 것이었다. 괜히 찾아와 해괴한 광경만 접했다는 생각을 하며 되는 대로 머릿속에 떠오른 말을 꺼냈다.

"궁주마마께 인사라도 드릴 겸 찾아왔소."

공적인 구실을 끌어다 붙이는 게 가장 나을 것 같아 이 댁 어느

구석에 붙어 있을 궁주의 핑계를 댔다. 설란은 고개를 갸웃거렸다. 궁주(宮主)라면 자신을 말하는 것 같은데, 지금 저 태도는 인사를 온 태도이기는커녕 궁주에 대한 최소한의 예우도 갖추지 않고 있었다. 어조도 여느 여염집 규수를 대하듯 다를 바 없었고.

'그럼 드려보시지요, 인사.'

그렇게 말하고 싶은 걸 꾹 참으며 휴를 흘끗 쳐다보던 설란은 이내 어떤 생각에 미쳤다.

'아…… 도화 아가씨를 보러 오신 건데 괜히 쑥스러워 그러시는구나.'

설란의 눈에 휴는 더없이 딱딱해 보이는 겉모습과는 다르게 부드러운 연심을 품은 사내였다. 또한 그 마음이 들킬까 봐 괜히 궁주를 들먹이며 도화의 주변을 맴도는 순수한 사람이었다. 그뿐 아니라 탁에게는 더없이 든든한 벗이기까지 했으니 설란도 어쩐지 그가 가깝게 느껴졌다.

"그 친구, 욕심이 대단해서 자칫 잘못하면 빼앗겨 버릴지도 모르거든. 무서운 친구야."

문득 어젯밤 탁이 잠결에 중얼거린 말이 떠올랐지만 선뜻 이해는 가지 않았다. 물론 묘통사에서의 첫 만남, 어제 다시 만났을 때의 한 치의 포용도 없는 차디찬 표정, 또한 마구간 앞에서 떠날 때의 냉랭한 느낌들, 모든 걸 도합해 봤을 때 친절하고 상냥한 느낌과는 한참이나 멀었다. 그러나 이상하게도 그렇게 나쁘게 보이지만도 않았다. 무엇보다도 도화를 가슴에 품고 있다는 사실이 설란에게는 그를 가깝게 느끼도록 해주는 부분이었다.

누군가를 연모하는 이치고 마음이 나쁜 이는 없을 것이라고.

"언제 한번 이곳 사저(私邸)를 소개시켜 드리겠습니다."

설란은 그 빙하 같은 사나이에게서 왠지 모를 살가움을 느껴 먼저 제의했다. 탁의 든든한 조력이 될 그와 자신이 친해두어도 나쁠 건 없을 것 같았다. 또한 이러한 신하를 두신다면 부친께서도 든든할 것 같다고 생각했다. 사저(私邸)를 구경시켜 준다는 핑계로 도화와 우연히 만나게 해줄 계획도 은근히 품고 있었다.

휴는 왠지 모르게 친근한 미소를 담아오며 말하는 설란을 흘끗 쳐다보았다.

"정히 그러하겠다면 내 잠깐 짬을 내보도록 하겠소."

퉁명스럽게 나가는 말이었지만 휴의 어법으로서는 최대의 긍정이었다. 그가 전장에서 보내는 시간 외에 사사로이 여인과 시간을 보내겠다는 생각을 한 건 처음 있는 일이었다.

"어제 궁금해하던 것에 대한 대답을 가져왔소."

문득 휴가 그 말과 함께 소매 안에서 비단 주머니를 꺼내 내밀었다. 안기듯 덥석 건네길래 설란은 자신도 모르게 손을 뻗어 그것을 받아 들었다. 순간 미안하게도 손에 묻어 있던 흙이 비단 주머니에 묻어버렸다. 그것을 바라보는 휴의 미간이 살짝 찌푸려지고 설란은 창피해서 귓불까지 달아올랐다. 그러나 모르는 체하며 설란은 얼른 비단 주머니를 열어보았다.

'뭘까?'

궁금증에 대한 대답이라고 하지만 오히려 더 궁금해졌다. 천천히 열어보니 안에는 오(五)봉술의 매듭(술)이 화려하게 엮어 있는 은칠보 단작노리개가 들어 있었다. 다만 띳돈에 달린 패물의 모양이 특이하였는데, 그 끝에 마치 짐승의 이빨처럼 날카롭고 뾰족한 무언가가 멋스럽게 장식되어 있었다.

"이건……."

뭐지? 뭘까? 무슨 의미일까?

한참을 생각하던 설란은 곧 그 의미를 깨달았다. 그러니까 이걸 도화 아가씨에게 전해달라는 뜻일까? 십중팔구 그렇다는 결론을 내린 설란이 방긋 웃으며 고개를 들었다. 그러자 휴가 담담한 얼굴로 말했다.

"호랑이 발톱 노리개요."

"아…… 네. 멋져요. 듣기로 호랑이 부작은 질병이나 액운을 막는 호신용으로 쓰인다죠? 잘 전해 드릴게요."

순간 휴의 표정에 영문을 모르겠다는 기색이 스치고 지나갔다.

"무슨 말인지는 모르겠소만 전해줄 필요 없이 낭자만 보면 되는 거요. 묘통사에서 내 아우가 이후에 호랑이의 가죽을 벗겼는지 궁금하다 하지 않았소?"

순간 설란의 눈동자가 동그래졌다. 그렇게 묻긴 했었다. 하지만 대답이 돌아오리란 생각은 전혀 하지 않았다. 오히려 이 사람은 무언가 기분 나쁘단 표정으로 이상한 말만 남기고 훌쩍 가버리지 않았던가. 그런데 이게 대답이라니, 말뜻을 곱씹어보던 설란의 눈매에 이내 환한 미소가 돌았다.

"그렇다면 그 랑께서는 호랑이 사냥에 성공하셨나 봐요. 그렇죠?"

"바로 그 호랑이에게서 얻은 발톱이라고 하면 대답이 되겠소?"

"네, 정말 잘됐어요. 또한 아우님이셨다니 너무 다행이에요."

함빡 웃는 설란의 얼굴은 무척이나 밝아 보였다. 휴는 마치 자신의 일처럼 기뻐하고 있는 설란을 탐색하듯 쳐다보았다. 양껏 좋아하고 있느라 자신의 시선도 신경 쓰지 못하고 있는 그녀를 신기하다는 듯 바라보던 휴가 곧 입을 열었다.

"무엇 때문에 내 아우의 일에 그렇게까지 관심을 가지는 거요?"

게다가 그렇게 기뻐하기까지 하는 것일까.

그것 때문인 것 같다. 이상하게도 어제부터 그 생각에만 미치면 반갑지 않은 감정이 생겨났다. 휴는 자신에게 왜 이런 감정이 이는 건지. 아니, 그렇다는 자체도 잘 받아들여지지 않았다. 그런데도 기분이 나빴다. 기분이 나쁘니까 자연히 불쾌한 것이다. 감정에 있어서 그는 단순했다. 기쁘면 기쁘다. 화나면 화난다. 그저 그렇게 한 방향밖에 알지 못하는, 감정이란 그에게 단순하리만치 명료한 감각이었다.

모르고 있었다. 어제 이미 그는 비를 맞아버렸다는 것을. 어젯밤 내린 비가, 설란이라는 난초 향을 묻힌 비가 그의 가슴을 적시고 조금씩 그의 몸 안으로 스며들고 있다는 것을.

설란은 노리개를 다시 비단 주머니의 안으로 넣었다. 그리고 자신의 실수로 묻어버린 흙을 조심스럽게 털어내곤 대답했다.

"왠지 그때 그 랑의 표정이 안타까웠거든요. 애틋하게도 귀공만을 바라보는 그 눈빛이 안쓰러웠어요. 자신의 활이 호랑이를 겨냥하지 못했다는 자괴감이 그저 보고 있는데도 느껴졌어요. 호랑이의 가죽을 벗겨오라는 명을 받고서 어떻게든 이루고 싶어하는 간절한 마음이 느껴져 와서 계속 잊혀지질 않았어요."

휴의 눈동자가 흔들렸다. 쉽게 납득되지 않는 말이라 왠지 기분 나쁘면서도 더 신경이 쓰였다.

"형님……."

문득 자신을 부르던 어릴 적 찬의 가는 목소리가 떠올랐다. 유난히 몸이 약해서 늘 챙겨주어야 했던 아우였다. 그러나 그런 식의 생각은 단 한 번도 해본 적이 없었다. 그저 자신의 몸 하나 지키지 못할 정도로 나약한 아우의 한심함만이 보였다. 그 나약함을 강건함으로 키워주는 것만이 자신의 할 일이라고 생각했다. 그랬기에 언제나 찬에게는 형으로서보다, 군장으로서 냉정하고 사나운 태도로 일관했다.

이겨내지 못하면 도태된다. 계속 그렇게 나약하게 굴다가는 전장에서 거치적거리는 존재가 될 뿐이다. 그러할 것이라면 차라리 눈앞에서 얼쩡거리지 말고 피해 있어라! 확고한 약육강식의 논리, 그것만을 찬에게 강요했고, 그것이 형이 아우에게 줄 수 있는 최고의 베풂이라고 생각했다.

헌데 이 소녀의 눈은 다른 것을 보고 있었다. 자신에게 닿으려고 하는 아우 찬의 노력을 그저 사내라면 누구나 갖고 있는 야망이나 호승심과는 다른 무언가로 말하고 있는 것이다. 이 소녀의 말대로라면 아우 찬의 바람은 그보다 좀 더 인간적이고 여린 것이었다는 뜻이 된다.

이해할 수 없었다. 사내로 나서 그런 나약한 감상 따위.

찬에게 자신은 가족이나 형이 아닌 군장이었다. 그는 동생이 아닌 부관이었다. 그래서 턱없이 모자라는 기량을 그렇게나 마뜩치 않아하며 늘 내쳤었는데.

"여기, 잘 보았어요."

생각에 빠져 있던 휴는 자신에게 다시 내밀어진 비단 주머니를 조용히 내려다보았다.

"덕분에 궁금증이 풀렸습니다. 그리고…… 흙이 묻어 죄송해요."

"돌려줄 것 없소."

휴는 차갑게 몸을 굳힌 채 몸을 돌렸다. 계속해서 설란이 한 말이 귓가에서 떠나지 않았다. 이런 감상 따위 그에게는 결코 반갑지 않은 것이었다. 아우 찬을 다른 시점에서 보고 싶지 않았다. 나약해지는 순간 군장의 운명은 끝난다. 모든 게 다 꽃 따위에게 말이나 거는 이 소녀가 만들어낸 감상일 뿐인데 뭐 하러 그런 황당한 말에 휘둘리겠는가.

'우습군.'

애초에 여인을 찾아온 것 자체가 나약함이었다. 동생의 나약함조차 참아내지 못하는 자신인데, 스스로 그런 감정에 빠져서 시간을 허비했다니. 다시금 냉정해진 휴의 느낌이라 설란은 고개를 가웃거리며 그의 넓은 등을 향해 말했다.

"노리개를……."

"그것은 그대의 것이오."

"하지만……."

"흙이 묻어버렸으니 돌려받고 싶은 마음이 가시었소."

너무나 깔끔한 말을 남기고 휴는 중문을 넘어 사라졌다. 설란은 혼자 남아 비단 주머니를 쥔 채 멍하니 휴가 사라진 곳을 바라보고 있었다. 곧 그녀의 목부터 얼굴 전체가 새빨갛게 달아올랐다. 더러우니까 다시 받기 싫다는 소리와 한 끝도 다르지 않았다. 정말이지 무례한 사람 같다.

"너무해."

설란은 지저분해진 비단 주머니를 내려다보며 속상해서 중얼거렸다. 헌데 한참 보고 있자니 자신이라도 이렇게 더러워진 건 기분 나빠서 다시 받고 싶지 않을 것 같기도 했다.

"너무 물이 맑아도 고기가 살지 않는다더니, 너무 성정이 깔끔하여도 비단 주머니가 수중에 남아나질 않겠구나."

설란은 귀한 호랑이의 발톱으로 만든 노리개가 담긴 비단 주머니를 조심스레 품에 안아 들고서 화원을 나왔다.

곧장 말을 달려온 사저로 달려온 휴는 대문 근처에서 천천히 말을 멈추었다. 넓은 평지에 세워진 웅장한 기와집의 대문 앞은 늘 사람들로 문전성시를 이루었다. 그것은 부친 이겸이 나이나 귀천을 따지지 않고 받아들이는 온갖 문·무관의 인재들 때문만은 아니었다. 단순히 지나가는 행인들이라도 대문 앞을 지날라치면 반드시 멈춰 서서 관료들이라면 허리를 접어 공손히 예를 올리고 평민들은 이고지고 있던 짐을 내려놓고서 큰절을 올리고서야 지나갔다. 그것이 바로 백성들이 이겸에게 보내는 존경심의 표현이었다.

홍무국 말년, 왕권이 약해질 대로 약해지자 귀족들의 횡포는 더더욱 심해졌고, 토지제도의 문란과 불교의 피폐로 백성들의 고통스러운 비명은 나날이 하늘을 찔렀다. 그뿐 아니라 하루가 멀다 하고 구적이 침입해 와, 북의 야인들뿐 아니라 홍건적, 여진족, 왜구까지 온통 침략이 일어 백성들은 고스란히 곡식과 물건을 약탈당해야 했다. 또한 그 무리가 국토를 황폐화시키고 나라의 근간이 되는 절과 문화재들을 보이는 대로 모조리 불태우니 산천마저 병들어가고 있었다.

그러나 마땅히 백성을 보호하고 외적을 소탕해야 할 관군은 이를 저지할 능력이 전혀 없었다. 토벌을 나간다 한들 차마 이겨내지 못하고서 출전하는 속속 패하기만 하는 지경이었다. 그때 휘하의 사병 이천을 이끌고 출전해 북방에서 넘어온 홍건적의 무리를 맞아 대승을 거둔 이가 바로 이겸이었다. 그때부터 이겸의 찬란한 공적은 시작되었다.

병마사로부터 시작해 밀직부사, 동북면도지휘사, 수문하시중 등 차례차례 단계를 거쳐 올라 구적 토벌에 일등 공을 세우다가, 당시 무자비한 침략으로 그 누구도 막을 자가 없던 왜의 장군을 화살로 사살하는 일로 민중의 인기를 한 몸에 받게 되었다. 그러한 백성들의 두터운 신뢰와 선망을 보여주는 일례가 바로 저렇듯 대문 앞에서의 모습이었다.

"어서 드시오, 상만호."

노복(奴屬)들로부터 인사를 받아가며 집 안으로 들어선 휴는 벌써부터 그를 기다리고 있던 도윤과 더불어 탁자를 사이에 두고 앉았다. 도윤은 부친 이겸이 오른팔처럼 여기는 사람으로 젊고 패기 있는 인재였다. 일찍이 그는 큰 세력이 없고 빈한한 가정에서 태어나 극심한 경제적 고충을 겪으며 자랐다. 다행히 겨우 이십 세에 문과를 통해 조정에 출사를 하였으나 워낙 받쳐 줄 기둥이 없어 주요 직책은 거의 맡아보지 못한 채 말단 한직만 떠도는 신세가 되었다.

그때 그의 뛰어난 문장을 높이 산 정온이 그를 천거해 외교 사절로 임명되어 외교 임무를 성공적으로 수행한 것으로 그의 인생에도 빛이 들기 시작했다. 다만 강직한 성품과 불같은 일면이 있어 자신의 생각을 잘 숨기지 못하니 주변 사람들과 융화되지 못해 누명을 쓰고 귀양길에 올랐다. 그러나 그는 유배 생활 중에도 학문을 게을리 하지 않고 한편으로는 백성들의 생활을 살폈다. 고통받는 백성들의 생활을 직접 목격한 그는 백성을 잘살 수 있게 하는 것이 가장 올바른 정치의 방향임을 자각했다. 그렇게 절치부심하여 기다리기를 몇 년 마침내 유배에서 풀려난 도윤은 정치판에서 자신을 든든히 받쳐 줄 수 있는 강력한 지원자를 찾았다. 그런 도윤의 눈에 띈 이가 실세 이겸이었고 그는 실력으로 이겸의 막하로 들어갔다. 이겸 또한 도윤의 남다른 재능을 아껴 그를 성균관

대사성에 추천해 본격적으로 운명을 함께하게 되었다.

휴를 바라보는 도윤의 서글서글한 얼굴에 흡족한 미소가 떠다녔다.

"이제 순군(巡軍)까지 부릴 수 있게 되었으니 이 어찌 광명이 아니겠습니까."

휴는 자신보다 훨씬 연배가 높은 도윤의 칭찬에도 별다른 반응 없이 덤덤하기만 했다. 워낙 표정 변화가 없는 사람이라는 걸 알고 있기 때문에 도윤도 개의치 않았다.

"평안도의 상황은 어떻소."

휴가 탁을 도와 북의 토착 야인을 격퇴하고 있을 때, 찬은 평안도로 침입한 홍건적을 막기 위해 출전했다.

"달천강에서 홍건적의 무리를 대파했다는 파발이 왔습니다. 이어 말머리를 돌려 함경도에 난입한 여진족의 무리를 치러 진군했습니다."

찬도 이제는 무리 없이 휴를 받쳐 주는 정도가 되어 있었다. 휴는 담담한 표정으로 말을 받았다.

"한 식경 후 나 또한 참군하겠소."

"지친 군사들에게 실로 희망이 될 것입니다."

굳은 믿음에서 오는 환한 미소가 도윤의 얼굴에 자리 잡았다.

현재 조정에서의 이겸의 기반, 그것이 가능하게 한 것은 바로 이겸이 소유하고 있는 사병의 힘이었다. 오랑캐 토벌 시 관군이 아닌 사병을 직접 이끌고 나갔다는 점에서 이미 천하는 이겸의 것이나 다름없었다. 나라의 안전이 한 개인이 소유한 사병의 힘에

좌지우지된다는 것은, 실세가 누구인가를 알려주는 단적인 예였다. 그러나 동시에 나라의 입장에서는 위험성을 내포할 수밖에 없었다. 그러니 구신들이 어떻게든 이겸을 견제할 수밖에 없는 상황인 것이다.

"진군해 있는 동안 대사성은 아버님을 더욱 받쳐 드리시오."

이겸이 만들어놓은 천하는 그의 셋째 아들인 건록으로 이어져 더욱 단단하게 다져지고 있었다. 건록은 이겸의 빼어난 무예 실력을 그대로 이어받은 유일한 아들이었다. 또한 다른 곳에서는 인간적인 베풂이 없는 건록이라도 전장에서만은 부하들과 함께 시석을 무릅쓰고 동고동락하여 군사들의 신임과 충성을 한 몸에 받았다. 한 군대의 수장이 그 군사들의 우상으로 존재한다는 것, 그 이상 가는 전술(戰術)은 존재하지 않았다.

"기무(機務)는 반드시 지켜져야 할 것이며 진행되는 데 있어 한 치의 어긋남도 없어야 할 것이오. 대사성의 충성을 믿겠소."

말을 하는 휴의 눈빛이 더욱 차분하게 가라앉았다. 조금씩, 한지에 물이 스며들듯이 그들이 조심스럽게 벌이고 있는 일은 한 사람이라도 더 자신의 세력을 늘려 구신들을 제압하는 일이었다. 그렇게 해서 그들이 바라는 궁극적인 목적은 바로 금상을 폐하고 그 빈 왕좌에 이겸으로 추대하는 것. 아니, 전혀 다른 새로운 국가를 이겸의 손아귀에 쥐어주는 것이었다. 바로 그것을 위한 전제, 군제 개혁이었고 그것을 위해 침략한 구적을 대파하는 것이었다.

"명심하고 있습니다. 이미 홍무국의 국운은 다한 바, 무능하고 덕이 없는 금상의 실정(失政)과 거듭되는 외침으로 나라의 힘이 점점 약해져 가고 있으매, 음직(蔭職)과 자치세력이 판을 쳐 통제마저 어려우니 홍무국을 유지시켜 온 이 제도들이 도리어 사직의 뿌리를 흔들고 있습니다. 이에, 혁혁한 공을 세워 민중의 절대적인 지지를 받고 계신 공(公: 이겸) 이외에 그 누가 나라의 쓰러져 버린 사직을 일으킬 수 있겠습니까."

도윤의 이겸을 향한 충성은 이미 그 몸의 혈관을 타고 흐르고 있었다. 그래도 휴는 날카로운 기색을 늦추지 않으며 말을 이었다.

"필요하다면 병사는 얼마든지 차출해 드리겠소. 백관들의 동향을 파악해 그림자처럼 움직여 우리의 사람으로 만들어야 할 것이외다."

그 말에 도윤의 낯빛에 금세 그늘이 드리워졌다. 기색을 파악한 휴가 넌지시 말했다.

"뭔가 말하고 싶은 게 있소?"

"이미 대부분의 백관들의 뜻은 하나로 정해져 있는 바, 썩을 대로 썩은 사직을 되살리기 위해 새 왕조의 부흥은 기실로 원해지고 있으나……."

흐려진 뒷말은 이미 명확한 바였기에 휴의 눈빛은 더없이 담담했다. 곧 휴의 입가에 일견 냉혹한 미소가 스쳤다.

"문답무용. 포곤 정온의 무리가 틀림없으리니, 아직 우리의 의중을 모른다고는 하나 그도 믿을 수 없는 일이오. 이미 짐작하고 있으나 증좌를 찾지 못하니 아버님이 내세우는 개혁을 빌미로 우리를 항시 견제하고 있는 게 아니겠소. 허나 그들이 진정한 적이 된다면 결코 순조롭지는 않을 일. 사직을 바로잡아 도태된 백성들을 구하기 위해서도 그들을 꺾을 밖에."

"이를 뿐이겠습니까. 허나 정온은 백성들의 두터운 존경을 받고 있으니 섣불리 움직였다가는 오히려 공의 앞길에 구름이 드리워질 수 있습니다."

"그렇지. 원로대신 대부분을 아우르고 있는 그와 맞붙어서 좋을 건 없겠지."

숙고하듯 조용히 중얼거리던 휴의 눈동자에 일순 한줄기 섬광이 일더니 곧 그 입가가 부드럽게 풀렸다. 그것은 분명 미소였다. 아무리 오래 지켜보았어도 그렇게 온화하게 웃는 걸 본 적이 없었기에 도윤도 다소 놀란 얼굴을 했다.

그러나 겉은 온화할지언정 그 안은 한기로 가득 찬 미소를 지은 휴가 천천히 입을 열었다.

"부딪치면 반드시 소리가 나게 되어 있는 법. 허나 피를 뿌릴 창검이 아닌 부드러운 것으로 맞대면 시끄러운 소리를 막을 수는 있소. 정온과의 일은 내가 알아서 하겠소."

더없이 자신있는 어조였다. 그가 생각하고 있는 방법이 무엇인지 궁금했지만 부친의 현명함과 기상을 그대로 이어받은 건록이 반드시 좋은 방법으로 처리할 것이라 생각하며 도윤은 고개를 끄덕였다.

"그럼 승전을 바라옵니다."

인사를 마친 도윤이 나간 후에도 휴는 조용히 앉아 있었다.

"내 눈에 보인 귀공의 명은 군장의 운명이니, 머지않아 반드시 깊은 뜻을 품고 잃어날 것이외다."

문득 일전에 마주쳤던 상명사의 말 한 구절이 떠올랐다. 그런 말 몇 마디의 예견이 아니더라도 어차피 자신이 밟을 길이었다.

끝까지 다다른 사직, 만약 부친과 같은 무관들의 사병과 기상이 없었더라면 외침을 당해 이미 몇 번도 더 사라졌을 운명이었다. 백성들의 지지와 군력의 규모, 그리고 도윤과 같은 젊고 패기 넘치는 문인들, 그 모두가 이겸이 일어서는 데 있어 든든한 주춧돌이 되어주고 있었다. 거기에 만인의 존경을 받는 온건파 정온의 힘까지 가세한다면 그 이상의 금상첨화가 있을까. 새 왕조는 이미 열린 것이나 마찬가지였다.

다만 정온을 자신의 편으로 끌어들이기 위한 전략이라면, 온건한 그의 성격에 맞게끔 부드러운 회유책으로 나가줄 필요도 있었다.

"도화라……."

그 여인이 좋을 듯했다. 혼인으로 양 집안이 합쳐진다면 현 시점에서 크게 갈려 있는 의견도 응집될 수밖에 없으리라.

대(對) 여진과의 전쟁은 원군으로 참전한 휴의 압승으로 마무리되었다. 찬의 지휘 아래 사병 천 명, 거기에 가세한 휴의 순군(巡軍) 천이 더해진 군단의 앞을 막을 수 있는 건 아무것도 없었다. 더없는 단결력으로 손실 전무라는 쾌거를 올리며 아군은 당당히 환군(還軍)했다.

함경도에서 도성까지, 휴는 종전이 되자마자 순군(巡軍)의 지휘를 찬에게 맡기고는 먼저 말을 달려 돌아왔다. 압도적인 전력의 차이가 나는 전쟁이었다고는 하나 참전의 여파와 먼 거리를 달린 피로로 그 단단한 야율이라도 지친 상태였다. 그것은 야율뿐 아니라 휴도 마찬가지였지만 그의 전력질주는 멈추지 않았다.

참전해 있는 내내, 스스로도 신기할 정도로 계속해서 머릿속을 차지하고 있던 어떤 얼굴이 있었다. 지금 휴는 그것을 찾아달리고 있었다. 어차피 자신의 것이 될 여인이었다. 그럼에도 생전 처음 겪어보는 심장의 진동을 찍어 누르며 휴는 피로도 잊고서 달렸다. 별것 아닌 존재라고 생각했다. 그러나 노리개를 들고 찾아간 순간 그의 마음의 방향은 이미 정해졌던 것인가.

모르겠다. 과연 어떤 마음인지. 그저 지금껏 거쳐 왔던 수많은 전장에선 늘 유지되던 평상심이 그날만은 흔들리고 있었다. 누군가에게 자신의 승전 소식을 전해주고 싶다는 생각을 한 것은 처음인 듯싶었다. 이익을 위한 정략(政略)이라고는 하나, 어차피 혼인을 할 사이라면 그 여인에게 이런 식의 짧은 간지러움을 드러내 보여도 그리 나쁠 것 같지는 않았다.

창과 검만을 상대하던 몸에 한 마리 곱디고운 나비가 날갯짓을 하며 포옥 날아들었다. 그것을 어찌 잡지 않을 수 있을까. 그래서인가, 갑주에 묻은 피를 채 털기도 전에 그 복장 그대로 그가 향한 곳은 정온의 사저(私邸)였다.

이미 어둠이 짙어진 시간, 사위는 온통 검고 조용했다. 그 오랜 시간을 달렸는데도 빠른 속도를 유지해 오던 야율의 말발굽이 정온의 집 대문 앞에서 속도를 늦추었다. 휴는 고삐를 천천히 당기며 대문을 바라보았다. 그러나 인적 없는 대문 앞에는 황량한 바람만 일었다. 휴의 굳게 다물려져 있던 입가에 씁쓸한 미소가 돌았다.

"한심하군."

어차피 얼굴을 보기는 힘들었을 것이다. 그런데 어째서 무작정 달려오고 싶었던 것일까.

"나는 그대가 필요하오. 그대 또한 내가 필요했으면 좋겠소."

이 혼인의 의미가 비록 야심을 채우기 위해 필요한 과정이라고 해도, 그 필요 또한 남녀 간에 중요한 것이라고 휴는 생각하고 있었다. 필요하여 감정을 주는 것이, 연정이나 괴는 마음과 다를 게 무에 있냐고.

그러나 무정한 생각과는 달리 야율을 천천히 걸리면서 대문 주위를 배회하는 휴의 그림자는 그 후로도 한참을 그곳을 떠나지 않았다. 마치 그 안에 있는 누군가를 그리듯, 그러면서도 그런 자신의 마음을 스스로 외면하듯, 대문과 야율 사이의 거리는 가까워질 듯하면서도 그 이상은 근접하지 않았다.

"하하하!"

이겸의 침소가 때 아닌 파안대소로 쩌렁쩌렁 울렸다. 흡족함을 담은 호탕한 웃음소리가 그의 침소를 가득 채웠다. 무엇이 그리 즐거운지 크게 웃음을 터뜨리고 있는 이겸의 맞은편에 휴가 차분

히 앉아 있었다. 한참을 웃던 이겸이 곧 무서우리만치 빠른 속도
로 정색을 하고는 입을 열었다.

"여색이라곤 쳐다보지도 않던 네가 꼭 필요한 시기에 아비에게
도움을 주는구나. 역시 내 아들이다!"

정온의 여식과 혼인의 의사가 있다는 휴의 의중이 떨어지자마
자 마치 세상에서 가장 재미있는 말을 듣기라도 한 듯 이겸이 웃
음소리부터 보인 것이다.

"허나 정온이 그 저의를 모르지는 않을 터. 호락호락하지는 않
을 것이다."

"각오하고 있는 사실입니다."

"그래, 그렇겠지. 허나 그렇다 하더라도 정온의 입장에서는 너
를 사위로 맞아들이는 호기를 놓칠 수도 없겠지. 오히려 눈엣가시
인 내 발목을 붙들기 위해서라도 기꺼이 찬성을 할 게다. 너를 갖
는다는 건 내 반을 갖는 것이나 마찬가지일 테니. 과연 정온이 너
를 얻어갈 것이냐, 내게 그 여식을 포함한 일가를 빼앗길 것이냐,
맞붙어봐야 알 것이겠지."

이겸은 진심으로 이 혼인을 재미있게 생각하는 것 같았다. 대소
신료의 우두머리를 차지하고 있는 원로대신 정온. 함께 거사를 도
모해 금상을 보위에 올렸으나 어느 순간부터 뜻이 갈라져 이제는
가장 견제해야 할 대상이 되었다. 이쪽이 저쪽을 눈엣가시로 보듯
저쪽도 이쪽을 어떻게든 매장시키고 싶어하는 것이다. 그렇듯 반
대파로 있기에 결코 편안한 상황이 아닐 텐데도 이겸은 늘 그렇듯
평심을 잃지 않았다. 그 대범함과 흔들리지 않는 위엄이 바로 휴

가 존경하는 부친의 일면이었다.

"제 놈이 금상의 여식을 며느리로 맞아들였다. 그것이 무엇을 의미하는 것이겠느냐?"

느긋하게 수염을 쓰다듬은 이겸이 말을 이었다.

"썩은 사직을 위해 제 한 몸 불사를 이가 그 고지식한 인물인 게야. 하물며 제 며느리가 궁주인데, 쉽게 역성(易姓)의 뜻에 동조하겠느냐? 그 융통성없는 성정으로 뻣뻣하게 굴면서 마지막까지 속을 썩이겠지. 재미있는 구경이 될 게야. 홍무국이란 말라 버린 샘에서 물을 퍼 올리겠다고 끝까지 고집을 부릴지, 다 드러난 바닥을 보고서 목숨이라도 살려달라고 구걸을 하게 될지. 이제 너 하기에 달린 것이니라."

"명심하겠습니다."

이겸의 눈빛이 벼른 칼날처럼 반짝였다.

"정온을 통째로 내게 갖다 바쳐라."

"명 받자옵니다."

그만한 가치를 돌려받을 만한 일이 아니라면 나설 이유가 없었다. 또한 휴의 그런 특징은 이겸이 더 잘 알고 있었다. 그렇기에 더더욱 아끼는 아들이었다.

이겸은 이미 죽은 본처와 본처의 사후에 맞아들인 후처 사이에 여섯 명의 아들을 두고 있었다. 당시 지방 관리들은 고향이나 근무지에는 향처(본처)를 두고, 중앙에서 기거할 때는 경처(후처)를 두었다. 그러니 젊어서 혼인한 한씨는 향처이고, 두 번째 부인 강씨는 이겸의 경처였다. 첫 번째 부인인 한씨 소생이 바로 휴와 찬을 포함한 네 아들이고, 강씨의 소생으로 또 두 명의 아들이 있었다. 전처소생들은 이미 장성한 성인이었고, 뒤늦게 맞은 후처소생들은 둘 다 아직 열다섯 안팎이었다.

이겸은 겉으로는 전장의 무참한 살육자, 혹은 정치판의 냉혹한 위정자였지만 아내와 자식들을 향한 속마음은 따뜻한 사람이었다. 그의 인간적인 면이 유일하게 향할 곳이 바로 가족이기 때문일지도 몰랐다. 다만 모든 면이 탁월한 휴에게만은 냉정한 위엄만을 보였는데, 너무 잘난 자식은 자식이더라도 부자(父子)라는 선을 뛰어넘어 동반자이며 협력자이며 동시에 경계의 대상이 되지 않을 수 없기 때문이었다. 그래서 이겸은 휴를 가장 도움이 되는 잘난 자식이자 자신의 뒤를 이을 후계자로 인정하면서도 조금은 거리를 두고 있었다.

그렇게 이겸은 휴를 제외한 찬과 다른 형제들에게는 자주 다정한 일면을 보이기도 했다. 안 그래도 자식에 대한 사랑이 깊은데 휴에 비해 많이 뒤처지는 다른 자식들이 괜스레 마음이 쓰이고 하고 가엾기도 한 것이다. 그래서 휴에게 하는 것처럼 단호하고 냉정하게 굴고 싶지 않았다. 또한 그런 마음은 아직 어린 후처소생들에게는 더욱 두드러져서, 그 어린 아들들을 대할 때의 그를 보면 휴를 대할 때의 딱딱한 모습은 상상이 가지 않을 정도였다.

과연 늦게 얻은 자식들에 대한 애정이 깊어 휴와는 차이를 두는 것인지, 아니면 될 성 부른 나무라 기대가 깊어 더욱 거리를 두어 차갑게 대하는 것인지, 이겸 자신도 잘 설명할 수 없는 부분이었다. 휴의 능력을 높이 사고 있었지만 그를 자신의 출중한 부하로 인식하고 있는 것인지, 자신의 모든 것을 물려줄 후계자로 낙점하여 키우고 있는 것인지. 모두 입을 모아 휴를 그의 후계자로 지목하고 맹신하고 있는 것 같았지만, 자신의 도움이 없어도 굳건히 서 있을 것 같은 휴에 비해 아직 어린 자식들을 마지막까지 보살펴 주고 싶은 마음도 적지 않았다.

"좋다. 나가보거라."

이겸의 말에 휴는 정중하게 인사를 올리고 침소를 나섰다. 닫히는 문을 바라보는 이겸의 눈빛이 빛났다. 과연 이 색다른 시도가 어떤 식으로 진행될지 지켜보는 것도 꽤 재미있을 것 같았다.

부친의 따가운 눈빛을 등 뒤로 느끼며 휴는 더더욱 신념을 굳혔다. 군장이 된다면 부친과 같은 모습으로. 그것이 휴가 바라는 이상이었다. 또한 부친이 용상에 오르게 될 것을 믿어 의심치 않았다. 다만 그 모든 것은 자신의 손을 통해 이루어질 것이며, 용상 또한 결국 마지막엔 자신의 소유가 될 것이었다.

청년 휴의 가슴 깊은 곳에 격렬하고 뜨거운 야심의 불덩이가 똬리를 틀고 앉아서 마침내 터져 회오리를 칠 때를 기다리고 있었다. 그것은 상명사를 만났을 때 여실히 한 번 그 존재를 드러낸 적이 있었던 기운이었다.

"형님."

복도를 걸어가고 있는 휴의 등 뒤에서 찬의 마른 목소리가 들렸다. 휴는 천천히 고개를 돌려 아우 찬을 바라보았다. 하얗기만 해 볼품없던 소년은 오로지 휴를 따라 달리는 것으로 어느덧 보기 좋게 그을린 강건한 청년이 되어 있었다.

"무슨 일이냐."

휴는 당분간 그 얼굴을 마주하고 싶지 않았지만 차갑게 말을 받아주었다.

"왠지 그때 그 랑의 표정이 안타까웠거든요. 애틋하게도 귀공만을 바라보는 그 눈빛이 안쓰러웠어요."

주제넘는 말이었다. 그런 식의 동경은 바라지도, 허용하지도 않았다. 허나 계속 그 말이 마음에 남아 찬을 보기가 영 마뜩치 않았다.

"무슨 일이냐고 물었다."

안 그래도 내키지 않는데, 마치 계집처럼 머뭇거리며 불안한 표정을 짓고 있는 찬 때문에 휴의 어조가 차갑게 내지르듯했다. 문득 눈앞의 그 모습이 여섯 살 어린 찬과 겹쳐 보였다.

"형님! 형님!"

빈약하고 깡마른 체구의 어린 찬은 귀찮을 정도로 휴를 불러대며 늘상 그의 뒤를 쫓았다. 그러나 휴는 이미 그 당시부터 장수들의 가르침을 통달해 활과 창검을 제 몸보다 능숙하게 다루는 상태였다. 그러니 찬에게는 휴가 우러름의 대상이었을지 몰라도, 휴는 비적거리면서 자신을 따라다니는 찬이 더없이 귀찮은 존재였다. 조금쯤 실력이 되어 검술의 상대라도 된다면 쓸모라도 있을 것인데, 찬은 창검(槍劍)은커녕 평지를 달리다가도 철퍼덕 엎어지는 한심한 아이였다.

“형님, 저도 데려가 주세요. 저도 따라가고 싶습니다. 제발 데려가 주십시오. 제발.”

그날도 찬은 첫 출전을 하는 휴를 졸졸 따라다니며 애원 섞인 사정을 하고 있었다. 장수 모두가 그런 찬을 보며 조롱을 흘렸다.

“도련님은 검 연습을 더 하셔야지요. 혹 전장에서 우시기라도 하면 누가 달래 드립니까? 화살비 내리는 곳에 젖어미를 대동하고 갈 수도 없고.”

장수들의 낄낄거림에 괜히 휴의 얼굴이 화끈 달아올랐다. 오직 힘과 지략만이 전부라고 믿고 있는 장수들이었다. 그러니 그들 눈에 찬은 그저 응석받이 젖먹이 도련님에 지나지 않았을 것이다. 그런 생각은 장수들과 함께 어울려 큰 휴도 별반 다르지 않았다. 비웃음을 당하는 동생의 약함이 그렇게 창피할 수 없었다. 자신에게까지 그 나약함이 묻는 것 같아 아우가 일순간 밉기까지 했다. 그런데도 찬은 울음을 터뜨릴 것 같은 얼굴로 휴만을 올려다보며 손을 내뻗고 있었다.

“비켜라! 네가 나설 곳이 아니다.”

휴는 냉정하게 그 손을 쳐내 버렸다.

“형님! 형님!”

그런데도 찬은 계속해서 휴를 쫓아왔다. 눈물을 뚝뚝 흘리며, 냉정하게만 대하는 형임에도 끝까지 매달리며 있는 힘껏 앞질러 가 말의 진로를 막아서기까지 했다.

“찬은 형님 같은 분이 되고 싶습니다! 제발 저도 데려가 주세요!”

그때 휴는 저지르지 말아야 할 행동을 하고 말았다. 눈물 콧물로 범벅이 되어 질질 짜고 있는 아우가 꼴도 보기 싫고 귀찮아, 그대로 말에 박차를 가했다. 놀라 굳어버린 찬의 표정이 일순 휴의 가슴을 찔렀지만, 우는 것밖에 할 줄 모르면서도 떼를 쓰는 아우가 정말 보기 싫었다. 그대로 말을 달린 휴는 결정적인 순간에 말을 날려 바위처럼 굳어 있는 찬을 뛰어넘었다. 모두가 놀라 버린 일이었다. 그렇게까지 하리라고는 누구도 생각지 못했던 것이다. 그러나 당사자인 휴는 뒤도 돌아보지 않았다. 아우의 무사도 확인하지 않고서 그 속도 그대로 전장을 향해 달렸다. 그 사건 이후, 누구도 어릴지언정 냉혹한 휴를 침범하는 일이 없었다. 혈랑(血郎)이라고 불릴 정도로 잔혹한 피의 공자가 된 휴의 성장 일면을 보여주는 일화였다.

'별것 아니다. 너는 아직 전장에 나갈 준비가 되지 않았을 뿐. 나는, 제대로 갖춰지지 않은 무력한 인간에게 내 뒤를 맡기고 싶지 않았을 뿐이다.'

아직도 그때를 생각하면 가슴에 아릿한 통증이 일지언정 휴는 그렇게 생각하며 외면해 버렸다. 그 때문인지 더더욱 찬을 대할 때면 딱딱하고 단호하게만 대했는지도 모르겠다. 그런데 그 상처를 건드린 이가 나타났다. 꽁꽁 싸매 덮어놓은 헝겊을, 어떤 소녀가 너무도 쉽게 들춰 버렸다. 오로지 형을 동경하는 것만이 우선인 아우의 순진한 마음, 그것이 약함일지언정 비난할 것은 아니라고, 멋대로 말하는 것이다.

'시끄러워.'

휴는 외면했다. 그런 말 따위에 휘둘릴 자신이 아니었다. 그러나 외면하고 있을지언정 혼돈에서 벗어날 수는 없었다. 휴는 선명할 정도로 그 소녀로 인해 흔들리고 있었다.

여섯 살, 형이 질주시키는 말 앞에서 놀라 휘둥그레진 눈으로 무방비하게 서 있던 소년이 지금 몸집만 커져서 휴를 바라보고 있었다. 어두운 표정으로 그가 입을 열었다.

"포곤 어른의 따님과 혼인하시겠다는 말씀, 들었습니다."

휴의 눈빛에 날카로운 기색이 일었다.

"엿듣는 것이 사내가 할 자랑스러운 행동은 아닐 터이다."

"죄송합니다. 하지만 저는 형님이 그러지 않으셨으면 좋겠습니다."

"호오, 그러지 말라?"

"전장을 누비는 고단한 몸입니다. 혼인만은 형님께서 진정으로 소중하다 생각하는 이와 하시어 지쳐 쉬고 싶으실 때 그 여인으로부터 위안을 얻기를 아우는 바라옵니다."

오로지 깊은 진심에서 우러나온 청을 올리는 찬을 휴는 지그시 들여다보고 있었다. 말 같잖은 충고에 분명 신경질이 먼저 뻗칠 줄 알았는데, 너무도 아우다운 말이라는 생각이 들자 오히려 웃음이 나고 말았다. 설핏 웃는 휴 때문에 찬은 멍해진 얼굴로 휴를 쳐다보았다. 분명 그의 질타를 예상하고 있었는데.

곧 웃음기를 지운 휴가 담담하게 말했다.

"누가 그러더구나. 네가 나를 바라보는 눈이 그리 애틋할 수가 없었다고."

"무, 무슨 말씀이십니까."

당황스러워진 찬이 귓불까지 붉어져서 더듬거렸다. 휴는 이상하게도 그 모습 때문에 또다시 빙긋 웃음이 일었다.

"만약 네가 사내가 아니라 여식이었다면, 친오라비를 은애하는 모습으로 비춰졌을 게야. 허면 내가 목적을 두고 하는 혼인을 내치고 너를 각시로 삼았을까?"

"혀, 형님!"

기겁한 찬이 원망을 담아 외쳤다. 자신의 말을 전혀 진지하게 듣지 않고 있는 휴가 야속하기도 하거니와, 그런 식의 장난도 그와 전혀 어울리지 않아 괜히 화가 났다. 물론 늘 형님이 아주 조금만 부드러운 성정이었으면 하고 바라긴 했었지만, 막상 살짝 풀어진 모습을 보니 그것 또한 절대로 보고 싶지 않았다. 영웅은 그저 영웅의 모습으로 그의 앞에서 군림하고 있으면 되었다. 이제 여섯 살의 어린 그는 없었다. 오히려 이제 그는 형님을 형님으로 생각하기를 포기했다. 이대로 누구도 범접하지 못하는 시대의 영웅이 되기를 바라고 또 바랐다.

"아니면, 네가 내게 바라는 것이 진정 무엇이냐."

어울리지 않게 농을 하는 것은 싫었지만, 그래도 오늘만은 자신의 말을 들어주고 있어 찬은 성심을 다해 고했다.

"아우는 다만, 난세의 중심에서 세파를 헤쳐 가시는 형님께 단 하나의 숨구멍이 될지 모르는 형수님만은 정치적인 목적이 아니라 소박한 연심으로 맞아들이기를 바라는 것입니다. 그것이 군장의 운명을 타고난 형님이 누리실 수 있는 유일한 평화라 생각합니다.”

“군장의 운명이라…….”

낮게 되뇌고 있는 휴를 찬은 하염없이 바라보았다. 휴는 바로 저런 눈이 아우가 자신을 동경하며 걱정하는 눈이 아닐까 하는 생각에 씁쓸하게 웃음을 깨물었다.

“군장이 되라 하면서, 소박한 연심은 가지라는 게냐. 앞뒤가 맞지 않는 말이니 놓아두고 가겠다.”

그리고 휴는 그대로 몸을 돌려 떠났다. 찬은 그 자리에 서서 휴가 간 자리를 바라보고 있었다. 그가 남긴 말뜻엔 역시나 단호한 부정이 서려 있었지만, 이상하게도 그 말을 할 때의 어조는 그렇게 차게 와 닿지가 않았다.

기묘하게도 어딘가가 많이 풀어진 느낌이라고 할까.

‘설마…….’

무언가가 변했다. 그렇게 오랜 시간을 오로지 형님의 그림자를 자처하며 달려온 그에게 차이가 느껴지지 않을 리가 없었다. 하지만 무엇일까? 무엇이 자신의 형님에게 한줄기 산들바람을 허용할 틈을 내준 것일까. 잘은 모르겠지만……. 홀로 선 찬은 계속해서 그 설마를 곱씹고 있었다.

정온의 사저(私邸)에 도착해 곧장 안으로 들어선 휴는 마땅히 정온의 거처로 향해야 할 발걸음을 돌려 별채로 향했다. 먼저 만나 확인해야 할 것이 있었다.

“언제라도 내가 그대에게 무언가를 원할 때 그대는 그 바람을 들어주어야 하오.”

언젠가 했던 말대로 그녀는 분명히 바람을 들어주어야 했다. 먼저 자신의 뜻을 밝히고 다짐을 받아내고 싶었다. 그렇게 하는 게 일의 속도를 낼 효과적인 방법이었다. 그러나 과연 오로지 그 이유뿐인 걸까. 아니, 이상하게도 그녀의 입으로 먼저 마음을 들어보고 싶었다.

그녀도 원한다는, 긍정한다는 대답을 이 귀로 듣고 싶었다.

“날로 더 우스워지고 있군.”

그저 부친께 정온을 통째로 갖다 바치기 위한 수단일 뿐이었다. 그런데도 가슴속에 이는 이 묘한 울림은 도대체 무엇이란 말인가. 별채가 가까워질수록 더더욱 진동이 빨라지고 있었다. 휴는 처음 느껴보는 그 감각에 도무지 익숙해지지가 않았다. 혹독한 전장에서도, 그 어떤 두려운 상대를 만나게 되더라도 한 번도 일지 않았던 초조감이 그 연하디연한 여인을 두고 일고 있는 것이다. 그야말로 우스운 일이 아니고 무엇인가.

별채의 중문까지 다가간 휴는 천천히 걸음을 멈추었다. 그리고 제멋대로 움직임을 지속하고 있는 심장을 손바닥으로 지그시 누른 후 이내 단호하게 중문을 넘었다. 그리고 언제나처럼 쉽게 만났던 그 여인의 그림자를 찾았다.

전장에서 뒤도 돌아보지 않고 달려온 그 사내가 찾았던 것 또한 이와 같은 것이 아니었을지. 그 소녀의 미소. 여리디여리고 연하디연한 미소였다. 보늬처럼 말랑말랑하고 꽃잎처럼 부드러우며 가을하늘처럼 청명했다. 바로 그것을 찾고 있었다. 그렇게 오랜 시간이 지나지 않았는데도 꽤나 오랫동안 보지 못한 것 같았다. 그런 생각을 하며 차분한 시선으로 별채의 마당과 화원을 두루 살폈다. 그러나 언제나 이 별채 안에서라면 쉽게 만날 수 있었던 모습이 오늘은 전혀 보이지 않았다.

'낭패로군.'

휴는 실망을 하고 있는 자신을 황당하게 생각하며 몸을 돌렸다. 그때 시야 안으로 중문을 넘어서는 비단 저고리가 들어왔다. 휴의 시선이 빠르게 돌아갔지만, 중문을 넘어선 여인은 전혀 얼굴을 본 일 없는 낯선 규수였다. 찾고 있는 이와 비슷한 연배일까, 다소곳한 품행과 가지런한 생김이 인상적인 참한 규수였다.

"누, 누구십니까."

나가려던 휴와 마침 들어선 규수 사이의 시선이 마주쳤다. 차분하던 표정도, 놀랐는지 금방이라도 비명을 지를 듯한 기색으로 바뀌었다. 혹, 요란하게 소리라도 지르면 귀찮아질 것 같아 휴는 차라리 자신의 신분을 밝혔다.

"관휘의 벗인 이건록이라 하는 사람이외다."

순간 규수의 눈동자가 활짝 열렸다. 비명을 지르기 직전까지 갔던 표정도 천천히 풀리며, 놀라움이 사라진 자리를 부끄러움 가득한 홍조가 채웠다. 그도 그럴 것이, 도화는 이미 오라비인 탁에게 건록의 존재를 들어 익히 알고 있었다. 그의 자($字$)와 전쟁에서의 높은 공, 그리고 그의 마음까지 모조리 전해 들어 마음의 준비를 하고 있던 차였다. 수줍어하면서도 그런 분의 아내가 될 자신의 미래를 홀로 상상해 보곤 했다.

그런데 눈앞에서 접한 외모마저 너무나 청수하니 도화는 그만 한자락 남아 있던 거리감마저 모조리 다 버리고 말았다. 어찌 저리 늠름하실 수 있을까. 어찌 저리 수려하실 수 있을까. 단단한 골격과 군장의 위엄을 보이는 장신의 체구는 사내의 기운을 물씬 풍기고 있었다. 한 번쯤은 꿈꾸어본 귀한 모습에 도화의 순진한 가슴이 속절없이 뛰었다.

"귀공의 존함은 오라버님께 익히 전해 들었습니다. 소녀, 귀공께 인사 올리옵니다."

명문가의 여식답게 빠르게 침착함을 되찾은 도화는 휴에게 공손히 예를 갖추었다.

"언제 건록 그 친구가 너를 맞이하기 위해 찾아올지 모르니, 너는 언제라도 누군가의 지어미가 되는 데 있어 부족함이 없도록 항시 준비하고 있어야 할 것이야."

오라비 탁이 한 말이었다. 그래서 도화는 그나마 덜 당황하고 있는 것인지도 몰랐다. 반면 휴는 다소 혼란을 느끼며 인사를 받았다.

'오라버니라……?'

뭔가가 복잡해졌다. 정온의 거처로 가기 전에 먼저 만나고 싶었던 여인을 찾지 못한 걸로 마음은 이미 상당히 어긋나 있는 상황이었다. 그런데 엉뚱한 여인의 출현과 그 여인의 말 또한 혼란스러운 감이 섞여 있으니 휴는 점점 언짢아지고 있었다.

"인사는 잘 받았소. 다만 내 소개를 하였으면 마땅히 돌아오는 말이 있어야 할 것 같소만."

규수에게 전하는 것치고 차갑기만 한 휴의 말에 도화는 일순 당황하여 대답했다.

"무례를 용서하소서. 소녀의 아비는 정 자, 온 자를 쓰시고 소녀는 여식 도화라 하옵니다."

순간 휴의 눈동자에 의문이 담겼다. 말했으니 듣긴 했는데 이해가 갈 리가 없었다. 도화라니, 귀신이 곡을 할 노릇이었다. 잘못 들은 게 아니라면, 절대 이 여인의 입에서 나올 말이 아니었다. 아니라면 이 댁에는 두 명의 도화가 있기라도 하단 말인가. 빠른 판단력을 지닌 휴라도, 지금 이 상황에서는 자신이 마치 무지한 촌부가 된 것만 같았다.

"도화…… 라고 하였소?"

낮게 내뱉어지는 어조에 도화는 홍조로 볼을 물들이며 고개를 끄덕였다.

"그러하옵니다. 소녀의 이름이 도화입니다만……. 혹여 무슨 잘못된 것이라도 있으시옵니까?"

단지 이름만 말했을 뿐인데 어쩐지 그의 태도가 이상하다 싶어 도화는 갸웃거리며 물었다. 곧 휴가 싸늘하게 식은 표정으로 낮게 입을 열었다.

"포곤 어른의 막내 따님이오?"

“네…… 그러하옵니다.”

“관휘의 누이동생이겠고.”

“그렇습니다.”

“우리는, 마주친 일도 없었겠소.”

“네? 네…… 그러하옵니다.”

“알겠소.”

휴는 몸을 돌렸다. 도화는 도대체 영문을 모르겠다는 표정으로 그를 바라보아야 했다. 그러나 휴에게는 더 이상 지체할 아무런 이유가 없었다. 동시에 혼란이 가시어진 휴의 머릿속은 천천히 맑아지고 있었다. 이 여인의 이름이 도화라고 하더라도 자신이 찾는 여인이 아니니 더 머무를 필요가 없다는 것, 그것만은 확실했기에. 다만 아직까지 잡히지 않는 의문의 가닥이 그를 화나게 하고 있었다.

도화는 금세 차디찬 서리 같은 기운을 풍기며 돌아서는 휴를 홀로 바라보고 있었다. 그 표정이 너무 선뜩하여 차마 붙잡지 못하고 있다가 이대로 홀로 남겨지는 것이 싫어 자신도 모르게 외치듯 그를 잡았다.

“잠시만요!”

휴의 걸음이 우뚝 멈췄다. 도화는 침을 꼴깍 삼키고 말을 이었다.

“이곳 별채는 무슨 연유로 찾으신 것인가요?”

돌아선 휴의 입가에 낮은 자조의 미소가 돌았다.

“혼백을…… 찾으러 온 건지도 모르겠소.”

이해할 수 없는 말을 남기고 휴는 중문을 넘어 사라졌다.

별채를 벗어난 휴의 걸음은 저절로 탁의 거처로 향했다. 기분 나쁜 감각이 그의 분노를 부채질하고 있었다. 어찌해서 그녀가 도화가 아니어야 하는 건지. 그렇다면 도화라 알고 있던 그녀는 누구인 건지. 아니, 실제로 그녀란 사람이 존재하기는 하는 것인지, 이젠 그런 황당한 의문마저 생기고 있었다. 지독하게 냉철한 판단력을 지닌 자신이 어째서 이렇게 황당무계한 생각에 속절없이 휘둘려야 하는 것인가.

'분명 막내 여식이라고 하였다.'

알기로도 관휘의 누이동생은 하나뿐이었다. 누이동생이 둘이라면 상황은 설명이 될 수도 있겠지만. 그의 머릿속에, 아직 비녀로 틀어 올리지 않은, 곱게 풀어내려 바람결에 흔들리던 삼단 같은 머리카락이 떠올랐다. 더없이 잘 어울리던 댕기도, 아름다운 머리 장신구도, 맑은 미소가 감도는 아직 앳된 얼굴도 똑똑히 기억하고 있었다. 한 손에 꽉 잠길 것 같은 작은 어깨도, 품에 안고도 공간이 한참은 더 남을 것 같은 가느다란 몸까지.

그것이 전부 별채에서 만난 환영이란 건지. 주고받았던 대화들은 무엇인지. 건넸던 은파란 노리개를 전해 받던 흙이 묻은 예쁜 손가락 하나조차 지금으로선 현실로 인식이 되지 않았다. 무언가에 홀린 기분이었다. 백이면 백, 미리 상대의 의중을 정확히 읽고 상황을 간파해 전략을 세워 상대가 움직이기 전에 먼저 치고 들어가 기선을 잡는 것이 전쟁을 하는 방식이었다. 그런데 어쩌자고 그 어린 소녀 하나의 정체조차 예상하지 못하고 이렇듯 휘둘리고 있는 걸까.

생각 끝에 휴가 탁의 거처에 막 들어선 때였다. 마침 나서던 탁과 휴의 시선이 마주쳤다. 탁의 표정에 금세 반가운 기색이 일었다.

"자네가 기별도 없이 어쩐 일인가!"

어찌해서 그 소녀를 도화라고 속인 것인가. 생각 같아서는 탁에게 벼락같은 질타라도 하고 싶었지만, 휴는 뒤틀릴 것 같은 속을 가라앉혔다. 엄밀히 말해 탁이 속인 것은 아닌 듯했다. 다만 무언가가 한참이나 꼬인 느낌만 확실할 뿐.

"물어볼 것이 있어 왔네. 출타하는 길이었나?"

"아닐세. 상관없으니 어서 들어가세. 안 그래도 자네에게 함경도에서의 전황을 직접 듣고 싶던 차였으니까. 자자, 어서 들어오게."

탁은 사람 좋은 얼굴로 그저 반갑게만 휴를 맞고 있었다. 휴는 앞서는 탁을 따라 안으로 들어섰다.

"여진의 장수 삼선(三善)이 비록 적이나 대단한 맹장이라 들었는데 말 그대로던가? 대패한 상황에서도 자네에게 군장으로서의 예우를 갖추었다지?"

탁은 호기로운 얼굴로 벌써부터 궁금했던 걸 물었다. 금상의 실정도 실정이었거니와 현재 사직을 가장 괴롭히는 것은 바로 그 연이어 침략해 들어오는 외적이었다. 한 무리, 한 방향에서도 아니고 사방에서 토착 야인까지 포함해 수많은 구적의 무리가 시도 때도 없이 홍무국을 위협했다. 도성까지 함락될 뻔한 위기를 이겸과 휴의 사병들이 겨우 몰아낸 일도 있었다. 그러니 호국의 의지로 가득 찬 청년 수장들에게 가장 시급한 것은 늘 외적 토벌이었다. 그러나 질문을 받고서도 휴는 깊은 생각에만 빠져 있었다. 마치 그가 아닌 것처럼 넋을 놓은 모습이기도 했다.

"건록, 이보게."

탁은 그런 그가 이상해서 조심스럽게 불러보았다. 순간 휴의 생각이 빠르게 현실로 돌아왔다. 선명한 눈빛으로 그가 입을 열 때였다.

"묻고 싶은 게 있네. 별채……."

"작은 서방님! 안에 계십니까요! 큰일이 났습니다요!"

갑자기 밖에서 비명 같은 계집종의 소리가 소란스럽게 일어 탁의 미간이 찌푸려졌다. 벌떡 일어난 그가 문을 벌컥 열고서 진노하여 말했다.

"어허, 이 무슨 무례인 게야! 귀한 손님이 드신 걸 모르는 게냐!"

한바탕 가차없이 꾸짖던 탁은 하얗게 질린 얼굴로 서 있는 이가 설란의 몸종인 심옥이라는 걸 보곤 눈이 휘둥그레졌다. 혹시 하는 불길한 예감에 그가 버럭 소리쳤다.

"설란이…… 궁주마마께 무슨 일이 생긴 것이냐!"

"주, 죽을죄를 졌습니다요. 마마께서 말에 오르시다 낙상하시어 처소로 드셨습니다요!"

"뭐, 뭐라!"

섬뜩한 소식에 탁은 휴를 돌아볼 여유도 없이 새파랗게 질린 얼굴로 심옥을 스쳐 지나 정신없이 뛰어갔다.

"가자, 어서!"

울상이 된 심옥도 얼른 종종걸음으로 그 뒤를 따랐다. 한편 앉아 있던 휴는 마마의 낙상 소식에 자신도 잊고서 달려가는 탁을 따라 자리를 털고 일어섰다. 그것은 예감이었을까. 결코 그가 관심 가질 일이 아니었건만 그는 어느새 탁이 간 자리를 뒤밟고 있었다.

설란은 행랑어멈의 부축을 받아 절뚝거리며 별채의 중문을 넘어서고 있었다.

'휴우, 어쩌면 좋아.'

낯빛은 상처로 인한 통증보다 걱정으로 더 흐렸다. 다친 것도 다친 것이지만 다른 것 때문에 그녀의 마음은 더욱 무거웠다. 이 소식이 시댁 어른들의 귀에 들어갈 생각을 하니 눈앞이 다 깜깜해졌다. 호기심 때문에 일나게 생긴 것이다. 어쩌자고 그 말을 타보고 싶었던 걸까. 하지만 야율은 참을 수 없도록 설란의 호기심을 끌었다. 그때 확실히 야율의 주인이 경고를 했던 것 같은데.

'벌을 받은 거야, 벌을.'

엉치뼈부터 온몸이 비명을 질러대는 것 같았다.

마구간을 지나는데 그 잘생긴 말이 또 서 있어 자신도 모르게 다가가고 말았다. 한참을 군침을 흘리며 쳐다보기만 했다. 누가 본다면 말고기를 먹고 싶어 저러는 게 아닐까 착각이 들 정도로 욕심 가득한 눈이었다. 그저 쳐다보기만 했으면 될 것을, 설란은 말 주인이 없다는 걸 확인하고는 용기를 내보았다. 어떻게든 한 번 올라타 보고 싶은 욕심을 막을 수가 없었다.

하지만 결과는 이렇듯 비참했다. 직접 올라타려고 시도한 말은 고고하니 기품있게 서 있던 그 품종 좋은 야율이 아니었다. 갑자기 미친 게 아닌가 싶을 정도로 요동을 치더니 마치 기왓장 내팽개치듯 설란을 패대기친 것이다. 마침 소동 소리를 듣고 냅다 달려온 노속(奴屬: 종)들이 아니었다면 말발굽에 찍혀 온몸에 구멍이 날 뻔했다.

천운으로 구출된 지금에 와서 그때를 생각하니 절로 식은땀이 흘렀다. 자신의 안에는 이상한 호승심 같은 게 있는 게 틀림없다. 그렇지 않으면 궁주라는 체면도 홀랑 잊고서 어떻게 그렇게 위험한 짓을 하는 걸까. 나뭇가지 하나로 호랑이와 맞서던 어린 시절과 조금도 달라지지 않은 것이다.

"괜찮으십니까요, 마마. 아이고, 이걸 어찌합니까요."

설란을 부축하고 있는 어멈이 미치고 팔짝 뛰겠다는 얼굴로 걱정을 했다. 더 미치고 팔짝 뛸 것 같은 설란이 어색하게 웃으며 말했다.

"이 소식이 서방님이나 어른들의 귀에 들어가지 않을 방법이 있다면 좀 알려주련?"

만약 그런 방법이 있다면 목숨이라도 내놓을 수 있을 것 같았다.

"지금 그것이 문제입니까요. 이러다가 크게 잘못되시기라도 하면 그 사단을 어찌하시려구요."

"아픈 거야 저지른 사람이 감내할 몫이 아니겠니. 창피해서 죽을 지경이구나."

"마마도 참, 백번 창피한 것이 낫지, 지금 그걸 따질 때입니까요."

"내 너에게 창피하고 창피하다. 쥐구멍이라도 있으면 숨고 싶구나."

"궁주마마께서 말에 오르신 것이 무에 그리 창피할 일입니까요. 여인이라도 말을 타고 나가 오랑캐를 막아도 모자랄 지경인데. 마마께서 백성을 살피시려는 생각에 앞장서신 게 아니십니까요."

설란의 마음이 뜨끔했다. 아랫사람들은 항상 그들이 바라는 방향으로 상전의 생각을 좋게 해석하고 있는 게 아닐까. 그런 커다란 뜻이 전혀 없었던 설란은 그렇게 찔릴 수가 없었다.

"실로 내 좁은 생각이 네 마음을 따르지 못하는구나. 헌데 말에서 떨어진 소식을 알리지 않을 방법은 없겠느냐?"

"하이고매, 이만큼이신 게 다행이라니까 자꾸 왜 이러십니까요."

어멈은 계속해서 설란의 몸만 걱정하고 있었지만 설란은 계속 마음이 콩밭에 가 있었다.

"자, 오르십시오. 어서요."

어멈이 설란을 조심스럽게 부축해 마루에 오르려 할 때였다.

"설란아!"

중문에 사람의 모습이 채 보이기도 전부터 벌써 쩌렁쩌렁 울리는 탁의 목소리에 설란의 고개가 휙 돌아갔다. 자연적으로 그 하얀 얼굴이 울상이 되었다.

"이걸 어쩜 좋아. 서방님께서 벌써 들으신 게야. 어쩜 좋아."

"심옥이가 그냥 넘어가겠습니까요? 벌써 쪼르르 달려가서 고해 바쳤지. 안 그래도 허옇게 질려 달려가더니."

실로 심옥이의 깊은 걱정이 나를 죽이는구나.

"이 일을 어쩌면 좋아. 심옥일 어쩌면 좋니."

설란은 중문을 훌쩍 넘어서는 탁을 죄지은 심정으로 바라보며 중얼거렸다. 한걸음에 설란의 앞까지 달려온 탁이 얼른 설란의 몸 전체를 훑더니 쏟아내듯 말했다.

"낙마라니, 네가 말을 탈 일이 무에 있다고 다쳤단 말이냐. 많이 다쳤느냐? 얼마나 아픈 게야. 어디를 다친 게야!"

이마에 땀까지 맺혀 소리치는 탁의 걱정이 얼마나 큰 것인지 보는 것만으로도 알 수 있었다. 숨을 몰아쉬면서 쥐 잡듯 설란의 안위를 묻고 있었다. 자신은 이런 이의 지어미가 될 자격도 없다는 생각에 설란은 딱 죽고 싶은 심정으로 변명하듯 말했다.

"괘, 괜찮아요. 그저 잠깐 부딪친 것뿐이어요. 정말이어요."

요즘 들어 왜 이렇게 이 사람에게 죄지을 일만 저지르는지 모르겠다. 그저 별채의 사람으로 조용히, 차분하게 지내온 자신이었다. 헌데 어째서 그 말과 주인과 관계만 되면 이리 사람이 경망스러워지는 건지 모르겠다. 괜히 야율과 휴의 탓을 하고 있었다.

"정녕 괜찮은 게야? 의원은 불렀느냐!"

"예, 벌써 김가 놈을 날려 보냈습니다요."

"나, 날려……? 그래, 잘했다. 날아가야지. 당연히 날아가야지. 올 때도 날아오라 이르거라."

"서, 서방님도 참……."

설란은 어찌할 바를 모르며 얼굴을 붉혔다.

한편 탁의 뒤를 따라 밟던 휴는 탁의 걸음이 별채 쪽으로 향하고 있어 왠지 신경이 쓰였다. 설란이라고 하였다. 궁주마마라고 하였다. 아마도 궁주가 낙상을 한 모양인데. 하얗게 질려서 바람보다 더 빨리 달려가는 걸 보니 어여삐 여기는 아내가 다쳐서 간담이 서늘한 모양이었다. 헌데 어째서 그 걸음이 별채 쪽인지 그게 신경을 거슬렀다.

그러나 휴의 머릿속을 복잡하게 만들던 모든 문제들은 그 걸음이 중문을 넘는 순간 모조리 해결되었다. 아니, 아직은 생각의 가지들이 오히려 산산이 흩트려져 머릿속이 텅 비었다.

그 소녀가, 아니, 여인이 있었다. 낙상을 한 당사자인지 어멈의 부축을 받으며 아픈 기색으로 서 있었다. 그리고 그 앞엔 탁이 걱정스러운 눈으로 지켜보고 있었다.

'그럴 리가……!'

휴의 몸이 굳어버리고 말았다. 말도 안 되는 일이었다. 그러나 눈앞의 장면은 그렇게나 얽혀 있던 모든 혼란을 일시에 정리해 줄 만한 것이었다. 그럼에도 휴는 그 생각을 받아들이고 싶지 않았다.

"들어가자. 내가 할 테니 어멈은 그만 가봐라."

“예, 서방님. 궁주마마, 쇤네는 뜨거운 물을 준비하겠습니다요.”

“그래, 고마워. 번거롭게 해서 미안하구나.”

“하이고, 별말씀을요.”

어멈은 못 들을 소리를 듣기라도 한 듯 기겁으로 사양하고는 얼른 몸을 돌렸다. 어멈이 떠난 자리를 탁이 메웠다. 그의 손이 자연스럽게 설란의 몸에 닿았다. 설란도 그 어떤 망설임이나 거절 없이 탁의 손길을 받았다. 조심스럽게 설란의 몸을 부축한 탁이 그녀가 안으로 들어설 수 있도록 도와주었다. 그 모든 모습이 휴의 눈동자를 가득 채우고 있었다. 굳은 듯 움직이지 못하고 서 있는 휴의 동공 안을.

“간담이 서늘했다. 이 골칫덩이를 어찌하면 좋을까.”

“죄송해요, 오라버니.”

“죄송도 몸이나 다 나은 후에 해라.”

“아버님, 어머님께 말씀드리지 않을 방법이 없을까요?”

“없다. 내가 다 일러바칠 테다.”

“오라버니…….”

도란도란, 다정하게도 다투며 두 사람이 사라진 후 문이 탁 닫힐 때까지 휴는 그 자리에서 움직일 줄을 몰랐다. 무겁게 짓누르는 무언가 때문에 갈증까지 일었다. 아니, 이렇듯 급속도로 달아오른 분노 자체가 익숙하지가 않았다. 왜 이렇게 화가 나는 것인지.

자신의 존재는 알아채지도 못했다. 그녀는 너무도 자연스럽게 탁에게 의지해, 더없이 상냥한 눈으로 탁을 바라보고 있었다. 하얇게 웃어주고 따뜻하게 대했다. 두 사람만이 가진 가까운 거리와 익숙함이었다. 두 사람과, 홀로 떨어져 서 있는 휴 사이에 선이 그어졌다. 굵고도 짙 검은 선이.

"하이고매, 어쩐 일이래. 어쩌면 좋아."

그때 헐레벌떡 뛰어든 계집종이 휴를 휙 스쳐 지나가선 안절부절못하며 방문 쪽을 바라보았다. 의원이 벌써 오지 않을까 하여 대문간을 기웃거리다가 또 못내 설란의 상태가 걱정되어서 뛰어들어 온 심옥이었다. 뜨거운 물을 준비해 온 어멈이 심옥을 휙 지나가 안으로 들어갔다.

"저, 저도 따라 들어갑니다요!"

그때 막 어멈을 쫓으려던 심옥을 낮은 목소리가 저지했다.

"저 여인은 누구냐."

"으, 음마야!"

갑작스러운 인기척에 심옥은 화들짝 놀란 마음을 입 밖으로 쏟아내며 돌아섰다. 기척도 없이 누군가가 뒤에 서 있었다. 관옥 같은 생김에 지체 높은 귀족의 차림새를 한 남자였다. 심옥은 곧장 허리를 팍 수그리고 고개를 박았다.

'아이고, 아버지이. 귀신처럼 이게 무슨 벌떡질 일으킬 일이랍니까.'

아직도 심장이 벌렁거리는데 사내의 표정 때문에 더 기가 죽어버린 심옥은 쭈뼛거리며 한두 걸음 뒤로 물러섰다. 인기척 없이 뒤에 서 있는 것만 귀신같은 게 아니었다. 그 살벌한 표정은 더 귀신같았다.

“구, 궁주마마를 말씀하시는 것입니까요?”

그 말에 휴의 심장이 끝내 파슷 하고 소리를 내며 갈라졌다. 디디고 있던 지반이 푹 꺼지는 느낌이 이러한 것일까.

궁주란 것이냐.

심장이 차디차게 식어갔다. 자신의 감정을 억제할 수가 없었다.

‘정온이 예부로 맞아들인, 그 어린 궁주란 말인가. 예부라는……’

그제야 그녀의 머리에 드리워진 댕기의 의미가 이해가 갔다. 처음부터 그 앳된 얼굴과 댕기가 그의 눈을 가린 것이다. 당연히 이 댁의 여식이라, 그렇게 쉽게 생각해 버렸다. 그것은 그저, 아직 정식 며느리가 되지 않은 예부의 모습이라는 의미였거늘. 순간적으로 형성된 잘못된 판단이 오해의 시작이었단 말인가.

‘한심하구나. 그리 생각이 짧을 수 있다니.’

그렇게 아연할 수가 없었다. 궁주였다. 일찍부터 정탁에게 예부로 보내진 금상의 막내 여식이었다. 지금 와서 화난 감정보다 아연함이 더한 건, 그 소녀가 탁의 배필이라는 것보다 궁주라는 사실 때문이었다. 자신이 폐하려고 하는 왕의 핏줄인 것이다. 휴의 단단한 목울대가 천천히 움직였다.

“그러하다. 저 여인이 누구냐.”

무엇을 묻고 있는 것일까. 무엇을 더 확인하려는 것일까. 심옥이 한참 기어들어 가는 목소리로 대답했다.

“구, 궁주마마십니다요. 저분은 궁주마마이신데요.”

도대체 뭘 묻는 것인지 감을 잡을 수가 없었다. 궁주마마더러 누구냐고 물으면 궁주마마라고 답하지 뭐라고 한단 말인가. 단지 자신이 무식해서 대답할 말을 찾지 못하는 건 아닐 것이다. 그래서 궁한 대답이나마 지껄였던 심옥은 이제 죽었다 싶어 더더욱 고개를 박았다. 세상에 태어나서 저렇게 찬 기운을 뚝뚝 떨어뜨리는 사람은 처음 보지 싶었다.

"헌데 어찌하여 오라비라고 부르는 것이더냐."

감정이 한 치도 묻지 않은 건조한 질문에 심옥은 그건 좀 대답할 거리가 있다고 생각했지만, 이번엔 함부로 대답을 올려도 될지 심각한 위기에 봉착했다. 마마께서 작은 서방님을 그리 부르는 것이 다른 이에게 알려져서 좋을 게 없었다. 그래서 마마도 그렇게나 조심하며 다른 이가 있는 곳에선 절대 호칭을 조심했는데, 어째서 이분은 그걸 알고 있는 걸까.

"이유가 무어냐고 물었다."

말이 막혀 벙어리 흉내를 내고 있던 심옥은 다시 한 번 명이 떨어지자 화들짝 놀라 버렸다. 언성은 높이지 않았지만 충분히 심옥의 오장육부를 위협하는 음색이었다. 콕콕 찔릴 것 같은 얼음 같은 기운에 심옥은 어쩔 수 없이 이실직고했다.

"마, 마마께서 워낙 어리실 때 이 댁에 오셔서, 마마를 어여삐 여기시는 서방님께서 핏줄처럼 귀히 여긴다는 정표로 그리 부르라 하신 걸로 압니다요. 세상천지에 작은 서방님만큼 마마를 위해 주실 분이 또 어디 있겠습니까요. 궁주마마도, 서방님도 소중하고 소중해 서로를 그리 부르시는 것이니 어른께서는 부디 눈감아 넘어가 주십시오. 천한 이년이 감히 이리 사정하겠습니다요."

휴의 눈빛에 짙은 어둠이 졌다. 천천히, 그의 몸이 돌아갔다. 함부로 입을 놀린 죄로 무슨 벌을 받을지 몰라 벌떡거리고 있던 심옥은 인기척이 멀어지자 망설이다가 한쪽 눈만 떠서 살짝 주변을 살펴보았다. 그러나 이미 기척은 완전히 사라져 있었고, 별채의 마당에는 자신밖에 없었다.

✳

여진족의 적장 운개(雲介)는 이리의 눈을 한 자였다. 휴는 이겸의 명을 받아 동북면도지휘사 이지황과 함께 동북면을 함락한 여진족의 무리를 몰아내기 위해 출병 중이었다. 일전에 휴가 대파한 삼선(三善)의 전사(戰死)에 비분강개한 운개가 보수설한 하고자 쳐들어온 것이었다. 그렇더라도 그의 용맹은 삼선을 넘어서고 있었다. 오히려 경이로울 정도였다. 그래서인가, 휴는 다른 때와 다르게 힘겨운 전황으로 고전 중이었다.

어제만 하더라도 유인전이 분명하다는 이지황의 말을 무시하고서 오백의 군사를 끌고 진군했다가 숲 곳곳에 매복하고 있는 적의 화살에 군사의 반 이상을 잃고 겨우 말을 돌려 퇴각했다. 진 채로 돌아온 휴는 뻔히 보인 덫임에도 고집을 피운 자신의 실수에 어이가 없어서 말도 안 나왔다. 악에 받쳐 맞부딪쳐 오고 있는 운개의 위력 때문인가. 아니면 순간적으로 판단을 잘못 내린 것인가. 확실한 것은, 그가 평상심을 잃고 있다는 사실이었다.

이럴 리가 없다. 자신이 밀릴 리가 없었다. 휴는 정신을 차리고자 했다. 그러나 기합을 넣고 진군한 오늘도, 다시 맞닥뜨린 운개(雲介)의 용맹에 또다시 속절없이 밀리고 말았다. 적군은 어제의 승전으로 한껏 고무된 상태였고 병사들의 사기는 하늘을 찔렀다. 그러나 휴의 군사들은 달랐다. 어제의 참패로 사기가 많이 꺾인 상태인데다 무엇보다 이번 전쟁에 임하는 수장의 상태가 미묘하게 평소와 달랐다. 지시 체계도 느슨했고, 늘 바로바로 대응하던 민첩함도 잘 드러나지 않았다.

병사들은 동요하고 있었다. 매복이라는 걸 알고 있다 하더라도 명령을 물리지 않으면 수장을 따라 달릴 수밖에 없는 게 이름도 없는 병졸들의 처지였다. 하지만 그들은 전심으로 휴를 믿고 있었기 때문에 매복전이라고 하더라도 그에게 어떤 기지가 있을 것이라고 믿고서 달려간 것이다. 그러나 결국 결과는 이렇게 되었다. 그런데도 군사들은 이지황의 지위 체계보다는 휴에게 기대의 눈빛을 보내는 걸 멈추지 않았다. 늘 그랬듯이 자신들을 승전으로 이끌어달라고. 목숨을 지켜달라고.

휴가 이끌고 출전하는 군사들은 모두 휴에게 철저하게 길들여진 그의 사람들이었다. 그랬기 때문에 이지황도 어쩌지를 못하고 그가 다시 평소의 모습을 보여주기만을 기다렸다. 그러나 휴의 집중력은 쉬이 돌아오지 않았고 결국 다음날의 싸움도 내내 밀리기만 하다가 그 이상 지속하면 아까운 병사들의 목숨만 잃을 것 같다는 판단을 뒤늦게 내린 휴의 지시로 퇴각했다.

또 하루가 지나가고 있었다. 휴는 평심을 찾을 수 없는 자신이 이해가 가지 않았다. 군막에 홀로 앉아 정신을 집중하려고 해보아도 제멋대로 들끓으면서 잘 가라앉지를 않는 이 감정의 정체를 이해할 수 없었다. 억누른 끝에 간신히 정지되어 있다가도 시도 때도 없이 튀어나와 그의 머릿속을 어지럽히고 어금니를 악물게 만들었다. 그렇게 혼란한 상태에서 집중이 가능할 리가 없었다.

"마음에 걸리는 일이라도 있으신 겁니까?"

언제 들어왔는지 찬이 눈앞에 서 있었다. 휴는 피곤이 묻은 얼굴을 손바닥으로 쓸어내리곤 고개를 저었다.

"됐다. 별것 아니니 나가봐라."

"중요한 전투입니다. 길주를 빼앗기면 도성까지 뚫리는 건 시간문제입니다."

휴는 묵묵부답이었다. 그것을 모를 그가 아니었다. 다만 말하는 것조차 피곤해 입을 다물고 있었다.

찬은 걱정스러운 눈으로 휴를 바라보고 있었다. 그로서는 처음 보는 휴의 흐트러진 모습이었다. 물론 겉으로는 끝끝내 딱딱한 껍질을 싸고 있었지만, 찬의 눈에 그는 충분히 위태로워 보였다. 무슨 일인지 알 수가 없어 더욱 초조했다. 조금이라도 도움이 되고 싶은데 아무것도 못하는 자신이 무력하게 느껴졌다. 적어도 전술에라도 도움이 된다면 나을 텐데.

전장에서 휴의 눈빛은 늘 빛이 났었다. 살아서 꿈틀거리는 뜨거운 용암 같은 생동감이었다. 피비린내가 진동하고 타는 내와 검은 기운이 꽉 들어찬 그 아비규환 속에서도 휴의 눈동자만은 형형하게 반짝이고 있었다. 그것이 지금껏 찬이 좌우도 안 돌아보고 쫓아온 거대한 산으로서의 휴의 모습이었다. 그런데 지금 휴의 눈빛이 왜 이렇게 지쳐 보이는 것인지 알 수가 없었다.

"찬아."

그때 갑자기 불린 자신의 이름에 찬의 고개가 번쩍 들렸다. 휴가 처음으로 자신의 아름을 허물없이 부르고 있었다.

"말씀…… 하세요, 형님."

"너는 얻어보지도 않고 잃은 기분을 알고 있느냐?"

찬의 눈동자가 굳었다. 전혀 생각지도 못했던 질문에 답할 말을 찾지 못했다.

"무슨 말씀이신지……."

"내 것이라고 믿어 의심치 않았다. 내 마음에서 이미 내 것이라고 정했다면 그건 얻은 것이나 마찬가지였다. 허나 아니었다. 결코 얻은 게 아니었어. 잃어버리는 순간, 내 오만을 깨달았다. 이 얼마나 한심한 사내의 모습이냐."

자조하는 휴의 표정에 찬의 심장이 꿈틀거렸다. 보이지 않는 무언가를 향해 참을 수 없는 적대감이 생겼다. 그를 흔든 것에 대한 막연한 질시였다. 세상 무엇보다 싫은 모습이었다. 그는 결코 작은 일에 자조를 내뱉을 사람이 아니었다. 자신이 우상처럼 아끼고 있는 그는.

"모든 것이 형님의 것입니다. 형님의 마음 안에 그것이 형님의 소유였다면 취하시면 되는 것이 아닙니까. 결코 잃을 일 따위 없는 것 아닙니까!"

오로지 휴를 향한 찬의 확고한 믿음으로 내뱉어진 열렬한 표현이었다. 그는 정복자였다. 정복자가 입에 담을 말이 아니었다.

"빼앗긴 것도 정벌하여 되돌려 받는 형님이십니다. 무엇을 잃어버렸다 상심하시는 것입니까!"

찬의 열렬한 추종을 바라보는 휴의 마음에는 기쁨보다는 착잡함이 일었다. 그의 말은 틀리지 않았다. 아니, 세상 사람들이 알고 있는 자신이란 그런 사내일 터였다. 그러나 창검으로 위협하여 정복하는 것과 분명히 다른 어떤 것이 세상에는 존재하고 있었다. 힘도 없고 부드럽고 약하기만 한 꽃 한 송이를 향해 어찌 그 흉포한 힘을 겨냥할 수 있단 말인가. 어불성설이었다. 참지 못하고 창검을 댄다면, 가지기도 전에 스러질 게 분명할 것을. 만져 보기도 전에 짓눌려 산산조각이 날 게 분명하거늘.

아니, 가지지 못한 게 화가 난 게 아닐 것이다. 그저 잃은 것에 분노하고 있는 것이겠지. 여인 하나, 이렇게 되었는데 굳이 가지고 싶다고 집착하고 있는 건 아닐 것이다. 화가 나는 건, 배신당한 것 같은 이 마음이었다. 그러나 그녀는 스스로를 도화라 칭한 적도 없었고, 그에게 어떤 언질을 준 일도 없었다. 마음이 합치된 것은 더더욱 아니었다. 한 번도 같은 방향을 바라본 일도 없는데, 무얼 배신당했다고 이리 고뇌하고 있는 것일까. 어째서 이 마음은 하찮게 취급받은 것 같아 쓰리고 고독한 것일까. 속인 것처럼 생각되는 것일까. 이미 다른 이의 여인인 그녀를 야속하다 생각하는 것일까. 비웃음 당한 것 같은 수치를 느끼는 것일까.

"내가 할 일은, 지켜야 할 것은 절대 지키는 것이다. 몰아내고 격퇴시켜 빼앗아서라도."

천천히 흘러나온 휴의 말에 찬은 심장이 두근 크게 뛰었다. 다행스럽게도 휴의 눈빛이 다시 또렷해지고 있었다. 그의 느낌이 되돌아오고 있는 것 같았다.

"허나 불필요한 것에까지 수고를 보일 필요는 없겠지."

"형님."

"내가 판단했을 때 가치가 있는 것에만 나는 집중한다. 허나 이 마음을 어지럽히는 혼란은 확실히 무가치한 것이 아니겠느냐."

쓸모없는 감정을 쳐내는 것이 지금 그가 할 일이었다. 불필요한 사념들을 배제하기로 결정한 순간, 마음은 다시 단단하게 응집되고 있었다. 단호하게 표정을 굳힌 휴가 일어서자 찬은 그가 움직일 수 있도록 한 걸음 뒤로 물러나 섰다. 휴의 눈동자가 다시 빛나고 있었다.

"병사들을 집합시켜라. 설욕전에 들어간다."

"명 받들겠습니다."

찬은 그제야 다시 강하게 뛰는 심장 박동을 느끼며 곧장 군막을 나갔다. 무언가가 휴의 가슴 안에서 정리가 되었다면 그걸로 된 것이다. 그를 잠깐 혼란스럽게 했던 것의 원인이 무엇인지 굳이 알아내고 싶지 않았다. 어차피 휴가 갈무리를 할 수 있을 정도의 것이라면, 그의 말처럼 무가치한 것일 테니. 지금 찬을 기쁘게 하는 것은, 다시 돌려받은 수장으로서의 그였다. 다른 곳은 쳐다보지도 않고 오로지 승전만을 향해 달리는, 우러러보는 것만으로도 가슴 설레는 꿋꿋한 기상의 사내였다.

휴는 갑주를 단단하게 여미고 투구를 썼다. 그리고 커다란 손으로 검을 강하게 움켜쥐었다. 힘이 들어가는 순간 손등의 혈관이 툭툭 불거졌다. 잠시간의 방황일 뿐이었다. 아니, 홀로 그 여인에게 도화라는 이름을 지어주고서 불필요한 행동을 했던 자신에 대한 모멸감과 수치일 뿐이었다. 그런 것 따위 이겨내는 건 어렵지 않았다. 이끌리는 마음 같은 건 없었을 것이다. 그저 내 것이라고 생각했던 나비가 다른 꽃에 앉아 있는 걸 본 순간 기분이 나빴던 것뿐이라고. 그 나비를 내손으로 눌러 죽이고 싶을 정도의 절박함 같은 건 없으니, 꽃과 함께 남겨두면 그뿐. 그가 원하고 바라보는 세상은 그런 따위의 연약한 것이 아니었다.

군막의 휘장을 걷고 나가는 휴의 옆모습이 더없이 싸늘했다. 아주 잠시 머물던 꽃향기도 공기 중에 흩어져 사라져 버렸다.

저녁 무렵, 탁의 처소는 더없이 고요했다. 탁은 침상에서 곤히 잠들어 있었다. 잠든 탁의 침상 바로 옆에서 설란이 하염없이 긴 한숨을 흘리며 그의 잠든 얼굴을 바라보고 있었다. 그나마 상처가 무난하게 아물어가고 있어 다행이었다.

어제 그는 화살촉이 몇 개나 박힌 상처들을 안고서 전장에서 돌아왔다. 다행히 미리 치료를 받은 상태라 아물어가는 상처이긴 했으나 설란의 마음이 편할 리가 없었다. 그 마음을 아는지 모르는지 탁은 밤새 고열이 들끓고 헛소리까지 흘리며 고생하다가 겨우 잠이 든 참이었다. 열 때문에 설란의 얼굴도 잘 알아보지 못했다. 상처는 거의 아물었다고 해도 후의 열병이 더 큰일이었다.

"이제는 좀 편안하시어요? 이제 무서운 꿈은 꾸지 않는 거죠?"

설란은 그 밤을 지켜 탁의 병수발을 했다. 알아들을 수 없는 헛소리를 흘릴 때는 설란도 딱 죽고만 싶었다. 함께 아파할 수 없어 그렇게 가슴이 아릴 수 없었다.

"철없는 소녀도 귀를 막고 있지는 않아 세상이 어떻게 돌아가고 있는지 정도는 알고 있어요. 왜 이렇게 나라 안팎이 어지러운 것일까요? 사람들이 말하는 것처럼 아바마마의 실정 때문인가요? 오라버니, 왜 이렇게 불안한지 모르겠어요."

설란의 눈동자가 불안으로 흔들렸다. 마른 천으로 잠든 탁의 이마에 송골송골 맺힌 식은땀을 닦아주는 손이 가늘게 떨렸다. 한쪽에서 겨우 막아내면 다른 쪽에서 침입해 들어오는 외적의 존재를 모르고 있을 리 없었다. 모두가 겁에 질려 떨고 있다는 것도, 기울어져 가는 나라를 통째로 삼키려고 하는 오랑캐들의 욕심이 얼마나 큰지도.

눈에 보이는 평온은 그저 눈가림일 뿐이었다. 하늘과 땅이 비명을 지르고 있었다. 더 이상 홍무국의 국운은 기대할 수 없다고, 모두들 수군거리고 있었다. 단지 가까운 몇 대의 임금이 실정을 한 것이 원인이 아니었다. 오백 년 사직 동안 이미 썩을 대로 썩은 조정은 다시 살아날 희망이 없었던 것이다.

그래도 그 안에서 살고 있는 사람들은 희망을 품고 싶었다. 이렇게 젊은이들이 패기를 앞세워 하루가 멀다 하고 전장을 누비고 있었고, 조정 신료들은 어떻게든 홍무국의 유지를 받들어 정사를 바로잡으려 했다. 눈앞의 탁이 그랬고, 시아버지인 정온이 그랬다. 용상에 앉은 이후로 시름이 가실 날이 없을 부친이 그러하실 것이었다.

"아바마마, 소녀는 어찌하면 되는 걸까요. 무엇을 해야 아바마마를 도와드릴 수 있나요. 소녀의 걱정 따위 한 치 도움도 안 되겠지만 그래도 소녀도 무어라도 하고 싶어요."

얇은 입술 틈으로 길고 짙은 한숨이 흘러나왔다. 여인으로 태어나 단지 담 안에서 가슴 졸이며 지아비가 전장에서 무사히 귀환하기만을 기다리는 약한 존재라는 게 너무나 무력하게 느껴졌다.

손가락이 천천히 탁자를 두드리는 소리가 일률적으로 울렸다. 한곳을 주시한 휴의 눈빛은 그 투명한 빛만큼이나 서늘했다. 한참을 그렇게 미동도 없이 앉아 있다가 곧 결심을 굳힌 듯 의자를 밀어내며 일어섰다.

복장을 갖추고 돌아서는데 열려진 문으로 이겸이 들어섰다. 휴는 멈칫하여 예를 갖췄다. 이겸은 그런 휴를 지나가 자리를 잡고 앉았다.

"어딜 가는 길인 게냐?"

휴는 선 채로 대답했다.

"상장군 정관휘의 부상이 소문보다 깊은 것 같아 들러볼 생각입니다."

"그래. 그것도 나쁘진 않겠지."

이겸은 고개를 끄덕이곤 곧 싸늘한 어조로 말을 이었다.

"동북면의 전투에서 입은 전력 손실이 크다 들었다. 무엇에 정신을 빼앗겼길래 그런 실수를 했느냐. 결과만 승전이지, 그 정도의 피해를 감수한 승전은 패전이나 마찬가지다!"

더없이 냉정한 이겸의 말에 휴의 낯빛이 흐려졌다. 이미 각오하고 있던 일이었다.

"드릴 말씀이 없습니다. 자중하고 내내 숙고하고 있었습니다."

"내 너를 믿고 있거늘. 다시는 그런 일이 없어야 할 게야."

마땅치 않아하는 이겸의 질타에 휴는 단단한 표정으로 고개를 숙였다.

"명심하겠습니다."

결국 적장 운개(雲介)의 목을 받아낸 것으로 길주에서의 지루한 싸움은 일단락되었지만 부친의 말처럼 확실히 피해를 입은 전투였다. 또한 휴의 전력에 유일하게 남을 오점이었다.

자신의 자식이라고 하지만 도통 표정을 읽을 수 없는 휴를 한참이나 쳐다보고 있던 이겸이 짙고 굵은 눈썹을 꿈틀하고는 말을 이었다.

"포곤의 여식과의 혼례 문제를 뒤로 미루었다 들었다. 그건 무슨 말이더냐."

그러나 휴는 아무런 대답도 없었다. 그저 입을 굳게 다물고서 싸늘한 냉기만을 풍기고 있었다. 그 입으로 대답을 들을 수 있지 않을까 했던 이겸이지만 곧 어쩔 수 없다는 듯 고개를 저었다.

"알겠다. 그 문제는 네가 처리할 일일 터."

"다녀오겠습니다."

"그리해라."

딱딱한 표정으로 나가는 휴를 이겸은 조용히 쳐다보았다. 잘은 모르겠으나 무언가가 삼남(三男)의 평심을 건드리고 지나간 모양이었다. 표정을 보아하니 그나마 이미 끝난 일 같아 다행이었지만, 그 어떤 것에도 눈길 한 번 돌리지 않던 휴를 다른 곳도 아닌 전장 안에서 어지럽힌 그것의 정체가 신경 쓰이지 않을 수 없었다.

오랫동안 준비해 온 야심이 목전까지 와 있는 지금, 그는 한 사람이라도 더 필요한 상황이었다. 도윤과 같은 젊은 재기를 가진 문신들이 그러했고, 그를 따르는 신흥무인들의 세력들이 그러했다. 그의 말 한마디에 일률적으로 움직일 수 있는 사병들이 그러했고, 사직의 위엄을 지고 있는 원로대신들이 그러했다. 그러나 무엇보다도 그를 잘 받쳐 주고 있는 건 아들들이었다. 그중 가장 자신을 빼어 박은 셋째 건록.

"또 한 번 같은 일이 일어난다면 내 손으로 처리해 버릴 일이야."

그가 꼭 필요했기에, 동시에 약하게 흔들리는 아들 따위는 그에게 필요하지 않았다. 계속 위태로운 모습을 보인다면 자신의 손으로 수장의 지위를 박탈할 생각이었다. 단 한 번도 실패하지 않고 상승만 해온 휴였다.

"한 번 잃어보면 제 놈에게 진정 필요한 게 무언지 각골(刻骨)로 깨닫게 되겠지."

한참을 더 탁의 잠든 모습을 지켜보다가 침소를 나선 설란은 생기가 사라진 모습으로 긴 복도를 걸었다. 무겁고 불안한 마음은 탁이 전장에 나가는 횟수가 늘어날수록 함께 커지고 있었다. 사사롭게는 지아비의 안위를 걱정하는 마음이었지만, 더 깊은 곳에는 부모님을 생각하는 마음이 숨어 있었다. 꼭 무슨 일이라도 일어날 것처럼 가슴이 불안하게 뛰었다. 사직과 부친을 생각하면 가슴이 탁 막힌 것처럼 답답해 오면서 미친 듯 울렁거렸다. 폭우가 몰려오기 직전의 먹구름 낀 하늘처럼, 세상천지가 어둡고 무서워 참을 수 없었다.

"금상께서는 대체 이 일을 어찌하실 생각이신지."

복도를 걷던 설란은 손님들이 머무는 객사에서 문득 들려 온 목소리에 걸음을 우뚝 멈췄다. 그녀는 그대로 정지한 채 방 안의 목소리에 귀를 기울였다.

"결국 저들의 생각대로 전제 개혁이 진행되어 가고 있지 않소."

"그렇다 하더라도 관리들의 불법 수탈을 막게 된 것도 사실이지요. 허니 금상께서도, 또한 누구도 함부로 나서지 못하는 게 아니겠소. 다만 그 모든 반대를 물리치고 개혁을 행한 의도가 문제가 아니겠소이까."

"이제 이겸의 앞은 그 누구도 막을 수 없소이다. 무력만 가지고 전쟁터에서 뒹구는 하찮은 장수가 아니외다, 두려운 사람입니다. 모자란 부분은 그 지략가인 도윤의 무리가 완벽하게 보완해 주지 않소이까."

하나같이 걱정과 한탄이 담긴 어조였다. 무엇보다 귀에 들어오는 건 이겸이라는 이름이었다. 알고 있었다. 그의 아들이 바로 건록이라는 사람이다. 야율의 주인인.

설란은 더더욱 숨죽여 안의 상황을 알아들으려 노력하고 있었다.

"날이 갈수록 저들의 세력이 커가더니 이제 경제권까지 거머쥐게 생겼소. 언제 표정을 바꿔들고 일어난다고 한들 무리가 아니외다."

설란의 눈이 번쩍 떠지는 순간 안이 쥐 죽은 듯 조용해졌다. 이내 설란은 혹시 자신이 엿듣고 있는 게 들킨 건 아닌가 하여 숨을 죽였다.

"함부로 논하지 마시오."

그러나 아닌 것 같았다. 정온의 목소리가 다시 흘러나오고 있었다. 안의 사람들 모두를 긴장하게 할 정도의 위력이 담긴 말 때문에 잠시 모두 숨을 죽인 것이다.

"소신의 불충함을 용서하소서. 허나 대책을 마련해야겠기에 함부로 입에 올린 말이외다. 그때가 되면 아무리 막아도 이미 터진 둑이 될까 두렵습니다."

설란의 심장이 미친 듯 뛰었다. 명백히 거사를 칭하는 말이었다. 그것은 바로 부친의 실권으로 이어지는 일이었다. 조여들어가는 심장을 단속하며 온몸을 떨고 있는 설란의 귀로 정온의 목소리가 다시 들려왔다.

"만약 불충하게도 역심의 마음을 품고 있다면 하늘이 천벌을 내릴 터. 무엇보다 가만히 당하고 앉아 있을 이쪽이 아니란 걸 누구보다 그들 무리가 더 잘 알고 있소."

"허나 포곤 어른."

"무슨 일이 있어도 금상 전하의 안위를 지켜내겠소. 충성이 곧 사직의 안녕과 연결되는 것임을 공들도 모두 명심하시오."

차마 더 이상 귀로 담지 못하고 설란은 그곳을 뛰쳐나오고 말았다. 심장을 적시다 못해 솟아오른 눈물이 뺨을 적시고 있었다. 차마 드러내지 못하고 속으로만 걱정하던 일들을 고스란히 귀에 담은 기분은 너무나 참담했다. 시아버님은 충성의 마음으로 자신의 부친을 지키겠노라 더없이 곧은 맹세를 했다. 다른 신료들도 어떻게든 그 뜻을 따르며 노심초사하고 있었다. 그렇다면 그들을 믿고서 이렇게 방정맞은 마음을 가지면 안 되었는데도, 궁주라는 자신의 입장도 잊고서 방정맞은 눈물을 흘리고 있는 것이다. 이럴 때일수록 더욱 단단히 마음을 먹어야 하거늘.

시아버님이 너무나 고마우면서도 그렇게 미안할 수가 없었다. 또한 어쩔 수 없이 이는 부친을 향한 걱정, 짙은 그리움, 불안으로 가슴이 미어졌다. 왠지는 모르겠지만 이겸이라는 이름을 듣는 순간 가슴이 선뜩하였다. 물론 그녀도 그의 공적에 대해 익히 잘 알고 있었지만, 그 이름과 연관되어 거론된 거사의 표현에 맥박이 미친 듯 뛰고 숨이 찼다. 한 치 앞도 내다볼 수 없는 혼란 속에 갇힌 것 같았다.

제발 아무 일도 없기를 바랐다. 사나워질 대로 사나워진 민심을 아바마마도 알고 계실 것이다. 오랑캐에게 약탈당하는 백성들의 두려움을 분명 알고 계실 것이다. 이름없는 촌부로 전쟁터에 나가 창칼에 쓰러지는 사내들의 아픔을 알고 계실 것이다. 그 사내의 무사를 하염없이 기원하는 이름없는 아낙의 슬픔을 부친은 분명히 알고 계실 것이다. 현명하고 어진 정사를 펼쳐 반드시 그 모든 고통과 아픔을 없애고 평온한 나라를 만드실 것이다.

무사하기를. 부디 무사하기를.

설란은 심장을 짓누르는 아픔을 눌러가며 기원했다. 부디 그 아낙의 정인이 무사하기를, 정인이 무사하여 아낙도 함께 무사하기를, 부친이 무사하기를, 이 나라가 무사하기를.

“그때가 되면 아무리 막아도 이미 터진 둑이 될까 두렵습니다.”

그러나 다시 떠오르는 두려운 말이 설란을 당장이라도 삼켜 버릴 것 같았다. 차마 자신의 능력으로는 도저히 어찌할 수 없는 거대한 물줄기를 느끼는 순간 그녀는 두려움에 질리고 말았다. 자신이 가슴으로 무언가를 빌고 원해서 해결될 게 아니라는 생각이 들자 더더욱 앞이 깜깜했다. 천 길 나락으로 떨어지는 것처럼 아득했다.

‘어머니. 아버지…….’

두 분을 만나고 싶었다. 임금과 현비(賢妃)가 아닌, 그저 평범한 소녀 설란의 어머니 아버지를 만나고 싶었다. 걱정이 산처럼 이는 순간 너무나 그 품이 그리워졌다. 건물을 벗어난 설란은 아득한 두려움을 차마 갈무리하지 못하고서 다리에 힘이 빠져 천천히 그 자리에 주저앉고 말았다. 망연자실하게 앉아 있는 그녀의 뺨을 타고 눈물이 또르르 떨어져 내렸다.

얼마나 그렇게 앉아 있었을까. 기척도 없이, 맥없이 앉아 있는 설란의 위로 가리듯 커다란 그림자가 졌다. 설란은 눈물이 맺혀 젖은 눈을 천천히 들었다. 휴가 싸늘한 시선으로 그녀를 내려다보고 있었다.

四章

탁의 처소에 들어선 휴는 막 건물을 나오는 가늘고 작은 몸 때문에 우뚝 걸음을 멈추었다. 그의 심장이 낮게 내려앉았다. 이제 절대 얽힐 이유도, 마음도 없는 여인이었다. 그 군막 안에서 미련의 한 귀퉁이까지 잘라낸 것이다. 그러나 눈에 익은 그 모습을 발견한 순간, 짜증나게도 천천히 지펴지는 이상한 열기를 막을 수 없었다. 심장에서 직접 뿜어져 나온 것 같은 그 열기가 피를 천천히 끓어오르게 하면서 시끄럽게 맥박 치게 했다. 평심을 찾은 게 분명할 터인 마음도 다시금 혼란스럽게 시끄러워지고 있었다. 반갑지 않은 감각이었다. 고개를 돌리려고 했다. 그러나 그대로 몸을 돌려 되돌아가려던 휴의 움직임은 정지해 버렸다.

갑자기 설란이 눈앞에서 천천히 가라앉았다. 맥없이, 허물어져

143

내리듯 주저앉는 그녀를 쳐다보는 휴의 눈매가 가늘어졌다. 힘없이 앉아 있는 그녀의 어깨가 가늘게 떨리고 있었다. 숙여진 얼굴은 눈물에 젖어 있었다. 휴의 심장이 속절없이 웅성거렸다. 걸음을 돌려야 했다. 다가가 봐야, 궁주인 그녀의 눈물을 위로해 줄 방법은 전혀 없었다. 차라리 탁의 배필인 것으로 끝이면 그나마 나았다. 홍무국의 궁주인 그녀는 그에게, 아니, 부친인 이겸에게 꼭 짓밟아야 할 존재였다. 앞으로 그녀의 저 눈물을 만들 처지였다.

그 목에 검을 겨누고 동정하는 짓과 다르지 않다.

그렇다 하더라도, 그는 설란을 향해 다가서고 있었다. 그러나 다가가면 갈수록 정처 없이 뛰던 심장은 싸늘히 굳어갔다. 왜 우는 것인지 짐작하는 순간 들끓던 감각은 가라앉고 그 자리를 싸늘한 분노가 대신했다.

'그대의 사내 때문에 우는 것입니까. 그렇게 짙고 서럽게 우는 이유가 그대를 감싸고 있는 그 사내 때문인 것입니까.'

탁을 향한 질투가 걷잡을 수 없이 일었다. 천천히 멈춰 서서 차갑게 식은 눈으로 설란을 내려다보았다. 천천히 설란의 고개가 들렸다. 흠뻑 젖은 눈이 일순 휴의 심장을 따끔하게 찔렀지만 그는 감정을 외면했다. 시선이 부딪친 채 두 사람은 한동안 그 누구도 움직일 줄 몰랐다.

자신을 내려다보는 서늘한 시선을 올려다보는 설란의 마음은 더 추워졌다. 몸이 아파올 정도로 파고드는 아득한 슬픔도 감당하기 힘든데, 온기라곤 담겨 있지 않은 그 눈빛이 더더욱 설란을 시리게 했다.

“그렇게 주저앉아 있는 것이 궁주의 할 일입니까.”

다른 사내를 위해 울고 있는 그녀에게 건넬 말 따위 자신은 갖고 있지 않았다. 비난하듯 말해 버렸는지도 모르겠다. 설란의 젖은 눈동자가 흔들렸다. 그러나 영 또렷해지지 않는 눈으로 그녀의 입술이 천천히 열렸다.

“아바마마…….”

힘이 하나도 없이 마치 넋이 나가 있는 듯한 그 표정과 흠뻑 젖은 목소리에 휴의 눈빛이 짧게 흔들렸다.

“아바마마…….”

같은 말을 되뇌며 천천히 설란의 고개가 숙여졌다.

“아버님, 어머님이…… 보고 싶어요.”

휴는 움직이지도 못하고 서 있었다. 눈물에 잠긴 듯한 설란의 얼굴이 천천히 다시 들렸다. 누구를, 무엇을 바라보는 건지, 자신의 얼굴을 알아보고는 있는 건지 알 수 없는 표정으로 그녀가 다시 중얼거렸다.

“보고 싶습니다. 너무나도…… 보고 싶습니다.”

누군가가 쥔 것처럼 휴의 심장이 옥죄어왔다. 아무렇지도 않아야 했다. 어째서 이런 감정들이 자꾸만 자신을 괴롭히는 건지 모르겠다. 하지만 그 까만 눈동자가 가엾다는 생각이 든 순간 그는 자신도 모르게 설란의 팔을 움켜쥐었다.

힘주어 일으키자 설란은 아무런 견제도 없이 맥없이 딸려 올라왔다. 넋이 나간 사람처럼 눈물 때문인지 눈동자에 초점이 잘 잡히지 않았다.

“보여 드리겠소.”

들려온 말에 설란의 동공이 확장되었다. 말과는 달리 딱딱하기만 한 휴의 얼굴을 망연자실하게 쳐다보았다.

“무슨…….”

“내게 한 약조를 기억하고 있소?”

안 그래도 머리가 텅 비어 있어 설란은 자신도 모르게 고개를 저었다.

“모, 몰라요. 무슨 말인지 모르겠어요.”

“언제라도 내가 무언가를 원할 때 그대는 내 바람을 들어주기로 했소.”

설란은 말없이 그를 바라보기만 했다. 겨우 기억이 났다. 하지만 왜 지금 그 말이 나오는 것인지, 자신이 왜 마음속의 말을 함부로 흘려서 이렇게 그와 함께 있는 것인지 잘 이해가 가지 않았다. 절대 부친의 말을 하지 말아야 할 사람이 있다면 바로 눈앞의 이 사내인데.

“오늘 하루, 그대의 남은 시간을 내게 주시오.”

“무슨……. 아니요, 싫습니다.”

“거절해도 소용없소. 이미 약속한 일이니 허락이 떨어질 때까지 기다릴 마음은 없으니까.”

휴는 쥐고 있던 설란의 팔에 힘을 준 채 돌아섰다.

“왜, 왜 이러셔요. 놔주세요!”

“소리치면 다른 이들의 눈길을 끌 거요. 그렇게 하고 싶소?”

결국 설란의 입술이 닫혔다. 영문도 모른 채 그에게 딸려 가던 설란은 사람들의 눈에 뜨일 수 있는 곳에서 휴가 걸음을 멈추자 함께 따라서야 했다.

"잠시 기다리시오."

그 말만 남기고 그는 설란을 남겨둔 채 돌아섰다. 설란은 오로지 넋을 잃은 얼굴로 그를 바라보았다. 그러나 채 뜻을 더 물어볼 새도 없이 휴는 빠르게 사라졌다. 설란은 힘없이 담에 몸을 기대고 머리를 기울였다. 무거운 혼돈이 머릿속에서 계속해서 웅성거리고 있었다.

'돌아가야 해. 돌아가야 해…….'

그러나 설란은 그 자리에 서 있었다. 만약 물어본다면 그는 대답해 줄까? 역심이라니, 잘못 들은 건 아닐까. 그 사람들이 잘못 생각하고 있는 건 아닐까.

잠시 후 휴가 돌아왔을 때 그는 야율과 함께였다. 아직 젖어 있는 설란의 눈이 크게 떠졌다. 묵묵히 다가온 휴가 설란의 몸을 향해 손을 뻗었다. 놀란 설란이 본능적으로 그 손을 피해 물러났지만 휴의 싸늘한 시선은 조금의 머뭇거림도 없이 다가왔다.

"대체 지금 뭐 하시는……. 꺄악!"

그대로 설란의 겨드랑이에 양손을 넣어 가뿐하게 들어 올려 야율의 안장 위로 앉혔다.

"……."

그 행동의 이유를 알게 된 설란은 더 말을 할 수가 없었다. 그저 말에 올리고자 한 행동일 뿐이었다. 야율의 등은 아래에서 올려다볼 때보다 훨씬 더 높았다. 그래서 상황을 정리해 보려고 정신을 가다듬기도 전에 야율이 살짝 움직이는 것에 놀라 그만 비명을 지르며 등에 찰싹 달라붙고 말았다. 설란을 흘긋 쳐다본 휴는 평복 위에 덧입은 도포를 벗어 들고는 가뿐하게 야율의 등에 올라탔다. 설란의 뒷자리였다. 양손을 뻗어 말고삐를 움켜쥐자 자연히 설란의 등으로 휴의 가슴이 성큼 다가와 닿았다. 설란은 도무지 말도 안 되는 상황에 정신을 차릴 수가 없었다.

"잠시만 무례를 범하겠습니다."

휴는 자신의 벗은 도포를 그대로 설란의 머리부터 덮어씌웠다. 설란은 커다란 도포 안에서 눈만 내민 채 휴의 이해할 수 없는 행동을 바라보았다.

"핫!"

그러나 더 생각할 틈도 없이 야율이 달리기 시작했다. 그 바람에 설란은 심장이 덜컥 내려앉아 휘젓듯 팔을 뻗어 야율에게 달라붙으려 했다. 그러나 그런 설란을 단호하게 잡아당긴 손에 휙 이끌려 설란의 몸은 그대로 휴의 가슴에 부딪치듯 안겼다. 그의 커다란 도포에 감싸인 채, 그 품 안에 갇힌 채 설란은 달리고 있었다. 그렇게 올라보고 싶었던 야율이었는데도, 등에 와 닿는 사내의 느낌 때문인지 오히려 더 현실성이 없었다. 어쩌자고 자신이 여기에 이렇듯 갇혀 있는 것일까.

도포의 탓일까, 아니면 감싸듯 자신을 가려주고 있는 이 사내의 넓은 품 때문일까. 쌀쌀할 법도 한 바람의 저항은 전혀 느껴지지 않았다.

"보이십니까."

야율이 멈춰 선 곳은 나무들이 우거져 있는 산등성이에서였다. 높은 지대에서 야율을 멈춘 휴가 그 말과 함께 가리킨 손가락의 방향으로 설란의 고개가 돌아갔다. 순간 설란의 눈이 활짝 떠졌다.

"아……."

궁(宮)이었다. 궁의 모습이 고스란히 내려다보이고 있었다. 비록 먼 거리라 구분되는 건 웅장한 지붕과 너른 뜰뿐이었지만 부모님이 계시는 곳이 한눈에 들어왔다. 벅찬 감각에 눈시울이 뜨거워지며 겨우 말랐던 설란의 속눈썹이 다시 젖어들었다. 소리도 없이 흘러내린 눈물이 동그란 곡선을 그리며 뺨을 타고 떨어졌다. 휴는 투명한 액체로 젖어가는 자신의 소맷 자락을 내려다보았다. 그러나 아무 말도 하지 않고서 그저 그 뒤를 받쳐 주기만 했다.

휴는 어쩌면 자신의 이 행동은 부친을 배신하는 행위일지도 모른다고 생각했다. 부친이 원하는 것은 바로 이 궁주의 일가를 폐하고 잔인한 피바람을 불러일으키는 일이 있더라도, 용상에 오르는 것이었다. 그 누구보다 냉정하게 대해야 할 이들이 있다면 바로 눈앞의 궁주와 그 혈육들이었다. 이겸의 뜻을 받들어 앞으로 자신의 손으로 그녀의 아비를, 어미를, 형제를, 또한 그녀까지도 처단해야 할지도 몰랐다. 헌데 이 무슨 어울리지 않는 자비란 말인가. 구석까지 몰아서 위협하고 있는 주모자 주제에, 가련하다 위로를 해주는 것인가. 세상에서 이보다 더 잔인한 자비가 또 있을까.

처음 자신의 품에 날아들었을 때부터 왠지 저어하는 마음이 일지 않았다. 오히려 달콤한 향기를 풍기며 날아드는 비단결 나비의 촉감은 한없이 부드럽고도 고왔다. 황망한 얼굴로 그녀가 떠나간 후 무심코 자신의 손을 내려다보았을 정도로, 품 안에 날아든 그녀의 존재는 따스하고도 달콤한 느낌을 주었다. 그런 그녀를 도화로 인식한 순간부터 심장은 지금껏 한 번도 겪어보지 못한 웅성거림을 겪었던 듯하다. 그리하여 자신도 모르게 탁에게 그녀라는 사람을 화젯거리로 흘려버린 건지도 몰랐다. 이후 또다시 알게 된 사실은 그녀가 묘통사에서 호랑이를 상대로 일행을 지키겠다고 무모한 도전을 하던 어린 소녀라는 것. 그때 묘통사에서 호랑이의 발치에 화살을 쏠 때부터 그 소녀의 인상이 뚜렷하게 남아 있었던 것 같다. 그리고 세월이 흘러 여인이 되어버린 소녀가 이 품에 날아든 것이다.

만남 자체가 기이하여, 도화로 인식해 버린 그녀를 어쩌면 자신의 운명의 상대라고 쉽게 생각해 버리고서, 필요에 의한 정략결혼의 대상으로 쉬이 마음의 결정을 내려 버렸다. 그때까지 자신에게 그녀란 존재가 차지하는 비중이란, 그저 대의를 위한 도구였다. 아니, 그렇게 치부함으로써 스스로 편해지고 싶었는지도. 하지만 그것부터가 잘못된 판단이었다. 도구가 아니었다. 자신은 그저 순수하게 마음이 이끌려 정략결혼이라도 해서 그녀를 자신의 곁에 두려 했던 것이다. 그것을 뒤늦게야 깨닫게 되었다. 바로 잃고 나서야 알아버린 것이다. 찬에게 말했듯 한 번도 가져보지 못하고서 잃어버린 후, 뚜렷하게도 인식하고 말았다. 이미 그녀에게 끌리고 있었다는 걸.

전장에서만 뛰어다니던 자신이다. 마음을 산란하게 흔들고, 속절없이 웅성거리게 하는 그런 존재가 쉽게 받아들여질 리가 없었다. 인정하고 싶지 않았던 것이다. 뚜렷하게 각인이 되면 될수록, 어쩌면 마음 한쪽에서는 거부하려 했던 건지도 모르겠다. 위험하고 잔인한 세계에 살던 자신이, 앞으로도 그런 세상에서 살고 싶은 자신이 그런 보드라운 존재에게 이끌려 마음의 갈피를 잡지 못하다니, 이 어찌 우스운 일이 아닌가. 그런 감정 따위 사내에게 어울리지 않는 창피한 일이라고, 마음속에서 줄기차게 거부를 했던 것이다. 더욱 냉정하게, 더욱 무심하게, 더욱 차갑게 밀어내 버리라고. 진심 따위 인정하지 말라고.

연약한 것을 접하면서 그것에 이끌리는 자신을 인정하는 순간, 지금껏 딛고 서왔던 강하고 단단한 지반이 순식간에 흐물거리며 약하게 변해 무너져 버릴까 봐. 익숙하지 않은 자신의 모습을 잠재의식 속에서 스스로 거부하였던 것이다.

그래서 그녀가 도화가 아니라는 것을 알게 되었을 때, 바로 탁의 배필이며, 홍무국의 궁주라는 것을 알게 되었을 때 더더욱 이 마음을 부정했던 것 같다. 끌렸던 마음까지 통째로 거부하며, 그녀가 자신을 흔들 리 없다고, 전쟁에 다시 힘을 쏟으며 찬에게도 이 마음을 정리하였다고. 아니, 스스로의 마음에도 최면을 걸어가며 잊어버렸다고, 그녀 따위 소중하지 않다고 부정해 버렸다. 하지만 강한 부정은 결국 강한 긍정의 다른 이름이었던가.

분명히 자신은 그녀 때문에 상처받았다. 한 번도 스스로 자신을 도화라 칭한 적이 없는 여인을 도화로 인식해 버리고서 속절없는 마음의 흔들림을 가져 버린 자신이 한심해서, 무력하게 느껴져서 부정을 해버린 것이다. 부정하면 할수록 마음에 짙게 남아 파고든다는 것을 그때는 알지 못하고서. 끊어버렸다고 생각하고서 탁의 병문안을 서둘렀다. 하지만 그 마음 일면에는, 그녀의 모습을 한 번이라도 더 볼 수 있지 않을까 하는 기대감이 포함되어 있었던 것이다.

상처받지 않기 위해서, 군장으로서의 자신의 모습에 흠집을 내지 않기 위해서, 여인 하나에 흔들리는 무력한 사내가 되지 않기 위해서 그녀를 마음에서 끊었다고 스스로 최면을 걸고서 탁의 거처로 들었다. 그러나 그녀를 동공에 담는 순간 해일처럼 밀려들어 모습을 드러내고 만 한없는 미련, 그리고 그녀를 가지고픈 이 걷잡을 수 없는 소유욕, 어쩔 수 없이 자신을 흔들고 마는 그녀라는 존재.

결국 자신과 어울리지 않는 그 모든 감정들은 그녀라는 사람을 목적으로 한 부정적인 의미로 변하고 말았다. 그녀가 원망스럽다. 어째서 자신의 품으로 날아들었는가. 어째서 궁주라는 신분을 갖고서 정적(政敵)의 입장인 자신의 눈에 띄어버렸는가. 어째서 도화라고 착각이 되게끔 그리 고운 모습으로 서 있었는가. 어찌하여 묘통사의 그 여인이 이미 다른 이의 배필이 되어 세월을 건너 그때의 모습 그대로 존재하고 있는 것인가. 어찌하여…… 내 앞에 나타났는가.

어찌하여 그 부친을 공격하는 자신의 앞에서 부친의 안위를 걱정하며 눈물을 보이는 것인가. 이 사내를 오로지 혼돈과 미련의 뭉텅이 속에 던져 놓고서, 그녀는 아무것도 알지 못한 채 눈물을 보이고 있었다. 이미 그 눈물에 무감정한 사내가 될 수 없게 되어 버렸거늘.

마음 한쪽은 그녀를 그녀의 부모와 조금이라도 가까운 거리로 데려다 주어 그 상심을 위로해 주고자 하는 의도도 분명 있었다. 그러나 마음의 다른 한편은 그녀를 벌주고 싶었다. 아무도 없는 곳으로 데리고 와서 그녀에게 이 분노에 찬 마음을 드러내고 싶었다. 이 사내는 단지 그대의 지아비의 벗인 것만은 아니다. 오히려 그대를 도화라 착각하여 청혼을 하려는 욕심을 가졌던 사내이다. 또한 이 사내는 그대의 부친을 폐위시키고자 하는 역모를 주모하고 있다. 이곳으로 데려와 그 모든 것을 드러내고 싶었다. 그리하여 이 사내를 단지 지아비의 벗으로서만 생각하고 있는 여인의 마음 자체를 싹 바꿔 버리고 싶었다.

이 사내는 이 여인의 마음 안에 조금은 의미를 가지며 차지할 것인가. 원수로서든, 두려운 대상으로서든, 아니, 그런 부정적인 의미들만으로도 좋으니 이 사내를 그녀의 기억 안에 쐐기를 박듯 심어 넣고 싶다. 그것이 그저 스쳐 지나가는 대상으로서 자신을 기억하고 있는 것보다는 나았다. 잔인한 이 사내의 일면을 보아버리고, 두려운 대상으로라도 이 사내를 기억하도록 하고자 한다. 억지로라도 그녀의 마음 안에 이 사내의 존재를 쑤셔 넣겠다. 다만 그녀를 이곳으로 데리고 오기 위한 방법으로, 마치 충실한 신하처럼, 궁주를 귀애(貴愛)하는 충복처럼 굴고 있는 것이다. 그녀의 등을 겨냥하는 칼의 주인은 바로 그였는데.

"감사합니다."

그때 바람에 섞여 설란의 목소리가 흘러들었다. 휴의 눈빛이 흐려졌다.

"보은은 제가 해야 하는 것인데 도리어 은혜를 입었어요."

더 이상은 듣고 있기가 힘겨워 휴는 말없이 야율의 등에서 훌쩍 뛰어내렸다.

"잠시 머무르시겠습니까."

올려다보며 물었다. 설란은 대답을 하지 못했다. 돌아가야 하는데 자꾸만 시선은 궁으로 향하고 있었다. 못내 아쉬움을 떨치지 못하는 그 시선을 가만히 보고 있던 휴가 허락도 받지 않고 팔을 뻗어 안듯 해서 설란을 땅으로 내렸다. 머뭇거리기는 느낌이었지만 그녀도 다른 말없이 바닥을 딛고 섰다.

내려선 두 사람의 눈이 마주치자 설란이 먼저 시선을 피했다. 어색하고 민망해서 고개를 돌리는 순간, 뺨으로 닿아온 단단한 손가락의 느낌에 심장이 덜컥 내려앉았다. 얼굴을 피하며 휴를 탓하듯 쳐다보았더니, 그는 손가락 끝에 묻은 눈물을 내려다보고 있었다.

"우는 이를 위로하는 방법은 잘 모릅니다."

손을 내린 그가 낮게 말했다. 처음부터 지금까지 내내 당황스럽기만 한 설란이었지만, 곧 그답지 않은 선한 어조에는 엷게 미소를 짓고 말았다.

"충분히 따뜻했습니다."

어쩌면, 이라는 기대를 품고 있었다. 이렇듯 궁을 자신에게 보여주는 그이다. 역심을 품고 있다는 건 어쩌면 잘못 전해진 말인지도 모르겠다. 아니, 제발 그랬으면 좋겠다.

어색한 시간이었다. 부서지는 햇살이 나뭇잎에 닿아 가루처럼 흩뿌려지며 반짝이고 있었다. 그 밝은 빛처럼 이 사람은 자신을 위로해 주고 있는 것인가. 생명의 은인에게 보답을 해야 할 사람은 자신이었는데, 그 보답을 내세워 오히려 자신이 위로받고 있었다. 어쩌면 그는 그의 부친과 생각의 방향이 다를지도 모르겠다. 겉모습은 말할 수 없이 딱딱하고 차가운 사람이었지만 마음이 나쁜 사람 같지는 않았다. 아니라면 이렇게 무언으로 가장 필요한 것을 신경 써줄 수는 없을 것이다.

하지만 그렇다 해도 계속 이렇게 시간을 허비하고 있을 수는 없었다. 그의 마음이 아무리 고마운 것이라고 해도, 궁이 내려다보이는 이렇게 아름다운 곳에 서 있다고 해도 역시 설란의 마음은 무거웠다.

"그만…… 가보는 게 좋을 것 같아요."

"아직 약조하신 시간이 지나지 않았습니다. 생명의 은인에게 내건 보답치고는 야박하군요."

설란은 뭐라고 대응할 말이 없었다. 그의 말이 틀리지 않았기 때문이다. 어떤 것이든 보답하고 싶다고 한 건 분명 자신 이었다. 하지만 이런 식의 것이리라곤 생각지 못했기에 당황스러운 것도 사실이었다. 휴는 커다란 나무 기둥에 편안히 등을 기대고 서서 이쪽을 내내 쳐다보고 있었다. 그 시선이 못내 따가워서 설란은 못 본 체하고 있었지만 그것도 점점 힘겨워졌다. 짙은 먹물처럼 새까만 그의 눈동자에서 뿜어내는 빛이 남들보다 훨씬 더 선명하다고 느낀 건 아마도 처음 만났을 때부터이리라. 똑같이 상대방을 쳐다보는 빛이라고 하기에 그의 것은 훨씬 더 날카롭고 훨씬 더 짙었다.

"낙마로 입은 상처는 괜찮으십니까."

나무에서 등을 떼고 선 휴가 천천히 다가오며 물었다. 설란의 눈이 동그래졌다.

"그, 그건 어떻게……."

"충성스러운 신하가 궁주마마의 신변에 생긴 문제를 모르고 있어서야 되겠습니까."

말속에 가시가 담겨 있었다. 왠지 이죽거리는 어조라 화가 났지만 설란은 못 들은 척 고개를 돌렸다. 위협하는 내용이 그의 눈빛만큼이야 할까 생각했다. 보면 볼수록 부담스러운 그의 눈을 마주 보고 싶지 않았다. 그 똑바른 눈빛과 마주하는 순간 사지가 옥죄이는 것 같았다. 무언가가 건드려지는 감각이었다. 편안히 대응할 수 없는 눈이라는 게 더 문제였다. 따끔따끔, 무언가가 찔러오는 것 같기도 했다. 그래서 설란은 자연스러운 행동인 척하며 몇 걸음 피해 섰다. 야율에게 시선을 둔 채 말했다.

"저는 괜찮습니다. 가볍게 부딪친 것이었습니다. 실은…… 몰래 야율을 타보려다가 입은 상처였어요."

못내 이실직고를 했다. 남의 말을 몰래 타려다가 호되게 벌을 받았기 때문에, 그 말이 눈앞에 있는 지금 아닌 체하고 있을 수 없었다.

"어쩌면 그럴지도 모른다 생각은 했습니다."

설란의 시선이 휴에게로 돌아갔다. 순간 어느새 눈동자에 서로의 모습이 비칠 만큼 가까운 거리로 성큼 다가와 선 휴 때문에 심장이 철렁했다. 설란은 또다시 고개를 돌리고 야율을 만지는 체했다. 그러나 손을 대려는 순간 그때 호되게 당한 기억이 떠올라 차마 만지지 못하고 허공에서 멈칫했다. 그런 설란의 생각을 간파하기라도 한 듯 휴의 입술 끝이 살짝 말려 올라갔다.

"그날 야율이 다소 흥분해 있었습니다. 낙마하신 궁주마마와 연관이 있지 않을까, 생각하였습니다."

"아아, 그, 그랬군요."

변명할 여지도 없는 말이어서 설란은 어색하게 더듬었다. 창피함에 얼굴이 화끈 달아올랐다.

"미안해요. 허락도 없이 피해를 드렸어요."

"제가 입은 피해는 없었습니다. 야율이 입은 피해는 스스로 적당하게 갚은 것 같더군요."

설란의 표정이 샐쭉해졌다. 보통 이런 상황에서는, 궁주가 먼저 접근하였다고 해도 상처를 입었으니 말 단속을 잘못한 주인 쪽에서 사죄를 하는 게 관례였다. 하지만 애초에 이 사람에게서 그런 예의를 기대하는 건 무리일 것 같았다.

"제가 입은 피해는 전혀 없었습니다."

휴가 천천히 그 말을 되뇌자 설란의 시선이 자연히 그에게 향했다. 그의 표정이 굳어 있었다. 이따금씩 이 사람의 표정은 말할 수 없이 차가워진다.

휴는 조용히 설란을 바라보고 있었다. 그랬다. 그가 입은 피해는 전혀 없었다. 아니, 과연 없었을까. 아무런 상처도 받지 않았다고 스스로 결론을 내렸으니 당연한 것이다. 그런데 어째서 그날 자신의 심장을 함부로 건드렸던 생각의 무리가 다시 희미하게 떠오르는 것일까.

얻지도 않았던 것을 잃은 느낌. 눈앞의 이 작은 여인에게 배신당했다는 생각이 들었던, 그날 별채에서 홀로 남겨졌던 때의 그 허망한 감정이 다시금 밀려들었다. 낯선 여인이 스스로를 도화라 말하던 그 순간의 아연함을, 탁의 손이 설란의 몸에 자연스럽게 닿아 부축하던 그 순간의 느낌을, 패배감을, 모멸감을 그녀는 생각이나 하고 있을까.

"제가 혹, 관휘의 누이동생에게 청혼을 하려 했던 사실을 알고 계십니까."

천천히 흘러나온 휴의 말에 설란은 당연히 놀란 얼굴을 했다. 그럴 수 있다는 말은 들었지만 막상 실제였다고 하니 신기하기도 하고 놀랍기도 했다.

"아…… 그러셨군요. 저는 잘 몰랐습니다."

탁에게 들어 조금은 알고 있었다는 말을 할 필요는 없을 듯했다.

"도화라는 이름을 듣고서 그 복사꽃의 뺨과 잘 어울린다는 생각을 했습니다."

그 눈빛이 하도 깊어서, 설란은 자신의 이야기가 아닌데도 괜히 귓불까지 붉게 달아올랐다. 직접 고백을 들은 여인에게나 나타나야 마땅할 이런 깊이 설레는 반응이라니, 역시 자신의 상태에 문제가 있는 것 같다. 저 눈빛이 부담스러웠다. 아무렇지도 않게 행동하는 게 이상하게도 심장에 많은 무리를 주고 있었다. 저 눈빛이 부담스럽다.

"속절없이 마음이 이끌린다는 그런 감정을 처음 느꼈습니다. 내 것으로 만들고 싶다고 생각했습니다. 이미 내 소유라고 생각해 버렸습니다."

"아…… 전…….."

설란은 도저히 더 듣고 있을 수 없어서 얼른 몇 걸음을 피해 버리고 말았다. 그와 멀어진 거리로 갔을 때에야 겨우 참았던 숨을 몰아쉬었다. 바로 귀 옆에서 들리던 고백에 주책맞게도 자신의 심장이 떨렸다. 이렇게 창피한 일이 있을까. 어째서 도화 아가씨를 향하는 고백을 듣고 자신이 들떠 버린 것일까. 다 그의 탓이었다. 어떻게 그런 말을 전혀 관계없는 여인에게 아무렇지도 않게 흘릴 수 있을까.

그가 너무 뻔뻔하게 느껴졌다. 무례하게 느껴졌다. 짓궂게 느껴졌다.

"관관저구(關關雎鳩)는 재하지주(在荷之洲)요, 요조숙녀(窈窕淑女)는 군자호구(君子好逑)라 하였습니다. 암오리는 숫오리를, 숫오리는 암오리를 서로 부르며 물가를 빙빙 돌듯이, 천하를 다스리는 영웅 군자의 대업도 내조하는 현숙한 아내가 있어 금슬 좋게 어울려야 가능하다 하였습니다. 귀공께서 마음에 두신 이가 있어 더욱 귀공의 대업을 받쳐 줄 것이니 기쁜 일이 아닐 수 없습니다. 그 마음, 아가씨께 필히 전해 드리겠습니다."

풀꽃을 한 잎 따서 만지작거리며 설란이 말했다. 언제가 되어야 생명의 은인에게 내걸었던 보상의 시간이 끝나는 건지 모르겠다. 더 이상 이곳에 있으면, 제 일도 아닌 일 때문에 심장이 먼저 탈이 날 것 같았다. 아무리 나를 향한 것이 아니라도 그러한 깊은 고백을 듣고서 아무렇지 않을 여인이 있을까. 정인이 있는 여인의 마음은 다 같은 것을.

휴는 등을 보이고서 외면하고 있는 설란을 조용히 지켜보았다. 그녀는 지금 자신이 한 말이 얼마나 그의 심장을 찌르는 것인지 알고나 있을까. 묵직한 통증을 외면하기 위해 천천히 눈을 감았다가 떴다.

"그렇게 멀리 떨어져 계실 작정이십니까."

낮게 말했지만 설란은 돌아볼 생각도, 대답도 하지 않았다.

"제가 다가갈 수도 있습니다."

설란의 어깨가 움찔했다. 결국 그녀가 고개를 돌려 이쪽을 바라보았다.

"왠지 부담스러워요."

휴의 입술 끝이 살짝 말려 올라갔다.

"무엇이, 말입니까?"

"이곳이, 여기에 있는 제가, 나누고 있는 대화가……."

말끝을 흐리던 설란의 표정이 곧 단호하게 굳어졌다. 야무진 입매로 말을 맺었다.

"귀공이 너무 부담스럽습니다."

휴의 눈매가 가늘어졌다. 설란은 견디지 못하고 내뱉은 말 때문에 속으로 후회를 하고 있었다. 하지만 그게 사실이라 어쩔 수가 없었다. 누군가와 함께 있는 게 이렇게 힘들고 신경 쓰이는 일인지 몰랐다.

"궁주라고는 하나, 사사로이는 한 사내의 아내입니다. 생명의 은인께 보답하고 싶은 마음은 진심이지만, 이런 방식은 아닌 것 같습니다."

휴의 눈빛이 서서히 가라앉고 있었지만 설란은 시선을 비낀 채 말을 이었다.

"저는 돌아가고 싶습니다. 꼭 다른 방식으로 보답을 하겠습니다. 서방님께 말씀드려서라도……."

"보내 드리겠습니다."

말허리가 잘려 설란의 입술이 서서히 닫혔다. 휴의 말아 쥔 주먹에 힘이 들어가고 있었다. 아무것도 모르는 이 여인은 그녀가 내뱉는 말 한 마디 한 마디가 얼마나 큰 통증을 만드는지 전혀 모른다.

"충분히 보답을 받았으니, 묘통사에서의 일은 이제 잊으셔도 좋습니다."

야속하다 탓할 수도 없었다.

더욱더 차가워진 휴의 기색에 설란은 왠지 미안했지만 꼭 해야 할 말이었기 때문에 후회의 마음은 들지 않았다.

"아니요. 그것과 이것은 다릅니다. 저를 은혜도 모르는 사람으로 만들지 말아주셔요."

"마마를 도와드린 은혜는 잊으셔도 될 것입니다. 앞으로는 저를 향한 원한이 더 깊으실 테니까요."

선뜻 이해가 안 가는 말에 설란의 눈동자가 커졌다. 까만 동공에 의문이 들어찼다. 휴는 천천히 몸을 돌려 커다란 나무 옆으로 가서 섰다. 그리고 조용히 그 나무에 손바닥을 얹더니 가만히 눈을 감았다. 설란은 심장을 건드리는 의혹에 복작거리는 눈으로 휴를 바라보고 있었다. 이윽고 천천히 눈꺼풀을 든 휴가 손마저 거두었다.

"이렇게 단단하고 건강한 나무도 뿌리부터 썩어들어 병이 생긴다면 해충만 생길 뿐입니다. 뿌리는 이제 양분을 빨아들일 능력이 없고 썩은 가지에선 더 이상 열매도 꽃도 맺힐 일이 없습니다."

심장이 웅성거렸다. 그러나 설란은 자신의 마음속에 드는 의문이 맞을까 봐 눈을 동그랗게 뜬 채 차마 그의 말을 자르지 못했다.

"고목(枯木)은 말 그대로 고목입니다. 새도, 청솔모도 살 수 없습니다. 나무껍질을 벗겨 먹던 사슴도 떠나겠지요. 그대로 두어봐야 주변의 나무들만 함께 병이 듭니다. 황폐해진 산이 결국 모든 생명의 혼을 앗아가겠지요."

"무슨…… 말씀이신가요? 똑바로 말해주세요!"

"사직은 병들어 있습니다. 그걸 모르실 궁주마마는 아니시겠지요."

순간 똑바로 쳐다보는 휴의 눈빛과 마주친 설란의 낯빛이 하얗게 질렸다. 짧은 순간의 믿을 수 없는 변화, 아니, 차갑게 겨냥한 그의 잔혹한 말들에 가슴이 찢기듯 아팠다. 분노와 그리고 그만큼의 두려움이 함께 일었다.

"어, 어떻게 제게 그런 말을 할 수 있나요? 어떻게……."

"그러나 썩어버린 고목에서도 천운으로 새로이 가지가 돋아날 때가 있는 것입니다. 새로이 새와 청솔모를 받아들이고, 잎을 퍼뜨리고 꽃을 피울 수 있습니다."

설란의 몸이 바들바들 떨렸다. 그가 하는 말의 의미를 선명하게 이해할 수 있었다. 너무나 직접적으로, 이 나라의 사직과 부친을 비유하는 게 아니고 무엇인가.

결국 기대는 기대일 뿐이었단 말인가. 그 사람들의 짐작은 그저 노파심이 아니었던가! 이 사내가 진정으로 부친을 향해 칼을 겨누고 있단 말인가!

"궁주마마를 궁이 한눈에 내려다보이는 이곳으로 모시고 온 제가 충신(忠臣)처럼 여겨지셨습니까."

위협하듯 쳐다보는 휴의 눈빛이 날카롭게 빛나고 있었다. 노여움으로 설란의 하얀 얼굴이 말할 수 없이 창백해졌다.

"허나 송구하게도, 저는 새롭게 돋아난 나뭇가지입니다. 그 나뭇가지는 썩어버린 고목에서 끝내 함께 썩기를 원하지 않습니다. 갈라져 나와 새로운 땅에 뿌리를 내리는 것을 선택하기로 맹세한 사람입니다."

잔인하게도 가슴을 후벼 파는 말에 설란은 미친 듯 고개를 저으며 손으로 귀를 막았다.

"듣고 싶지 않아요. 당신이 하는 말 따위 더 듣지 않아요!"

휴는 움직이지도 않았다. 결국 설란이 먼저 그 자리에 털썩 주저앉고 말았다. 부모님을 더 가까이에서 느낄 수 있는 이곳까지 와서, 그녀는 더더욱 아프고 두려운 사실을 직면하고 있었다. 이겸과 이건록, 부모님과 자신에게는 더없이 위협적인 존재가 되는 이들이었다. 그 당사자가 사실을 고백했다. 바로 그 사람과 함께 있는 것이다.

어쩌라는 것인가. 어떻게 하라는 것인가.

설란은 천천히 귀에서 손을 내렸다. 자조하듯 목소리가 흘러나왔다.

"위협하는 건가요? 제게 무얼 원하시는 건가요."

"없습니다. 그대에게만은 이 사내의 정체를 알려 드리고 싶었을 뿐."

다른 누구도 아닌 자신의 입으로.

그녀와 자신의 관계를 이 자리에서 확고하게 굳힌다. 이렇게밖에는 살아갈 수 없는 게 자신의 앞길이었다. 그녀가 자신을 한 사내의 여인이라고 지칭한 순간, 이미 휴의 심장은 통째로 얼어버렸다. 점점 더 얼음의 결정만 늘어갈 뿐.

"당신들의 야심이 얼마나 큰지, 백성들의 생활이 얼마나 도탄에 빠져 있는지는 생각 짧은 저도 잘 알고 있습니다. 허나 오백 년의 사직이 사사로운 야심에 삼켜지지 않으리란 것도 믿습니다. 천운을 거스르는 자들에게는 벌이 가해질 뿐입니다."

설란의 이를 가는 말에도 휴의 표정은 전혀 변하지 않았다. 그럴수록 설란은 더더욱 자존심이 상해 미칠 것 같았다. 이렇게 참담할 수가 없었다.

"믿습니다. 아바마마를 믿고, 이 나라 사직을 지키려는 만조백관을 믿습니다. 비록 덕 없는 궁주라고 하나, 소인배들의 간사한 혀에 휘둘릴 정도로 어리석지 않습니다."

분노를 억누르며 한 마디 한 마디를 곱씹어 내뱉는 길지 않은 순간에도 떨림이 멈추지 않았다.

"무력한 여인의 몸이라 하여 함부로 무시하는 마음으로 수치를 준 귀공의 무례를 반드시 좌죄(坐罪)할 날이 올 것입니다."

휴의 입술 끝이 천천히 말려 올라갔다.

"받을 벌이 있어 단죄받는 것이라면 피하지 않겠습니다."

"가버리세요. 다시는 보지 않을 것입니다."

휴를 외면한 설란은 이를 악물고 내뱉었다. 그러나 휴는 물러나기는커녕 설란의 눈앞에서 한쪽 무릎을 대고 앉았다. 계속 피하려고 하는 그 눈을 기어이 붙잡아 똑바로 보게 만들었다. 새까만 그의 눈동자 안에서 날카로움이 발하는 순간 그가 말했다.

"저는 정복자입니다. 아비는 나라를 빼앗고, 나는 무엇을 빼앗을 것 같습니까."

설란의 온몸이 일시에 얼어붙었다. 설란은 그 차가운 눈빛이 주는 섬뜩함에 꼼짝도 할 수 없었다. 진정으로 공포가 어떤 것인지 피부로 깨닫고 있었다. 금방까지도 오기를 담고 있던 그녀의 눈동자가 이제는 겁에 질려 있었다. 바로 그 동공에 비친 자신의 모습을 보며 휴는 낮게 말을 이었다.

"누구였을 것 같습니까. 도화라 알고 있던 여인이, 내 것으로 만들고 싶었던 여인이, 이미 내 소유라 생각한 여인이, 과연 누구였을 것 같습니까.”

경악으로 팽창하던 설란의 새까만 동공이 더 들을 필요도 없다는 듯 돌아가려는 순간 휴는 손을 뻗어 설란의 눈을 가렸다. 그리고 그대로 설란의 입술에 자신의 입술을 힘껏 겹쳤다. 매끄러운 꽃잎은 젖을 새도 없이 경악에 질려 굳어버렸다.

순간의 입맞춤, 바라던 맨살의 감각은 그에게 짜릿한 충동과 일순간 심장이 짧게 끊어진 건 아닌가 싶을 정도의 강렬한 떨림을 주었지만, 어차피 낙인 같은 입맞춤이었기에 휴는 일부러 감정을 외면하고서 심장을 흔드는 그 따뜻한 살갗으로부터 미련없이 입술을 떼어냈다.

아시겠습니까. 이것이 이 사내의 본모습입니다. 이 사내는 그저 탁의 벗만은 아닙니다. 그대의 부친이 다스리는 나라의 일개 신하도 아닙니다. 그대를 묘통사에서 살려주었던 은인도 아니란 말입니다. 이 사내는 이리 수컷의 냄새를 풍기며 그대를 욕심내고 있습니다. 그대를 위협하고 있단 말입니다. 그대가 여인으로 보입니다. 그대는 이미 이 사내에게 여인이 되어버린 것입니다.

그대가 이미 다른 이의 아내라고 하더라도 포기가 되지 않는, 아니, 그대가 도화가 아닌 탁의 배필이기에 더더욱 이 집착에 불을 지피고, 그 집착에서 벗어날 수 없게 되어버린 무서운 사내란 말입니다. 차라리 그대가 도화이기만 했어도 이렇게 화가 나고, 이렇게 강요와도 같은 행동까지는 하지 않았을 테지요. 하지만 이미 한 번 내 것이라고 생각했고 내 것이길 원했던 대상이기 때문에, 이 욕심 많은 사내는 쥐어보지도 못했는데 손가락 사이로 빠져나가 버린 그대를, 결코 쉽게는 놓아주지 못하는 것입니다.

이 마음이 그저 거친 집착의 한 종류이든, 이미 매혹되어 버린 사내의 끊을 수 없는 보드라운 미련이라는 감정이든, 이 사내는 그대에게 이 사납고 거친 마음을 있는 그대로 표현합니다. 그대는 이 사내가 던진 행동의 의미를 똑똑히 기억해야 할 것입니다. 단지 신하도, 단지 사내도, 단지 탁의 벗도 아닙니다. 이 사내는 그대를 취해 버리고 싶은 인간이란 말입니다. 그 모든 마음을 모조리 담은 이 강제적인 입맞춤이, 바로 제 마음입니다.

"이것이 그 대답입니다."

휴는 위협하듯 중얼거리곤 눈을 가리고 있던 손을 내렸다. 굳어 버린 설란의 두 눈동자가 드러났지만, 그녀는 분노를 떠올릴 여유도 잃어버린 것 같았다. 오로지 넋이 나간 사람처럼 텅 빈 눈으로 바들바들 떨기만 했다.

두려웠다. 무감각한 눈으로 끔찍한 말을 하는 이 남자가 두려워 미칠 것 같았다. 그래서 그 어떤 말도 나와주지 않았다. 비난과 거부조차 제 마음 먹은 대로 되지가 않았다. 생전 처음 접한 끔찍하도록 두려운 감각과 난폭한 행동이었다.

"그대였습니다. 내가 가지고 싶었던 이는……."

"그만 해요! 듣고 싶지 않아요!"

벌떡 일어나는 설란을 휴가 완력으로 붙잡아 눌렀다. 잡힌 설란은 공포에 질려 그를 쏘아보며 고집스럽게 이어 소리쳤다.

"그 입에서 나오는 말 따위, 한 마디도……!"

그러나 손목을 꽉 쥐어 누른 휴는 설란의 말을 끊어내고서 단호하게 말을 이었다.

"언젠가는 이 입술뿐 아니라 나머지도, 마음까지도 제가 가질 것입니다."

"그전에…… 당신을 내가 먼저 죽일지도 몰라."

눈물이 솟아올랐지만, 증오와 함께 뒤엉켜 맺혀서 떨어지지 않았다. 언젠가 탁을 위해 떨어뜨린 눈물 결정이 있었다. 그러나 이 여인은 자신을 위해서는 증오에게조차 눈물 한 방울을 허용하지 않는 것인가.

"그러십시오."

차가운 말속에 그는 자신의 마음을 의탁했다. 자신은 그녀의 시선이 미치지 않는 곳에서야 슬픈 마음을 드러내는 걸 허락 받은 존재이기 때문에.

원망으로 죽일 듯 노려보며 설란이 쏟아내듯 말했다.

"아니면 내가 죽거나."

"어차피 다른 사내에게 빼앗길 것이라면 그 편이 낫습니다."

"당신을 용서하지 않아요."

벌떡 일어난 휴가 설란의 몸을 덜렁 안아 들었다. 마치 징그러운 것이 닿기라도 한 듯 설란은 미친 듯 비명을 지르며 휴의 몸을 밀쳐 냈다. 그러나 일절의 흔들림도 없이 걸어간 휴는 설란을 야율의 위에 번쩍 앉혔다. 고삐를 끌어당겨 설란의 손에 강제로 쥐게 했다.

"꽉 잡으셔야 할 겁니다. 떨어져서 비명횡사하는 건, 저를 향한 복수가 아닐 테니."

야속하고 따갑기만 한 말에 설란은 야율의 등에 얼굴을 묻어버렸다. 그 모든 말들이 그녀를 후벼 파 한꺼번에 덮친 슬픔에 급기야 눈물이 터져 버렸다. 온몸이 떨리며 흐느낌이 쏟아져 나왔다. 모든 것이 산산이 깨지는 것 같았다. 악에 받쳐 그를 비난하는 것조차 더는 허용되지 않았다. 비난하면 할수록 그는 오히려 힘을 얻는 것 같았다.

"안전히 모셔라, 야율."

휴가 야율의 엉덩이를 치는 동시에 야율은 설란을 태운 채 달려나갔다. 바람이 귀를 휙휙 치고 지나가는 소리가 마치 다른 사람의 감각처럼 느껴졌다. 설란은 무기력하게 늘어져 말의 등에 뺨을 기대고 있었다. 눈물이 바람을 따라 흩어졌다. 아무것도 하고 싶지 않았다. 고삐를 쥔 손을 이대로 놓아버리고도 싶었다. 그렇다면 그에게 복수가 될까.

"아비는 나라를 빼앗고, 나는 무엇을 빼앗을 것 같습니까."

감정이라곤 일절 담기지 않은 차가운 눈으로 그가 한 말이 떠올라 소름이 오싹 돋았다. 구걸하기를 원하는 걸까. 아바마마를 살려달라고. 당신이 우연히 가벼운 마음으로 흥미를 가지게 된 이 몸을, 모든 자긍심을 다 버리고서 아바마마를 굽어 보살펴 달라고 무릎이라도 꿇고 애원하라는 것인가. 이 몸으로 대체될 수 있는 것이라면 무얼 아낄까. 허나 교환해야 할 게 부친이었기에 더더욱 수치가 일었다. 불가능한 일이었다. 못난 몸으로 끝끝내 지켜야 할 것이 있다면 이 나라 궁주로서의 자존심이었다. 불충한 무리들에게 감히 짓밟을 수 있는 기회를 줄까 보냐.

"오라버니……."

가슴이 아팠다. 탁의 선한 얼굴이 떠올라 그렇게 슬플 수가 없었다.

홀로 남은 휴의 얼굴이 고통으로 물들었다. 그렇게 말하는 게 아니었다. 한 마디 한 마디 위협이 되고 공포가 될 수밖에 없는 그런 말을 하려던 게 아니었다. 어느덧 시작된 이 고통을, 다른 이의 여인이 된 그녀를 향한 원망 때문에 압박받는 이 아림을 말하고 싶었을 뿐이다. 그러나 그 마음을 전한들 무엇 할까. 이미 연심이 아니라 욕심이 되어버린 것을. 애원이 아니라 애욕이 되어버린 것을.

"그대가 잘못된 것입니다. 그대만이 나를 이리도 아프게 합니다."

진심이라 외치고서 애원한다고 뭐가 달라질까. 가지지 못할 사람이었다. 가져서는 안 되는 사람이었다. 가질 수밖에 없다는 게 고통이었다. 바랄 수 없다는 게 슬픔이었다. 말아 쥔 주먹에 힘이 들어갔다. 자신의 차디찬 칼날 같은 말들에 비난을 쏘아대던 그 눈동자가 생각나 심장이 아팠다. 허망하게 무너져 내려 눈물만 흘리던 그 떨림이 생각나 너무나 가슴이 아렸다.

그녀는 원하지 않고 있다. 도망치기만을 바란다. 허나 이 마음이 놓아주기를 원하지 않아서, 그녀에게 미안한 일이었다.

반쯤 혼절해서 야율의 등에 실려 도착한 설란은 그 이후로 몇 날 며칠을 앓았다. 야율은 그녀의 상태가 성하지 않다는 걸 알고 있었는지 어느 순간부터는 천천히 걸어서 정온의 집까지 도착했다. 모두들 휴의 말이 설란을 살려준 것으로만 생각했지, 설란의 위태로운 상태가 그 말의 주인 때문이라는 건 전혀 생각지 못했다.

설란의 정신 상태는 혼란과 절망 사이를 헤매고 있었다. 묘통사에서의 첫 만남, 그리고 이후 자신의 실수로 인하여 그를 탁으로 오해하고서 함부로 품으로 날아들었던 두 번째 만남, 이후 야율로 인해 또 한 번 부딪치며 그가 묘통사에서의 그 아름다운 소년 장수라는 걸 기억해 냈다. 자신이 가졌던 의문을 호랑이 발톱 노리개를 직접 소지하고 와 설명해 주었던 사람은, 탁의 벗이었으며 그가 고마워하는 전우였고 또한 도화 아가씨에게 연심을 품고 있던, 겉은 냉정하고 칼끝 같은 사람이었으나 그 마음 안은 조금은 따뜻하고 순수한 데가 있는 사람이었다. 그리 생각하였다.

묘통사에서 자신을 포함한 일행을 호랑이의 위협으로부터 구해주었으며, 패전을 앞두고 있는 탁을 원군 해 도와준 고마운 사람이었고, 도화에게 연심을 품고 있는 겉모습과 어울리지 않는 순정이 있는 사람이었다. 자신과 탁을 구해주고 도화에게 호감을 품는 그 사람이 어찌 나쁘게 비칠 수가 있을까. 오히려 그 수려한 외모와 절제 있는 행동을, 묘통사에서 그를 쳐다보았던 것처럼 동경하는 마음으로 바라보았는지도 모르겠다.

하지만 모든 것이 바뀌었다. 그에게 가졌던 호의는, 부모님을 보여주겠다며 궁이 훤히 내려다보이는 야산으로 자신을 데리고 간 시점에서 완전히 뒤바뀌고 말았다. 궁을 보여준 것도 설란으로서는 그에게 고마움을 가질 만한 일이었다. 하지만 그 의도 속에는 오물처럼 다른 의미가 포함되어 있었다. 그 누구도 아닌 자신의 부친을 폐하려는 역심을 품고 있으며, 친한 벗의 아내에게 욕심의 마음을 품고서 뻔뻔하게 내비치는 사람인 것이다.

그래. 묘통사에서의 첫 만남부터 이후 이어진 만남, 어쩌면 자신은 그에게 호의를 품었는지도 모르겠다. 그 야산에서 도화를 향한 것이라 믿어 의심치 않았던 마음 자락을 표현하며 똑바른 눈으로 쳐다봤을 때는 일순간 심장이 흔들렸던 것도 같다. 이미 한 사내의 아내가 된 여인으로서, 또한 일국의 궁주로서 다른 사내에게 경솔하게도 곁을 내어주고 그 사내와 동행하였으며, 그 사내에게 호의를 가졌던 것에 대한 천벌을 이런 식으로 받은 것이다. 그가 보인 무례한 행동을 통해 하늘은 이 몹쓸 여인을 꾸짖은 것이다. 그리 상냥하고 선한 탁을 두고 다른 사내에게, 호의이든 무엇이든 조금이나마 관심을 두었던 자신의 마음에게 하늘이 견책을 내린 것이다.

'모든 건 어리석은 내 탓이야. 오라버니를 두고, 다른 이에게 곁을 내어주고 그 사내의 존재를 조금이나마 마음에 품은, 모든 것이 내 탓이야.'

설란은 의식을 잃은 속에서도 한없이 까무러치며 눈물을 흘렸다. 가슴이 너무나 아팠다. 오늘 그와 마주친 순간, 더더욱 부친의 생각이 자신의 온몸을 덮친 것은 사실이었다. 어째서 그 사내를 앞에 두고 그렇게 속절없이 눈물을 흘려버린 것일까. 그래서 그에게 곁을 내어줄 빌미를 주고야 만 것일까. 그것은 어쩌면 그에게 기대고 싶었던 경솔한 마음의 한줄기가 아니었을지. 어리석은 여인의 약한 마음이 아니었을지. 그리 그에게 곁을 내어주고서, 벌써 전부터 그 눈이 자신을 향하고 있었음을 고하는 그 사내의 말은 이리도 듣기도 싫다니. 거부하고 싶다니.

천벌을 받은 것이다. 오라버니를 두고 다른 사내에게 곁을 내어준 자신에게 천벌이…….

설란이 겨우 눈을 뜬 건 사흘이나 지난 저녁이었다. 흐릿하게 보이는 시야 안에 가장 먼저 들어온 건 걱정스러운 눈으로 내려다보고 있는 탁의 얼굴이었다. 계속 침상을 지켜준 것일까. 탁의 부드러운 얼굴을 보자 설란은 왈칵 서러움의 눈물이 났다. 수치와 미안함으로 죽고만 싶었다.

“오라버니…….”

바짝 마른 입술을 열어 겨우 그를 불렀다. 탁이 다정하게 웃으며 그런 설란의 이마를 조심스럽게 쓸어주었다.

“왜 아프니. 네가 왜 아파.”

그 말 한 마디에 모든 것이 치유되는 것 같았다. 그런데도 가슴을 짓누르는 무거운 돌덩이를 치울 수 없었다. 그에게 지은 죄를 어떻게 갚을 수 있을까. 그런 일을 겪고도 이곳으로 돌아온 자신의 몸뚱어리가 그렇게 수치스러울 수가 없었다. 그의 맑은 눈을 바라보는 것조차도 고통이었다.

"오라버니, 흑……. 오라버니."

설란은 서럽게 흐느끼고 말았다. 오 년 전 부모의 곁을 떠나, 부모님을 사직에 내어주고서 오로지 탁이 덮어주는 온기 안에서만 살아왔다. 그곳이 가장 따뜻하고 안전한 곳이었다. 그래서 항상 감사해 하며 탁을 더없이 소중하게 여기며 살았다. 그런데 어째서 이런 일이 일어나야 하는 걸까.

"언젠가는 이 입술뿐 아니라 나머지도, 마음까지도 제 것이 될 것입니다."

휴의 소름 끼치도록 차가운 눈빛과 말들이 생각나는 순간 온몸이 부르르 떨렸다. 사흘 내내 쫓기는 꿈을 꾸었다. 확실치도 않고 형체도 없는 무언가에 쫓기고 또 쫓겼다. 그 손아귀에서 벗어날 수 있다면 무엇이라도 할 수 있을 것 같았다.

"오라버니, 절 버리지 말아주셔요. 소녀를…… 미워하지 말아 주셔요."

설란은 자신도 모르게 흐느껴 애원했다. 자격이 없는 몸인데 어째서 이렇게 이기적인 마음을 갖는 걸까. 제발 그 두려운 사람을 막아주었으면 좋겠다.

"무슨 말이야. 내가 너를 왜 버리니. 어찌 버리니."

탁은 설란이 안타까워 죽을 지경이었다. 도대체 무슨 일이 있었던 것인지, 눈물을 흘리고 있는데도 바짝 말라 있는 생기 없는 눈동자가 가여워 미칠 것 같았다.

“무슨 일이 있었던 건지 오라비한테 말해주면 안 되니? 어째서 야율이 널 데리고 온 거니. 혹시 건록도 만난 거니?”

그의 이름이 거론된 순간 설란의 눈동자가 세차게 흔들렸다. 병으로 겨우 도피해 있던 대상을 다시 접한 설란의 몸이 와들와들 떨렸다.

“설란아!”

설란의 변화를 깨달은 탁이 놀라 그녀의 어깨를 꽉 붙들었다.

‘아아, 어쩌면 좋을까. 어쩌면 좋아.’

설란은 자신이 원망스러워 미칠 것 같았다. 이래선 안 되었다. 그가 알기라도 하는 날엔 모든 게 끝나는 것이다. 자신을 바라봐 주던 따뜻한 눈빛도, 그 상냥함도, 다정함도 모두 다 잃고 말 것이다. 또한 탁의 증오는 그대로 건록에게 향해 더 커다란 것을 잃어버리게 될지도 몰랐다. 만약 그와 건록이 정면으로 부딪치기라도 한다면……. 설란은 오싹해져서 더 생각하기도 싫었다. 마음은 모든 일을 털어놓고 싶었다. 그가 했던 말 그대로를 토해내고 탁에게 도움을 청하고 싶었다. 그러나 그럼 탁을 잃게 된다. 분란을 일으켜 모든 게 망가질 것이다. 어쩌면 탁의 목숨까지 위협받을지도 몰랐다. 그들은 충분히 그럴 수 있는 사람들이었다. 탁의 올곧은 이상과 한없이 베풀어주는 그 아름다운 심성을 다시는 보지 못하게 될지도 몰랐다.

잔인하도록 끔찍한 사람들이었다. 모든 것을 소유하고 빼앗아야 직성이 풀리는 사람들이었다. 이 한심한 몸뚱어리를, 그 마음마저 갖겠다고 하면서 괴롭히고 있었다. 도무지 그의 마음을 이해할 수 없었다. 어째서 그런 마음을 자신에게 갖는 것일까.

"야율을…… 타고 싶었어요. 그날 오라버니도 아파서, 너무 괴로워서…… 마구간에 있는 야율의 등에 제가 함부로 올랐어요."

무엇보다도 그를 슬프게 하고 싶지 않았다. 자신이 만에 하나라도 그의 고통이 된다면 살고 싶지 않을 것이다. 이 선하고 다정한 사람에게 상처 줄 수 없었다. 견뎌내고 이겨내는 것밖에 방법이 없었다. 믿고서, 그와 시아버님을 믿고서 그들이 단죄받기를 믿어 의심치 않으며 힘을 내 견딜 수밖에 없었다.

탁이 한숨을 폭 내쉬었다.

"낙마를 하고도 또 그랬단 말이냐. 정말, 내가 너 때문에 살 수가 없다."

"죄송해요, 오라버니."

"건록도 얼마나 놀랐겠니. 야율은 건록이 가장 아끼는 말이야. 다음에 만나면 사과하렴."

설란은 이불 속에 품은 손을 꽉 말아 쥐고서 고개를 끄덕였다. 이렇게 몸이 먼저 민감하게 반응을 하는데 언제까지 이 증오와 서글픔을 숨길 수 있을까.

'오라버니, 그 사람과 멀리하시면 안 되나요? 그 사람을 만나지 않으시면 안 되나요?'

차마 고하지 못하는 말만 설란의 입 안에서 맴돌았다. 그 사람은 자신에게 그 마음 안에 감춰두었던 받아들이기 힘든 연심을 토했고, 또한 자신은 그 연심을 들은 것에 이리도 괴로워하고 있다. 차라리 그런 말 따위, 강제로 행한 입맞춤 따위 아무렇지도 않다

스스로를 억압하여 잊어버리고, 모욕당한 기억 따위 불쾌하다 하며 깨끗하게 지워 버릴 수 있다면 다행이었다.

오히려 잊혀지지 않고 더더욱 또렷하게 각인된 채, 그 똑바른 눈으로 냉정하게 고하던 고백이 이렇게나 귓가에 남아 있으니, 이 자체로 어찌 배신이 아니라 할 수 있을까. 기억해도 탁에게 죄를 짓는 것이요, 기억에서 지우지 못해 이리 방황하고 쓰려 하는 것도 똑같이 죄를 짓는 것이었다. 그러니 제발 탁이라도 그 사람을 만나지 않았으면 좋겠다. 이 부족한 여인의 마음에 이렇게나 큰 파동을 일게 만들어 이리도 뚜렷하게 기억이 되고 있는 그 사내를, 탁이 만나는 것 자체가 탁을 모욕하는 행위가 분명할 터이니.

순간이었다고 하나, 그 짧은 맨살의 닿음은, 그 숨결의 압박은 너무나 강렬하고 간절했기에 그만큼 여인의 마음은 설레고 말았다. 마치 온몸의 힘이 쭉 빠질 정도로 애절했었다. 사내의 강한 내음을 풍기고서 그녀의 사고를 일순간 정지시켜 버린 것이다. 이렇게 머리와 가슴을 온통 채워서 오히려 두려움을 각인시킬 정도로 그 짧은 찰나의, 그녀에게 있어 첫 입맞춤이었던 그 순간의 기억은 이렇게나 깊고도 강렬하게 남아 있는 것이다.

그러니 제발, 자신이 이 마음을 스스로 정리할 때까지라도 이 사람이 그를 가까이 하지 않아, 누구도 아닌 자신이 탁을 모욕하는 상황만은 피하고 싶었다. 후에 단죄를 받는다 하더라도, 이렇게나 그 사내 때문에 고통받고 있어, 더더욱 그 사내의 존재가 뚜렷하게 인식되고 있는 아직은, 두 사람이 제발 서로를 가까이 하는 일이 없기를. 마음 깊이 사죄하는 마음으로, 애원하는 마음으로 설란은 고했다.

"오라버니…… 제발 아바마마를 지켜주시어요."

잔뜩 젖은 설란의 말을 들은 탁이 가만히 설란의 손을 쥐었다. 손가락으로 다정하게 쓸어주며 고개를 끄덕였다.

"내가 사는 이유가 그것인데. 금상 전하를 위해, 그리고 너를 위해 오라비는 살고 있어."

설란의 가슴이 차마 표현하지 못하는 통곡으로 물들었다.

저 따위를 지켜달라고까진 말 못해요. 내치지만 않아도 소녀는 좋으니, 제발, 제발 아바마마를 지켜주시어요.

"아버님께서 아바마마를 지켜주시겠죠? 끝끝내 지켜주시겠지요?"

눈물을 그렁그렁 매달고서 설란은 질문이 아닌 애원을 했다. 아이처럼 계속해서 답을 원하고 있었다. 어쩌다가 자신이 이렇게 철부지가 되었을까.

탁이 단단한 표정으로 고개를 끄덕였다.

"무슨 일이 있어도 이 손으로 받들어 지킬 테니 걱정하지 마라. 이상한 소문들에 귀 기울이지도 말고 흔들리지도 말고."

"오라버니."

"너는 궁주다. 이 홍무국의 군주야. 네가 이리 흔들리면 어찌하니."

위로하듯 설란을 깨우쳐 준 말에 그녀는 힘껏 고개를 끄덕였다. 무엇보다 자신은 이 말이 듣고 싶었던 것일까. 그러니 자신은 약하지 않다. 흔들리지 않는다. 두려워하지 않는다.

"이렇게 약해서 궁주마마라고 할 수나 있을까."

창피해진 설란은 손을 뻗어 구하듯 탁의 손을 꼭 잡았다. 탁이 비어 있는 다른 편 손을 들어 설란의 눈물을 꼭꼭 닦아주었다. 순간 그날 뺨에 와 닿았던 휴의 손길이 생각나 가슴이 선뜩해졌다. 떠올리는 것만으로도 소름이 돋았다. 그 감각을 밀어내듯 설란은 눈물을 닦아주고 있는 탁의 손마저 꼭 쥐었다. 탁이 놀란 눈으로 설란을 내려다보다가 빙긋 웃었다.

"네가 자주 아프도록 빌어야겠다. 아프니까 어찌 이리 귀여워."

"오라버니…… 은애합니다."

웃고 있던 탁의 눈동자가 정지했다. 몸도 굳은 듯 움직이지 못했다. 그 시선이 멈춰 서 설란을 향하고 있었다. 설란은 쿵쿵 뛰는 심장을 가라앉히며 탁의 손을 끌어 뺨에 댔다.

"은애합니다, 오라버니."

서글픈 고백은 설란의 마음을 아프게 하고, 탁의 심장을 미친 듯 뛰게 했다.

"설란아……."

"소녀는 오라버니 덕분에 행복합니다. 그것만은 절대 잊지 말아주셔요."

미친 듯 뛰던 탁의 심장이 불안하게 흔들리기 시작했다. 왜 이렇게 설란이 위태로워 보이는지 모르겠다. 은애한다고 고백하는 그 떨림도 그렇게 안타까울 수 없었다. 무슨 일일까. 대체 무엇이 너를 이렇게나 불안하게 만드는 것일까. 자신의 힘으로 지켜내고 싶은데. 무엇 하나 그녀를 위협하지 못하도록, 작은 돌부리 하나 그녀의 발에 채이지 못하도록, 자신이 자신의 검으로 자신의 온몸으로 그녀를 지켜내고 싶은데.

탁은 설란의 뺨에 닿아 있는 손을 천천히 끌어와 그녀의 손등에 입을 맞추었다. 조심스럽게, 더없이 정중하게 입술을 누르고선 천천히 뗐다. 살짝 몸을 숙여 설란과 시선을 맞추고는 부드럽게 웃었다.

"너보다 더, 훨씬 더 널 은애해 왔다."

이 한없이 뛰는 마음을 너도 알고 있을까. 궁주가 아닌 그저 평범한 여인으로서, 그저 설란이라는 이름을 가진 여인 자체로 은애하고 또 은애해 왔다는 것을. 너무나 소중하게 가슴속에 담고 있어 이제는 한시도 그녀라는 존재를 자신에게서 떨어뜨릴 수 없게 되었다는 것을.

허나 지금은 마음을 내세우는 것보다 그저 그녀의 위태로움을 먼저 위로해 주고 싶었다. 너무도 소중하기에 작은 바람에 흔들리는 것조차 아까웠다. 한없는 자상함을 담은 손길이 설란의 머리카락을 부드럽게 쓸어내려 주었다.

"아무것도 걱정하지 마라. 아무것도. 내가 네 곁에 있다는 것만 기억하고 있어."

잠들 때까지 되풀이된 무한한 애정을 담은 탁의 음성에 설란은 조금씩 안정이 되는 마음으로 천천히 눈을 감았다.

시선을 느끼고 있었다. 설란은 자신을 향해진 날카로운 눈빛을 피부로 느끼고 있었다. 그것을 자각할 때마다 두려움에 소름이 오싹 일었다. 무엇이든 빼앗아 버리는 것으로 자신의 만족감을 채우는 정복자의 시선은 첨예하도록 집요한 것이었다.

설란이 깨어나고 며칠이 지났을 때, 휴는 다시 정온의 사저를 방문했다. 그리고 벌써 이틀째 이 댁에서 숙식을 하며 머무르고 있었다. 탁과 함께 전략에 대한 논의를 하는 것 때문이라고 했지만 설란은 그것이 전혀 믿기지 않았다. 충신(忠臣)의 탈을 쓴 그는 무법자였고, 홍무국을 무너뜨리려는 찬탈자였다. 설란이 믿고 있는 건 시아버지 정온이었다. 그가 어떻게든 저 무리에게 일침을 놓아 절대 뜻대로 되지 않는다는 걸 가르쳐 주었으면 했다. 아니면 쫓아냈으면도 싶었다. 그러나 정온은 무슨 생각인지 사저를 드나드는 이겸의 아들을 막는 것까지는 하지 않았다.

상대방에 대한 견제와 비난이 극에 달해 있는 시기였다. 합일점을 찾지 못하는 두 진영 사이에, 어쩌면 저쪽 권력의 핵심이라고 할 수 있는 휴가 이 사저를 어슬렁거린다는 것이 정온은 보통 황당한 게 아니었다. 다만 아직 세상을 선한 눈으로만 보고 있는 아들 탁이 신경 쓰여 그대로 두는 것뿐.

"네가 내 집엔 무슨 목적으로 머무르는 것이냐."

우연히 마주치게 되었을 때 정온이 휴에게 말했다. 휴는 공손하게 예를 올리고는 차분하게 대답했다.

"관휘와는 동문수학한 사이입니다. 벗과 더불어 사색을 하고 전략을 의논하는 데 특별한 이유가 필요하겠습니까."

정온의 눈매가 가늘어졌다. 뻔뻔하게 회피하는 것인지, 아니면 황당하게도 정말 그렇게 생각하는 것인지 더 질타하게 만들지도 못하게 하는 태도였다. 따로 마음먹은 것은 없을 터였다. 저 인물이 이 집에 머물면서 세작(細作: 첩자)의 짓을 한다는 건 더욱 어불성설이었다. 때때로 무인들이 경솔한 모습을 보이고는 하지만, 그는 총명함과 함부로 무시할 수 없는 현명한 판단 능력을 지녔다.

"예가 쥐도 새도 모르게 사살될 곳이란 것도 알고 있느냐."

"이미 예 있는 것을 알 만한 사람은 다 알고 있으니 용기가 납니다."

"허……."

건방지게 대응하고 있었다. 당장 질타를 해야 했지만 그 뻔뻔할 정도의 차분함은 못내 무시할 수 없었다. 확실히 이겸의 아들로 배척만 하기에는 아까운 인물이기는 했다. 그래서 더더욱 속이 뒤틀리는 것인지도. 저들이 저렇듯 자신들의 배포와 재능을 믿고서 하늘도 무시한 채 설치는 게 아닌가.

"돌아가 네 아비에게 전해라. 끝끝내 거슬리는 행동을 고집하면 그와 나는 더 이상 되돌릴 수 없게 된다고."

"아버님과 어른께서는 더없이 뜻이 통하는 협력자이셨습니다. 어른께서 아버님께 협조해 주실 수는 없으시겠는지요."

"네놈이 감히 내 앞에서 건방진 화호를 강제하는 것이더냐?"

"소신은 그저 백지장도 맞들면 낫다는 말을 올린 것뿐입니다. 노여움을 거두십시오."

아무렇지도 않게 빠져나가고 있었다. 양쪽이 바라는 것 모두 결국은 백성을 위한 길을 모색하고 있는 것이니, 정치적 입장이 조금 다르다 한들 그게 무슨 대수냐는 말이었다. 어떤 그릇에 담기

든 사직을 위한 마음은 다 같은 것, 이쪽 하늘을 보든 저쪽 하늘을
보든 결국 같은 하늘을 보는 것은 당연한 바, 작은 힘이라도 끌어
모아 함께 도와 이루자는 듯 가볍게 말하고 있었다. 함부로 말하
는 듯하면서도 묘하게 말을 틀어 결코 자신의 의중을 함부로 드러
내지 않았다.

"건방진 놈."

휴는 아무 말 없이 차분한 표정만을 유지했다.

"한 번 더 경고하겠다. 네놈들이 벌이는 양전(良田)에 간섭하는
짓거리를 그만 하라 이르거라."

"송구합니다만, 이 몸은 그저 전장을 뛰어다니며 싸움만 하는
인물이라 무슨 말씀이신지 전혀 짚히는 바가 없습니다."

휴의 살살 놀리는 듯한 말에 정온은 절로 혀를 찼다. 차라리 화
가 나는 것보다 기가 막힐 뿐이었다.

"내 일전에 감히 분수도 모르고서 네가 내 딸 도화에게 혼담을
넣으려 했다는 사실을 들었다. 도화가 그 일을 겪고 황망함에 몸
져누워 있다. 알고 있느냐."

휴의 눈빛이 다소 굳었다. 천천히 입을 열었다.

"만약, 예정대로 어른의 막내 여식께 혼담을 넣었다면 허락하
셨겠습니까."

어차피 대답을 들을 수 없는 말이었다. 정온은 불쾌한 기색으로
몸을 돌렸다.

"네놈과 내 집안이 합쳐질 일은 결단코 없을 것, 네놈이 더욱 잘
알 테니 목줄기에 칼이 꽂히기 전에 냉큼 돌아가거라!"

정온의 냉정한 일침에도 휴는 흔들리지 않는 기색으로 그 자리에 서 있었다. 정온의 주변을 염탐하기 위해서인가, 허나 이 사저(私邸)에 머물고 있는 이유는 단지 그것 때문만은 아니었다.

이미 공포로서 설란의 마음 안에 자리한 자신이다. 끝내고자 하는 마음 따위 이 사내는 이미 스스로 버려 버리고 말았으니, 그녀의 지척에 머물며 이 존재를 더더욱 그녀의 마음 안에 각인시키고자 하는 잔인한 의도를 품고서, 자신의 머무름을 한 치도 의심하지 않고 있는 탁의 선한 마음을 이용하고 있는 것이다. 이 얼마나 잔혹하고도 이기적인 사내인가. 결코 놓아줄 수 없다는 마음을, 결코 벗어날 수 없다는 위협을 지척에서 그 여인에게 무언으로 위협하고 있는 것이다.

그것은 표면으로 드러나는 냉정한 의도, 그러나 그 마음 이면에 조금이라도 그녀의 모습을 지켜보고자 하는 약한 사내의 마음이 있음을, 그는 결코 겉으로 드러내지 못하는 것이다. 드러내면 드러낼수록 거부당하는 길밖에 없는 자신이라는 것을 알기에 더더욱 그녀를 공포와 잔혹한 감시 속으로 몰아붙이는 차가운 일면만을 내세울 수밖에 없었다. 부친은 나라를 빼앗고, 자신은 무엇을 빼앗을 것 같으냐고 그녀에게 말했었다. 그렇다. 자신은 찬탈하는 방법밖에 없었다.

이대로 정온의 거동을 주시하면서 거사의 적당한 시기를 고르는 것은 대의와 야심이 시키는 이곳에 머무르는 이유, 허나 한 사내로서 휴는 이 여인을 찬탈할 생각을 하고 있었다. 그녀는 끝끝내 자신의 여인이 될 수밖에 없다는 것을, 이미 이 마음을 보여 그녀를 가지고 싶다, 소유하고 싶다 표현하였으니 이렇게 위협하며 머무르고 있는 자신을 덧없어 보여준다고 무슨 상심과 안타까움이 있을까.

그대를, 나는 소유합니다. 이것은 위협입니다. 이 사내는 실현하지 못할 일 따위 입 밖에 내지 않는다는 걸, 그대에게 똑똑히 보여주겠습니다. 실상은, 그대의 곁에서 떨어지지 않고서 정처 없이 헤매는 발걸음이라는 걸, 그런 약한 사내의 모습 따위 냉철한 가면 안에 숨겨두고서, 나는 영원히 그대에게 위협밖에 못 될 존재라고 하더라도, 이 사내는 강제로라도 그대의 가슴 안에 나를, 그대의 동공 안에 새기고 또 새길 터입니다.

휴의 눈빛이 냉정하게 빛났다. 하늘이, 먹색의 구름을 불러들일 준비를 하고 있었다.

하루하루, 그가 머무르는 시간이 길어질수록 설란의 마음은 가시방석이었다. 무엇보다 자신을 쫓는 휴의 시선이 느껴지면 느껴질수록 더욱 탁의 곁에 머물렀다. 모든 것이 그의 의도대로는 되지 않을 것이라고. 빼앗을 수 있다면 빼앗아보라고, 마음이 항의를 하고 있었다.

사직이 그렇게 쉽게 무너질 리가 없는 것이며, 왕조가 그렇게 쉽게 주인을 바꿀 수 있을 리 없었다. 오백 년의 왕조를 어떻게 새로운 성(性)을 가진 이가 도둑질을 하려고 한단 말인가. 절대 그 잔인한 뜻에 무릎 꿇지 않을 것이다. 서화에게 휴는 자신과 자신이 서 있는 기반을 송두리째 무너뜨리려는 침략자에 지나지 않았다.

그래서 의도적으로 더 탁과 행동을 같이했고, 더욱 그의 곁에서 떠나지 않았다. 그런 두 사람의 곁으로 휴가 다가온 건, 설란이 탁과 함께 외출 차비를 마치고 나설 때였다. 문중의 어른이 위독하시어 함께 걸음을 하려는 것이었다. 탁의 도움으로 설란이 막 가마에 오를 때였다. 휴도 외출을 하는 것인지, 야율을 걸린 채 고삐를 쥐고서 천천히 다가왔다.

“아, 건록. 어디 가는 길인가.”

“만날 이가 있어서.”

“조심해서 다녀오게. 그나저나 지내는 데 불편함은 없는가. 펴안히 뫼시라 단단히 일러두긴 하였는데.”

그 즈음 휴의 부친과 자신의 부친 사이의 파진 골이 돌이킬 수 없는 지경까지 이르니 안 그래도 탁의 마음은 무거웠다. 때 정치적 입장을 같이해 더없는 협조자였던 두 분이 어찌 하여 이런 파국에까지 치닫게 되었는지. 헌데 바로 그때에 휴가 자신의 옆에서 머물러 주니 남을 잘 의심하지 않으려는 성정을 가진 탁은 이것이 혹시 호기(好期)가 되지 않을까도 싶어 그를 마음으로 환대하고 있었다. 정치란 본래 그런 것이다. 뜻이 잘 합쳐질 수도 있지만 그만큼 쉽게 갈릴 수도 있는 것. 그러다가 다시 대의를 위해 어제의 적이 오늘의 동지로 합치될 수 있는 게 바로 정치의 오묘한 면이고 위정자들의 입장이었다.

조정의 상황이 하도 심란하여 심지가 곧은 두 분의 마음이 일시적으로 갈렸다고는 하나, 더한 원수 관계에서도 다시 화호를 이룰 수 있는 것 또한 정사에 임하는 자들의 입장이니, 탁은 휴와 자신이 이 신뢰 관계를 지속해 두 가문이 화해할 수 있는 매개체가 되고 싶었다. 이겸이 갖고 있는 역모의 마음을 감히 상상하지도 못하는 유(柔)한 성품의 탁은 그렇게 휴와의 관계를 다른 방식으로 도모하고 있었다. 그러니 도화에게 그 이상의 어떤 관심도 표명하지 않는 휴가 더욱더 아쉬웠다. 또한 어느덧 휴를 마음에 담아 그 일로 심병(心病)까지 얻은 누이동생이 가엾기도 했고. 그렇기에 더더욱 휴가 자신과 마음을 같이하는 사람이 되어주었으면 싶었다.

그런 마음으로 늘 휴에게 신경을 쓰는 탁이었다. 휴는 자신의 애초 목적을 전혀 모르고 부드럽게만 대하는 탁에게 미안한 마음이 드는 한편 이 사내의 욕심을 눈치도 채지 못하는 데 대한 한심한 마음과 그만큼이나 굳게 자신의 아내를 소유하고 있는 그가 밉기도 하고 질시가 들기도 하는 복잡한 마음이었다. 천천히 그 마음을 달래며 대답했다.

"걱정 말게. 편하네."

두 사람이 대화를 나누고 있는 사이, 설란은 하얗게 질린 얼굴로 탁의 뒤에 숨어 있다시피 했다. 대화를 나누던 휴의 시선이 천천히 그녀에게로 향하자 탁은 그제야 알아차리곤 멋쩍은 웃음을 지었다.

"하하, 미안하네. 벌써 소개를 했어야 하는 건데. 내 아내 되는 사람일세."

설란의 심장이 두방망이질 치듯 뛰었다. 결코 보고 싶지 않았다. 그러나 탁의 앞에서 드러나는 행동을 할 수도 없었기에 그저 내외를 하는 것으로 느끼게끔 외면하고 서 있었다.

"신(臣) 이건록, 궁주마마께 인사 올리옵니다."

평이하게 흘러나오는 말은 그렇게 자연스러울 수 없었다. 뻔뻔한 사람이었다. 그렇기에 더더욱 솜털이 곤두서는 사람이었다.

"마마, 인사를 받아주셔야지요."

탁이 웃는 얼굴로 설란을 재촉하기에, 설란은 어쩔 수 없이 냉랭한 어조로 입을 열었다.

"처음 뵙습니다. 편히 머무르시다 돌아가세요."

시선이 마주쳤다. 휴의 한쪽 눈썹이 살짝 올라갔다. 설란은 얼른 고개를 돌려 버렸다. 탁의 소매 끝을 잡고 재촉하듯 말했다.

"어서 출발하셔야 합니다, 서방님."

탁은 고개를 끄덕이고는 휴를 돌아보았다.

"그럼 돌아와서 보게나."

휴는 조용히 고개를 끄덕였다. 곧 설란은 탁의 도움을 받아 가마에 올랐다. 문이 닫히는 순간 들어 올린 눈꺼풀 안의 눈동자와 휴의 눈빛이 부딪쳤다. 설란의 심장이 불안하게 뛰었다. 벗어나고 싶었다, 저 시선으로부터.

정온을 포함한 대신들이 그렇게 막았지만 이겸 일파는 결국 무력을 앞세워 전제 개혁 단행을 관철했다. 그에 정온의 무리들이 편전(便殿)으로 득달같이 달려들어 있었다. 왕은 다시금 이겸의 숙청을 들고 나오는 대신들을 답답한 마음으로 쳐다보고 있었다.

정온은 이겸을 더 이상은 두고 볼 수 없다는 판단을 내렸다. 전제 개혁은 군권을 쥔 이겸에게 경제권까지 쥐어준, 그야말로 무소

불위의 권력을 안겨준 일이었다. 그래서 정온은 아직 수적으로도, 오랫동안 쌓아온 권력 면으로도 그나마 조금 앞서고 있는 자신들의 상황을 이용할 수밖에 없다는 판단을 내렸다. 바로 정통 대소 신료들이라는 점을 내세워 완강하게 뭉쳐 왕을 움직이는 것이었다.

"금일 감히 조정의 권위를 무시하고 왕권의 지엄함을 훼손시키고 있는 저들을 하루라도 빨리 축출하시어 사직의 평안을 되찾으셔야 합니다! 저들은 비천한 신분으로 감히 오백 년을 이어온 사직을 감히 더럽히고 있사옵니다! 필경 자신들의 천근(賤根)을 숨기기 위해 본주(本主)를 제거하겠다는 불순한 의도가 다분한 바, 그 음모에서 출발한 행동을 그대로 두는 것은 사직의 위협이옵니다!"

즉, 정온과 대신들이 내세운 적당한 방법은 이겸과 도윤 등이 사대부 직계가 아닌 비천한 신분 출신이라는 점이었다. 극렬하게 몰아붙이는 정온의 주청에 왕도 더 이상은 현 사태를 관망하기만 하는 건 불가능하다고 판단했다. 또한 그의 마음도 이미 움직이고 있는 상태였기 때문에 오히려 이들의 주청을 기다리고 있었던지도 몰랐다.

안 그래도 이겸의 의도대로 군제, 전제 개혁이 관철되자 슬금슬금 불안한 생각이 들었던 것이다. 전왕을 폐하고 자신을 보위에 올린 이겸이 똑같은 짓을 하지 않으리라는 보장도 없었다. 점점 세력을 넓혀가는 이겸이, 특히 병권을 절대적으로 틀어쥐고 있다는 점이 가장 두려웠다. 전제 개혁의 성공은 그에 대해 싹트던 의심이 확실하게 뿌리를 내리는 계기가 되었다.

"특히 장도윤은 가풍이 부정하고 주관이 확실하지 못하여 관직에의 등용이 부적절한 인물이옵니다. 즉시 직첩을 회수하고 유배를 보내는 것이 마땅하옵니다."

왕의 마음이 점차 뚜렷해지고 있다는 걸 간파한 정온은 우선 건드리기 쉬운 도윤부터 몰아내고자 간곡히 주청을 올렸다. 이겸을 직접 제거하는 것보다는 그의 오른팔인 도윤을 잘라내는 게 일단은 더 행하기 쉬운 방법이며 장차 더 큰일을 도모할 좋은 통로였다.

결국 왕이 이를 윤허하였다.

"승지는 지금 당장 대사성 장도윤의 직첩을 회수하고 공신녹권을 거두어들이라!"

유배의 명까지는 얻어내지는 못했지만 정온은 그로써 간곡한 주청의 보상을 받아냈다.

"그리 허술하게 도망쳐서야 되겠습니까."

외출에서 돌아온 설란은 등 뒤에서 들린 목소리에 바위처럼 굳어버리고 말았다. 그 목소리의 주인을 알아차린 순간 온몸에 식은땀이 맺혔다. 설란은 주먹을 꽉 쥐고 돌아섰다. 휴는 나무에 등을 기대고 바닥을 내려다보며 서 있었다. 그 모습이 그날 산에서의 그를 떠올리게 해 더 오싹하고 불쾌해졌다.

"말해보세요. 진정 원하는 게 무엇입니까?"

그의 마음을 끝까지 인정하지 않고서 외면하고 있는 설란의 말을 듣는 휴의 입술 끝이 말려 올라갔다.

“글쎄요. 무엇일까요.”

“저를 감시하시는 것입니까? 허나 저는 이름만 궁주일 뿐, 그대들의 야심에 그 어떤 소용할 가치가 없는 사람입니다.”

휴의 눈빛이 짙어졌다.

“전리품을 늘리고 싶은 것인가요? 궁주마저 확실하게 소유하고서, 아바마마를 욕보이고 싶으십니까?”

두려움과 싸워 견디며 설란은 그에게서 시선을 떼지 않고 있었다. 그러나 휴가 싸워 견뎌야 할 것은 모진 배척으로 인한 자괴감이었다.

“그렇게밖에 생각하지 못하는 것입니까! 아니면 그렇게라도 말해 안심하고 싶으신 겁니까.”

휴의 비난에 설란은 성이 났다. 그의 오만이 그녀의 자긍심을 송두리째 흔들었다. 이미 궁주의 위엄도 여인으로서의 자존심도 모두 다 깨져 버린 것만 같았다. 이 사내의 앞에만 서면 자신이, 자신이 아닌 것 같다.

“이곳에서 떠나세요. 부탁이에요.”

힘을 잃은 듯 설란이 말했다. 하지만 그 모습을 애틋하다 말하지도 못하는 휴는 점점 차가움으로 자신을 방어할 수밖에 없었다.

“외면하시면 될 것. 어째서 신경 쓰시는 것입니까.”

“원하는 게 뭔지 알 수 없어요.”

“알면 주실 수 있으십니까.”

“똑같은 크기로 내내 원망하는 것도 힘에 버겁습니다. 아바마마를 지켜줄 이는 어차피 제가 아니라 굳건한 신료들입니다. 저를 이용하셔도 무엇 하나 달라질 건 없습니다."

떨리는 목소리로 말한 순간 휴가 성큼 다가와 설란의 손목을 낚아챘다. 커다래지는 설란의 눈동자를 똑바로 쳐다보며 그가 쏟아내듯 말했다.

"굳이 마마를 이용할 필요가 있을까요? 왜 그 모든 사실을 마마께 알려 드린 것 같습니까? 내 전부와도 같은 야심을 어째서 함부로 마마께 흘린 것 같습니까? 어차피 마마는 아무 힘도 없으니 들어봐야 아무것도 할 수 없을 것이라고, 무시하는 마음에 흘려버린 말 같습니까? 약자의 고통을 즐기려는 것 같습니까? 각오하고 계시라고 선심을 써준 것 같습니까? 의도라 하셨습니까? 그 잔인한 가슴으로 생각해 보십시오. 의도가 있었다면 어째서 그런 말들을 했겠습니까."

으르렁거리듯 쏟아져 나온 말들이 설란의 머릿속을 괴롭혔다. 점점 더 이해가 안 가는 그의 행동과 말들에 핑 하고 머리가 울리며 어지러워졌다. 어쩔 수 없는 원망으로 솟아오르는 눈물을 있는 힘껏 눌러 가두었다.

"제가 잔인하다 하셨나요?"

잔인합니다. 너무나 잔인합니다. 이 마음을 알아주지 않는 마마가 잔인합니다. 속절없이 그대만을 쫓고 있는 이 사내의 가엾은 마음이 마마를 잔인하다 외칩니다. 어쩔 수 없이 그대를 원망하는 것으로 이 마음을 비뚤게 표현하는 못난 사내입니다.

"마마는, 모르시겠지요. 절대 모르시겠지요."

아마도 끝끝내 이 사내의 위협을 두려워하며, 이 사내를 돌아봐 주지 않으시겠지요.

"이해할 수 없습니다. 당신의 어떤 말도 이해할 수 없어요. 의도가 없다면 대체 무엇 때문인가요? 어찌하여 저를 이리 괴롭히시나요?"

"갖고 싶습니다."

한 치의 머뭇거림도 없이 흘러나온 말이 설란의 심장에 곧장 내리꽂혔다. 하지만 도저히 용납이 되지 않는 말에 거부감만 증폭될 뿐이었다.

"왜, 왜 이러세요? 대체 무슨……!"

"그대를 갖고 싶습니다. 내 것으로만 존재하게 하고 싶습니다. 가져 버리겠다 생각한 순간, 다른 이의 아내가 되어버린 사람입니다. 괴로워하면 안 되는 것입니까. 질투해서는 안 되는 것입니까. 원망해서는 안 되는 것입니까."

설란의 머릿속이 텅 비었다.

"전리품을 늘리고 싶은 거라 하셨습니까? 그대가 그 누구의 아내도 아닌 그저 궁주이기만 했더라도 이리 괴로웠을까요? 내 괴로움으로 이리도 그대를 괴롭혔을까요? 아니, 나는 내 부친을 배신해서라도 이 목숨을 다해 그대의 부친을 주군으로 섬겼을 것입니다. 허나 나는 그대를 가질 수 없습니다. 무엇을 해도 가질 수 없습니다. 그러니 그대를 산산이 부수고 해칠밖에요. 더더욱 그대의 부친을 금상의 자리에서 끌어내려, 궁주도 그 누구의 아내도 아닌 그대를 내가 취할 밖에요!"

어찌하여 마음은 이다지도 일도(一道)의 방향밖에 모르는 것인

가. 차라리 이쯤에서 그대가 이 사내에게 시선을 돌려주었으면 좋
겠다. 그리하여 이 사내는 부친을 배신하고 그대를 난세에서 구해
내 안전한 방향 안에 숨겨놓았으면 좋겠다. 그렇다면 차라리 패륜
아가 될지언정 이 마음의 구슬픈 고통은 없을 것이 아닌가. 패륜
같은 것, 자신의 마음으로 감당하면 될 터이니 그녀의 마음을 갖
지 못해 이리 파괴된 연심으로 인한 고통은 없을 것이 아닌가. 전
자는 감당할 수 있어도 후자는 감당할 수 없으니, 이것이 그 무슨
굳건하게 선 사내의 모습이란 말인가.

차라리 전장에서 내리는 결정이라면 흔들림 따위 없었을 것이
다. 허나 냉정하기만 했던 마음을 파헤치고 여린 꽃 한 송이를 심
어놓은 연약하고도 연약한 여인을 마음에서 끊어내는 결정은 그
어떤 전략보다 어려우니, 이 무슨 괴로운 운명인가. 연모하는 마
음이라니, 그런 마음 따위 모르고서 평생을 살았으면 좋지 않았겠
는가. 똑바른 눈으로, 대의만을 위해 전장에서 뛰어다니며 눈에
보이는 적들을 모조리 창검으로 찔러 죽이며 날뛸 때는 이런 종류
의 혼란 같은 것 존재하지도 않았다. 어찌하여 그대만이 이 사내
를 이리도 방황하게 하는 것인가. 이리도 앞뒤 분간하지 못하는
경솔한 사내로 만들어 버리는 것인가. 약한 사내로 만들어 버리는
것인가.

진심으로 외쳐도 그대는 절대 그 자리에서 움직일 생각을 하지
않으니, 이 사내가 아무리 그녀의 마음 안에 위협과 공포와도 같
은 존재감을 심어놓는다 한들, 더욱더 위협이고 공포 자체인 그대
의 견제와 질타로 쳐내 버리고 마니, 그대는 어쩌면 지금껏 상대

했던 그 어떤 수장들보다도 두려운 대상인지도 모르겠다. 전쟁보다, 한 여인의 마음을 상대하는 것이 더욱 피로하고 이 감정을 건드리고 있다. 평심을 흩트리고 있다. 그래도 끝끝내 그 여인을 스스로 먼저 포기하고서 물러나는 것은 힘이 드니, 이 상념을 어찌할까. 오늘도 이 발걸음은 그대의 주변만을 맴돌고 있으니, 차라리 전쟁터에서 창검을 버릴지언정 이 평화로운 공간에서 그대를 놓치는 것이 더욱더 어려운 일이 되어버렸다.

나라를 가질 것이다. 그대의 일가를 몰락시킬 것이다. 그러니 그대도 이 사내에게 굴복하여 마음을 받아들여야 마땅하지 않겠는가. 머릿속으로는 그리도 쉽게 정리가 되는 단순한 열거들이, 그녀를 눈앞에 두면 어느 것 하나 쉽게 되지 않는다. 그것이 연모라는 이름으로 묶인 그대와 나의 입장인 것을. 어찌하여 이리도 깊이 빠져들게 되었는가. 단지 내 여인이 될 것이라 생각되었던 여인이 이미 다른 이의 아내였다는 사실에 섣불리 생긴 집착의 감정이 소유욕으로 연결되어, 그대를 가지게 되면 모든 것이 해결될 것 같은 그런 단순한 감정 상태만은 아니었단 말인가. 이 마음 그대로 올곧이 그대를 향하는 깊은 연심이 되어버렸으니, 이 사내에게 이제 전쟁이 중요하겠는가, 대의가 중요하겠는가.

이 품 안에 날아들어 어느덧 이 마음을 흔든 그대만이 중요하게 되었다. 단지 흥미와 집착, 하지만 그조차 뜻대로 되지 않아 모욕과 배신감을 되갚고자 그대를 가져 버리려고 한 감정만은 아니게 되어버렸으니. 그대를 마음에서 밀어낼 수 있다 섣불리 생각했던 모든 판단들은 그저 스스로 화가 나 자폭하고 싶지 않았던 이 사내의 핑계일 뿐이었다.

이 여인을, 진심으로 사모하고 있다. 그래서 이토록 화가 난다. 단지 그것일 뿐.

결국 설란의 눈에 눈물이 터졌다. 어떻게든 고개를 돌리고 싶었던 이 사내의 진심은 너무나 무거워서, 살이 데일 것처럼 뜨거워서, 동상이 걸릴 정도로 차가워서 겁이 나 견뎌낼 수가 없었다. 휴는 천천히 설란의 손목을 놓았다. 힘을 잃은 채 휴의 시선이 아래로 떨어졌다.

"그대가…… 궁주가 아니라면 좋았습니다. 그대가 그 누구의 아내가 아니었으면 좋았습니다."

가슴을 파고드는 이단자의 말이 설란을 지치게 했다. 너무나 원망스러웠다. 한순간이나마 이 사내를 마음에서 인정하였다고 할지언정 이미 일전에 그가 보인 무례한 행동으로 모든 것을 다시금 마음에서 밀어내고 싶었다. 서로 주고받는 마음이 절대 될 수 없을진대, 어찌하여 이 사내는 이리도 고독한 눈으로 단장을 끊어낼 듯한 절애를 토해내는 것인가. 그렇다. 그가 표현하는 마음은 결국 모든 것을 끊어내 버릴 의미밖에 되지 못한다. 마음에서 단호하게 눈을 돌리며 설란은 차고도 찬 눈으로 냉정하게 휴를 쏘아보았다.

"당신의 맘이 그러할지언정 저는 아닙니다. 제가 인식하는 당신은 이 나라의 신료이고 장수일 뿐. 용맹한 장수라면 자신의 마음쯤 스스로 다스릴 줄 알아야 한다고 생각합니다. 떠나세요. 더 이상 이곳에서 머무르지 마세요. 당신이 계속해서 이곳에 머무른다면, 아버님과 서방님께 고변해서라 강제로라도 당신을 물리칠 것입니다. 당신은 제게, 잔인한 계획을 품고 있는 원수일 뿐입니다."

더할 수 없이 냉랭하게 내뱉은 설란은 입술을 꽉 깨물고 외면했다. 생각할수록 소름이 돋을 정도로 무서운 진심, 이 사내를 머릿속에서 몰아내기 위해 탁을 침소로 끌어들이는 계획까지 실행하고 말았다. 그 사람을 이 마음에서 몰아내기 위해 탁을 이용한 것과 다름없었다. 자신을 향한 그의 진심, 탁을 이용하게 만들 정도의 그의 집착이 점점 더 두려워지고 있었다. 이렇게나 자신에게 한 번도 겪어보지 못한 생소한 감정을 만들어내게 하기에 그렇게나 더더욱 그의 맹목적인 접근을 피하고 싶었나 보다. 생각만 해도 가슴이 옥죄어오고 심장이 미친 듯 뛰는 이 감정이 어쩌면 혐오가 아니었음을 조금씩 깨닫고 있었다.

안전한 선 안에서 다정하고 부드러운 사람만을 알고 있었다. 이런 위험한 감각을 알게 될까 봐 겁이 난 것은 본능이 시킨 일이었나 보다. 이 사내는 그런 것들을 자신에게 생겨나게 한다. 생각만 해도 까마득해지는 감각을. 떠올리기만 해도 온몸이 열상에 입기라도 한 듯 화끈거리는 감각을. 그 깊은 시선은 너무도 그녀 자체를 옥죄어오는 것이었다. 차가운 눈은 오히려 열상을 입힐 정도로 뜨겁게 와 닿고 있었다. 겁이 난다고 생각한 순간 무작정 도망쳐야만 숨을 쉴 수 있을 것 같았다.

"광망(狂妄)하지 않고서야 원수를 너그러이 볼 이는 없습니다."

"허면 이 사내가 미친 것이겠지요."

"끝까지 피할 것입니다. 도망칠 것입니다. 절대 저를 취하실 수 없습니다. 몸도, 마음도."

잔혹한 거부는 휴의 눈빛에 더더욱 잔혹한 서리를 내리게 했다.

"피하십시오. 이 사내의 감정 따위는 신경 쓸 필요도 없습니다. 어차피 이 사내가 당신에게 줄 것이라고는 파괴뿐입니다. 원망이 내를 이루고 증오가 산을 이룰 만큼 이 사내는 그대를 괴롭히는 사람이 될 것입니다."

휴는 돌아섰다. 설란을 남긴 채 그는 이를 악물고 그곳을 벗어났다.

원망하고 원망하다가 자신의 곁에서 지쳐 무너져 내리더라도 가지고 싶었다. 벗어나지도 못하게 하고 도망가지도 못하게 하고 죽지도 못하게 할 것이다. 혹여 지쳐 쓰러져 의식을 잃은 그대의 곁에서 아주 짧더라도 사죄를 올릴 시간이 주어진다면 피를 토하며 울어버릴 테니, 그대는 이 사내의 마음 따위 알아주지 않아도 되었다.

'그대를 향한 내 애틋함이 결국 그대의 몸을 결박하는 사슬인데, 그 누가 내 애틋함을 보고 가엾다, 마음 써주겠습니까.'

그 밤, 설란은 자신의 침소로 들어오는 탁을 바라보고 있었다. 심옥을 시켜 탁에게 오늘 침소로 찾아와 달라 하였다. 사위가 조용한 그 까만 시각, 이슥한 밤이슬을 밟고 건너와 달라 하였다.

"그대가 궁주가 아니라면 좋았습니다. 그대가 그 누구의 아내도 아니었으면 좋았습니다."

그 말을 끊어내려 한다. 사직의 원수이자 부모의 원수가 되는 그런 사내의 말을, 그 말에 담긴 울림을 기억하고 있는 자신을 끊어내려 한다.

한참이나 엇갈린 마음이었다. 정복자로 통하는 그는 처음으로 자신이 갖지 못하는 대상을 보자 사내아이처럼 뿔이 난 것뿐이다. 절대 진심도, 깊은 마음일 리도 없었다. 한갓 욕심이고 그릇된 욕망의 표현이었다. 아무런 장애 없이 손에 넣을 수 있었다면 결코 마음 한 자락 내어주지 않았을 차갑고 무심한 사내다. 그런 주제에 무슨 절절함이고, 하물며 은애란 말인가. 연심이란 말인가.

지켜보고 있을 것이다. 자신에게 고정되어 있는 그의 시선은 지금 이 침소에 든 탁의 걸음까지 놓치지 않고 주시하고 있을 것이다. 그랬기 때문에 일부러 만든 시간이었다. 그 사내를 완전히 뜯어내기 위한 계획된 부름이었다.

'만약 내가 무릎을 꿇고 아바마마를 위협하지 말라 애원한다면 들어주겠습니까? 그것을 원하는 것입니까? 허나 나는 그러할 수 없고, 당신은 들어줄 마음이 없습니다. 마지막까지, 비록 사직과 아바마마께서 함께 땅에 묻힐 날이 오게 되더라도, 홍무국의 마지막 궁주로서 자존심만은 지켜낼 것입니다.'

탁을 맞이하기 위해 공들여 치장한 설란은 월궁선녀보다 더 고왔다. 그를 진정한 지아비로 받아들이기 위해 난초 향 배인 물에 몸을 담가 꽃 같은 피부를 더욱 부드러이 하고 계집종의 도움을 받아 가장 아름다운 비단으로 몸을 감쌌다. 상아처럼 흰 피부에 연한 화장까지 하여 그 어느 때보다 아름답게 가꾸었다. 얇은 선군(무지기치마)을 몇 겹이나 겹쳐 입어 보드라운 구름처럼 풍성하게 너울너울, 눈부신 금사(金絲)로 수를 놓은 여덟 폭 붉은 치마저고리를 보는 눈을 아득하게 할 정도로 꾸며 입어 나풀나풀, 잘록한 허리를 감싸 맨 채색 끈에 달린 화려한 금방울과 향낭이 나긋나긋한 몸이 움직일 때마다 고운 소리를 따라 내며 한들한들, 아름다운 저상의 소매 끝에 손끝이 보이는 것이 부끄러울까 붉은 주머니로 하얗디하얀 손가락 끝을 가려 쳐다보고 있는 것이 아까울 정도로 귀하게 살래살래, 소록소록 흩날리는 하얀 눈처럼 깨끗한 여인의 살결과 머흘머흘 화려한 비단의 어우러짐이 그리 눈부실 수가 없었다.

아련한 여인의 내음을 풍기며 기다리고 선 설란의 모습에 들어서던 탁의 걸음이 멈추었다. 침소 가득 향그러움과 사내의 욕심을 일으키게 하는 여인의 내음이 동시에 떠다니고 있었다.

미리 술과 안주를 준비해 둔 설란은 부드럽게 허리를 숙이며 탁을 공손히 맞았다. 탁은 뛰는 심장을 지그시 누르고는 흠흠 헛기침을 한 후 설란이 손수 내어준 의자에 천천히 앉았다. 설란은 바로 그 옆자리에 앉아 비단 폭에 감싸인 술병을 들었다.

"받으세요, 오라버니."

"그, 그래."

탁이 든 술잔에 쪼르르, 맑은 국화주가 채워지자 그 향이 또 공기 중에 녹아들어 떠돌다가 설란의 체향과 섞여들어 그 어느 때보다 고운 설란의 자태를 한층 더 조각해 주었다. 스치면 녹아버릴 것 같은 부드러운 비단에 감싸인 설란은 바람에 흔들리는 버들잎 같았다. 아름다운 처마 끝에 걸린 폭신하고 하얀 구름 같았다.

"늦은 시각에 갑자기 무슨 일인가 싶었더니 술친구를 부른 것이더냐."

탁은 벌써부터 심하게 뛰고 있어 지끈거리는 심장을 못 본 체하며, 아무렇지도 않은 척 엷게 웃으며 말했다.

"서방님."

그러나 설란은 웃지 않고 있었다. 표정을 굳히고 있는 설란의 눈매가 평시와 비교도 할 수 없을 정도로 똑발랐다. 희미한 불빛을 받아 더더욱 현실감이 느껴지지 않는 아련한 단호함은 비장미마저 풍겼다. 붉은 꽃잎 사이로 흘러나온 호칭에 애써 누르고 있던 탁의 긴장감도 일시에 터졌다.

"설란아."

"소첩은 서방님의 지어미가 되고 싶습니다."

아득한 향기에 탁의 정신이 온통 혼미해졌다. 탁은 천천히 술잔을 내려놓았다.

"너는 이미 나의 지어미이니라. 하나뿐인 각시이니라."

"소첩을, 서방님의 여인으로 만들어주시어요."

탁의 눈동자가 막을 수 없이 흔들렸다. 설란은 견고한 눈으로 탁을 바라보고 있었다.

"소첩은 궁주도 아니고, 어린 설란이도 아닙니다. 오로지 서방님의 배필로서 서방님의 여인으로, 아내라는 이름으로 다시 태어나고 싶어요.”

그리 살아가고 싶습니다. 어떤 것에도 흔들리지 않고, 굳건하게 지아비만을 받들며 따르며 지키며 그렇게 살아가고 싶습니다.

“설란아…….”

탁의 목소리가 흔들렸다. 욕심이 들지 않을 리 없었다. 어여쁘게 지켜주겠다고 생각한 오 년 동안 얼마나 참고 또 참아왔는지 그녀는 모를 것이다. 안고 싶었다. 내내 안고 있고 싶었다. 입술을 훔치고 싶고 만지고 싶고 함께 잠들고 싶고 함께 눈뜨고 싶었다. 하지만 그녀는 자신의 배필이기 이전에 궁주였다. 더없이 사모하고 있었기에 세상에서 가장 소중하고 깨끗한 존재로 지켜주고 싶었다. 한없이 고개를 치드는 욕심만큼이나 똑같이 드는 순수한 연심이었다.

한참을 애틋한 눈으로 설란을 바라보고 있던 탁이 천천히 입을 열었다.

“마마, 제 곁으로 오시옵소서.”

설란의 눈동자가 잘게 떨렸다.

“서방님, 소첩의 청이 그리 부담스러우셨습니까.”

자신도 모르게 눈물이 맺혔다. 그의 사람이 되고 싶었다. 하지만 그를 원한 이유가 순수한 마음이 아니었기 때문에, 다른 이를 인식한 것이었기 때문에 벌을 받는 것인가. 갑자기 예를 갖추는 탁의 말이 거절로 와 닿았다. 젖어 오르는 설란의 눈을 지그시 바라보는 탁의 가슴이 아프게 뛰었다. 천천히 일어나 다가가 설란을 포근하게 감싸 안았다. 그 머리를 가만히 자신의 가슴에 끌어당겼다.

"부부의 예를 다하려는 것입니다. 제가 어찌 마마를 거부할 수 있겠습니까."

아아…….

순간 설란의 눈꺼풀이 천천히 내려 감겼다. 거부가 아니었다. 그 순간의 안심을 어떻게 설명할 수 있을까.

"부부의 연을 맺으면 더 이상 마마는 제 어린 누이가 될 수 없고, 저는 오라비가 될 수 없습니다. 궁주도, 설란도 아닌 배필로만 있고 싶다 하셨습니까. 아니요, 마마는 궁주이십니다. 제가 이 한목숨 바쳐 지켜 드려야 하는 궁주시며 제 여인입니다."

"서방님……."

"저부터 궁주마마께 예를 다할 것입니다. 그 누구도 궁주마마를, 전하를 넘보지 못하도록 예와 성심을 다해 끝까지 지켜 드릴 것입니다."

설란은 천천히 손을 뻗어 탁을 마주 끌어안았다. 이렇게 따스한 이가 또 어디에 있을까. 이리 다정한 이가 어디에 있을까. 그렇기 때문에 설란은 더더욱 탁을 꼭 붙들고 있고 싶었다. 절대로 자신 때문에 그가 아파하는 일은 없게 하고 싶었다.

천천히 설란을 자신의 가슴에서 떼어낸 탁의 맑은 눈이 설란의 오밀조밀 어여쁜 이목구비를 훑었다. 하나하나 더없이 소중하다는 듯 바라본 후에야 천천히 고개를 내려 입술을 가만히 겹쳤다. 붉고 따스하고 부드러웠다. 설란의 꽃잎은 너무나 달콤했다. 의식을 치르듯 두 입술은 조용히 서로의 온기를 머금으며 섞여들었다.

조심스러운 입맞춤이었다. 감각이 차분해지고 마음이 따뜻해지는 입맞춤이었다.

배려하듯 맞물려지는 탁의 입술을 받아들이고 있는 설란의 가슴이 조용히 떨리고 있었다. 언젠가 닿았던 입술이 있었다. 그것은 차라리 입술이라기보다 화인이었다. 뜨겁게 다가와 충격을 주고서 미련도 없이 떨어져 나간 낙인 같은 입술, 그때처럼 속절없이 심장이 내려앉는 느낌이 아니라 다행이라고 생각했다. 그때처럼 두려움이 먼저 엄습해 머릿속이 새하얗게 바래던 그런 입맞춤이 아니라서 다행이라고 생각했다.

그런 건 너무 두려웠다. 자신은 남지 않고 온통 타버릴 것 같았다. 위협이고 협박이고 경고였다. 혐오스러운 것이었다. 그래, 분명히 그런 의미일 터였다. 그런데도 일순 설란의 눈꺼풀을 밀고서 뜨거운 눈물이 흘러내렸다.

왜 탁의 입술과 맞대고 있으면서 그 사내와의 접촉을 생각하고 있는 건지. 왜 그 낙인 같은 입맞춤이 남긴 경고 같은 자극을 생각하고 있는 건지, 미워서 자신이 싫어서 견딜 수가 없었다. 질책하듯 눈물이 넘쳐흘렀다. 몸 저 깊은 곳에서 뜨겁게 지펴져 올라온 액체는 눈꺼풀을 데일 정도의 온도였다. 결국 어깨를 들썩이며 흐느끼는 설란을 입술을 뗀 탁이 내려다보았다.

"불안하지?"

그의 어조가 다시 바뀌어 있었다. 설란은 눈물이 범벅이 된 얼굴로 탁을 올려다보았다.

"오라버니……."

그녀의 호칭도 되돌아와 버리고 말았다. 탁은 설핏 웃었다. 설란을 가슴에 끌어안고서 달래듯 토닥토닥 등을 두드려 주었다.

"서두르지 않아도 됐는데 불안했나 보구나. 아마도 또 못된 소문들이 널 괴롭힌 것이겠지."

"죄송해요. 죄송해요, 오라버니."

설란은 한없이 사과했다. 이렇게 고마운 그를 두고 심장이 끊어질 것 같은 다른 감각을 생각하고 있는 자신이 너무나 미안했다.

"신경 쓰지 말라고 오라비가 말하지 않았니. 조바심 낼 것도 없고 서두를 것도 없어. 오라비는 네가 곁에 있어주는 것만으로도 행복하니까, 그 행복을 위해선 무슨 일이 있어도 널 지켜."

"저 같은 것 지키지 마셔요. 오라버닌 너무 선하기만 하세요. 항상 손해볼 거예요."

탁이 크게 웃으며 설란의 어깨를 떼어내선 눈높이를 맞춰 그 눈을 들여다보았다.

"거 봐라, 이렇게 금방 설란이로 돌아올 거면서 어떻게 각시를 하려고 했누."

"오라버니도 예를 갖추시는 모습, 너무 어색했습니다."

토라진 듯 샐쭉하게 나온 설란의 말에 탁은 또 크게 웃었다.

"뭐라고?"

갑자기 설란을 번쩍 안아 들더니 침상으로 걸어갔다. 설란의 얼굴이 홍시처럼 빨갛게 변해서 낮은 비명을 흘렸다. 그대로 설란을 침상에 눕힌 탁이 그 옆에 자리를 잡고 길게 함께 누웠다.

"오라버니……."

"적어도 가족들에겐 우리가 부부가 되었다고 말해주는 게 낫지 않겠니. 내가 이리 네 침소로 넘어왔는데 모두들 기대할 것 아니냐."

탁의 두 눈에 도는 장난기를 보며 설란은 웃음이 터지고 말았다.

"이렇게 꼭 끌어안고 자자꾸나. 허면 네 두려움도 조금씩 사라지겠지. 그때가 되면 진심으로 이 오라비가 서방님으로 변해서 확 덮쳐도 놀라서 울어버리지 않지."

탁은 설란의 눈물을 초야를 앞둔 신부의 두려움으로만 이해하고 있는 것인가. 설란의 가슴에 한줄기 서늘한 바람이 스치고 지나갔다. 그에게 이리 미안해서 어찌 살까. 어떻게 해야 할까.

"내 건록에게도 드디어 초야를 치르겠다고 단단히 선포하고 오지 않았느냐. 놀림 받지 않으려면 무슨 일이 있어도 밤을 새고 나가야 해."

설란의 심장이 맥없이 뛰었다.

"그분께…… 그런 말씀을 하시었나요?"

"아무렴. 모두들 신부가 아닌 예부를 맞았으니 가엾다고들 얼마나 쯧쯧거리는지. 이제 오라비도 확실한 지아비가 되었다고 당당하게 자랑하고 다녀야겠다."

"무, 무슨……."

설란의 얼굴이 새빨갛게 달아올랐다.

"농이다, 농."

탁이 웃으며 설란을 꼭 껴안았다. 설란은 그 가슴에 갇힌 채 천

천히 눈을 감았다. 이로써 더 이상은 괴로울 일이 없을 것이다. 내
내 다른 이의 아내로서 살고 있었을 뿐 아니라 그의 말처럼 이제
확실한 아내가 되었다. 그도 사내라면, 더 이상의 욕심은 남지 않
겠지. 마음뿐 아니라 몸까지 다른 이의 것이 된 여인에게 더는 미
련 따위 갖지 않겠지.

탁이 불을 끄자 어둠 속에서 설란은 안도를 했다. 머리카락을
쓸어주는 탁의 손길만이 인식되었다. 이것만이 그녀가 바라는 전
부일 것이었다.

"내가 널 지켜주마. 이 오라비가 설란이를……."

탁의 목소리가 계속해서 귓가에 남았다.

침소의 불이 꺼지는 순간 힘주어 쥐고 있던 나뭇가지가 툭 하
고 부러졌다. 부들부들 떨리는 손으로 부러진 나뭇가지를 그러쥐
었다. 핏기가 가시는 손아귀가 울분을 참지 못하고 세차게 떨렸
다.

함께 있는 두 사람을 상상한 순간 자신도 모르게 그 손이 허리
에 차고 있는 검집으로 옮겨갔다. 스르릉, 은색의 물체가 공기에
노출되어 드러났다. 밤을 찢으며 나타난 검신의 은빛 칼날 위로
달빛이 반사되어 날카로운 빛을 발했다. 은은한 불빛에 감싸인 침
소를 휴는 지켜보고 있었다. 제발, 이라는 심정으로 계속해서 지
켜보았다. 심장이 깎이는 고통을 죽을 것 같은 심정으로 누르며,
눈앞의 사실이 현실이 아니기를 바랐다.

"나는…… 죽어."

불안과 짓누를 것 같은 압박이 껍질을 깨뜨린 순간 참을 수 없는 분노가 그를 덮쳤다. 내내 한곳만 향해 있는 눈자위에 실핏줄이 불거졌다. 그녀에 대한 원망이, 죽이고 싶을 정도의 원망이 고요 속에서 첨예하게 일어나고 있었다. 휘몰아치는 내면의 바람은 이미 막을 수 없을 정도로 커졌다.

그리고 침소의 불이 꺼지는 순간, 미쳐 버릴 것 같은 정염이 그의 몸을 일시에 감쌌다. 당장이라도 달려들어 가 탁의 목을 베고 자신이 그녀를 가져 버리는 상상으로 온몸이 비명을 지르듯 타올랐다. 불꽃이, 그릇된 정염의 불꽃이 그를 태워 버릴 것만 같았다.

살인적인 기운으로 꾹꾹 누르고 있던 분노가 터져 버린 순간 검을 고쳐 쥔 휴는 침소를 향해 한 걸음 내디뎠다. 그러나 결국 부들부들 떨리는 검은 땅에 내리꽂혀 진동했다. 검신을 내리누르는 휴의 무게를 지탱하며 검은 음산한 울림을 내고 있었다. 휴의 꽉 문 잇새로도 신음이 비집고 나왔다. 상처 입은 짐승의 낮은 울부짖음이었다. 자신의 힘으로는 이 터질 것 같은 울분을 감당하지 못해 결국 그 자리에 주저앉고 말았다. 어금니를 더 꽉 깨물어도 이 심장의 통증을 참을 수가 없었다. 이 통증보다 더 심한 통증이 있어야 숨을 쉴 수 있을 것 같아 휴는 맨손으로 칼날을 쥐었다. 예리한 검신(劍身)은 곧바로 손바닥을 베며 파고들었다. 잘 벼려진 검의 날이 살을 가르며 검붉은 피가 금세 번져 뚝뚝 떨어졌다. 반쯤은 검에 흡수되듯 빨려 들어가고 반은 그대로 검신을 타고 흘러내렸다.

베이고 찢기는 곳은 손이었는데 심장이 쓰리고 아팠다. 선뜩하도록 쑤셨다. 심장에 날카로운 검이 한 자루 박혀 있었다. 결국 이것이었나. 이것이 그대의 대답이었나. 더 잔인한 방식으로 그녀는 이 사내의 잔인한 감정에 대답을 한 것인가.

꼭 이런 방식이어야 했습니까. 그대를 보고 있는 이 사내의 눈앞에서, 꼭 이런 방식이어야 했습니까! 이 눈이 그대를 좇고 있다는 걸 알면서, 아니, 알기 때문에 그리 선택한 것입니까.

잔인하고도 잔인했다. 검붉은 피는 흘러내리다 못해 뚝뚝 떨어지고 있었지만, 그럼에도 심장의 통증 때문에 아픔은 느껴지지도 않았다. 마치 마비가 된 듯 아무런 감각도 없었다. 천천히 휴의 입술 끝이 말려 올라갔다.

"좋습니다. 포기하지요."

감정을 배제한 말이 조용히 흘러나왔다. 밤의 서늘한 기운에 묻어 더더욱 차디찬 어조는 섬뜩하기까지 했다.

"그대를 향한 이 마음을 포기하겠습니다. 그 마음까지 육체에게로 덧얹어 두배세배, 아니, 천배만배로 그 육체를 단지 가지면 될 테니."

마음을 포기한 사내가 연모하는 방식을 보여주겠다. 얼마나 잔혹할 수 있는지. 얼마나 두려울 수 있는지 똑똑히 보여주겠다.

휴는 천천히 자리에서 일어났다. 허리를 펴고 선 그의 눈빛에는 더 이상의 애틋한 감정 따위는 찾아볼 수 없었다. 검을 단숨에 뽑아 검집에 찔러 넣었다. 냉정하게 가버린 자리에는 맹세인 듯 사내의 검붉은 피 웅덩이만이 남아 있었다.

야율을 달려 쉬지도 않고 사저(私邸)로 돌아온 휴는 대문이 열리
자마자 야율의 등에서 내렸다. 손에서 흘러내리는 피는 멈추지 않
았고 반쯤 광기에 사로잡힌 눈은 형형하게 빛나고 있었다. 바닥을
밟고 서는 게 아니라 마치 취한 사람처럼 흙바닥에 뒹굴며 떨어져
내린 주인 때문에 달려든 군졸들과 사천(私賤)의 얼굴이 하얗게 질
렸다.

"도, 도련님!"

사내들이 헐레벌떡 달려들어 일으키려 했지만 휴는 차갑게 그
손을 쳐냈다. 그 바람에 후두둑 떨어지는 피를 본 모두의 얼굴이
경악했다.

"피, 피가 나고 있습니다. 지혈을 하셔야 합니다!"

그러나 주저앉은 휘는 움직이지도 않았다. 그의 칼끝 같은 옆
얼굴에 누구도 차마 감히 다가서지 못했다. 푸른빛이 뚝뚝 떨어
지는 안광은 괴기마저 풍기고 있었다. 천천히 그의 입술이 열렸
다.

"필요없으니까 다 사라져."

사내들의 몸이 뻣뻣하게 굳었다. 평소의 차갑기만 한 주인이 아
니었다. 그것은 흡사 공격 직전의 짐승의 모습이었다.

"사라지라고 했다."

결국 사내들은 슬금슬금 뒷걸음질 치며 휴의 주변에서 물러나
고 말았다. 모두가 사라져 텅 빈 공간에서 휴는 한참을 더 그렇게
앉아 있었다. 맥없이 늘어져 있는 손바닥에서는 계속해서 피가 떨

어져 내리고 있었다. 욱신거리는 통증이 서서히 살아나는 걸 보니 심장을 휘몰아치던 광증도 조금은 진정된 모양이었다. 휴는 천천히 일어나 핏방울을 뚝뚝 흘리며 자신의 처소로 향했다.

휴가 피를 떨어뜨리며 도착하자 침소의 수발을 드는 계집종들이 새파랗게 질려서 하나둘 뒤로 물러섰다. 얼른 나서서 치료를 도와야 했지만 그 무시무시한 기운에 누구도 선뜻 나서질 못했다. 문을 벌컥 열고 안으로 들어선 휴는 스스로 지혈을 하고 헝겊으로 손을 둥둥 싸맸다. 의자에 털썩 앉으니 어지러움이 조금은 가셨다. 다리를 쭉 뻗은 채 한참을 호흡을 고르다가 밖을 향해 소리쳤다.

"술과 가기(歌妓)를 들라 하라!"

명이 떨어지기가 무섭게 대답하는 소리와 함께 기척들이 후다닥 사라졌다. 휴는 고개를 뒤로 젖힌 채 점점 뜨거워지는 열을 다스리고 있었다. 호흡은 더워지고 숨결은 거칠어졌다. 피를 흘린 탓인지, 정염의 탓인지 구분이 가지 않았다. 가지지 못한 여인에 대한 절망감이 다른 사내가 그녀를 가지는 장면을 상상하는 순간 참을 수 없는 욕구로 연결되어 다른 출구를 통해 해소되고 싶다고 요동을 치고 있었다.

심장이 뒤틀려 쓴물이 치솟아올랐다. 이 역한 구역질의 원인이 손바닥을 화끈거리게 하는 열상 때문인지, 그녀가 자신의 심장에 찔러 넣은 장검 때문인지 구분이 가지 않았다. 다른 사내의 손이 그녀의 몸에 닿는 상상에 치가 떨리는 것인지, 누구의 손인가가 닿아 꿈틀거리는 여체를 상상한 것에서 오는 잘못된 정염의 탓인 것인지.

얼마 지나지 않아 문이 열리며 화려한 치장을 한 가기(歌妓)가 들어섰다. 한껏 몸을 가꾼 여인은 그 어떤 여염집의 규수보다 아름다운 자태를 하고 있었다. 그 뒤로 주안상을 든 계집종이 따라 들어섰다.

휴는 의자에 느슨하게 기대앉은 채 시선만 들어 여인을 쳐다보았다. 술과 안주를 놓은 계집종이 나가자 선녀처럼 아름다운 여인이 맞은편 자리에 조심스럽게 앉았다. 보일 듯 말 듯 얇은 비단 너머로 뽀얀 살결이 그대로 비춰졌다. 휴의 눈빛은 차가웠으나 몸은 뜨거워지고 있었다. 한 떨기 꽃처럼 아름다운 자색을 갖춘 여인이 빛깔 고운 음성으로 천천히 입을 열었다.

"노래를 한 곡조 올리겠나이다."

"됐다."

"하오면 술을 한 잔 올리겠나이다."

"됐다."

"하오시면……."

집안에 가기(歌妓)가 있다고는 하나 전혀 관심도 두지 않았던 셋째 도령이었다. 늘 먼발치에서 쳐다보는 것조차 아까운 늠름한 상전을 메시고자 가슴 떨리며 침소에 들었지만 돌아오는 기색은 섬뜩하기만 해 여인은 어찌할 바를 몰라 그저 바라보고만 있었다. 애달프다, 섧다, 아련한 눈이었다. 그 동그란 눈망울을 보고 있자니 누군가가 생각나기도 했다. 여인이야 이렇듯 다 똑같은 게 아닌가. 그대만큼 곱지 않은 이가 어디 있고 그대만큼 맑지 않은 이가 어디 있을까.

휴는 어려운 기색으로 자신을 바라보고 있는 여인을 무시한 채 손을 뻗어 술병째로 술을 들이켰다. 맑은 액체가 턱을 타고 흘러내렸다. 숨도 쉬지 않고 술을 들이킨 휴는 술병을 거칠게 내려놓자마자 다시 의자에 등을 털썩 기댔다.

"벗어라."

휴의 말에 여인의 검은 눈동자가 커졌다. 휴는 반쯤 눈을 감은 채 비스듬히 기대앉아 다시 입을 열었다.

"두 번 말해야 알아듣는 것이냐."

"아니옵니다."

여인은 천천히 일어나 휴가 보는 앞에서 잠자리 날개보다 더 얇은 비단 옷가지들을 하나씩 벗어 내렸다. 워낙 많이 갖춰 입지 않아 여인의 몸은 금세 뽀얀 나신이 되었다. 탄력 있는 곡선이었다. 열여섯쯤 되었을까. 풋풋한 풋내음과 완숙한 여인의 향기가 동시에 풍기는 아름다운 몸이었다. 향긋한 가슴 언덕을 팔로 살짝 가린 여인이 천천히 휴에게 다가섰다. 빛 없는 눈으로 가만히 여인을 쳐다보고 있던 휴는 가까워지자마자 여인의 손목을 끌어당겨 무릎 위에 앉혔다.

"도련님……."

"여인이 별것이더냐."

가기(歌妓)의 눈동자가 떨렸다. 가까이에서 접한 휴의 외모와 전장에서 갖춰진 사내다운 골격에 가슴이 설레었다. 그러나 눈을 흐릴 정도의 미색(美色)을 하고 있는 가기(歌妓)를 눈앞에 두고도 휴의 눈빛은 차디차기만 했다. 그 어떤 욕망도 품지 않은 눈으로 여인을 끌어당겨 목에 잇자국을 남기듯 세차게 빨아들였다. 여인의 몸이 기대감과 충족감으로 잘게 진동하며 휘었다. 휴의 성한 손이 여인의 풍성한 젖무덤을 찾아 꽉 움켜쥐었다.

"하아……."

여인의 목젖까지 떨리며 아름다운 굴곡의 나신이 꿈틀거렸다. 이름도 모르는 여인의 몸은 부드러웠다. 그대에 비할 바 아닌 신분이라 해도 이리도 부드럽고 달콤한 향기가 난다. 그대에 비할 바 아닌 정염으로 대하고 있다고 해도 몸은 꿈틀거리고 있다. 일어선 욕망이 해갈을 요구하고 있다. 숨이 탁해지고 있다. 그대를 생각하며 다른 여인을 안는 게 그대에게 수치가 된다면 더욱 그리해 보이겠다.

어차피 몸의 욕구를 충족시키는 게 애욕(愛慾)이 아니더냐. 몸뚱어리를 섞고서 땀을 흘리며 움직이는 게 연심의 마지막 목적이 아니더냐. 말만 번드르르한 은애도, 연심도 모두가 다 그렇게 즉물적이고 육체적이고 광포한 것이 아니더냐.

그러나 여인의 허벅지 안으로 파고들려던 손은 허망하게 멈추고 말았다. 그 뜨거운 자극에도, 이미 흉포하게 일어선 단순한 욕망을 인식하고 있음에도 더 이상 지속하고 싶지가 않았다. 수치스러워 참을 수가 없었다. 온몸에 오욕의 찬물을 뒤집어쓴 듯 괴로웠다.

"나가라."

결국 휴는 가기(歌妓)를 차갑게 자신의 무릎에서 쳐냈다. 이미 붉게 온몸이 물올라 있던 여인은 가쁘게 오르락내리락하는 숨을 고르며 비단 저고리를 끌어 올려 가슴을 가렸다. 휴는 앞섶이 헤쳐진 모습으로 의자에 등을 기댄 채 눈을 감고 있었다. 손을 들어 올려 감은 눈마저 가려 버렸다.

"꼭 두 번을 말하게 하느냐."

"요, 용서하시옵소서. 나가보겠나이다."

여인은 채 옷을 갖춰 입지도 못하고서 쫓기듯 침소를 나갔다. 문이 닫힌 공간에서 휴는 말할 수 없는 비참함에 몸서리를 치고 있었다. 불 꺼진 침소를 본 순간 온몸을 휘감았던 정염은 결국 한 여인만을 향한 것이었나. 제아무리 부드러워도, 제아무리 아름다워도, 제아무리 달콤해도, 제아무리 고혹적이라도, 제아무리 이성을 흐리게 할 만큼 매혹적이라도, 이미 마음을 준 이의 소박한 아름다움에 비할까.

"무엇을 원하는 것입니까."

지친 음성이 흘러나왔다.

"내게 무엇을 원하는 것입니까."

그대로 주저앉고 싶었다. 심장이 끊어질 듯한 통증이 다시 일어 휴는 이를 악물었다. 그대는 아무것도 원하는 게 없다고 하니, 그저 멀어져 달라고만 하니 더더욱 서러운 이 마음을 알고나 계십니까.

"으아아악!"

분노를 담아두지 못한 심장이 비명을 질렀다. 탁자를 뒤엎은 휴의 얼굴에서 식은 땀방울이 뚝뚝 떨어졌다. 헝겊을 다 적시고도 멈추지 않는 피가 계속해서 그를 적셨다.

　설란이 머물고 있는 침소의 불이 꺼졌다. 그 순간 휴의 따뜻함을 찾던 감각도 동시에 빛을 잃어버리고 말았다.

五章

막 차비를 마치고 거처를 나서려던 탁은 부친과 마주치자
얼른 멈춰 서서 허리를 숙였다. 포곤 정온이 외출복 차림의 탁을
조용히 쳐다보며 입을 열었다.

"어디 가는 길이냐?"

허리를 세운 탁이 공손하게 대답했다.

"사도 어른께 부르심을 받자와 사저(私邸)로 향하는 길이었습니
다."

순간 정온의 잔잔하던 눈동자에 한줄기 섬광이 일었다. 몸을 돌
려 앞서며 말했다.

"따라 들어오너라."

거처로 들어서는 정온을 바라보고 있던 탁은 곧 그 뒤를 따랐

다. 잠시 후 정온을 따라 방 안으로 들어선 탁은 정온이 자리에 앉자 이어 차분하게 앉았다.

"그 늙은 이리 같은 놈이 무슨 일로 너를 부른다고 하더냐."

마뜩치 않은 표현으로 이겸을 칭하는 정온을 탁은 알면서도 모르는 체하며 말했다.

"어인 말씀이신지, 소자 이해가 늦사옵니다."

정온의 표정에 답답하다는 기색이 스치고 지나갔다.

"너는 나라의 녹을 먹는 군장으로서 외적만 토벌하면 된다 생각하고 지내고 있더냐!"

갑작스러운 질타에 탁의 대답이 옹색해졌다. 평소 온화하고 어진 성품으로 유명한 부친이었다. 그렇게 바랐건만 이겸과의 관계가 돌이킬 수 없는 상황까지 온 것 같아 착잡해졌다. 말을 아끼며 앉아 있는데 정온의 닦달이 이어졌다.

"그리 가볍게 생각하고 있었냐는데도!"

"소자 불민하여 아버님의 뜻을 거슬렀사옵니다. 어리석음을 용서하소서."

부친의 진노에 탁은 얼른 고개를 숙이며 사죄를 올렸다. 정온은 노여움을 풀지 않은 기색으로 말을 이었다.

"외부에서 쳐들어오는 적만 적이 아니다. 안에서 조금씩 나라를 갉아먹는 적도 있다는 걸 어찌 생각하지 못해. 그러고도 네가 조정을 생각하는 관리라 칭할 수 있더냐!"

탁의 고개가 번쩍 들렸다. 그의 눈동자가 놀라움으로 굳었다.

"안에서…… 나라를 갉아먹는 적이라 하셨사옵니까."

그렇게까지는 생각하지 못했기에 탁의 경악은 컸다. 뭐라고 해도 이겸의 개혁과 행동들이 사직을 위한 대의라고 믿어 의심치 않았던 것이다.

"중외(中外)가 어지러운 틈을 타 나라를 통째로 삼키려는 도적의 무리가 일어나고 있다. 스스로 참칭(僭稱)하는 이 역적 같은 무리를 어찌 이리와 승냥이 떼에 비하지 않을 수 있겠느냐."

탁의 머릿속에서 무언가가 팟 하고 끊긴 것 같았다. 감히 떠올리기조차 싫던 반역의 말을 들은 그의 가슴이 미친 듯 뛰고 있었다. 참칭(僭稱)이라 하면 스스로를 임금이라 이르는 것, 하늘을 이고 사는 자가 어찌 그런 망극한 짓을 할 수 있단 말인가. 그것도 외적 소탕에 앞장서서 사직을 보호하고 있는 이겸 어른이…….

"이겸 어른께서…… 모반을 생각하고 있다는 말씀이십니까."

도저히 믿을 수 없어 탁은 확인 받고자 다시 한 번 물었다. 곧 정온의 표정에서 조금은 사나운 기세가 풀리더니 찬찬히 탁의 얼굴을 훑어보며 말했다.

"너는 얼마 전 구적(寇賊)을 소탕할 때 원군을 온 이건록을 어떻게 생각했느냐? 서북면에 처박혀 있던 그 애송이 야심가 놈이 어째서 널 도우러 간 것이며, 이후엔 길주며 함경도며 닥치는 대로 미쳐 날뛰다가 지금은 또 도성에 머무르고 있다고 생각하느냐?"

한동안 건록의 모습이 보이지 않았다. 며칠 자신의 집에서 머무르던 사람이 갑자기 한밤중에 종적을 감추더니 더 이상 찾아오지도, 모습을 보이지도 않았다. 그래서 한번 찾아가 볼까 생각하고 있었는데, 마침 이겸으로부터 연통이 와서 나선 길이었다.

금상의 실정이 신료와 백성들에게 원망을 일으키며 부정적으로 거론되고 있었다. 하필이면 그 시기에 이겸의 발언권이 점점 커가고 있었다. 얼마 전 전장에서 입은 상처로 누워 있을 때 구신들의 반대를 진압하고 전제 개혁까지 이루어냈다. 허나 모두는 홍무국의 사직을 위해 단행한 것이라고 생각하고 싶었다. 금상의 실정을 보완하고 돕기 위한 것이라 믿고 싶었다. 이겸이 자신의 사사로운 힘을 키우기 위해 물밑 작업을 한 것이라곤 감히 생각할 수도 없었다. 아니, 그런 생각 자체가 반역이었기에 슬그머니 드는 의심의 싹을 잘라낸 건지도 모르겠다. 또한 건록의 누구도 막을 수 없는 승전(勝戰) 역시, 자신처럼 부친의 유지를 따르는 것이라고 믿어 의심치 않았다.

"그것은……."

변명할 여지가 없었다. 벗의 도움이라고 생각해 버린 것이다. 설란을 지켜야 하는 지금, 그는 조금이라도 분란의 소지가 될 생각들을 하고 싶지가 않았다. 홍무국을, 금상 전하를, 설란을 지키기 위해서는, 건록의 힘이 필요했다. 그런 젊은 세력들이 어떻게든 외적의 침략을 막아내 국경을 지켜야 했다. 그래야 홍무국은 유지될 수 있었다. 더불어 안에서의 개혁도 가능한 게 아니겠는가.

탁은 자신의 그런 한가로운 생각들을 도저히 부친께 올릴 수가 없었다. 설란을 지키고 싶다는 사사로운 이기심에만 집착해, 한심하도록 편안한 생각에만 빠져 있었던 자신이 너무나 수치스러웠다. 좀 더 날카롭게 생각하지 못한 자신의 실수였다.

"건록, 그놈 만한 현재(賢才)도 없다. 적장자(嫡長子)가 있기는 하나, 풍류와 예악에만 빠져 있는 쓸모없는 장남보다 이겸은 그 야심에 똘똘 뭉친 잔혹한 전쟁 광(狂) 이건록을 후계자로 삼고 있을 게야. 지난번 전쟁으로 그놈이 받은 직첩이 무엇이냐. 상만호가 아니더냐. 순군만호부(巡軍萬戶府)가 어떤 곳이냐. 도성의 치안권만이 아니다. 그놈들이 사병들로 모자라 육수군(陸守軍)을 전부 소유하겠다는 게 아니고 뭐냐! 그 늙은 이리 놈이 제 아들을 앞세워 병권을 모조리 장악하겠다는 뜻이 아니고 무엇이냔 말이다!"

"아, 아버님……."

실로 하늘이 무너지는 소리였다. 고마움으로만 여겼던 전투에 실상은 그런 사연이 숨어 있다는 생각을 하니 까마득해졌다. 든든하게 생각한 그들의 저의(底意)는 좀 더 사사롭고 치명적이었다. 하지만 도저히 쉽게 수긍이 되지 않았다. 이겸과 건록의 야심이 크다는 것은 알고 있었으나 그래 봐야 그들이 오를 수 있는 최고의 자리는 총재(冢宰)였다. 사람의 자식으로 나 어찌 그런 망극한 생각을 할 수 있단 말인가.

"너무 커졌다. 병권을 장악한 저들에게 신흥관료와 귀족의 대부분이 붙어 있어. 토지 개혁으로 경제권까지 장악한 건 말할 필요가 없겠지. 사직을 위한답시고 야금야금 먹어치우면서 예까지 온 것이다. 이대로 가다가는 금상의 자리가 위험하다. 비록 아직 드러내 놓고는 있지는 않지만 그 사나운 이를 드러내는 순간 오백 년 사직은 끝이다."

탁은 어금니를 꽉 깨물었다.

"번번이 내게 화호(和好)를 요청했으나 궁주마마를 며느리로 들인 내가 어찌 저들의 감언이설에 넘어가겠느냐. 내 일찍이 궁주마마를 예부로 받아들인 것은 사직에 대한 충성의 증거였느니. 내 손으로 올리신 전하를 무슨 일이 있어도 전심으로 보필하여 홍무국을 영원히 지키겠다는 바로 그 충성의 맹세였느니라."

"네, 아버님."

흐려져 있던 탁의 표정이 천천히 단단해지고 있었다. 순수한 탁의 마음이니만큼 부친까지 직접 나서서 저들의 부정을 깨우치고자 하는데 계속해서 깨끗한 면만 보고자 고집할 수는 없었다. 선과 악의 경계가 뚜렷하게 파악되면 그때부터 마음의 정리가 확실히 되는 탁이었다. 오물이 묻은 정의는 이제 그에게 더 이상 정의가 아니었다. 정온은 아들의 그러한 변화에 다소나마 안심이 되었다. 이겸이 소유하고 있는 차세대의 실세인 이건록을 쓰러뜨릴 젊은 피는 이건록만큼이나 무예와 재기가 출중한 막내 탁밖에 없었다.

"저 시랑(豺狼)이 같은 무리들이 감히 사직을 능멸하고 모계(謀計)를 꾀하고 있으니, 아비는 더 이상 너를 전장에만 팽개쳐 둘 수 없다. 또한 나 역시 붓으로 칼을 이기겠다는 생각은 접었다. 저들이 검을 든다면 아비도 검을 든다. 그렇게 해서라도 지킨다. 내 피를 묻히고서 지켜낼 수 있는 사직이라면 내 피를 바칠 테니."

"아버님! 그것은 소자가 할 일이옵니다!"

듣고 있기도 가슴 섬뜩한 말에 탁의 눈동자가 분연히 빛을 뿜었다.

"너와 내가 할 일이다. 궁주마마, 아니, 내 며느리를 위해서도 금상의 안위는 지켜져야 하는 바. 너는 마음속에 확실한 결정을 내리고 이겸을 만나야 할 게야."

정온의 따끔한 충고에 탁의 가슴이 요동치고 있었다. 부친의 선연한 뜻이 탁의 가슴에도 확고하게 자리 잡았다. 그 정도의 각오 없이 무엇을 할 수 있겠는가. 부친께서 검을 잡겠다면 자신은 그 검이 빼어지기 전에 먼저 상대를 처단한다. 탁은 한 치의 흔들림도 없는 눈으로 부친 정온에게 고했다.

"소자의 결정은 늘 하나이옵니다. 금상께 충성을 다하고, 제 여인을 지키는 것만이 소자의 갈 길이옵니다."

정온이 천천히 고개를 끄덕였다.

"저들이 야심을 이뤄내려면 구신들을 아우르고 있는 이 가문의 허용이 절대적으로 필요할 터. 허나 무슨 일이 있어도, 그 어떠한 일이 있어도 우리 가문이 갈 길은 올곧은 한길뿐이다. 명심하여라."

탁의 두 눈동자가 형형하게 빛났다. 지금 부친의 말속에 담겨 있는 것이 무슨 말인지 그것까지 느껴야 했다. 부친에 이어 부마(駙馬)인 자신에게까지 손을 뻗쳐 오고 있는 그들이었다.

"필요하다면 제 검으로 이겸 일가의 목을 베고서라도 충성의 길을 걷겠사옵니다."

오직 그것이었다. 사내로 나서 걷는 길은 한 임금에게 충성하는 것, 그리고 한 여인을 위해 목숨까지도 버릴 수 있는 것. 하물며 그 여인이 충성을 맹세한 주군의 귀하디귀한 따님이시라면야.

탁에게는 그 어떤 것을 희생해서라도 지켜야 할 존재가 바로 설란이었다.

과녁의 정중앙에 화살이 내리꽂혀 진동했다. 몇 개나 더 날아온 화살은 원의 가운데를 한 치의 오차도 없이 정확히 파고들었다. 아직 헝겊으로 감겨 있는 한 손의 통증도 무시하고서 휴는 새벽부터 내내 활시위를 당기고 있었다. 딱딱하게 굳힌 표정은 처연할 정도로 속내가 감추어졌다. 눈에 잡히는 것은 무엇이든 파괴해 버리고 싶은 이 속된 욕구의 부정적인 표출을 활로 바람을 가르는 것으로 가라앉히고 있었다.

"도련님, 낯모르는 계집종 하나가 찾아왔는뎁쇼."

그때 휴의 등 뒤에서 노속(奴屬) 하나가 허리를 굽히고 고했다. 귀로는 들어왔지만 시위를 당기는 것을 멈추지 않았다. 화살 몇 개를 더 쓰고야 시위를 팽개치듯 놓고서 돌아섰다.

"계집종 따위가 나를 만나자는 걸 고하러 왔느냐."

"송구하옵니다. 꼭 만나야 한다고 저리 고집을 부리는지라."

"내쳐라."

"도, 도련님."

"귀찮다. 목을 베기 전에 사라지라 전해라."

짜증의 기색을 풍기며 활터 한쪽의 화려하게 장식된 의자에 털썩 앉는 휴의 뒤쪽에서 계집종의 목소리가 들렸다.

"어, 어르신. 이년 꼭 어르신을 봬야 합니다요. 부디 내치지 말아주세요."

“저, 저 겁도 없는 것이. 예가 어디라고 달려와서 방정을 떠는 게야!”

그렇게 말렸는데 멋대로 활터까지 달려온 계집종 때문에 기겁한 노속이 휴의 눈치를 보며 노발대발 소리쳤다. 먼저 난리를 치지 않으면 저 계집종의 목이 날아갈지도 몰라 지레 겁이 난 것이다. 그 어느 때보다 첨예한 기운을 풍기고 있는 상전이 조만간 날 잡아 경을 칠지도 모른다고 모든 종들이 합심해서 기껏 몸을 사리고 있었는데.

“썩 물러나지 못할까! 썩!”

“이, 이러지 마세요. 왜 이러십니까요!”

소 몰듯 계집종을 몰고 나가려는 노속과 겁을 저잣거리에 팔고 왔는지 도무지 말을 듣지 않는 계집종 사이에 벌어지고 있는 실랑이를 저지한 건 휴의 목소리였다.

“멈춰라.”

계집종의 옷깃을 우악스럽게 움켜쥐고 있던 노속의 동작이 딱 멈추었다. 이제 죽었구나, 하는 심정으로 노속은 어쩔 수 없이 계집종을 풀어주었다. 우악스러운 손아귀에 목이 졸려 캑캑거리고 있던 계집종은 풀려나자마자 미친 듯 숨을 고르며 노속을 있는 대로 쏘아보았다.

‘쏘아보지 마라, 너는 이제 죽은 게니라.’

노속은 복도 지지리도 없는 것, 하는 표정으로 한숨을 폭 내쉬며 뒤로 물러섰다.

‘왜 저렇게 겁나 불쌍하단 눈으로 보는 건지 모르겠네.’

툴툴거리며 생각한 계집종은 정신을 차리자마자 얼른 휴가 앉은 의자 가까이로 구르듯 달리듯 뛰어가 섰다. 그때 고개를 돌린 휴는 순간 계집종의 얼굴에서 시선을 떼지 않은 채 천천히 의자에서 일어나 섰다. 계집종은 언젠가 설란의 별채에서 본 그 얼굴이었다. 의문과 놀라움으로 그의 눈빛이 제멋대로 뒤틀렸다.

"무식한 이년의 무례를 용서하시옵소서. 반드시 봬올 일이 있어 이리 달려들었습니다요."

심옥은 옆에서 안절부절못하는 얼굴로 서 있는 노속 쪽을 한 번 흘끗 쳐다보고는 소리를 낮춰 말을 이었다.

"마, 마마께서 절대 은밀하게 다녀오라 하시어……."

휴의 눈이 번쩍 떠졌다. 순간 그의 머릿속에 떠오른 그날의 불 꺼진 침소, 그의 심장에 움찔하는 아픔이 느껴지는 순간 그는 자신도 모르게 활을 들어 심옥을 향해 겨냥했다. 화살 끝이 심옥의 심장을 향하자 심옥의 눈이 휘둥그레지고 얼굴에서 핏기가 사악 가셨다. 다리를 후달거리며 달달 떨고 있는 심옥의 옆에서 노속이 이럴 줄 알았다는 얼굴로 같이 겁에 질려 움찔거렸다.

"주, 죽을죄를 졌사옵니다! 목숨만 살려주세요!"

심옥은 그저 살고 싶다는 일념으로 흙바닥에 털썩 주저앉아 정신없이 소리쳤다. 휴의 눈매가 사나워졌다.

"살고 싶으냐."

"사, 살려주시옵소서."

"살고 싶으냐 물었다."

"사, 살고 싶사옵니다! 살고 싶사옵니다!"

휴의 목에서 헛바람 빠지듯 허허로운 웃음소리가 새어나왔다. 심옥도, 질려 있던 노속도 아연실색한 눈으로 휴의 눈치를 살폈다. 그의 눈동자에 한심하다는 자조의 빛이 돌더니 곧 천천히 활을 내렸다.

"살고 싶거든 돌아가서 내가 이리 행동하더라, 똑똑히 고해라."

심옥은 반쯤 정신이 나가 넋을 놓고 있었다. 눈물 콧물 쏙 빼며 주저앉아 있는 심옥을 향해 노속이 버럭 소리쳤다.

"빠, 빨리 대답 올리지 않고 뭘 멍청하게 앉아 있는 게야!"

"예, 예! 고, 고해 올리겠습니다!"

심옥은 다시 철퍼덕 상체를 땅에 엎드리며 대답했다. 활을 탁자 위에 놓은 휴가 심옥의 앞으로 다가섰다.

"무슨 일로 온 것이냐."

심옥은 땅에 코를 박은 채 저고리 안에 꼭꼭 품고 왔던 것을 꺼내 덜덜 떨리는 손으로 휴에게 바쳐 올렸다. 비단 저고리에 차분하게 감싸인 것이 휴의 손으로 넘어갔다. 한겹한겹, 고이 접어놓았던 비단보자기를 펼치는 휴의 눈빛은 담담했다. 무엇인지 이미 짐작을 하고 있었기 때문에, 비단 보자기가 풀리고 그 안에서 호랑이 발톱 노리개가 드러났을 때에도 그의 눈은 침착하기만 했다. 마음속의 웅성거림은 무시한 채 그는 다시 보자기를 덮어 노리개를 가려 버렸다.

이것입니까. 아주 작은 것까지 다 끊어내 버리겠다는 말씀이십니까. 그렇게 하면 마음이 편하십니까. 아니면 그렇게 제 물건이 혐오스러웠습니까. 한시도 더 곁에 두고 싶지 않을 정도로, 그렇게 미우셨습니까.

냉정하게 거부당한 마음이 춥다, 서럽다, 슬프다 웅성거리고 있었다.

그대를 가슴에 담지 않겠습니다. 그 한 마디를 원하는 것입니까. 그리하라고 이리 확실히 선을 긋는 것입니까. 마음이 눈 덮인 겨울 호수의 바닥까지 곤두박질쳐졌다.

"전하신 말씀은."

"마, 마마께서는 그것만 전해 드리면 아실 거라 하셨습니다요."

휴의 눈빛이 낮게 가라앉았다. 노리개를 감싼 보자기를 쥔 손이 가늘게 떨렸다. 긴 한숨처럼 말이 흘러나왔다.

"돌아가라."

그제야 살았다는 생각에 심옥은 온몸에서 힘이 빠져 땅바닥에 이마를 털썩 박았다. 하루 만에 저승 문턱까지 갔다가 돌아와 덜덜 떨고 있는 심옥을 남겨두고 휴는 활터를 벗어났다.

"협박이십니까?"

그 시간 탁은 이겸의 거처에서 주먹을 부르르 떨며 앉아 있었다. 그의 눈빛에 불신과 혐오의 빛이 소용돌이치고 있었다. 그러나 맞은편의 이겸은 차분하기만 했다. 한 치의 흔들림도 없이 정돈된 표정으로, 음색으로 말했다.

"협박이 아니라 권유일세."

정온의 마음을 탁이 돌려줄 수 없느냐는 이겸의 뻔뻔한 요구였다. 이미 마음의 결정을 내리고 찾아온 탁이었기에 적대적인 마음을 애써 누르고 있느라 그의 입술이 말려 올라갔다.

"권유라면 거절하겠습니다. 협박이라면 목숨을 내놓고 맞서 싸우겠습니다."

"일개 상장군 따위가 나와 맞붙겠다. 호기로운 것은 좋으나 생각이 짧으니 가엾다 말해야 할까! 한심하다 꾸짖어야 할까."

이겸의 느긋함이 탁의 속을 뒤틀리게 했다.

"어르신을 존경했습니다. 허나 헛된 마음으로 사직을 어지럽히려는 순간 어르신은 이 정아무개의 적입니다."

이겸이 나직하게 웃었다. 혈기만 가득 차 함부로 날뛰는 애송이를 보듯 잔잔한 눈이었다. 결정적인 단어가 직접 언급되지 않았을 뿐이지, 이미 이겸의 의중은 저들에게 간파되었던 것이다. 그러니 이 젊은 애송이도 대의랍시며 길길이 날뛰고 있는 것이겠지. 도윤의 파직 건으로 이겸은 이미 마음이 극도로 상해 있었다. 그것을 드러내지 않고 있는 것만으로도 그의 승리가 될 정도로.

결국 자신이 보위에 추대한 왕이 자신을 배신했다. 구신들의 감언이설과 눈물을 흩뿌리며 올리는 주청에 넘어간 게 아니고 무엇인가. 도윤을 파직한 것은 자신에 대해 칼을 겨눈 것과 하나도 다르지 않았다. 선전포고로서, 적대 관계에 들어간 것이다. 왕을 절대 용서할 수 없었다. 또한 그 왕을 뒤에서 조종하고 있는 정온 역시. 탁을 부른 것은 그들에게 마지막 기회를 주기 위해서였다. 고맙게 받아야 할 것임에도 그 아들은 결국 이렇게 한심하게 나오고 있었다. 또한 함부로 말을 내뱉는 경거망동까지. 그렇다면 이쪽의 의중만 노출해 둔 채 둘 수는 없겠지. 이겸은 천천히 입을 열었다.

"정온은 본조(本朝)에 충성한다고 하던가."

탁의 안면근육이 꿈틀거렸다.

"아버님을 모욕하시고자 하는 의도라면 더 듣지 않겠습니다."

사나운 빛을 쏟아내며 탁이 일어나려는 순간 이겸이 차갑게 말을 이었다.

"정온이 금상을 지키겠다는 맹세를 자네는 믿는가?"

탁의 눈동자가 진동했다. 불신으로 요동치는 탁의 시선이 이겸을 매섭게 노려보았다.

"무슨 말씀이십니까. 아무리 어른이라도 그 말씀 취소하십시오."

"정온의 야심은 그저 금상 전하를 보필하는 것이라 하던가?"

"사도 어른!"

"정온 또한 홍무국의 국운이 다한 것을 아는 바. 겉으로는 금상께 충성하고 대보를 지키겠다 떠들고 있지만, 과연 그것만일까. 정온과 그 주변의 늙은 가신들이 진실로 생각하고 있는 것은 무엇일까."

"대체 무슨……."

이겸의 눈빛이 일순 짧게 빛난다고 생각한 순간 그가 단호하게 말했다.

"그의 야심은 제 손으로 다음 왕을 세우려는 것뿐. 야심을 숨긴 것이지, 야심이 없다고 표현할 수는 없는 것. 결국 총제의 자리에서 대보를 쥐락펴락하겠다는 것과 무엇이 다를까."

"취소하십시오. 아버님은 그런 생각을 하시는 분이 아닙니다!"

이겸이 쓸쓸하게 웃었다.

"허나 그것은 자네가 보는 부친의 모습일 뿐. 정온의 혜안이 이미 홍무국의 국운이 다한 것을 모를 리가 없을 터. 새로운 시대의 물결을 가장 먼저 읽은 이도 바로 정온이지. 궁주마마를 지키고자 하는 자네의 마음을 이용하여 홍무국에 충성을 바치게 만드는 것뿐. 그의 저의도 어차피 금상 전하를 폐해 홍무국을 잇는 것이네. 그것이 그가 바라는 호국의 방향이지."

탁의 주먹에 힘이 들어갔다. 분노로 터질 듯한 얼굴로 소리쳤다.

"아버님의 의중은 제가 이미 들었습니다! 궁주마마를 위해서도 금상 전하를 더욱 충성으로 받들 분이십니다! 아버님을 반역이나 꾀하는 어르신들의 무리에 함부로 끼우지 마십시오!"

탁은 이미 평정을 잃고 마음 깊숙이 품어두었던 말을 내뱉었다. 그러나 이겸은 한 치의 흔들림도 없었다.

"고집하고 싶다면 그리하게. 정온이 새로이 다음 왕을 추대한다고 하더라도 병권을 쥐고 있는 우리가 움직이지 않는 한, 저들에게는 영원히 내 쪽이 반역의 무리일 터. 어느 쪽이 과연 대의를 저버리는 배신자인가. 백성들이 지르는 고통의 비명은 막지 못한다는 게 자명할 테니."

탁에게는 이겸의 말이 아전인수 격 변명으로밖에 들리지 않았다. 결국 탁의 안면 근육이 제멋대로 떨리고 있었다. 그의 눈에서 파란 빛이 일며 단호하게 입을 열었다.

"금상 전하의 실정이 문제가 되어 사직이 더 이상 금상 전하를 필요치 않는다 하더라도 제가 따를 이는 제 부친입니다. 비록 내 여인의 부친을 폐위시키는 한이 있더라도, 홍무국을 유지시키려고 하는 아버님의 유지를 따르고 받들 것입니다!"

탁은 부르르 떨며 자신의 진심을 피력했다. 설란에게는 너무나 미안한 말이었다. 그러나 그것은 탁의 진심이었다. 사사로이는 그녀의 부모님이 되는 금상을 지키지 못하는 결과가 된다고 하더라도 사내로서 사직의 안녕을 위해 결정해야 한다면 부친이 읽어낸 시대의 물결을 따를 것이었다. 그래도 마지막까지 설란만은 자신이 지킬 것이다. 어차피 역성을 하느냐, 새로운 왕을 추대하느냐 둘 중에 하나를 결정해야 한다면, 후자를 따를 수밖에 없었다.

'미안하다, 설란아. 너무나 미안하다.'

탁은 설란을 향해 마음의 사죄를 했다. 만약 이겸의 말이 진실이라서, 부친의 뜻이 금상보다 홍무국의 사직에 더 우위를 둔 것이라면 자신은 그 뜻을 받들어야 했다. 시대는 새로운 왕을 필요로 한다. 만약 그 흐름이 어쩔 수 없는 현실이라면.

탁의 절대 흔들리지 않는 어조에 이겸이 낮은 웃음을 머금으며 고개를 저었다. 정온의 숨은 진심은 자신이 말한 그 방향이 틀림없음이니. 그가 진심으로 아끼는 것은 금상을 넘어선 이 나라 사직인 것이다. 금상을 위하는 마음이 적다는 뜻은 아니었다. 새로운 왕을 올리어 모반을 꾀하려고 생각하고 있는 이유는, 금상이 지켜내지 못한 대보를 다른 종친을 세워 채우게 하고서 어떻게든 오백 년 사직을 이어나가려고 하는 것이다. 그런 면에서 그는 진실로 홍무국이 낳은 충신이었고, 오로지 대의를 위해 살아가는 올곧은 인물이었다. 다만 그의 그런 고지식한 충성심이 문제였다. 왜 꼭 오백 년 홍무국의 역사를 진흙탕으로 몰아가게 한 종실만을 고집하는 것인가. 이미 땅이 잘못되었거늘 새로이 씨만 뿌린다고 싹이 틀 것인가. 새로운 사직을 여는 걸 절대 받아들이지 못하는 그 융통성없는 성정이 문제였다. 역성(易姓)을 결코 용납하지 못하는 그 고집이 문제였다.

"자네가 진정으로 원하는 게 무엇인지 잘 생각해 보게. 잔뿌리까지 이미 썩어버린 고목을 끌어안고서 이 나라가 거듭되는 실정(失政)과 외적의 침입으로 파탄나는 걸 원하는 것인지, 이미 운이 다한 사직을 버리고 백성의 평안을 바라는 것인지."

"더 생각할 것도 없습니다. 아버님께서 지키려는 것이 제가 지키려는 것입니다."

"그렇다면 궁주마마는 어찌할 텐가?"

탁의 눈이 번쩍 떠졌다.

"무, 무슨 말씀을 하시는 겁니까! 만약 마마께 털끝만치라도 해를 가한다면 제 칼이 용서치 않습니다."

탁의 두 눈이 무시무시하게 빛나고 있었다. 이겸은 진심으로 이 놈과 그 부친이 귀찮았다. 거대한 적에게 이기려면 아군으로 끌어들이는 것이 가장 좋은 방법이거늘. 그 아비에 그 아들이라고, 자식 놈조차 제 아비의 융통성없는 고지식함을 꼭 빼다 박은 것이다.

"자네 부친이 이기든, 내가 이기든 금상께서 쫓겨나신다는 건 같은 결론. 자네 말대로 자네 부친의 고집이 나를 이긴다면 궁주마마는 자네 손으로 지키면 될 일. 허나 만약 내가 자네의 부친을 이긴다면?”

탁의 눈동자가 부들부들 떨렸다. 가슴이 섬뜩해지고 있었다. 그러나 이겸은 사슴을 눈앞에 둔 호랑이처럼 여유로운 눈이었다. 웃음기까지 머금으며 말을 이었다.

“내가 이긴다면, 궁주마마의 목은 금상의 목과 함께 날아가게 되겠지.”

쾅!

탁자에 내리꽂힌 탁의 주먹이 진동했다. 분노를 참지 못한 탁의 몸이 부들부들 떨리고 있었다. 이겸은 그런 탁을 보며 빙긋 웃었다.

“다만 지금이라도 내게 조력해 자네 부친의 마음을 내게로 이끌어준다면, 궁주마마의 목숨만은 보장해 주지.”

어금니를 꽉 깨문 탁은 천천히 고개를 들었다.

“다른 이의 도움은 어떤 것도 필요없습니다. 하물며 나라를 집어삼키려는 역적의 무리와 거래를 할 거라 생각하신 겁니까.”

“쉽지 않을 거라 생각은 했지. 그렇다면, 정온이 부디 나를 꺾어 궁주마마를 잘 지켜내기를 내 바라고 있겠네.”

그 여유를 어떻게 표현하면 좋을까. 탁은 분노하면서도 마음 한쪽에 치미는 불안감 때문에 미칠 것 같았다. 무엇보다 설란을 들먹이고 나온 이들의 의중이 그를 떨게 하고 있었다. 다른 것은 모두 어떻게든 이겨낼 수 있었다. 다만 설란만은 너무도 여린 꽃이어서, 자신도 단언할 수 없는 부분이었다. 만약 자신의 손이 채 닿지 않을 곳에 떨어진 채 그녀에게 위협이 닥쳐온다면. 그런 생각을 하는 것만으로도 소름이 돋았다.

"궁주를 지키고 싶다면, 내게 무릎 꿇으러 오게. 언제든 기다리고 있지."

탁은 벌떡 일어났다.

"궁주마마는 제가 지킵니다. 그 누구에게도 그런 권리 따위 내어주지 않습니다."

이겸은 그저 조용히 미소 지을 뿐이었다. 탁은 순간 건록의 얼굴이 떠올랐다. 그 누구보다 냉철하고 덧정 없는 차디찬 성격, 그는 그것마저 그의 부친을 닮은 것인가.

"용서하지 않겠습니다. 어르신과 건록마저, 만약 제 앞을 막는다면, 궁주마마를 위협한다면, 이 관휘가 용서하지 않겠습니다."

가슴속에 치미는 울분을 짓누르며 탁은 예를 갖추는 것도 무시하고 돌아서 거처를 나가 버렸다.

문을 나선 순간 탁은 자신을 기다리고 있듯 서 있는 건록과 마주치자 걸음을 우뚝 멈추었다. 두 사람의 사나운 시선이 부딪쳤다. 휴는 그 얼굴을 보자마자 설란이 떠올랐고, 탁은 휴의 얼굴에서 이겸을 찾았다.

"자네들이 하는 짓이 도적과 무엇이 다른가."

탁의 냉랭한 비난에도 휴는 건조한 눈빛일 뿐 대답이 없었다.

"자네들이 하는 짓이 외적과 무엇이 다른가!"

"도적은 남의 것을 훔치는 것이요, 외적은 남의 나라를 침략하는 게 아닌가?"

천천히 흘러나온 휴의 대답에 탁의 뺨이 씰룩거렸다.

"허나 같은 도적질에 침략이라도, 썩은 관료를 털어 백성을 구휼하는 무리는 의적이라고 하지."

"자, 자네……!"

"도적이라도 의적이 되어 백성을 살릴 수 있다면 얼마든지 훔쳐 줄 수 있지. 썩은 나라만을 고집하는 자네는 훔치는 것 자체를 나쁘다고 판단하는 협소한 사고방식에서 벗어나지 못하는 한 성장할 수 없네. 머리가 굳은 것 같으니 바람이라도 좀 쐬어주게."

그의 말이 탁을 한없이 비통하게 했다. 용맹스러운 군장의 얼굴 뒤에 감춰진 휴의 그릇된 야심이 탁의 곧은 마음을 미친 듯 긁고 있었다. 믿었다. 누구보다 이 친구를 믿고 의지했다. 그래서 더더욱 실망감에 몸서리를 치는 것인지도 몰랐다. 누구보다 건록을 잃어야 한다는 게 그는 가장 슬펐다.

"자네가 사직을 위협하는 역적의 무리를 자처하는 이상, 더 이상 자네는 내 벗도, 동료도 아니야."

탁은 휴를 향해 으르렁거리듯 잇새로 말을 내뱉었다. 휴의 입술 끝이 말려 올라갔다.

"내가 원하는 바인데. 무슨 일이 있더라도 꼭 빼앗을 게 있거든."

휴의 눈빛이 날카롭게 빛났다. 그러나 탁은 그 말뜻에 담긴 궁극의 뜻까지는 알아들을 수 없었다. 휴가 빼앗고 싶은 존재가 진정코 무엇인지.

“내가 있는 한, 네놈 역적 무리의 도적질이 성공하지는 못할 것이다.”

“좋군. 한번 열심히 빼앗아보도록 하지.”

휴는 칼끝 같은 눈으로 탁을 노려보았다.

그대를 가진 이 사내에게 묻은 그대의 향기를 모조리 뽑아내고, 그대에게 닿았던 손가락들을 모조리 부러뜨리고, 그대를 품었던 사지를 갈가리 찢어 불구덩이에 던져 버려야 내가 살 수 있을 것 같다면, 그대는 이 잔인한 사내에게 또 어떤 방법으로 절망을 선물하겠습니까.

좋습니다. 그대를 위해 그대의 주변을 모조리 죽이도록 해보지요. 모조리 쓰러뜨리도록 해보지요. 정벌해 보도록 해보지요. 단지 정복하지 못하는 건 그대일 뿐, 그대의 주변, 먼지 티끌 하나마저 내가 소유하고 내 손으로 무너뜨려 보이도록 하지요.

“이건록, 네놈과 나는 이제 더 이상 같은 곳을 바라볼 수 없다. 나는, 네놈을 지금 이 순간부터 적으로 간주한다.”

허리에서 검을 검집째 뽑아낸 탁이 휴의 눈앞에서 검집을 수평으로 눕혀 쥐었다. 그의 사나운 눈이 휴를 관통했다. 휴의 눈빛이 즐겁다는 듯 빛났다.

“자네가 과연 나를 이길 수 있을까.”

“네놈의 그 오만이 언젠가 네놈을 크게 망칠 것이다.”

검을 거두어들인 탁은 뒤도 돌아보지 않고 휴를 스쳐 지나 걸어 나갔다. 휴는 입술 끝을 말아 올린 채 그 자리에 서 있었다.

‘하, 우습군.’

휴의 입에서 실소가 터져 나왔다. 한 사내는 대의를 위해 이 몸을 적이라 지칭하고 있었다. 이미 사사로운 이유로, 이 사내는 그 사내를 찢어죽이고 싶은 날이 오래되었거늘.

실소를 머금던 휴가 고개를 든 순간 앞에서 자신을 지켜보고 있던 이겸과 시선이 마주쳤다. 휴의 눈빛이 빠른 속도로 날카롭게 돌아와 부친을 향했다.

"정온과 정관휘가 마지막까지 뜻을 굽히지 않는다면 소자가 그 목숨을 거둬오겠습니다."

이겸의 눈매가 싸늘하게 휴를 훑고 있었다.

"네가 하겠다?"

"그렇습니다. 다만 그 공으로 정관휘의 소유, 폐군(廢君)의 막내 여식을 소자에게 구사(丘史)로 내려주십시오."

이겸의 눈동자가 짧게 흔들렸지만 그는 표정을 굳힌 채 모르는 척 말했다.

"망해 버린 나라의 궁주(宮主)를 관노(官奴)로 가지겠다는 것이냐?"

"약조해 주십시오."

"이유가 무엇이냐?"

휴의 입술이 굳게 다물려졌다. 그런 휴를 바라보는 이겸의 눈빛에 일견 날카로움이 스쳐 지나갔지만 그는 곧 호탕한 웃음소리를 터뜨렸다.

"옳거니. 그러한 것이렷다. 네놈을 적으로 간주한 관휘 제 놈의 피눈물을 보겠다, 이 뜻이로구나."

휴는 고개를 숙인 채 아무런 반응도 하지 않았다. 주먹을 쥔 손에 힘이 들어갔다. 단지 그것뿐이라면 부친의 이 웃음처럼 자신의 마음도 편하겠지. 그의 것을, 그를 욕보이기 위해 빼앗는 것이 아니었다. 이 마음이 이미 빼앗긴 것이다. 이 속절없이 향하는 밉고 미운 연심의 주인이 그녀이기에 빼앗아서라도 옆에 두고 싶은 것일 뿐.

"좋다. 폐군의 일가는 모조리 적몰(籍沒)시키는 게 마땅하나 가없은 여식 하나를 네게 상으로 던져 주는 자비를 베푸는 것도 나쁘지 않겠지. 내 약조하겠다."

"감사합니다."

휴는 차분하게 예를 갖추고는 이겸을 스쳐 지나 사라졌다. 이겸은 그런 휴의 뒷모습을 조용히 바라보고 있었다. 입가에서 곧 웃음기가 사라지더니 눈매가 가늘어졌다.

"한심한 놈. 곧 만천하를 얻게 될 놈이 그깟 폐군의 하찮은 여식 따위를."

누구보다 믿고 의지하고 있던 휴의 마음속 생각을 간파한 이겸은 더없는 실망으로 혀를 차고 있었다.

"내가 원하는 바인데. 무슨 일이 있더라도 꼭 빼앗을 게 있거든."

휴와 탁이 나누던 대화 중에 이겸을 건드리는 말이 있었다. 탁은 전혀 눈치 채지 못한 것 같지만 이겸의 날카로운 감각은 그 어조에 담긴 왠지 모를 여운에 의미를 두었다. 그러나 그때까지도 정확히 잡히는 건 없었는데, 그제야 뜻을 알아차릴 수 있었다.

폐 궁주를 관노로 달라니. 기가 막힌 말이었다. 여색이라고는 관심도 두지 않던 그 아들이 고작 그런 하찮은 운명의 여인에게 집착을 하고 있단 말인가. 한심한 일이었다. 더없이 한심한 일이었다.

"여봐라, 게 누구 있느냐!"

이겸의 부름에 그가 부리고 있는 사병의 수장이 곧장 달려와 섰다. 휴의 함경도에서의 첫 패배 이후 만약 흔들리는 모습을 보이면 자신의 손으로 아들에 죄를 물을 것이라고 생각했었다. 허나 제아무리 혹독한 자신이라도 아들에게는 끝까지 비정할 수는 없는 법. 안 그래도 심란한 아들의 마음에 쓸데없는 고통을 덧얹어 고름 고인 상처를 긁는 것보다는 그 상처의 원인을 깨끗하게 도려내는 게 좋을 법하지 않겠는가.

이겸의 짙은 눈빛에 잔학함이 스며들었다.

"호기(好期)이니라. 먼저 숨통을 끊어줄 적당한 인물이 생겼다."

누구보다도 자신의 옆에 묶어두어 수족이 되어주어야 할 아들이 그런 하찮은 계집 때문에 시간을 허비하는 걸 허용할 이겸이 아니었다. 아들이 다른 생각을 하지 못하도록 아예 제거해 버리는 것이 가장 안전한 방법일 터. 대저, 동서고금을 막론하고 영웅의 눈을 흐리는 것은 색(色)인바, 일부러 허락하마 휴를 안심시켜 놓은 이유는 따로 있었다. 이겸의 눈이 차갑게 빛났다.

“전하였느냐.”

설란은 일찍 나가서 저물녘에야 돌아온 심옥을 뭐라고 야단치지도 못하고서 돌아오자마자 그저 내내 기다리고 있었던 이유를 물었다. 분명 저잣거리를 지나다가 자신도 모르게 이것저것에 정신이 팔렸을 터이고 돌아오는 시간을 놓친 것이겠지. 설란의 예상대로 휴의 사저에서 돌아오는 길에 저잣거리에 혼이 빼앗겨 싸돌아다니다가 돌아온 심옥은 입 안에 남아 있던 호박엿을 얼른 꿀떡 삼키곤 고개를 마구 끄덕였다.

“전해 드렸사옵니다. 어찌나 살벌하게 받아주시던지요.”

아직도 낮에 있었던 일이 생각나면 오금이 떨리는 심옥이었다. 기껏 비싼 비단 보자기를 꼭꼭 가슴에 품고서 다른 사람의 눈에 절대 띄지 않고서 심부름을 갔더니 받는 쪽은 대뜸 죽여 버리려고 한 것이다. 상전이란 늘 이해를 하려다가도 끝끝내 이해가 안 되는 사람들이었지만, 그 관옥 같은 생김의 상전은 처음 보았을 때도 그렇고 두 번째 본 오늘도 그렇고 도통 도깨비 같은 인물이었다.

“살벌하다……… 하였느냐?”

“그렇사옵니다. 마마께서 누구의 눈에도 띄지 않게 은밀히 전해주시라 한 비단 꾸러미를 내미는데 글쎄, 도련님께서 에구머니나! 활시위를 당겨서 이년을 쏘아 죽이려 하시지 뭡니까!”

설란의 눈이 번쩍 떠졌다. 자신도 모르게 목소리가 떨려 나왔다.

“네, 네가 저잣거리에서 꿈을 꾼 게 아니더냐?”

"하이고매, 저잣거리가 얼마나 시끄럽고 재미난 곳인데 꿈을 꾸고 앉아 있겠습니까요. 아, 아니지. 그게 아니구요. 상만호 어른께서 글쎄 저를 마구 죽여 버리려고 하시지 않겠습니까? 진실입니다요, 마마."

"그, 그분께서 너를 어찌……."

충격으로 중얼거리던 설란은 끝끝내 말을 마무리하지 못했다. 그것이 그가 전한 무언의 답이라는 걸 비로소 깨달았다. 또한 그의 마음을 그렇게까지 극단적으로 몰고 간 이가 바로 누구인지. 그날 탁과 한 침소에서 함께한 날 이후 그의 모습은 더 이상 보이지 않았다. 자신이 고의로 보인 행동을 그는 깨달은 것이겠지. 그렇게 떠나간 것이겠지. 다행이라 생각했다. 어차피 그것을 바라는 것이었다. 그는 이 댁에 머물러서는 안 되는 독초 같은 존재였다. 자신에게 보내는 집요한 시선만이 문제가 아니었다. 부친을 폐하려고 하는 이였고, 그로 인해 시아버님과 탁을 동시에 위협하게 될 터였다. 그래서 설란은 마지막까지 확실하게 금을 긋고자 받았던 노리개를 돌려보냈다. 이것으로 그와의 모든 인연은 끝이 났다. 더 이상은 돌아보지 않을 것이다.

"그냥 번쩍번쩍거리는 활로 쇤네를 똥돼지 잡으려는 양 하시더니 살고 싶으냐고 묻는 게 아니겠습니까요. 쇤네가 어찌 죽고 싶겠습니까요. 허나 마마의 지엄한 명을 받고 간 쇤네가 어찌 그런 위협에 굴하겠습니까요. 쇤네의 하찮은 목숨 따위 하나도 아깝지 않으니 마음대로 거두어가시라 발발 떨리면서도 끝까지 전하였지요. 그랬더니 탄복하시어 하시는 말씀이 그 기상이 가상타 하시며 돌아가거든 이리 활을 겨누더라고 똑똑히 전하라 하셨습니다요.”

심옥이 제멋대로 꾸며대 반 이상은 허구가 되어버린 이야기를 침이 튀기도록 열렬히 설명하자 설란은 천천히 고개를 끄덕였다.

“그래, 알았다.”

불필요한 말들을 솎아내니 그가 한 행동의 의미를 이해할 수 있었다. 더 이상 그와 자신은 연결될 이유가 없다고, 그도 확실히 대답을 준 것이다.

“수고했다. 앞으로도 이 일은 절대 함구해야 할 것이야.”

“걱정하지 마십시오, 마마. 무슨 일이 있어도 입단속 하겠습니다요. 쇤네만 믿으십시오.”

헌데 어찌 나는 네가 이리도 안 믿길까. 설란은 그런 말을 하고 싶은 걸 꾹 참으며 탁자 위에 놓아두었던 붓을 잡았다. 난이라도 치면 마음이 고요해질까. 왜 이리 마음이 웅성스러운지 모르겠다.

“그대가 궁주가 아니라면 좋았습니다. 그대가 그 누구의 아내가 아니었으면 좋았습니다.”

결국 한지에 붓을 대는 순간 떠오른 목소리에 설란의 손은 멈칫하고 말았다. 정지한 붓 때문에 화선지에 먹물이 동그랗게 배이고 있었다. 왜 이다지도 그의 절규가 가슴을 쥐어뜯는 것인지 모르겠다. 지우고 지워도 어찌하여 사라지지 않는 건지 모르겠다.

“마, 마마……. 종이가 벼루를 다 빨아드립니다요.”

심옥의 말에 설란의 생각이 퍼뜩 현실로 돌아왔다. 놀란 마음에 얼른 붓을 고쳐 들었지만 한지에는 마치 검은 꽃처럼 먹이 번져 있었다. 그 검은색이 아득하여 이상하게도 심장이 지끈거렸다. 설란은 천천히 입을 열었다.

"심옥아, 호박엿을 사먹을 경황이 있으면 먹과 벼루의 차이부터 외려무나."

심옥은 그저 헤헤 웃는 것으로 대답하는 아이였다.

시간이 지날수록 정온의 거처에서 은밀한 움직임이 더해지고 있었다. 얼굴이 바뀌며 수많은 사람들이 오갔고, 대화를 나눌 때는 노속(奴屬)은커녕 아들들을 제외한 그 어떤 이들의 접근도 차단되었다. 자연히 탁도 정온의 거처에 머무르는 시간이 길어졌다. 그들이 무슨 대화를 나누는지 설란이 알 방법은 없었지만 어렴풋하게나마 그것이 사직의 운명과 관계가 된다는 걸 느끼고 있었다.

가끔씩 탁과 시선이 마주치면 그는 미소는 띄었지만 왠지 슬픈 낯빛으로 바라보고는 돌아서곤 했다. 단 한 식경도 서로 얼굴을 마주 보고 가까이에서 대화를 나눌 여유가 주어지지 않았다. 어제 시어머니의 유씨 부인의 거처에서 우연히 마주쳤을 때 지나가듯 그가 건넨 말이 나눈 대화의 전부였다.

"아무 걱정도 말아야 한다. 오라비만 믿어야 해."

설란의 가슴은 불안함으로 뛰고 있었다. 그의 말이 확고한 의지를 담으면 담을수록 왠지 더 불안해졌다. 서화는 부디 모두가 무사하기를 기원할 수밖에 없었다. 단지 그것만이 자신이 할 수 있는 일이라는 생각이 들 때마다 궁주라는 자신의 신분이 그렇게 허무할 수가 없었다.

설란의 예상대로 정온의 거처는 이겸을 영구히 몰아내기 위한 논의들로 설왕설래하고 있었다. 안 그래도 촌각이 곤두선 마당에 이겸이 덜컥 조정에서 물러나니 그 저의를 알지 못해 더더욱 골치가 아픈 상황이었다.

"이건 또 무슨 해괴한 짓인가. 그 자가 사직을 시사하고 석락정(石樂停)에 은둔을 한다니."

누군가의 말에 모두들 동의하듯 고개를 끄덕였다. 도윤이 처벌된 이후 정온은 계속해서 왕을 움직여 이겸의 주변 인물을 대거 삭탈관직하고 유배를 보내는 등 팔다리를 하나씩 잘라가는 상황이었다. 결국 이겸은 그에 대한 불만의 표시로 어느 날 홀연히 사직을 시사하고 도성을 떠나 개인 별장인 석락정으로 은거해 버리고 말았다.

정온이 천천히 입을 열었다.

"그것이 과연 실제 은퇴인가."

순간 모두의 표정에 비분강개가 스쳤다.

"그럴 리가 있겠사옵니까. 저자는 경고를 하고 있는 것입니다. 제 정치적 입장의 걸림돌이 되고 있는 우리를 배척하고, 자신의 수족을 잘라 버리는 금상께 직접적으로 반기를 들고 있는 게 아니고 무엇이옵니까!"

"그래, 그럴 테지."

"제까짓 인물이 은둔을 선택했다 한들 그것이 위협이나 되겠습니까."

안 그래도 정온을 포함한 구신 세력들은 이겸의 은퇴로 사직에 공백이 생기자마자 곧장 왕에게 몰려가 그를 집중 탄핵했다. 왕은 이를 윤허하여 이겸을 받쳐 주던 이들은 이제 거의 조정에 남지 않다시피 했다. 이제껏 듣기만 하던 탁이 나서 말했다.

"경고성이든 무엇이든 결국 자신의 자리를 지키지 않고 스스로 틈을 내어준 것과 다르지 않습니다. 기회입니다. 이 틈에 저 일파가 다시는 도성에 발도 들이지 못하게끔 깨끗하게 몰아내야 할 것입니다."

"그렇지, 그럴 테지. 허나 결국 그 곁가지들을 쳐냈을 뿐, 가장 중요한 이겸의 처리에 금상께서 소극적인 태도를 보이시니 문제가 아니겠나."

구 대신의 말에 깊은 생각에 빠져 있던 정온이 고개를 들었다.

"보여도 문제요, 보이지 않아도 문제라. 과연 스스로 박차고 나가 단지 조정에 항의만 하는 것이라면 다행이나, 그사이 이쪽의 눈을 돌려놓고 무슨 짓을 벌일지 모르니 그 또한 문제로다. 없어도 있는 것으로 쳐 경계를 게을리 하지 말아야 할 것이오."

"명 받자옵니다."

모두들 충심을 다해 고개를 숙였다. 그들의 면면을 하나하나 둘러보던 정온이 말을 이었다.

"무엇보다 이겸의 주변을 살피는 게 급선무이지만, 시국이 안정되면 금상의 폐위는 막을 수 없는 일일 것이오."

한없이 착잡한 얼굴로 그는 자신과 뜻을 함께하는 동지들에게 확실한 자신의 뜻을 피력했다. 결국 언젠가 이겸이 탁을 불러놓은 자리에서 했던 말은 사실이었던 것이다. 그가 했던 말처럼 이미 새로운 시대가 왔다. 기대를 걸었던 금상은 실정(失政)을 거듭해 백성들을 도탄에 빠뜨렸다. 정온 등이 해야 할 일은 오백 년 사직을 이어나가는 일이었다. 부정하고 싶었지만 현재 권력의 중심은 이겸이었다. 그러니 정온의 무리는 그의 군력을 진압하는 동시에 금상을 폐위시켜 이번에야말로 확고한 왕권을 가진 임금을 올려 선정을 펼치기를 기대해야 했다.

누구보다 탁의 표정이 가장 무거웠다. 그러나 그는 이미 물살의 진행 방향을 제대로 읽고서 그 시류에 몸을 던진 상태였다. 설란에게는 너무나 미안한 일이었지만 그는 부친을 따르기로 굳은 결심을 한 상태였다.

"다만 국가의 안위를 쥐고 있을 정도로 거대한 이겸의 사병들을 어떻게 누를지가 큰 문제외다."

어둡게 흘러나온 정온의 말에 탁이 단호하게 대답했다.

"군대는 본래 수장의 존재로 유지되는 것입니다. 제아무리 잘 단련된 군사들이라도 수장이 존재하지 않으면 단지 창검만 든 촌부들의 집단인 바, 소자가 나서 이겸을 주살(誅殺)하는 것을 허락해 주십시오."

정온 이하 모두의 표정이 크게 술렁였다. 그러나 탁의 굳건한 얼굴에는 한 치의 흔들림도 없었다. 지키는 유일한 방법이었다. 이제 이겸을 처단하는 것은 사직의 운명과 관계된 것만이 아니었다. 자신이 먼저 제거하지 않으면 설란이 죽는다. 머뭇거릴 경황이 없었다. 이겸에게 왕위를 빼앗기는 건, 설란의 목숨을 포기하는 것과 다름이 없었다. 그로 인해 자신이 죽게 되더라도 선택의 여지가 없었다. 차라리 이겸과 자신이 함께 죽는다면 그나마 안심이 되겠지.

"허언(虛言)이 아니라는 걸 증명해야 할 것이야."

그 어느 때보다 아들에게 든든함을 느끼며 정온은 단호하게 말했다. 이리 용맹하게 자신의 유지를 따라주는 아들이 그렇게 상하고 고마울 수가 없었다.

"성공하지 못하면 오히려 이쪽이 화를 입는다는 걸 명심해야 한다."

"맡겨주십시오."

대신들의 표정에 실낱같은 희망의 빛이 생겼다. 이겸이 없는 저들 무리는 부모를 잃은 자식의 꼴과 다르지 않을 터. 그런 생각을 한 순간 동시에 모두의 표정이 낭패로 물들었다.

"그자의 아들놈이 있소이다."

누군가의 말에, 일치한 생각을 갖고 있는 모두가 난색을 했다. 그러나 정온만은 단단한 표정으로 탁을 바라보았다. 탁도 흔들리지 않는 눈을 하고 있었다. 천천히 정온이 말했다.

"이겸을 제거하는 동시에 이건록도 함께 명부로 보내주거라. 할 수 있겠느냐."

"혼란을 틈타 반드시 성공하겠습니다. 어차피 시일 차입니다. 이겸만 먼저 제거하면 그 혼란을 틈타 반드시 이건록을 보낼 기회가 한 번은 생길 것입니다. 저는 그 기회를 잡겠습니다."

모두 확고한 믿음의 증거로 고개를 끄덕였다. 바야흐로 먼저 죽이는 자만이 살아남는 전쟁의 때가 열리고 있었다.

　같은 시각, 석락정(石樂停) 후원에 위치한 이겸의 회의장에서도 은밀하게 공론이 모여지고 있었다. 휴는 보이지 않았지만, 찬을 포함한 그의 동복형제들, 각 군영의 수장들, 이하 도윤을 포함한 재신(宰臣) 몇몇만이 운집해 있었다. 대부분 정온 등 구신들이 내린 철퇴에 맞아 관직이 회수되고 뿔뿔이 유배를 간 상태였다. 마지막 젖 먹던 힘까지 다해 이겸을 막아보려고 하는 정온의 추진력이 그 정도였던 것이다. 그러니 모인 이들의 표정도 밝을 리는 없었으나, 그래도 그들 누구의 표정에서도 절망은 찾아볼 수 없었다.

　“제 놈들이 이번엔 유배 간 이들마저 모조리 화형시키라 주청했다는 말이지?”

　이겸의 부르르 떠는 말에 도윤이 고개를 끄덕였다.

　“그러하옵니다.”

　“어디 끝까지 발악들을 해보거라, 과연 마지막에 한 줌 재로 화할 이가 누굴지.”

　이겸은 이를 바드득 갈고 있었다. 결국 결정을 내릴 수밖에 없는 것이다. 이제 더 이상의 방관은 그들 세력의 완전한 몰락을 자초하는 길밖에 되지 않았다.

　“일어서는 것뿐, 이제 저들에게 더 이상의 관용은 없다.”

　득달같이 달려들어 왕을 움직이고 있는 저들에게 내릴 벌은 바로 무력에 의한 전멸뿐이었다. 이겸과 휴에 의해 차근차근 준비되어 온 모든 것들이 이제 그 실체를 밖으로 드러내려 하고 있었다.
형형한 눈빛으로 이겸이 내쏘듯 말을 내던진 순간 도윤이 기다렸
다는 듯 뜻을 고했다.

"모든 준비가 끝났습니다. 공(公)의 거병(擧兵) 명령만이 남았습
니다."

긴장감이 떠도는 장내에서 이겸의 무시무시하던 안광에 일견
흡족한 미소가 어렸다.

"사흘 후 오시(五時), 거병과 동시에 금상을 폐한다."

모두의 표정에 긴장감이 어렸다. 바늘이 떨어지는 소리까지 들
릴 정도의 적막이 돈 것은 당연했다. 그러나 그 안에서 이겸은 어
느새 부드럽게 웃고 있었다.

"앞으로 사흘 동안 더욱 기무를 유지하는 데 만전을 기해야 할
것이오. 덕이 없는 이 사람을 향한 그대들의 충성을 뼈에 새기겠
소이다."

이겸의 눈빛이 야망의 표출로 더없이 형형하게 빛나고 있었다.
이미 천하가 그의 것이 된 것과 다름없는 자신감이었다.

"신들의 만복(萬福)이옵니다!"

그제야 긴장이 풀린 모두의 표정이 고무되며 일제히 입을 맞춰
이겸의 승천을 배하(拜賀)했다. 그들 면면들을 만족스러운 얼굴로
둘러보던 이겸의 눈매가 한 지점에서 멈추더니 웬일인지 불쾌한
기색을 띠며 찡그려졌다.

'이놈이……'

아직까지도 휴가 자리를 채우고 있지 않았던 것이다. 안 그래도

요사이 회의에 빠지는 일이 많아진다 싶었는데 오늘 같은 날까지 빠지니 이겸의 역정은 하늘을 찔렀다. 이 자리를 채우고 이끌어야 갈 인물이 바로 그가 아닌가. 전에 없던 그런 허술함이, 혹은 반항으로까지 보이는 그 행동이 이해가 될 리 없는 이겸이었다.

'제 놈이 생각이 있는 게야, 없는 게야!'

도대체 무엇을 하고 돌아다니는지 그로서도 알 수가 없었다. 뒤늦게야 노속(奴屬)들을 잡아다 물어보면 활터에서 소일하고 있다는데, 막상 활터로 거동해 보면 그림자도 보이지 않는 것이다. 야율을 타고 나갔다는 대답을 들어낼 뿐이었다.

'필시 그 계집 때문일 터.'

이겸의 낯빛이 불쾌함으로 실룩거렸다.

"건록을 보거든 곧장 내게 들르라 일러라."

이겸이 질타하는 시선으로 찬을 향해 내뱉듯 말하자 찬은 곧장 허리를 곧추세웠다. 마뜩치 않다는 듯 이겸은 혀를 끌끌 찼다. 풍류에 미친 장남만 뺀다면 찬도 그렇고 나머지 아들들도 제각각 자기 몫을 확실히 해주고 있었지만 역시 그는 휴가 필요했다. 거대한 사병 집단을 이끌 수 있는 존재는 자신 외에 휴가 유일했다. 휴를 향한 군사들의 충성도 또한 다른 수장들을 향한 그것에 비할 바가 아니었다. 그것은 실로 압도적이라 할 만한 것이었다. 사병의 힘이 곧 자신의 정치적 힘이 되는 이런 형국에 휴는 이겸에게 그 무엇과도 바꿀 수 없는 수족이었다.

물론 이따금씩 찬이 휴의 빈자리를 메우기도 했지만 이겸은 찬에게는 별다른 기대를 걸지 않았다. 찬은 그저 휴를 보조하는 부관의 그릇에 지나지 않는다는 걸 이겸의 눈은 날카롭게 간파하고 있었다.

‘그 계집을 먼저 처리해야겠군.’

사실은 결정한 그날 바로 처리할 생각이었지만 궁주를 제거하는 동시에 정온에게도 타격을 줄 수 있는 시기를 고르고 있었다. 그러나 더 이상 때를 볼 상황이 아닌 것 같았다. 결정을 내린 이겸은 도윤만을 남게 하고 모두 물렀다. 이윽고 둘만 남게 되자 이겸은 비밀스럽게 입을 열었다.

“자네가 먼저 신속하게 처리해야 할 일이 있네.”

“하명하시옵소서.”

“정온의 막내아들놈, 정관휘의 처를 알고 있을 테지?”

도윤은 무리없이 고개를 끄덕였다.

“폐군의 막내 여식이 아니옵니까.”

“그 계집의 목을 따야겠다.”

일순 도윤의 눈이 커졌다. 그러나 곧 빠른 속도로 정색을 하고는 말했다.

“공(公)의 심의(深意)를 바로 파악하지 못함을 용서하소서. 허나 고작해야 존재감도 없는 궁주의 숨을 거두어봐야 무슨 도움이 있을까 사료되옵니다.”

“그렇지. 하찮은 계집이지. 허나 그 계집의 목숨 값이 얼마간의 타격만큼도 되지 않을까. 명색이 시아비에 지아비가 아니냐.”

“부족한 신의 생각으로는 괜히 벌집만 건드리는 꼴이 되지 않을까 염려되옵니다.”

이겸이 크게 웃었다.

"그렇다면 더더욱 좋겠지. 벌집을 건드리면 어떻게 될까. 숨어 있던 것들까지 죄다 기어나오지 않겠나. 흥분해서 달려드는 것만큼 대하기 쉬운 것도 없지. 또한 저들은 내가 이 평주 땅에서 토라져 은둔하고 있다고 생각하고 있을 터. 필시 따로 힘을 들일 필요도 없이 모조리 쳐낼 호기(好期)가 될 걸세."

결코 머뭇거림이 없는 이겸의 성정을 그대로 드러내 주는 말이었다. 도윤은 그 뜻을 거스르는 일이 없는 뼛속까지 이겸의 충신인 사람이었다.

"어차피 한 번은 부딪칠 상대라면 거국적으로 부딪쳐 보겠습니다."

"좋은 일이야. 단 그 계집의 숨을 끊을 때까지는 은밀히 행동하게. 끝난 후에 그년의 목을 들고 정온의 집으로 쳐들어가는 한이 있더라도 성공하기 전까진 몸을 낮춰야 해."

도겸이 의문의 표정을 했다. 이겸이 입술을 일그러뜨리며 웃었다.

"휴, 그 모자란 놈이 그 계집을 사사로이 마음에 품은 모양이야. 절대 그놈에게 들켜선 안 되는 일이니 민첩하게 행동해야 할 걸세."

도겸의 눈이 뜻밖의 말로 휘둥그레져 있었다. 실로 어이가 없는 일이었고, 그보다 더 신기한 일이었다. 건록이 여인을? 그것도 사사로이 현 궁주를 마음에 품었단 말인가. 아니, 그보다 그녀는 이미 출가한 여인이 아닌가. 놀라고 한참을 더 놀라도 모자랄 일이었지만 도윤은 얼른 표정을 가다듬고서 고개를 숙였다.

"명심하여 처리하겠습니다."

만약 그게 사실이라면, 들킬 시에는 휴의 칼에 자신의 목이 날아갈지도 모를 일이었다. 그나저나 도윤은 그 딱딱한 심장을 어떻게 녹였는지 못내 궁금해졌다. 그것도 전혀 생각지도 못한 뜻밖의 인물에 의해.

여인에게 마음을 준 건록이라니, 마치 무기도 없이 전장에 출전하는 그의 모습을 상상하는 것과 무엇이 다르단 말인가. 하긴, 그렇게 그 어떤 틈도 내주지 않던 인물이니 이렇듯 이겸이 직접 나서서 한갓 계집의 숨통을 끊어놓고자 지시하는 것이겠지.

'어차피 시일 안에 폐군과 더불어 끊어질 목숨. 새 왕조에 소용이 되어주고 가는 것도 홍무국 마지막 궁주로서 적당한 역할이겠지.'

도윤은 그렇게 생각하고 머릿속으로 곧바로 계획을 다듬었다.

야율을 달려 돌아온 휴는 훌쩍 뛰어내리자마자 대기하고 있던 노속(奴屬)에게 고삐를 넘겨주고 걸음을 그대로 회의장 쪽으로 돌렸다. 무엇에 정신이 팔린 건지 야율을 달리다가 보니 오늘 중요한 회의가 있다는 걸 생각해 냈다. 부친을 따라 평주로 내려온 이후로는 계속 이 모양이었다. 활을 쏘거나 말을 타거나 말을 타거나 활을 쏘거나.

"한심하군."

스스로도 어이없어 중얼거리며 걸어가는데 마침 맞은편에서 찬이 기다리고 있었다는 듯 다가왔다.

"형님……."

안색이 형편없었다. 하긴, 자신이 제대로 하지 않으면 그 질타가 찬에게 돌아갈 것이었다. 부친은 특별히 긴 말을 하지 않아도 눈빛 하나로도 무섭게 상대를 옭아맬 수 있는 사람이었다.

"아버님께서 찾으셨다는 말이겠지. 알았다."

걸음도 멈추지 않고 말하곤 자신을 스쳐 지나가는 휴를 찬이 곧바로 따라붙어 다시 불렀다.

"잠시만요, 형님."

휴가 귀찮다는 기색으로 멈춰 섰다.

"왜. 너도 내게 충고 한마디 하려는 것이냐."

찬의 얼굴이 당황의 기색으로 물들었다.

"아, 아닙니다. 단지 요즘 형님의 느낌이 왠지 걱정되어서요."

"거 봐라. 충고하려는 게 맞지 않느냐."

휴는 씁쓸하게 웃었다.

"형님…… 여쭤볼 것이 있습니다."

"여쭈어라, 짧게."

"얼마 전 본가에서, 가기를 불렀다 들었습니다."

휴의 눈썹이 살짝 찌푸려졌다. 그러나 곧 낮은 웃음기를 머금으며 말했다.

"내 행적이 네 귀로 낱낱이 들어가는 것이냐. 그런 지극히 사적인 부분까지 네게 설명하고 해명해야 하느냐. 네가 언제 그렇게까지 높이 올랐지?"

입술에 감돈 것은 웃음기였으나 말뜻은 더없이 차가웠다. 찬은 난색을 하며 어쩔 줄 몰라 했다.

"그것이 아니옵니다. 저는 다만, 형님의 마음을 알고 싶은 것뿐입니다."

휴의 한쪽 눈썹이 위로 휘었다.

"허어, 마음을 알고 싶다? 네놈이 진정 나를 언모하기라도 하는 것이냐?"

"형님, 진지하게 들어주십시오."

응당 당황해서 원망하거나 변명을 줄줄 늘어놓아야 옳을 찬이 다른 때와 달리 더없이 고요하게 정색을 유지하고 있었다. 휴는 옅은 한숨을 흘렸다.

"내 마음의 어느 부분이 궁금한 것이더냐."

찬은 깊은 근심에 빠진 얼굴이었다. 언제나 그렇듯 하염없이 똑바로 휴를 바라보면서 천천히 입을 열었다.

"혹, 마음에 담으신 분이라도 생기신 것입니까."

휴의 눈동자가 짧게 흔들렸다. 기껏 마음 안에 짓이겨질 정도로 억눌러 두었던 감정을 들추는 찬이 반가울 리 없었다. 자신도 모르게 새어나오려는 고통을 힘껏 무시하면서 휴가 사납게 말했다.

"네게 말할 부분이 아니다. 또 한 번 주제넘은 간섭을 한다면 너라도 용서치 않겠다."

휴는 냉정하게 돌아섰다. 그러나 돌아선 표정은 흐려지고 있었다. 남에게까지 보일 정도로 한심한 연모의 마음을 흘리고 다녔다는 사실에 자괴감이 일었다. 품 안에서 내려놓지 못하는 노리개의 존재가 그의 심장을 찔렀다. 이렇게나 명백한 거부를 당한 자신을 안다면, 동경밖에 할 줄 모르는 아우는 어떤 모습을 보일 건가. 정온을 제거하고, 탁을 제거하고, 그녀를 억지로라도 가질 생각을 하고 있는 자신을 안다면 저 참견하기 좋아하는 아우는 무어라고 할 것인가. 그녀처럼 비난할까? 그녀처럼 차디차게 외면할까?

"형님의 여인이, 관휘 형님의 배필이라는 것이 사실입니까?"

그 순간 들린 찬의 내지르는 듯한 말에 휴의 걸음이 얼음에 갇히기라도 한 듯 굳어버렸다. 귀로 들었지만 절대 찬의 입에서 나올 법한 말이 아니었기 때문에 휴를 건드리고 지나간 감각은 놀라움보다도 먼저 의문이었다. 그는 천천히 몸을 돌려 찬을 응시했다.

"네, 지금 무어라 했더냐."

"형님께서 마음에 두시는 분이, 궁주라는 게 사실이냐 물었습니다."

그러나 찬은 이번에는 절대 물러나지 않았다. 마치 비난하는 눈으로, 그렇게나 자신이 견디기 싫어하는 그 여인의 눈빛과 같은 시선으로 쳐다보고 있었다. 찬이 멀어진 거리만큼 천천히 다가왔다. 휴의 바로 앞에 서서 단호하게 말했다.

"궁주이며, 관휘 형님의 배필이라는 것이 사실입니까?"

"건방진 놈."

휴의 눈빛에 번쩍 섬광이 일더니 눈 깜짝할 새에 검을 뽑아 찬의 목줄기를 겨누었다. 조금만 움직여도 목이 날아갈 정도의 날카로운 위험이었다. 살갗과 머리카락 한 올 차이로 떨어져 있는 검이 한 치의 자비도 없이 그 목덜미의 피를 빨아들일 준비를 하고 있었다. 불쾌감과 짜증으로 휴의 눈빛이 무시무시할 정도로 찬을 파고들었다.

"감히 네놈이 내 마음을 세상의 잣대와 저울질하려는 것이냐."

누구도 모르게 가슴으로만 짓눌러 온 마음을 찬이 알고 있다는 데서 온 놀라움도 뒷전이었다. 어떻게 그가 알고 있는지, 그에 대한 궁금증도 뒷전이었다. 자신만을 바라보며 동경과 그 누구도 무너뜨릴 수 없는 신뢰의 빛을 보내던 아우가 자신의 마음을 비난하는 언행을 하고 있다는 게 가장 그를 찔렀다. 진정으로 결코 가져서는 안 되는 마음인 것인지, 아직도 속절없이 흔들리고 있는 이 마음이 죄라는 것인지, 그리하여 그녀는 그렇게나 혐오의 빛으로 자신을 피했던 것인지.

그 모든 것이 소용돌이쳐 휴의 평심을 몰아내고 있었다. 살심(殺心)이 들끓었다. 그녀를 가지기 전, 자신의 이 마음을 반대하는 사람들을 모두 베어버리고 싶을 만큼의 살심이었다. 그건 아우인 찬에게도 마찬가지였다. 아니, 찬이기에 더했다.

그러나 찬은 그렇게 어려워하는 휴의 칼날이 금방이라도 자신의 목줄기를 벨 것처럼 닿아 있는데도 표정 하나 흔들리지 않았다. 누구라도 간담이 서늘할 일이었다. 돌아버린 휴의 검날에는 자비가 없었다. 아우라고 망설일 그가 아니라는 건 찬이 더 잘 알고 있었다.

"형님의…… 마음이라 하셨습니까?"

굳은 몸으로, 굳은 표정으로, 굳은 마음으로 그가 재차 물었다.

“베어버리기 전에 입 다물어라.”

“연모하시는 이가 그분이 맞다는 말씀이십니까? 꼭 알아야 합니다. 답해주십시오.”

무엇이 아우를 이렇게나 맹목적으로 만든 것인지 휴는 알 수 없었다. 이렇게나 자신을 거스르며 반항할 그가 아니었다. 두려움조차 잊게 만든 것이 무엇인가. 차디찬 눈으로 휴가 천천히 입을 열었다.

“가지지 못했을 뿐, 품고 있는 이 마음은 그녀를 가진 자에 비할 바가 아니다. 원하던 답이 이것이었느냐.”

찬의 눈동자가 정처 없이 흔들렸다. 순간 큰 손실을 입었던 일전 길주에서의 전쟁이 떠올랐다. 그때 군막 안에서 휴를 흔들게 했던 무언가가 확실히 있었다.

“너는 얻어보지도 않고 잃은 기분을 알고 있느냐?”

그와 동시에 떠오른 말. 찬의 머릿속이 걷잡을 수 없는 충격으로 아득해졌다.

“그분의 존재가, 전장에서의 형님을 흔들 정도였습니까? 그 정도입니까?”

왜일까, 찬은 미친 듯 가슴이 아팠다. 찢어질 것처럼 아렸다. 그의 진심은 그날 전장에서 다른 누구도 아닌 자신이 직접 목격한 것이다. 피부로 전해받았던 것이다.

“이미 다른 이의…… 여인입니다.”

휴의 눈매가 가늘어졌다.

“상관없다.”

“폐 궁주입니다. 형님께서 폐해야 하는 폐군의 여식입니다.”

“어차피 가지지 못할 여인이라면 신분을 망가뜨려 차지하는 것
도 좋겠지.”

“형님의 오랜 벗의 여인입니다.”

“그 벗을 적으로 돌린 지 오래다.”

그 어조는 날카롭기만 할지언정 속에 묻은 절절함은 아련하기
만 했다. 찬의 눈을 똑바로 들여다보고 있던 휴는 이윽고 천천히
검을 거두었다.

“가라. 오늘 일은 차후에 단죄할 것이다.”

“아버님께서, 형님의 마음을 알고 계십니다. 형님도 아시는 사
실이십니까?”

순간 검을 찔러 넣고 있던 휴의 손이 멈칫했다. 그의 고개가 번
쩍 들렸다.

“네, 지금 뭐라고 했느냐.”

“아버님께서 알고 계십니다. 형님의 마음을 인정하실 분이 아
니십니다. 대사성을 은밀히 남게 해 궁주의 제거를 명하셨습니
다.”

휴의 손에서 검이 툭 떨어졌다. 바닥과 부딪쳐 뒹구는 검으로
찬의 시선이 천천히 내려앉았다. 역시 이 정도의 마음이었던 것인
가. 결코 보일 리가 없는 황망한 행동을, 단 한 사람이 하게 하는
것인가. 그것이 이렇게 괴로운 연모의 마음이란 말인가.

어찌하여 자신의 형님이 이런 고통스러운 마음을 가져야 한단
말인가. 그 누가 그가 내미는 손을 거절한단 말인가. 그가 보내는
눈빛을 거부한단 말인가. 어찌하여 그는 가지지도 못하는 사랑에,
어차피 이루어지지 못할 연모의 정이라는 덫에 걸려 버렸단 말인
가.

부친이 도윤을 사사로이 남긴 것이 찬은 마음에 걸렸다. 무엇보
다 요사이 휴의 행동이 평소와 다르게 구멍이 뚫린 것 같아, 그래
서 혹시라도 형님에 대한 이야기가 나오는 건 아닐까 해서 부친과
도윤의 대화를 엿들었다. 그러나 그가 들은 건 생각하고 있던 바
에 비할 게 아니었다.

형님이 여인에게 마음을 주었다. 그것도 결코 주어서는 안 되는
상대에게. 그 말을 들었던 순간의 실망과 노여움을 어떻게 표현할
수 있을까. 무엇보다 휴의 행동이 도덕의 경계를 넘어서고 있다는
게 가장 화가 났다. 자신의 형님이 어째서 그런 세상 사람들의 손
가락질을 받을 일에 이름을 올려야 한단 말인가.

그래서 휴를 보자마자 화가 난 마음을 쏟아내고 말았다. 참을
수가 없었다. 그 검이 자신의 목줄기를 뜯어먹더라도 항의하고 싶
었다. 그러나 결코 형님의 입에서 나올 수 없는 말들이 이어 흘러
나오는 순간, 그 마음을 이해해 버린 순간, 그 눈에 담긴 고통을
깨닫게 된 순간 찬은 굴복하고 말았다. 다른 여인의 아내가 아니
라, 폐하려고 하는 궁주가 아니라, 더더욱 불가능한 상대라 하더
라도 자신은 어차피 그의 마음을 되짚어보는 사람일 수밖에 없었
다. 그에게 동조할 수밖에 없었다. 고통이 담겨 있는 그 눈빛에서

고개를 돌릴 수가 없었다.

그 여인을 가지라 동조하는 것은 아니었다. 다만 그의 마음을 똑똑히 알면서도, 은밀하게 제거될 그 여인을 두고 볼 수는 없었다. 만약 일어나 버린 후라면 늦어버릴 것이다. 순식간에 살인귀가 되는 휴를 보게 될 것이라고, 그는 섬뜩하도록 예감하고 있었다.

'그렇게 되기 전에 제가 막을 수밖에 없었습니다. 죄송합니다, 아버님.'

휴는 마치 넋을 잃은 사람처럼 망연자실하게 서 있었다. 관노로 달라 하였을 때 부친의 반응이 떠올랐다. 순간 무언가가 뒤통수를 세차게 치고 지나가는 충격을 받았다. 그렇다. 그때 자신이 조심성 없이 흘린 말을 부친이 못 알아챌 리가 없었다. 부친의 노련함과 날카로움. 간파당하고도 남을 일이었다.

'한심하구나. 관휘의 얼굴을 본 순간 이성을 잃은 것인가.'

어찌 그리 생각이 짧았을까. 어찌 그리 미숙했을까.

분노가 그의 전신을 태우고 있었다. 그러나 그는 표정을 굳혔다. 아니, 의도하지 않아도 머릿속은 점차 맑아지고 있었다. 경각을 다투는 위협을 눈앞에 두었을 때, 당황하는 건 그의 성격이 아니었다. 오히려 그런 때일수록 더 차분해지고 냉정해지는 것, 그게 바로 휴를 이 자리로 올린 것이었다. 냉정해질수록 중대한 일이란 뜻이다. 벼른 칼처럼 첨예해질수록 그의 모든 것을 내거는 일이 되는 것이다. 바로 지금이, 그 어느 때보다도 그를 냉정하고 첨예하게 만드는 바로 그때였다.

휴는 천천히 허리를 숙여 검을 쥐었다. 빈틈없는 동작으로 검집에 꽂는 그를 찬은 조용히 지켜보고 있었다. 무언가가 그의 안에서 정리되고 있다는 걸 그 날카로운 눈빛만으로도 읽을 수 있었다.

"상황을 이용한다."

이윽고 흘러나온 휴의 말에 찬의 입매가 단단해졌다.

"도윤을 감시해라. 움직이는 대로 하게 둬. 필시 침입 말고는 방법이 없을 터. 허나 정온도 바보는 아니니, 아버님의 거동을 주시하고 있다면 집 안팎의 경비가 삼엄할 것이다. 어차피 쉽게 움직이지는 못할 것이다. 거병은 며칠 후라고 했느냐."

"사흘 후입니다."

"정온의 며느리라는 걸 알고도 제거하겠다는 것은 정온을 치는 일석이조의 효과도 노린다는 뜻이겠지. 아버님이라면 그리하시겠지."

그야말로 부친이 한 말과 한 치의 틀림도 없었다. 이겸과 너무도 닮은 휴, 그것을 지금 찬은 다시금 깨닫고 있었다.

"거병 전, 정온의 제거까지 마무리 지으려면 오늘 외에는 시간이 없다. 오늘 밤이다. 너는 도윤의 움직임을 하나도 놓치지 말고 쫓아."

"알겠습니다."

"명심해라. 도윤을 놓쳐 그녀가 다치면 네 목숨은 내 것이다. 더불어 도윤의 목숨도, 내가 거둔다."

찬은 확고하게 고개를 끄덕이고 곧 돌아섰다. 휴도 찬기를 뚝뚝 흘리며 반대 방향으로 돌아섰다. 부친에게 한동안 더 한심한 모습을 보여주기 위해서라도 회의장으로 향해야 했다.

어둠이 짙게 깔린 깊은 밤이었다. 창백하게 번지고 있는 달빛 외에는 그 어떤 빛도 없는 일체의 어둠이었다. 높이 솟아 있는 나무 위, 굵은 나뭇가지 위에 매복해 있는 인영(人影)이 있었다. 그 울창하게 우거진 나뭇잎이 안 그래도 빛 하나 없는 어둠 속에서 더더욱 그의 모습을 가려주었다.

"너는 도윤의 집으로 가라. 그리고 이 서찰을 전해라."

지시를 내려 찬은 도윤의 집으로 보내고 자신은 설란의 별채 쪽과 가장 가까운 나무 위에 숨어 아래의 상황을 주시하고 있었다. 찬이 은밀하게 조사한 끝에 오늘 밤, 도윤이 부리는 날랜 사내들이 별채의 침입을 준비하고 있었다. 경비는 대문과 정온의 거처 쪽에 집중적으로 배치되어 있었고 별채와 안채 쪽으로는 확실히 느슨했다. 생각보다는 적은 수의 인원이 명목상으로만 서 있는 느낌이었다. 마당 한가운데 횃불이 타오르고 있고, 그 주변을 군사들이 졸린 느낌으로 몇몇 서 있었다.

얼마를 더 그렇게 감시했을까, 역시 별채 바깥쪽 담에 날랜 움직임이 일었다. 어둠을 묻히고 나타난 자객들이 소리도 없이 담 밖을 경비하고 있던 몇몇의 군사들을 기척도 없이 끝냈다. 목의 경동맥이 정확히 베인 군사들이 털썩, 털썩 소리를 내며 차례로 쓰러져 갔다. 휴의 눈빛이 짙어지며 곧 나무에서 훌쩍 뛰어내렸다. 군사들을 처리한 자객들이 막 별채의 담을 넘으려고 할 때였다.

"서라."

휴의 조용한 읊조림에 자객들의 몸이 움찔하며 정지했다. 어둠 속에서 천천히 휴의 모습이 나타났다. 그의 얼굴을 알아본 순간 복면 안의 눈들이 멈칫했다. 휴의 얼굴에서 고요한 분노가 지펴지고 있었다.

'아버님, 진심으로 이 아들을 조롱하는 것입니까.'

다분히 차분했지만 휴의 가슴 안에는 자신도 어쩔 수 없는 살심이 일고 있었다. 휴의 정체를 알아차린 자객들은 누구도 섣불리 움직이지 못했다.

"그 담은 못 넘을 것이다."

부친을 향한 분노를 자객들을 향해 고스란히 되돌려 주었다. 잘 훈련된 자객들은 바람 소리를 내며 전열을 정비했다. 명령을 어김없이 수행하려면 어쩔 수 없이 휴를 처치할 수밖에 없었다. 망보는 역할까지 총 다섯의 자객은 일제히 휴를 맞아들였다.

휴는 달려나가는 동시에 검을 뽑았다. 예리한 검신(劍身)이 바람을 찢는 소리와 함께 자객들이 한 명씩 바닥으로 털썩 쓰러져 갔다. 도윤이 부리는 자들로서 실력은 타의 추종을 불허하겠지만 오랫동안 전장에서 실제로 적들을 베어가며 이삼천 군사들을 이끌던 휴에게는 역부족이었다. 저쪽도 신속한 대응을 하고 있었으나 몇 합이 오고가기도 전에 이미 네 명이 피를 뿌리며 쓰러졌다. 그러나 휴의 눈에 보이는 건 아무것도 없었다. 단지 자신으로 인해 위험에 처하게 된 설란만이 가슴속에 드는 생각의 전부였다.

스스로도 놀랄 정도로 화가 나고 있었다. 얼마 만에 이렇듯 살인적인 분노를 느끼고 있는 건지 모르겠다. 네 명을 간단하게 처리했지만 나머지 한 명은 휴도 고전했다. 별채와 반대 방향으로 유인하면서 휴는 계속해서 사내의 검을 받아냈다. 저쪽은 이쪽을 죽이지 못하겠지만 휴는 그를 죽일 수 있었다. 그만큼 자비가 용납이 되지 않았다. 다른 이의 손에 그녀를 넘길 수는 없었다. 무슨 일이 있어도, 그녀의 고통도 슬픔도 괴로움도 자신에 의해서야 했다. 허나 둘 사이에 과연 무슨 차이가 있을까.

그런 생각을 한 탓일까. 잠깐 주춤한 사이에 자객의 칼날이 휴의 의복을 베고 지나갔다. 그 바람에 품에 넣어두었던 노리개가 털썩 땅으로 떨어졌다.

휴의 눈빛이 움찔했다. 자객을 상대하고 있다는 생각도 잊은 채 노리개에 손을 뻗었다. 순간 검의 날이 빈틈을 파고들며 날아들었다. 휴의 왼쪽 팔뚝에 예리한 아픔이 일었다. 검신(劍身)이 길게 베고 지나간 자리에서 순식간에 붉은 선혈이 툭 터지며 번졌다. 찢겨진 비단 도포가 붉은 피로 물드는 걸 확인한 동시에 노리개를 잡아 올린 휴는 그대로 몸을 낮춘 자세로 사정없이 상대의 허벅지에 칼끝을 찔러 넣었다.

"커헉!"

오른쪽 허벅지를 관통한 검의 날을 빼는 동시에 자객의 몸이 바닥으로 털썩 내려앉았다. 휴는 노리개를 꽉 쥔 채 몸을 일으켜 검을 검집에 찔러 넣었다.

"가라. 네놈들이 죽을 필요는 없는 일."

"요, 용서하소서."

"가라고 했다."

자객은 식은땀을 흘리며 일어나 절뚝거리며 어둠 속으로 사라졌다. 동시에 왼쪽 팔뚝에 욱신거리며 통증이 일었다. 반대편 손으로 상처를 꽉 틀어쥐어 지혈한 휴는 천천히 반대 방향으로 몸을 틀었다. 팔을 타고 흐른 핏방울이 그가 걸어가는 흙바닥으로 뚝뚝 떨어져 내렸다. 조금 떨어진 거리에 감춰두었던 야율을 부르자 곧 주인의 앞에 모습을 드러냈다. 머리가 좋은 말이다. 어릴 때부터 그가 키우고 그가 훈련시키고 그의 체취만을 기억한 야율이었다. 주인의 팔을 타고 떨어지는 피를 야율의 검은 눈이 바라보았다. 마치 조용히 지켜보는 것 같았다. 휴는 손을 들어 야율의 콧등을 쓸어주었다. 왠지 미소가 났다.

"너도 내가 한심하냐."

야율이 콧김을 뿜으며 투레질을 했다. 휴는 싱긋 웃고는 노리개를 바라보았다. 안타깝게도 자신의 피로 흠뻑 젖어 있었다. 이걸 어찌할까. 야속하구나, 어찌 이리 피로 물들었을까.

자신이 그녀에게 제시할 수 있는 길은 이리 피로 물든 길뿐이라는 건지. 휴는 몸을 비틀어 야율에게 지친 몸을 잠시 기댔다. 베인 상처가 화끈거렸다. 뜨거운 호흡을 흘리며 천을 찢어 상처를 둥둥 감아 맸다. 피에 젖은 노리개를 꽉 쥔 채 힘겹게 야율의 등에 올라탔다. 그러나 다른 때처럼 달릴 수도 없었다. 그저 지친 듯 기대 눈을 감자 야율은 주인의 마음을 알기라도 하듯 천천히 걸었다.

"고맙다. 고마워……."

힘을 잃은 목소리가 흘러나왔다. 야율에게 하는 말인지, 누구에게 하는 말인지 알 수 없었다. 그저 감사하고 싶었다. 자신이 그녀에게 줄 수 있는 것도 그런 끔찍하고 잔혹한 종류의 피를 부르는 일뿐이었지만, 적어도 다른 이의 칼날이 그녀를 위협하는 것만은 막아냈으므로.

무슨 일이 있어도 부친으로부터 그녀를 지키고 싶었다. 무조건 살린다는 마음뿐이었다. 밤바람이 지친 휴의 뺨에 잠시 머물다가 지나갔다. 어디선가 꽃향기가 묻어오는 것도 같았다. 부디 그녀의 별채에 머물렀다가 온 바람이기를. 그대의 몸을 감싸고돌던 은은한 바람이기를……

같은 시각, 도윤은 찬이 건넨 서찰을 받고 있었다. 서찰을 읽어 내려가는 도윤의 얼굴이 하얗게 질렸다. 쥐고 있는 서찰이 가늘게 떨렸다.

〈그대는 부친의 4)유악(帷幄)으로 명철(明哲)한 이외다. 허나 요사이 광망(狂妄)된 행동으로 나를 화나게 하여 적으로 돌리기를 원하니, 내가 그대를 버릴까, 그대가 나를 버릴까, 과연 무엇이 좋을 것 같소이까. 자객은 이미 처리되었으니 부친께는 끝끝내 능력을 펼치지 못하고 쫓겨 나온 것으로 주달(奏達)하시오. 이번만은 권계(勸戒)로 넘어가나 만약 내 뜻을 두호(斗護)하지 않고 끝까지 배반한다면 그대가 나를 일생의 적으로 구분지은 것으로 판단하겠소. 율율익익(慄慄翼翼)하여 숙고해 보시오.〉

----

4)유악(帷幄): 슬기와 꾀를 내어 일을 처리하는 데 능한 신하

서한을 내린 도윤의 등줄기에 식은땀이 흘러내렸다.

"이 사실이 어떻게……."

건록의 귀에 들어간 것인지 도윤은 끝까지 말을 맺지 못했다. 찬은 차분한 얼굴로 도윤을 응시했다.

"깊은 말을 할 필요가 있겠소. 그 서찰이 형님의 의지이니 더 첨언할 것은 없을 것 같습니다."

도윤은 참담한 마음으로 천천히 서찰을 접었다.

"이 서찰을 전해주신 것이 언제이오이까. 자객을 이미 처리한 것이오이까?"

"형님의 성정을 모르십니까. 일을 벌이기 전부터 이미 확신하고 서찰을 작성한 것입니다."

도윤의 입에서 깊은 한숨이 흘러나왔다.

"허나 신은 공(公)의 명을 받들고 따르는 이입니다."

건록이 두려운 인물이라고는 하나 도윤에게는 이겸이 훨씬 더 커다란 바위산이었던 것이다. 찬은 차분함을 잃지 않았다.

"두 주군을 섬기라는 것이 아닙니다. 그 어느 쪽의 심기도 거스르지 않는 방법이 분명 있을 것, 귀공은 이미 그것을 알고 있습니다."

건록의 5)권병(權柄)을 무시하고 적으로 돌아설 것이냐. 두 하늘 어느 한쪽에게서도 배척받지 않을 것이냐, 도윤은 깊은 생각 끝에 결국 고개를 끄덕였다.

"알겠습니다. 공(公)께는 실패한 것으로 보고드리지요. 또한 같

---

5)권병(權柄): 권력으로 사람을 마음대로 좌우할 수 있는 힘

은 명령이 다시 내려온대도 내 선에서 해결하겠소. 폐 궁주는……
건드리지 않겠습니다.”

　밤 나들이를 마치고 돌아오는 심옥에게서 콧노래가 절로 흘러
나왔다. 요사이 상전들의 얼굴에 저마다 짙은 수심이 드리워져 있
고 집안 분위기도 통 살얼음판 같아서 심옥은 기분 전환 상 밤 나
들이라도 해야지 싶어 다녀온 길이었다. 요렇게 밤사이 몰래 **빠져**
나가다가 덜미라도 잡히면 경을 칠 테지만, 요즘 보니 계집종 하
나가 **뽈뽈거리며** 돌아다니든 말든 안중에도 없을 것 같았다. 무엇
보다 그녀가 상전으로 뫼시고 있는 설란은 다른 귀족의 규수들처
럼 아랫것들을 귀찮게 한다거나 간섭하는 사람이 아니었다. 그저
본인의 거처에서 홀로 생각에 잠기는 시간이 더 많은 분이었다.
　“그 누가 우리 궁주마마 귀하신 신분을 따라갈까. 그 누가 우리
궁주마마 어여쁜 자색을 따라갈까. 그 누가 우리 궁주마마 고운
심성을 따라갈까.”
　콧노래처럼 설란 칭찬가(稱讚歌)를 흥얼거리며 담 근처까지 도
착한 심옥은 왠지 이상한 느낌이 들어 갸웃거리며 멈춰 섰다. 집
과 좀 떨어진 곳에 웬 주인 없는 말이 홀로 서 있는 게 아닌가. 말
뚝에 매어 있는 것도 아닌데 푸르릉거리며 저 혼자 잘도 서 있었
다. 주인이 잠깐 사이 어디를 간 건지, 아니면 아예 주인이 없는
건지. 그렇다고 떠돌이 말이라고 하기엔 캬, 그놈 한번 잘생겼으
니.
　그 주인에 그 종 아니랄까 봐 심옥은 눈을 동글거리며 말에게

다가가 섰다.

"야 이놈아, 너 수놈이냐, 암놈이냐? 개인적으론 수놈이었으면 싶고만. 근데 너 말 주제에 왜 이렇게 지체가 높니? 어쭈, 이것 봐라? 안장도 겁나 좋은 거구만? 주인이 누구냐? 어라? 어디에서 본 것 같기도 하고. 네놈은 누구냐? 누구의 사주를 받고 왔느냐? 왜 왔느냐 물었지 않니! 어머, 왜 오긴 왜 와. 날 꼬시려고 왔지."

혼자서 문답하며 촐랑촐랑 난리가 난 심옥이었다. 그렇게 깔깔거리며 홀로 주책을 떨던 것도 잠시, 심옥의 시선이 문득 말의 입으로 가 닿았다. 필시 무언가가 물려 있는 것 같았다. 달빛을 받아 반짝이는 그것은 좀 요상한 느낌이라 심옥은 고개를 갸웃거리며 허리를 살짝 숙였다. 그리고 들여다보는 순간 심옥의 눈이 휘둥그렇게 떠졌다.

"이, 이건 그거잖아!"

분명히 일전에 자신이 전해주러 갔다가 화살에 뚫려 산적꼬치가 될 뻔하게 만든 그 노리개였다. 궁주의 명을 받고 전하러 가는 길에 도당체 비단 주머니에 싸인 요것의 정체가 무엇인지 참을 수가 없어 비단을 살짝 열어본 일이 있었다. 그 안에는 요것과 똑같은 모양의 노리개가 고이 들어 있었다. 그때 심옥은 마마께서 도대체 왜 이런 노리개를 그 귀신같은 사내에게 전해주라고 한 건지 너무나 궁금했다. 분명히 너무나 궁금했었는데, 활터에서 모골이 송연할 정도의 일을 겪는 순간 홀랑 다 까먹고 만 것이다. 그런데 그때 그것이 어째서 이렇게 반쯤 씹어 먹히기 직전의 상태로 말의 입에 물려 있는 것일까?

"그렇구나. 네놈, 그 도깨비 같은 도련님의 말이렷다? 어쩐지 눈에 익다 했다! 그래도 야 이놈아, 그건 일단 우리 마마 거니라. 이것이 어디 주인의 패물을 훔쳐서 도망가려고 하니? 이거 팔아서 챙기면 호사를 누릴 수 있을 줄 알았냐? 호강할 줄 알았어? 말 주제에 이놈이 똥돼지 같은 수령처럼 굴어?"

말도 안 되는 소리를 흘려대며 노리개를 빼앗으려고 했시만 야율은 완강히 버티었다. 젖 먹던 힘까지 다해 낑낑거리며 빼내려고 해봐도 도통 고집을 부리며 내놓지 않았다.

"어쭈, 요것 봐라!"

오기가 생긴 심옥은 일순간 땅바닥을 힘주어 꾹 밟고서 땅을 지지대 삼아 다시 노리개를 냅다 잡아당겼다.

"야 이놈아! 내놓으라는데도!"

순간 다행스럽게도, 들입다 잡아당긴 노리개가 철통같은 말의 이빨 사이에서 쑥 빠져나왔다. 결국 싸움은 심옥의 승리로 끝났다.

"혁혁, 내가 이겼다. 이 심옥이의 쇠심줄보다 질긴 고집을 너 같은 말놈 따위가 이길 줄 알았느냐?"

으하하하! 웃어 젖혀준 심옥은 혹시라도 노리개를 빼앗긴 말이 보수설한 하러 쫓아올까 봐 그대로 줄행랑을 놓았다. 그러나 야율은 코를 벌름거리며 그 자리에서 멈춘 채 서 있을 뿐이었다. 마치 심옥의 몸 어딘가에 묻어 있는 어떤 낯익은 향기를 알아채기라도 한 듯.

노리개를 강탈한 심옥은 그걸 쥐고 후문까지 한걸음에 달려왔다. 그리고 겨우 빼앗은 노리개를 자세히 들여다보았는데, 괜히 봤다 싶을 정도로 순간 화들짝 놀랐다.

"에구머니나! 아유, 흉해라, 이게 뭐야!"

말 입에 반쯤 들어가 있을 때는 몰랐는데 다 빼놓고 보니 뭔가 빨간 먹이 잔뜩 묻어 있는 것이다.

'아, 아니야. 이건 피……!'

먹과 벼루의 차이를 이제 확실하게 알게 된 건 다행이었지만, 묻어서 응고한 이것이 피라는 걸 깨달은 순간 심옥은 자신도 모르게 노리개를 떨어뜨릴 뻔했다.

'이, 이게 무슨 일이래! 마, 마마. 당최 이게……'

버리지도 못하고 가지지도 못하고 당황하던 심옥은 그대로 노리개를 힘껏 움켜쥐었다. 그리고 후문으로 막 들어가려는데 마침 후문을 지키고 있던 병사 둘이 그런 심옥을 흘끗 쳐다보았다.

"야야, 또 너여? 요 쥐방울 같은 것이 어딜 이렇게 싸돌아다니는 거여?"

"흥! 나리들은 나리들 할 일이나 하십시요?"

심옥은 대차게 쏘아붙여 주고는 후문을 벌컥 열고 안으로 쏙 들어섰다. 뒤에서 병졸의 이죽거리는 목소리가 넘어왔다.

"밤놀이 다니느라 바쁜 것 같은디, 혹 어느 사내놈이랑 뒤엉키는 밤놀이 한 거 아니여?"

그리고 저들끼리 낄낄거리며 난리였다. 새빨갛게 얼굴이 달아오른 심옥은 뭐라 한마디 해주려다가 그냥 내가 너희들을 용서해준다는 포용력있는 마음으로 돌아섰다. 만약 마마께서 이런 경우였다면 이렇듯 어른스럽게 행동했을 것이니.

"하긴, 우리 마마께서는 밤 나들이 자체를 안 하실 분이지?"

키득거린 심옥은 이럴 때가 아니다 싶어 콩알처럼 별채로 튀어 갔다.

"마마! 마마!"

그리고 별채에 뛰어들어 구르듯 잎어지듯 해시 철피덕 앉자마자 설란을 불렀다. 늦은 시간이었지만 오늘도 쉽게 잠자리에 들지 못한 설란의 침소에는 불이 켜져 있었다. 곧 문이 열리더니 아직 잠자리 옷으로 갈아입지 않은 설란이 고운 얼굴을 드러냈다.

"무슨 일이니. 또 무엇 때문에 그렇게 놀랐어."

부드럽게 타이르듯 말하는 설란의 표정은 오늘도 여전히 근심스러웠다. 고운 이마에 수심이 가득 서려 있었다.

'망할 집안 분위기 때문이지, 집안 분위기 때문이야.'

심옥은 팔을 쭉 뻗어 손에 들고 있던 노리개를 넙죽 진상해 올리며 쏟아내듯 말했다.

"이년이 요사이 밤에 민생은 어떤지 마마 대신 발품을 팔아 쫓아다녀 보았거든요? 헌데 집 앞에 잘생긴 말 한 필이 서 있지 않겠습니까요. 궁금해서 가보니 글쎄, 말이 요런 걸 물고 있었습니다요. 요것, 마마께서 이년한테 들려 보내신 그 물건이 맞지 않습니까요?"

순간 설란의 눈빛이 흔들렸다. 심장이 덜컥 내려앉았지만 아랫사람 앞에서 함부로 표정을 드러낼 수도 없었다. 이미 보낸 것이 어찌하여 돌아온 것인가. 이것은 또 무슨 의미인가. 두려움이 일었지만 이상하게 함께 드는 야속한 설렘에 설란은 자신이 너무 미웠다. 천천히 마당으로 내려와 심옥의 손에서 노리개를 받아 보는 설란의 눈동자가 활짝 떠진 건 그때였다.

"피, 피더냐?"

심옥이 고개를 마구 끄덕였다.

"쇤네도 식겁 놀랐습니다요. 마마 것 같아서 막 빼앗아왔는데 갖고 오다 보니 피가 묻어 있는 게 아니겠습니까요."

"누…… 누가 이것을 보았니?"

"아, 아닙니다요! 절대 이년이 꼭 숨겨서 갖고 왔습니다요."

"진정 말이 물고 있더란 말이냐?"

"예, 그랬습니다요."

"다른 이는…… 다른 이는 없더냐?"

"말만 있었습니다요. 묶어놓지도 않았는데 고것이 참 훈련이 잘되었는지 나무처럼 자알 서 있었습니다요."

설란의 심장이 미친 듯 뛰고 있었다. 이것이 불안인지 두려움인지 도무지 분간이 가지 않았다. 이젠 걱정인지조차 확인하기가 어려웠다. 무슨 일인가. 어찌하여 이 물건이 이토록 붉게 물든 것일까. 결국 마음에 품은 역심(逆心)으로 화를 입은 것인가. 그러하다면 설란에게는 오히려 잘된 일이었다. 꼭 그렇게 생각해야 할 일이었다.

하지만…… 그의 피를 보는 게 기쁨까지 될 수는 없었다. 아니, 모든 것을 뒤로하고 지금 그녀는 이 피 때문에 심장이 저릿하게 떨리고 있었다. 평정을 찾아야 한다. 제발 평정을 찾아야 해.

"마, 말은…… 어디에 있느냐?"

묻지 말아야 할 말이었다. 그러나 의지와 달리 흘러가는 일이 세상에는 너무나 많았다.

"요 근처에 있었습니다요."

"내 나가볼 것이니 쓸 것을 가져오너라."

"마, 마마!"

심옥이 눈이 휘둥그레져서 외쳤다.

"이 야밤에 마마께서 대문 밖을 밟으신단 말씀이십니까요? 안 됩니다요! 큰일납니다요! 경을 무더기로 치실 것입니다요!"

그러나 설란은 이미 듣고 있지 않았다. 왜 이토록 가슴이 아픈 걸까. 그토록 냉정하게 잘라내 놓고서, 어찌해서 이제 와서 그의 아프게 고하던 목소리가, 표정이, 눈빛이 생각나 잠을 못 이루는 걸까. 어느덧 생각이란 생각은 모두 그의 것으로 가득 차버리게 된 걸까.

야속하다. 너무나 야속했다. 처음부터 절대 받아들일 수 없는 마음, 결코 이쪽으로 향하게 하면 안 되는 마음인데, 서로가 서로를 멀리할 수밖에 없는데도 어찌하여 그 먼 거리에서도 향기는 내내 맡아진단 말인가. 잔인하고 잔인했다. 계속해서 마음에 남은 그에 대한 미안함, 그토록 냉정하게 굴어 떠나보낸 이에 대한 죄스러움, 섧다 말 한마디 하지 못하고 떠난 이에 대한 자책감이 그녀를 괴롭혔다. 마지막으로 무사한지만, 이 피가 그의 죽음을 말하는 것이 아니라는 것만 확인하고 싶었다.

심옥이 후문을 지키는 병사들의 주의를 끌어 붙들고 있는 사이,

설란은 유유히 집 안을 빠져나갔다. 그리고 한시의 지체 없이 곧
바로 야율이 있다는 곳으로 갔다.

'차라리 야율아, 네가 없어라. 가버렸으면 좋겠다.'

말이 진심인지, 반대를 외치는 그 속마음이 진심인지 자신도 구
분하지 못하며 달려간 순간, 눈앞에서 마치 자신을 기다리고 있는
것처럼 서 있는 야율을 발견하자 설란의 심장이 미친 듯 뛰었다.
설란은 천천히 야율에게 다가가 섰다. 푸르릉, 하며 야율이 투레
질을 하더니 말발굽으로 땅을 밟아가며 등을 보이는 위치로 움직
여 섰다.

"타라는 거니?"

긍정하는 듯 기다리는 야율을 가만히 바라보았다. 그러다가 또
고개를 돌려 집 쪽을 바라보았다. 천천히 다시 고개를 돌린 설란
은 그 등에 올라타고 있었다.

야율이 멈춰 선 곳은 숲 한가운데였다. 언젠가 그가 궁을 보여
준 그곳이었다. 도착하기 전부터 이미 설란의 눈은 휘둥그레져 있
었다. 작은 모닥불이 탁탁 타오르고 있고, 바로 근처의 커다란 나
무에 기대 길게 누워 죽은 듯 잠들어 있는 이가 있었다. 여기까지
왔는데 망설임이 있을 리 없었다. 야율이 멈춰 서자마자 설란은
아등바등 겨우 커다란 말의 몸을 언덕 기어 내려오듯 내려 재빨리
달려갔다.

죽은 것 같았다. 얼굴은 핏기 하나 없이 창백하고 입술도 파랗
게 질려 있었다. 설란은 머뭇거리다가 겨우 손을 뻗어 휴의 팔을

온통 적신 피 묻은 천을 만졌다. 순간 감겨 있던 눈이 떠지더니 순식간에 움직여 옆에 놓아두었던 검을 집어 들어 겨누었다. 금방이라도 죽을 것처럼 잠들어 있던 사람이라고는 믿기지 않을 정도의 움직임이었다. 갑자기 가해진 위협에 설란의 몸이 놀라 움찔했다. 두 사람의 시선이 마주쳤다. 검의 날보다 더 날카로운 경계의 기운을 내뿜던 휴의 눈빛에서 곧 예리함이 풀리더니 서서히 흐려졌다. 아득하게 변해선 칼을 바닥에 챙그랑 떨어뜨리고는 세웠던 등도 나무에 다시 털썩 기댔다.

"꿈…… 인가."

그대가 보인다. 휴는 온몸이 지쳐 있었다. 이렇게 몸의 상태가 말이 아니니 환영(幻影)이라도 보이는 것이겠지. 그렇게 생각하였다. 지금 자신의 눈앞에 그대가 있을 리는 없으니.

베인 상처가 다시 욱신거렸다. 얼마 전 손에서 다량의 피를 쏟은 일이 있어서 오늘의 회복이 더욱 느린 건지도 모르겠다. 조금만 쉬고 돌아갈 것이었다. 이런 날, 피가 묻은 모습으로 돌아가 부친이 풀어놓은 세작(細作)의 눈에 띄기라도 했다간 이번 일이 탄로 나는 건 시간문제였다. 부친의 예리한 시선이 그것을 비껴갈 리가 없었다. 그러니 조금만 쉬었다가, 마을로 내려가 상처를 치료하고, 그리고 돌아갈 생각이었다. 자신이 가야 할 곳으로. 그대와는 점점 멀어지기만 할 그곳으로, 바로 그곳이 자신이 있어야 할 곳이므로.

꽉 묶어놓은 천이 그나마 지혈을 해준 것 같았다. 견뎌낼 수 있을 정도의 통증이었다. 괴로울 건 하나도 없었다. 그런데도 왜 이렇게 가슴이 아픈 걸까. 어찌하여 그대는 잠시 쉬는 동안에도 눈앞에 나타나 무념(無念)의 시간조차 허락하지 않는 것인가.

설란의 눈동자에도 고통이 담겨 있었다. 꿈이라고 믿고 있는 그의 마음이 애달게 가슴에 와 닿았다. 세상을 살아가면서 절대 이해하지 말아야 할 사람이 있다면 눈앞의 이 사내가 아닌가. 헌데 어째서 자꾸만 그가 하는 말 한마디에 가슴이 아리고, 그가 보이는 행동 하나에 걸음이 멈칫거리게 되는 걸까. 떨어져 있는 동안에도, 멀리에 있는 동안에도 상념을 붙들고 놓아주지 않는 건가. 그가 미웠다. 이미 떠난 후에도, 그 밖을 서성이는 이 사내의 발소리가 들리는 것만 같았다.

어찌 이리 지친 것일까. 관옥 같은 얼굴은 피로해 보였고, 감긴 눈매는 무슨 생각을 하고 있는 건지 고통에 묻어 힘겹게 떨리고 있었다. 이따금씩 상처가 욱신거리는지 이를 악물며 얕은 신음을 흘렸다.

설란은 비단 치마저고리 안의 하얀 속치마의 밑단을 이로 상처 내 뜯었다. 온통 피에 젖어 검붉게 변한 천이 가여웠다. 천천히 손을 뻗어 피에 전 천을 풀어내는데 힘없이 기울여져 있던 휴의 고개가 천천히 들렸다. 감겨 있던 눈도 다시 떠졌다. 아련한 눈으로 설란을 바라보며 그 입술이 조용히 열렸다.

"어째서…… 사라지지 않는 겁니까."

설란은 묵묵히 그저 천만 풀었다. 그리고 상처 부위를 건드리지 않도록 조심하며 깨끗한 새 천으로 상처를 다시 감았다. 찢긴 비단 안쪽으로 길게 베인 상처는 너무나 끔찍해서 보는 것만으로도 간담이 서늘했다.

"저를 잡으세요. 부축해 드릴 테니 어서 내려가서 치료를 받아야 해요."

설란은 휴를 부축하기 위해 어쩔 수 없이 겨드랑이에 팔을 끼워 넣었다. 그리고 일으키려고 했지만 휴의 커다란 몸은 전혀 움직이지 않았다. 무거운 것도 그러했지만 그가 따라 일어날 마음이 전혀 없어 보였다. 설란은 왠지 힘겨워서 그를 보며 말했다.

"몸에 힘을 좀 빼주세요. 부축하기가……."

"어째서……."

흘러나온 말 때문에 설란의 말이 멈추었다. 휴의 눈동자가 경악으로 흔들리고 있었다.

"어째서 그대가 여기 있는 겁니까!"

"야율이…… 주인이 아프다고 도움을 청하러 왔어요. 의원이 없기에 제가 올 수밖에 없었어요."

"지금 그걸 말이라고 하십니까! 지금 당신이 얼마나 위험한!"

노여움에 버럭 소리치던 휴는 상처가 진동해 그만 땅을 짚고 무너지고 말았다. 놀란 설란이 얼른 그 몸을 받쳐 상체를 나무에 기대게 해주었다. 휴의 미간이 온통 일그러져 있었다.

젠장, 젠장……!

당장이라도 입 밖을 뚫고 나가려는 욕지기를 겨우 눌렀다. 야율이 그런 짓을 한 것인가. 허나 그녀는 이렇게 함부로 밖을 나오면 안 되었다. 도윤이 자신의 말을 제대로 따를 것인지 확실하지도 않은 오늘은 더더욱!

“돌아가십시오. 야율이 다시 되돌려 드릴 것입니다.”

도대체 저 말은 어떻게 저리 똑똑히 제 주인의 마음을 읽어버린 것인가. 장수에게 말은 가족이고 형제이며 전우이고, 어쩌면 그 자신이었다. 그렇기에 저렇듯 시키지도 않은 일을 해버린 것인가. 무엇보다 마음으로 주인을 느끼고 있는 것인가. 허나 오늘만은 그런 야율이 미웠다. 쓸데없는 짓을 해버렸다고, 호통이라도 치고 싶었다.

“다친 사람을 두고 갈 수는 없어요. 그리 배우며 자라지 않았습니다.”

설란의 고집스러운 목소리가 휴의 귀를 파고들었다. 그의 입술 끝이 말려 올라갔다.

“원수라도, 말입니까?”

“그래요. 원수라도.”

그렇게나 거부하던 여인의 어조는 오늘만은 그렇게 냉정하지 않았다. 그것에 한없이 위안이 되는 이 마음이라니, 서러워서 어찌해야 할지 모르겠다.

“밤이 아니라면 약초라도 구해볼 텐데.”

“밝았다면, 약초를 구분하실 수 있습니까.”

설란의 가슴이 뜨끔했다.

“사실은……. 아니요.”

휴의 입가에 엷은 미소가 돌았다. 꿈이라고 생각해 볼까? 너무도 바라고 바라서, 잠시 함께 있는 순간을 상상할 수 있게 된 거라 생각하고서, 잠시 동안 얻은 이 행복을 그냥 누려볼까.

곧 폐해질 궁주는 그래도 자신의 백성 중 하나가 피를 흘리며 죽어가는 건 두고 볼 수 없다 하여 머물러 준단다. 단지 그런 이유뿐일 것이다. 이 사내이기 때문에 머무르고 싶다는, 그런 마음 따위는 절대 없을 테니까.

"아프십니까?"

설란이 물어야 어울릴 말을 묻고 있는 휴를 그녀는 조용히 쳐다보았다.

"무슨 말씀이신가요. 저는 아픈 데가 없습니다."

"혹, 제가 아파 마마께서도 함께 아플 날은 없을까요."

설란의 심장이 또다시 웅성거리고 있었다. 자신도 모르게 시선을 피해 버렸다.

"그만 하셔요. 그런 말씀을 하실 거라면 가겠습니다."

"어차피 마마께서는 떠나려고 제 눈앞에 나타난 사람입니다."

가슴이 풀끝에 찔린 듯 아릿했다. 아직도 이 사내의 마음은 원망보다 절실함이 더한 것인가. 어째서 그는 그럴 수 있는 걸까. 무엇이 부족하다고. 무엇을 줄 수 있다고⋯⋯. 밉다. 어째서 자신에게 이런 종류의 감정을 가르쳐 주는 것일까. 무엇 하나 줄 것 없는 사람에게, 이리 바라면서 스스로가 더 아픈 걸까.

"그대를 만나지 않았어도 이리 고통스러웠을까요."

설란은 귀를 막고 싶었다.

"만나지 않았다면 저는 행복했을까요."

"그만⋯⋯ 제발 그만 해요."

그대도 저를 만나서 고통스럽습니까. 고통스러워해 주십시오.

고통이라도 좋으니, 이 사내가 그대의 마음에 조금이라도 남았으면 좋겠습니다.

설란은 원망스러운 눈으로 휴를 돌아보았다. 힘을 잔뜩 주어 몸을 억누르며 말했다.

"아바마마를, 시아버님을 반(反)하려는 마음을 접어주시면 안 되나요?"

휴의 눈동자가 흔들렸다.

"이리 모두가 아프고 피만 흘릴 일입니다. 당신과 같은 이라면, 아바마마를 도와 틀림없이 사직을 바로세울 수 있을 거예요. 반드시 그리할 수 있어요."

그럼 저는 당신을 미워하지 않아도 됩니다. 당신을 더 이상 원망하지 않아도 됩니다. 당신을 두려워하지 않아도 됩니다. 이런 사사로운 마음의 목적을 위해 간청하고 있습니다. 제발 마음을 돌려주시면 안 되나요.

휴의 눈빛이 천천히 가라앉았다. 이 사람이 원하는 것은, 바라는 것은, 오로지 이런 것인가. 동정이라도 좋다고 생각했다. 야율을 외면하지 않고 달려와 준 그녀에게 어쩌면 기대를 해버릴 뻔했다. 어차피 그 마음이 절대 자신의 것이 될 수 없다는 걸 알고 있었으면서도, 또 기대를 해버린 것이다. 상상을 해버린 것이다. 동정의 마음속에 어쩌면 조금이라도 자신이 들어 있지 않을까, 그런 못난 기대를. 이 여인은 왜 모를까. 자신과 부친이 일어서지 않아도 금상은 폐위될 수밖에 없다는 걸.

"저는, 그럴 수 없습니다."

냉정한 거부의 말에 설란의 눈동자가 천천히 빛을 잃었다.

"그대가 나를 찾아와 준 이유는 단지 그것이었습니까."

똑바로 쏘아오는 휴의 눈빛은 찬 밤공기에 섞여 더더욱 시렸다.

"나를 설득해 보고 싶었습니까."

"그래요…… 설득해 보고 싶었어요."

당신이 죽지 않았기를 바라면서, 이 피 때문에 이렇게 황망하게 변해 버린 제 자신을 몇 번이나 꾸짖으며 달려왔어요.

"무엇을 믿고, 요구를 하려 했던 겁니까. 그저 마마의 말이라면 무조건 따르리라고 자신하신 겁니까."

"그, 그런 게 아니에요!"

이죽거리는 휴의 음성이 설란을 따갑게 찔렀다.

"이 사내는 그대를 원하니, 그대를 갖게 해준다면 한번 고려해 보도록 할까요? 그대를 만지게 해준다면, 마마의 명이라 하며 모르는 척 넘어가 볼까요?"

어떻게 할까요. 그대를 갖고 야심을 버릴까요? 그대를 고이 돌려보내 주고 야심을 채울까요. 아니면 그대도 채우고 내 야심도 버리지 않고, 그런 잔인한 인간이 될까요.

휴의 손이 설란의 손목을 우악스럽게 움켜쥐었다. 설란은 겁에 질린 눈동자에 흔들리는 휴의 영상을 담고서 그를 쳐다보았다. 손목에 가해진 힘이 일순간 더해지며 설란의 몸이 휴의 눈앞까지 끌려갔다. 바로 지척에서 휴의 눈빛이 사납게 번쩍이고 있었다.

"그대가 여기에 온 것이 잘못된 것입니다."

"그만…… 해요."

“처음부터 잘못 온 것입니다. 절대 이 사내의 옆에 오면 안 되는 것이었습니다.”

다친 손으로 설란의 뺨을 만졌다. 고통은 느껴지지도 않았다. 오히려 손끝에 와 닿는 부드러움에 온몸의 감각이 미친 듯 녹아들고 있었다. 이대로 그녀를 가지고 싶다. 내 것으로 만들고 싶다. 의미없이 흘러나오는 한숨 소리 하나, 그저 당연히 움직이는 눈동자의 움직임 하나조차 가지고 싶었다. 지치지도 않고 드는 욕심이었다. 그 꿰뚫을 듯한 짙은 시선에 설란은 굳은 듯 움직이지도 못했다. 그러나 그녀의 그 행동이 긍정일 리가 없었다. 차라리 뺨 위를 벌레가 기어가고 있어 온몸을 굳혀 버린 사람이라고 표현하면 좋을까. 휴의 자긍심은 점점 바닥을 치고 있었다. 어째서 자신은 이 사람에게 안 되는 것일까. 왜 이 사람밖에 안 되는 것일까.

설란이 달싹이듯 말했다.

“왜…… 대체 왜 이러는 거예요.”

“이유를 모르십니까, 알면서도 외면하시는 것입니까. 모른 체하시면서, 그대의 향기에 놀라 눈을 번쩍 뜨는 저를 보는 것이 즐거우신 겁니까.”

“난 그런 마음 따위…….”

야속한 그의 말에 설란의 눈에 결국 눈물이 맺혔다. 휴의 심장도 젖고 있었다. 그러나 소중한 만큼 드는 이 미움 때문에 멈출 수가 없었다.

이 사내의 눈앞에서 다른 이의 품에 안겼습니다. 지켜보고 있다는 걸 알면서, 다른 사내의 품에 안기는 기분이 어떠했습니까. 남녀 간의 열락만이 그대를 들뜨게 했습니까. 아니면, 이 사내의 고통마저 침소로 끌어들여 함께 맛보았습니까.

"그 밤, 제 마음이 어땠을지 몰랐다고 확신할 수 있습니까. 내가 갖고 싶은 여자를 다른 사내에게 눈뜨고 빼앗기는 기분을, 그 처참한 기분을…… 당신이 어떻게 알아."

설란의 뺨을 타고 눈물이 떨어져 내렸다. 그 눈물에 휴의 손끝이 닿았다.

"당신은…… 죽이는 것보다 더 잔인한 짓을 했습니다."

그런데도 나는 계속 이렇게 그대를 은애해야 하는 걸까요.

커다란 손이 뺨에서 귓불로 옮겨가는 순간 휴는 더 이상 견딜 수가 없었다. 자신을 놓아버리고 말았다.

힘이 가해지는 동시에 설란의 굳어버린 입술에 휴의 입술이 부딪쳐 닿았다. 순식간에 파고든 혀가 경황을 놓아버려 벌어져 있는 입술 틈으로 힘껏 파고들었다. 뜨거운 혀가 부딪치듯 휘어 감기며 설란의 혀를 빨아들였다. 입술이 미끄러지며 더욱 깊이 겹치는 순간, 설란은 미친 듯 휴의 품을 밀어내며 고개를 돌려 버렸다. 마치 넋을 놓은 사람처럼 더듬거리며 도망가려고 했다. 그러나 일어나려는 설란의 몸을 다시 잡아 거칠게 안아버렸다.

"그, 그만!"

비명을 지르는 입술을 짓뭉개듯 다시 덮고서 정신없이 빨아들였다. 갈증이 났다. 지금 이 순간만큼은 소유하고 있는데도 갈증은 도통 채워지질 않았다. 모두 다 마시고, 느끼고 싶은 지 이미 오래였다. 얼마나 이 순간을 바라왔는지, 얼마나 그려왔는지 그녀는 알고나 있을까. 그 어떤 전장에서도 느껴보지 못한 떨림이 휴의 몸을 통째로 관통했다. 호흡이 가빠오고 터질 것 같은 욕구에 온몸이 부르르 떨렸다. 연약한 꽃 하나를 저지시키는 건 어려운 일도 아니었다. 반항하고 거절하고 싫어하고 혐오하는 몸이더라도 자신의 몸집의 반도 안 되는 이 약한 여인을 움직이지 못하게끔 꽉 가두고서 취하는 건 너무나 쉬웠다. 빠져나가지 못하도록 단단하게, 온몸을 끌어안아 속박하고서 뜨거운 숨결을 퍼부으며 입술을 탐했다. 아득해질 정도로 단꽃의 향기에 정신이 돌아버릴 것만 같았다. 당장이라도 그녀의 몸을 관통해 자신을 묻어버리고 싶은 욕구에 머리가 날아갈 것 같았다.

이 마음을 느끼십니까? 이렇게나 간절히 그대를 원하고 있습니다. 그대의 그 사내도 나만큼 그대를 원합니까. 나만큼 그대를 이리 간절하게 원합니까!

그러나 그녀는 눈물을 흘리며 떨고 있었다. 이렇게나 마음을 바쳐 애원하고 요구하는데도 여인의 작은 몸은 요동을 치며 거부를 하고 있었다. 천천히 힘이 풀렸다. 놓아주고 싶지 않은 입술에서 자신을 떼어내는 순간 설란의 매운 손바닥이 휴의 뺨에 날카로운 아픔을 남겼다. 그 틈을 놓치지 않고 도망치듯 일어나 멀어져 버렸다. 휴는 허허로운 가슴을 느끼며 그저 그곳에 앉아 있었다.

설란의 뺨을 타고 하염없이 눈물이 떨어져 내렸다. 이리 독하게 자신을 유린하는 그를 믿을 수 없었다. 그의 난폭한 행동은 한갓 기녀에게 하는 것보다 더 사나웠다. 이렇게나 자신을 갈기갈기 찢어놓은 그가 너무나 원망스러웠다. 입술이 아팠다. 빨아들이며 생채기를 내어 놓은 입 안의 연한 살갗이 온통 아팠다. 그러나 가슴이 가장 아팠다.

"이 피를…… 보는 순간, 가슴이 아팠던 제가 한심합니다."

품 안에서 꺼낸 노리개를 힘껏 쥐는 설란의 손이 가늘게 떨렸다. 그가 짓밟아놓은 설란의 여인으로서의 마음이 그녀를 지치게 했다.

"당신을 걱정했던 마음도, 피를 보고 선뜩했던 마음도, 모두 후회합니다."

피 묻은 노리개가 바닥으로 떨어졌다. 휴의 시선이 허망하게 그것에 닿았다.

"조금도, 당신에게 미안했던 마음까지 하나도 남겨놓지 않겠습니다."

"원망은, 그대의 것만이 소용있는 것입니까."

휴의 말이 설란의 분노를 도중에 끊어놓았다. 설란은 흔들리는 눈동자로 휴를 바라보았다. 다시 욱신거리기 시작한 상처를 다른 손으로 감싸 쥐고서 휴는 노리개를 주웠다. 그리고 천천히 일어나섰다. 설란을 똑바로 노려보며 말했다.

"이 사내의 원망은 그저 하찮은 것입니까."

"제가 한 사람의 아내라는 걸, 왜 무시하려 드나요? 한 사내에게 이미 맡긴 몸이라는 걸 왜 무시하고서 괴롭히는 거예요!"

휴의 눈 안에서 마치 번개가 일듯 무언가가 번쩍 빛났다.

“그 사내가 그대를 가졌든, 그대가 그 사내에게 안겼든 중요하지 않으니까요.”

“대체…….”

“내가 아직 그대를 갖지 못했다는 사실만이 중요합니다. 이런 사내입니다.”

부들부들 떨던 설란은 그대로 돌아섰다. 야율도 지나쳐서 도망치듯 가버리는 그녀를 휴가 빠른 속도로 따라잡았다.

“놔! 건드리지 말아요, 제발!”

그러나 휴는 안아 올린 설란을 그저 야율 위에 앉혔다. 더 이상의 거친 행동은 없었다. 설란은 외면하여 앉아 치맛자락을 움켜쥐었다.

“그대를, 은애합니다.”

돌아보지 않는 설란을 향해 휴가 고했다. 올려다보며 자신의 연심을 결국 털어놓았다. 반대편을 보고 있는 설란의 눈동자가 정처 없이 흔들리고 있다는 걸 그는 알 수 없었다.

“그 어떤 사내가 목숨보다 은애하는 여인을 괴롭히려 할까요. 다만 그대는 다른 사내의 여인이기 때문에, 그대가 그렇게 방패처럼 내세우는 그 사실 때문에, 괴롭힐 수밖에 없는 것입니다.”

슬프게 할 수밖에 없는 것입니다.

천천히 손을 들어 설란의 소매 밑으로 드러난 하얀 손을 쥐었다. 바들바들 떨리는 그 손을 끌어당겼다. 가만히 허리를 숙여 손등에 조용히 입술을 눌렀다. 열기가 손목을 타고 올라가 설란의 심장을 건드리고 눈물을 터뜨려 밀어냈다.

‘용서하소서. 이 사내가 그대를 가져도 고통, 그대를 외면하고 그냥 두어도 고통, 그대의 앞엔 결국 고통스러운 길밖에 없습니다. 이 사내는 그대를 내 곁에 두어 함께 고통받는 것을 택했습니다. 이 사내를 증오하십시오. 그래서 그대에게 향하는 자조가 덜어진다면, 그것으로도 좋겠지요.’

휴는 천천히 그 손을 놓았다. 야율의 고삐를 쥔 채 천천히 걷기 시작하자 야율이 느린 속도로 그를 따랐다. 설란은 말에 탄 채 괴로운 듯 눈을 감고 있었다. 결국 이 사내의 마음을 들어버렸다. 비틀어진 원망이 아닌, 그의 진심을 들어버리고 말았다. 어찌하면 좋을까. 나는 어찌해야 좋은 걸까.

“오늘은, 야율이 있어도 혼자 가는 것은 위험합니다.”

상처 입은 몸으로도 말을 걸리고 있는 그의 목소리가 설란에게로 흘러들었다.

“두세요. 상관없어요. 혼자 가겠어요.”

“고집을 부려도 소용없습니다.”

무사히 돌아가는 것까지 지켜보아야 했다. 이렇게 걷는 게 쉽진 않았지만 그나마 참을 만한 통증이라 다행이었다.

“두라고 했어요. 다친 사람은 당신이잖아요!”

냉정하게 굴었다가, 더없이 다정하게 대했다가, 이 남자를 이해할 수가 없다. 화가 난 설란이 외쳤지만 휴는 오히려 낮게 웃었다. 그리 말하지 마십시오. 괜한 기대를 하여 그대를 또 괴롭히면 어쩌려 그러십니까.

“여인 홀로 밤길을 걷게 할 사내가 있을까요.”

“그리 예의 바르신 분처럼 말씀하지 마세요. 당신은 뻔뻔한 사람이에요.”

“그렇습니다. 저는 뻔뻔한 사내입니다.”

“잠깐만, 야율을 멈춰주세요.”

아예 쳐다보지도 않을 줄 알았던 설란이 그나마 이쪽을 보며 부탁해 와서 휴는 옅은 한숨을 내쉬며 야율을 멈췄다. 무슨 일인가 싶었더니 그녀가 말릴 새도 없이 야율을 겨우 짚어가며 바닥으로 내려서고 있었다. 휴는 깜짝 놀라 떨어지지 않도록 그녀를 안았다.

“자, 잠깐만요. 괜찮아요.”

설란은 얼른 그 손을 밀어내곤 스스로 혼자 내려섰다. 휴는 거부당한 자신의 손을 내려다보았다.

“자, 이제 걸어가요.”

그때 갑자기 들린 목소리에 휴의 고개가 들렸다. 설란이 벌써 앞서 걸어가고 있었다. 휴는 야율의 고삐를 당겨 얼른 그녀에게 따라붙었다.

“무슨 짓입니까.”

“무슨 짓이라뇨. 단지 걷고 있을 뿐이에요.”

“오르십시오.”

“아니요, 걷겠어요. 전 당신과 달리 뻔뻔한 사람이 아니니까. 다친 사람은 걷고, 성한 사람은 말을 탄다는 말은 들어보지도 못했어요.”

휴는 아연한 얼굴로 설란을 쳐다볼 뿐이었다. 참으로 알 것 같으면서도 모를 여인이었다. 왠지 그녀의 이런 면을 더 알고 싶지 않은 마음이 들어서 냉정한 목소리로 말했다.

"사내가 다쳤으니 여인도 함께 걸어야 한다는 말 역시 들어본 일이 없을 텐데요."

"다친 사내는 여인만큼 약할 수 있다고, 전 생각하니까요."

그녀의 말에 휴는 움찔했다. 도대체 어째서 저렇게 고집을 피우는 걸까. 그러나 설란은 끝까지 고집을 피우고 싶었다. 아무리 자신이 여인이라도, 단지 여인이라는 이유로 다친 사내가 끌어주는 말을 타고 갈 생각은 절대 없었다. 그 사람이 그라면 더더욱. 휴는 옅은 한숨을 흘렸다. 고집 센 여인이 곤란할 수 있다는 걸 처음 깨달았다.

"그러니 오늘 하신 말도, 약해져서 나온 것이라고 생각할래요."

그러나 다음 순간 흘러나온 설란의 말에는 휴의 두근거리던 가슴도 다시 가라앉았다.

"듣지 않은 것으로 하겠습니다."

뒤도 돌아보지 않고 끝까지 자신을 외면하는 그녀를 원망하는 것 말고 다른 식의 방법이 있었으면 좋겠다. 휴는 야율의 고삐를 놓고서 자신도 모르게 그녀의 고집스러운 등을 왈칵 끌어안았다. 갑작스러운 행동에 놀란 설란의 몸이 움찔했지만, 휴는 부드럽게 끌어안는 것으로 그녀의 마음을 안심시켰다.

"제발, 잠시만 이대로 있어주십시오."

설란의 몸에서 서서히 긴장이 풀렸다. 그녀로서도 이 손길마저 쳐낼 수는 없었다. 제아무리 독한 사람이라도, 제아무리 비정한 사람이라도, 이렇게 간절하게 안아오는 손을 쳐낼 수는 없을 것이다. 가슴부터 아파오는 이런 포옹을.

"외면하지만 말아달라고 말할 생각이었습니다."

등 뒤에서 휴의 낮은 목소리가 설란의 귀로 흘러들었다. 설란의 눈빛이 아득해졌다.

"받아들여 주지 않아도 좋으니, 잊지만 말아달라고 말할 생각이었습니다. 헌데 결국, 들은 사실 자체를 거부하시는 겁니까."

"나는…… 그렇게밖에 할 수 없어요. 그게 두 사람 모두를 위한 방법이니까요."

"저를 위한 방법이란 말입니까."

"그래요."

설란은 무너질 것 같은 마음을 단속하기 위해 손을 꼭 힘을 꼭 주었다. 휴의 입술이 천천히 열렸다.

"제가 약해져서 그런 말을 흘렸다면, 그대도 약해져서 제 말을 듣지 않은 것처럼 치부하려는 겁니다."

"그, 그렇지 않아요."

"그대는 단지 피에 약해진 것이라고…… 그렇게만 생각하겠습니다."

휴의 목소리가 잘게 떨렸다.

"다친 사내에 대한 동정으로, 약해진 것이라 생각하겠습니다. 다른 기대 따위 하지 않고 곡해도 하지 않을 테니, 대답해요. 내 말을 잊지 않겠다고."

설란은 고개를 저었다. 지독하게 고개를 저었다.

"그대의 마음까지 바라지 않을 테니, 제발 대답해요. 내 마음을 기억하겠다고."

"시, 싫어요……."

"그대를 은애합니다."

"그만 해요……."

"은애합니다. 그대를 은애합니다."

"제발……."

"사모합니다. 포기하지 않습니다. 잊을 수도 없습니다. 그대만이 이 사내의 마음을 채운 유일한 여인입니다. 기억하십시오. 이 사내의 마음이 그대만을 향해 있다는 것을."

말이 끝나는 순간 설란의 어깨를 힘껏 끌어안았다. 향기로운 머리카락에 코를 묻었다. 자신을 서글프게만 하는 고운 향기가 휴의 안으로 밀려들었다. 입술을 더듬어 그 머리카락을 쓸었다. 설란은 무너지는 심정으로 그의 강렬한 체취를 허용하고 있었다. 피 냄새가……. 정신을 아득하게 하는 피 냄새가 이렇게 만든 것이라고. 그를 못내 쳐내지 못하게 만들고 있다고 탓을 하면서.

휴는 설란의 작은 몸을 꽉 안아 가둔 채 그녀의 귓가에 한숨처럼 짙은 고백을 토해냈다.

"미안합니다."

그대를 가슴에 품어 미안합니다.

"용서하소서."

그대의 부친을 반(反)할 수밖에 없음을 용서하소서. 그대의 지아비를 처단할 수밖에 없는 것을 용서하소서. 그대를 가질 수밖에 없는 저를, 용서하소서.

아무도 없었다. 그 숲에는 오로지 가슴으로, 야윈 등으로 서로를 느끼는 두 사람만이 존재하고 있었다.

六章

처치를 받은 팔이 욱신거렸다. 단단하게 감겨 있는 한쪽 팔을 몇 번 접었다 펴본 휴는 천천히 침상에서 몸을 일으켰다. 거병(擧兵)이 이틀 후였다. 이러고 있을 상황이 아니었다. 부친은 평주에 머무르고 있었고, 휴는 기왕 도성에 올라온 것 이쪽에서 처리해야 할 일이 있었다.

"장도윤은 형님을 거스르지 않겠다 하였습니다."

도윤에 관해서는 찬이 그렇게 설명을 했다. 또한 그 이후 도윤이 자신에게 보이는 정중함도 거짓 같지는 않았기에 믿어보기로 했다. 외출하기 위해 계집종의 시중을 받으며 도포를 걸치고 있는 그때였다. 다급한 기색으로 뛰어들어 온 찬이 외쳤다.

"혀, 형님! 아버님께서 낙마(落馬)하시어 내원에 드셨다 합니다!"

휴의 고개가 빠르게 돌아갔다.

정온이 상석에 앉자 모두 이어 자리를 잡고 앉았다. 정온의 회의장에는 이전까지는 없던 부드러운 분위기가 감돌았다. 늘 딱딱하게 굳어 있던 표정들도 조금은 풀려 있었다. 그 안에서 정온만이 표정을 굳힌 얼굴로 입을 열었다.

"이겸이 낙마를 했다는 게로군."

"그렇습니다. 세작(細作)을 통해 알아본 바로는 떨어질 때의 충격으로 한쪽 다리를 쓰지 못해 머무르고 있던 석락정(石樂亭)에서 내내 피접(避接: 요양) 중이라 합니다."

"흠……."

재신(宰臣)의 대답에 정온은 고개를 끄덕였다. 그가 천천히 고개를 들어 장내를 둘러보았다.

"우리에게는 6)견고(譴告)이나 저들에게는 7)요얼(妖孽)이라. 자연 그들의 발도 묶일 수밖에 없게 되었소."

상서로운 기운이 감돌고 있었고 정온은 이겸이 결단을 내렸다는 걸 날카롭게 인식하고 있었다. 그들의 군사력에 맞대응해서 이기기는 힘든 일, 그러니 마지막까지 왕을 움직여 저들을 화형시키라는 주청에 더욱 힘을 싣고 있었다. 헌데 이런 시기에 천운이 내린 것이다. 실로 자신들에게 천재일우의 기회였다. 그때 탁이 나섰다.

---

6)견고(譴告): 귀신이 천변지이를 내려 인간을 꾸짖음
7)요얼(妖孽): 재앙의 징조

"소자 탁, 감히 말씀드리옵니다. 저 완만(頑慢)한 자를 단죄하라 실로 하늘이 이 탁에게 주신 기회이니 당장 달려나가 좌죄(坐罪)하도록 허락해 주십시오."

정온의 깊은 시선이 자신의 유지를 충실하게 이어 받들고 있는 아들 탁에게 향했다. 굳건한 그 표정에 정온의 마음속에 있던 한 줄기 걱정마저 사라졌다.

"사내로 나서 한 번 일어나기로 했다면 끝끝내 뜻을 이뤄야 하는바. 앞으로의 운명을 네게 맡기겠다."

마침내 정온의 명이 떨어졌다. 모두의 낯빛이 진지해지고 탁의 입술이 견고하게 맞물려졌다.

후원을 하릴없이 오가고 있는 설란의 발걸음에는 힘이 없었다. 내내 맴도는 피 냄새 때문에 아침부터 머리가 아파 후원에서 마음을 가라앉히고 있는 중이었다. 그것은 휴의 몸에서 풍기던 그 피 냄새와는 다른 느낌이었다. 분명 시작은 그것이었다. 그러나 왠지 선뜩하게 와 닿는 느낌은 한 사람에게서 맡아지는 것이라기보다는 어떤 예감처럼 무겁게 짓누르는 것이었다. 낮인데도 하늘이 어두웠다. 금방이라도 비를 뿌릴 것처럼 몰려든 비구름이 해를 덮고 사위를 깜깜하게 했다. 단지 날씨 때문인가, 심장이 불안하게 떨리고 있었다. 무언가가 일어날 것 같은 예감…….

"왜 이리 표정이 어두우냐."

언제 온 것인지 탁이 눈앞에 서 있었다. 다른 때보다 밝은 얼굴이었다. 마치 평소처럼 다소 장난스러운 기색을 풍기며 서 있는 그라서 설란은 반가운 마음에 그만 달려가 그를 와락 끌어안고 말았다. 우연히 중문을 넘어 들어오던 심옥이 그 장면을 목격하고는 에구머니! 얼굴을 붉히곤 한 발짝 디뎠던 발을 도로 거두어들여 쪼르르 사라졌다.

탁은 실로 오랜만에 닿는 설란의 느낌에 한없이 마음이 부드러워졌다. 바로 이 여인이다. 이 여인을 지키기 위해서라면 자신은 무엇이든 할 것이다. 탁의 손길이 설란의 동그란 어깨를 다정하게 쓸었다.

"오라비가 그리 반가웠더냐."

설란은 그의 가슴에 얼굴을 묻고서 한없이 고개를 끄덕였다. 그 품에 안기는 순간 깨달았다. 무작정 도는 이 불안의 원인은 바로 그였다. 이것은 대체 무슨 예감일까. 어째서 그에게서 이렇게 한없는 위태로움을 읽고 있는가. 이리 웃고 있는 사람인데.

"어디, 얼굴 좀 보자. 오랫동안 보지 않았더니 그만 잊어버리고 말았어."

설란은 천천히 고개를 들었다. 힘껏 미소를 만들어 그에게 보냈다. 탁의 입가에도 잔잔한 웃음기가 어렸다.

"오라버니, 괜찮은 것이지요?"

설란의 물음에 탁은 명치끝이 아려왔다. 오랫동안 자신만을 바라보며 살아온 그녀는 아무것도 말해주지 않았는데도 어떤 예감을 느낀 것일까. 그러나 탁은 절대 드러내 보일 생각이 없어 환하게 웃었다.

"그럼, 괜찮지. 괜찮지 않을 일은 또 무에 있어."

"오라버니를 믿고 있으면 된다, 말씀하셨지요?"

"그래! 나만 믿어라. 네가 나 아니면 누굴 믿겠느냐."

설란은 가슴의 통증을 누르며 웃었다. 탁이 손을 뻗어 설란의 뺨을 가만히 쓸었다. 혹시라도, 하는 마음에 그 얼굴을 눈에 새기듯 구석구석 훑었다. 부디 이 얼굴을 보는 일이 마지막이 되지 않기를. 무슨 일이 있어도 이 얼굴을 다시 보기 위해, 자신은 반드시 되돌아온다. 이겸이라는 거대한 바위산을 쓰러뜨리고, 그 역적의 무리를 바다 밑으로 가라앉혀 버린 후, 돌아온다.

"무슨 일이 있어도, 가장 중요한 건 오라버니의 목숨이라는 걸 잊지 말아주셔요."

왜 이런 말을 하고 싶은 건지 모르겠다. 아무것도 모르면서, 이 무슨 가벼운 여인의 방정이란 말인가.

허나 설란은 탁의 허리에 꽂힌 장검을 보았다. 한 번도 집안에서는 몸에 지니지 않은 것이었다. 전장의 냄새를 절대 집안에만은 묻히지 않는 그의 생각이 고스란히 담긴 고집이라는 걸 잘 알고 있었다. 그러나 지금 그의 허리에 그 검이 보이는 것이다. 그것도 그가 가장 아끼는 검이.

탁이 짐짓 엄한 눈을 했다.

"네가 평소 같지 않게 깊이 생각지 않은 말을 흘리는구나."

"충절도, 호기도 오라버니께서 위급하시면 제발 잠시 잊으셔야 합니다!"

마치 들리지 않는 사람처럼 자신의 말만 하며 호소하는 설란을 탁이 걱정스러운 눈으로 내려다보았다. 이런 표정을 하고 있는 그녀를 아무렇지도 않게 두고 갈 수가 없는 그인 것을.

"돌아오면, 정식으로 혼례를 올리자."

그녀가 아무런 근심 없이 웃기만 했으면 좋겠다. 하지만 그건 이미 있을 수 없는 일이 되어버렸다. 이겸의 제거를 성공하는 동시에 금상이 폐위된다. 이미 정온의 뜻으로 금상을 폐하고 보위를 이을 새로운 인물이 내정되었다. 홍무국 선대왕의 핏줄을 이은 또 다른 이, 결국 설란은 부친의 폐위를 봐야 하는 것이다. 그녀는 궁주에서 그저 여염의 여인으로 돌아가야 한다. 단지 자신의 아내로만 남는 것이다. 그것을 행복이라 해야 할까! 아니라 해야 할까.

'네 눈물을 어찌 볼까 나는 벌써부터 걱정이 되는구나. 네 깊은 수심을 어찌 위로해야 할까 근심이 되어 견딜 수가 없구나.'

탁의 눈동자가 안쓰러움으로 물들었다.

'금상 전하를 지켜 드리기로 약속을 했거늘 그것까지는 하지 못하는 오라비를 용서해라.'

"어찌 대답이 없니. 이 오라비와 혼인을 하기가 싫은 것이냐."

설란의 얼굴을 들여다보며 장난스럽게 말했다. 설란은 고개를 저었다. 그러나 그 눈은 웃고 있되 마음은 똑같이 미소 짓지 못했다.

"은애합니다."

생각하지 말아야 하는 사내의 목소리가 바로 옆에서 들리는 것처럼 선명했다.

"사모합니다. 포기하지 않습니다. 잊을 수도 없습니다. 그대만
이 이 사내의 마음을 채운 유일한 여인입니다. 기억하십시오."

그 사내의 단단한 목소리는 너무나 강하게 그녀의 심장을 찔러
들어와 숨을 쉬기조차 힘들었다.

오라버니, 소녀의 마음은 대체 어떤 것일까요. 소녀가 오라버니
를 바라본 마음은 대체 무엇이었을까요. 어찌하여 소녀의 마음은
이다지도 가벼운 것입니까? 아니면 다른 여인들도 소녀처럼 이렇
게 가벼운가요? 편안하고, 편안해서 행복한 이 마음이 은애라고
알고 있었습니다. 소중하게 여기는 이 마음이 연모라고 믿고 있었
습니다. 고요하고 잔잔한 이 감정이 바로 사모하는 마음이라고 믿
어 의심치 않았는데, 어째서 이리저리 요동치고 뜨겁게 솟아오르
고 한없이 차갑게 가라앉는 그런 감정이란 게 존재하는 것입니까.
찢어질 듯 아프고, 혐오스러울 정도로 거부하고 싶고, 할퀴어진
것처럼 쓰린 이런 감정이 존재하는 것입니까. 어찌하여 그런 감정
때문에 괴로운데, 그 괴로움을 버리기 싫은 것입니까. 그런 게 은
애가 아닐까 생각되어지는 것입니까.

바로 그 사내가 이 경박한 여인에게 주는 감정이, 그런 게 바로
은애라고 생각하게 하는 겁니까. 그 사내의 목소리가 잊어지지 않
는 것입니까.

"돌아오시어, 오라버니의 지어미가 된다면 소녀는 더없이 행복

할 것입니다.”

허나 이미 너무 늦었기 때문에, 그런 마음을 인정하는 것이 죄악이기 때문에 설란은 탁을 향해 말했다. 눈물을 삼키고 대신 웃음을 그 자리에 채웠다. 탁이 설란의 어깨를 꽉 끌어안았다.

“고맙다. 내 이름을 걸고 널 행복하게 해주마.”

“네, 행복하게 해주셔야 해요. 꼭…… 꼭.”

그녀도 여인이니 평범한 행복을 원했다. 온화한 가정을 꾸리고, 그의 아이를 낳아 올바르게 키우고, 서로 늙어가는 모습을 바라보며, 신뢰와 편안함으로, 슬플 일도 없고 괴로울 일도 없이 그저 잔물결처럼 흘러가는 그런 생활, 그것이 바로 은애하는 이와 함께하는 평생이 아니겠냐고. 이 따뜻한 품이 자신을 지켜주겠다는데. 무엇이 아프고, 무엇이 가슴 시리겠냐고.

‘그런 이를 만나셔요. 당신도, 그런 이를 만나 행복하셔요.’

그러기 위해선 심장을 적시며 녹아 들어오던 그 강렬한 포옹도, 입맞춤도 잊어야 했다. 시릴 정도로 슬픈 눈으로 쳐다보던 한 사내의 눈빛을 기억에서 지워 버렸다.

폭우가 쏟아질 것처럼 하늘이 흐렸다.

휴는 이겸이 비운 자리를 채워야 했다. 거사를 앞에 두고 혹시라도 있을지 모를 혼란을 막고 기밀을 유지하기 위해 그는 자신이 가진 위엄으로 상황을 한 치의 손실도 없이 지키고 있었다. 어쩔 수 없이 시일이 늦추어졌다지만 이겸이 자리를 털고 일어나자마자 다시 속행되도록 긴장을 늦추지 않고 군사와 재신(宰臣)을 아울러 관리했다. 대국에 보낼 사절과 지방의 움직임에도 시선을 떼지 않았다.

"석락정(石樂亭)의 경비는 엄중하게 하고 있겠지?"

"예, 근방의 온천이 아버님의 병세에 좋아 회복에 많은 도움이 되고 있습니다."

"내가 움직이지 못한다. 무슨 일이 있어도 네가 아버님의 안위를 지켜야 한다. 네게 맡기겠다."

찬의 표정에 더할 수 없는 기쁨이 어렸다. 항상 그에게 조력의 역할만 해오던 자신이 처음으로 맡은 책임인 것이다.

"아우 찬, 최선을 다하겠습니다."

전원, 후원, 내원으로 이루어진 석락정(石樂亭)은 천연의 경관을 자랑하는, 나라 안에서도 몇 존재하지 않는 아름다운 곳이었다. 두 골짜기에서 흘러내린 물줄기가 하나로 합쳐져 흘러내리는 쌍류동천은 석락정의 정관을 더욱 장관으로 만들었고, 내원의 영벽지는 그림자가 신비롭게 드리워지는 자연연못이었으며, 후원의 송석정은 거대한 노송(老松)이 지붕을 뚫고 장엄하게 솟아올라 보는 이를 놀랍게 했다. 특히 근방의 온천은 혈액순환과 신진대사에 도움을 주어 어혈(혈액이 뭉친 것)과 적(근육이 뭉친 것)을 풀어줌에 탁월한 효과가 있었다.

애초에 이겸이 은둔을 목적으로 내려왔으나 지금은 요양을 위해 머물고 있는 별장은 울창한 수풀에 싸여 있어 본래 비밀스러운 휴양 공간으로도 이용되었다. 이백 년 된 엄나무를 비롯해 느티나무, 소나무, 참나무, 단풍나무, 다래나무, 말채나무 등이 울창한 숲을 이루어 내원을 가려주었기에 더더욱 은밀한 느낌을 자아냈다.

세상과 차단된 그곳 별장의 주변으로 쥐도 새도 모르게 발자국들이 날렵하게 몰려든 건 사위가 암흑으로 까맣게 물든 때였다. 낮 동안 퍼부을 듯 아닐 듯 위협하기만 하던 먹구름이 이 시간까지 하늘을 가리고 있어 더더욱 사위는 적막하고 을씨년스러웠다. 곳곳에 밝혀둔 횃불이 어둠을 사르려는 듯 타오르고 있었으나 워낙 흐린 날이라 주변 얼마간만을 밝힐 뿐이었다.

탁은 무예가 출중하고 특히 몸이 날랜 인재를 스무 명 정도만 차출해 이끌고서 석락정(石樂亭)의 울창한 나무숲에 숨어 있었다. 많은 머릿수가 필요한 게 아니었다. 소수의 정예로 날래게 파고들어 단숨에 끝내야 했다. 그림자처럼 움직여, 되도록 출혈을 내지 않고 신속히 침입해 속도를 줄이지 않고 심장에 검을 꽂는다. 그것이 머릿수로는 절대 대항할 수 없는 사병을 보유한 이겸을 처치하기 위해 탁이 선택한 방법이었다. 규모가 조금만 더 커진다거나 빈틈이 생겨 장기전이 되면 백이면 백 패할 수밖에 없는, 기습(奇襲)에 목숨을 건 싸움이었다.

'하늘이 나를 도와주고 있다. 이겸이 낙상(落傷)을 당한 것이 그 첫째요, 몸을 숨겨주는 석락정의 울창한 숲이 둘째요, 먹구름이 끼어 더없이 어두운 하늘이 그 셋째다. 이제 하나만 더 충족되면 된다. 하나만 더……'

탁은 초조하게 그 마지막 하나를 기다리고 있었다. 그의 지시가 있을 때까지 자객들은 우거진 숲에 넓게 흩어져 운신하고 있었다.

'하늘이 이겸을 벌주고자 한다면 비를 내려줄 것이야.'

더 오래 끌 시간은 없었다. 한 식경만 더 기다리는 것이다. 어두운 숲 안에서 탁의 눈동자가 빛나고 있었다. 그리고 바로 그 순간 탁의 뺨으로 차가운 물방울이 하나 툭 떨어졌다. 탁의 눈동자가 경외로 물드는 순간, 한두 방울 떨어지던 빗방울은 곧 세찬 물줄기로 변해 으르렁거리듯 내리퍼부으며 주변을 온통 적시었다.

"따르라!"

탁의 손이 올라가는 동시에 그의 몸이 바람처럼 튕겨져 나갔다. 허리를 낮춘 채 빗줄기를 뚫고 달려가는 그의 모습은 흡사 비호와도 같았다. 그 뒤를 속도를 맞춘 인형(人形)들이 쇄액, 쇄액 소리를 내며 지나갔다. 그들이 지나간 자리에는 세찬 빗줄기만이 흙을 파헤칠 기세로 무섭게 내리고 있었다.

하늘의 모양새가 이상해서 벌써 천막을 쳐두어 대비했다고는 하지만 갑작스러운 비에 횃불이 제 기능을 찾지 못하자, 석락정(石樂亭) 내에 대기하고 있던 전열은 조금씩 흐트러지기 시작했다.

"누구도 자리를 뜨지 말라! 멋대로 대열을 어지럽히는 자가 있다면 단칼에 베겠다!"

찬은 말 그대로 퍼붓듯 쏟아지는 폭우 때문에 적이 당황스러웠지만 위엄을 잃지 않으며 엄중히 소리쳤다. 경계의 끈을 늦추지 않고서 군사들의 동요를 가라앉히려 했다. 휴가 처음으로 자신에게 맡긴다 하며 내려준 임무였다. 또한 그 누구도 아닌 부친을 엄호하는 일이었다. 집중이 안 될 수가 없었다.

"한차례 퍼붓고 지나갈 소낙비다! 동요하지 말고 횃불을 지켜라! 후원의 인원을 내원으로 이동시켜 경비를 강화하고 빠진 자리는 쉬는 인원으로 채워라! 전원의 인원은 천막을 더 펼치고 천막 아래 새로이 횃불을 밝혀라!"

신속히 지시하며 찬 자신은 부친이 있는 내원으로 이동했다. 군사들을 안정시키기 위해 지나가는 소낙비라고 언급했지만 낮부터 먹구름이 모여든 기세가 쉽게 꺾일 형세가 아니었다. 한 치 앞도 보이지 않을 정도로 세찬 비라는 것이 더 문제였다. 하필이면 부친이 병중인 지금 비가 내린다는 것이 찬은 마음에 걸렸다. 그러나 하늘이 영웅을 인정하기 위한 마지막 시험인 것이라 믿어 의심치 않았다.

탁을 포함한 정예의 인원들은 비가 내리는 바람에 동요된 적진을 예리하게 살피다가, 내원으로 이동하기 위해 후원의 인원이 빠진 찰나의 틈을 이용해 안으로 파고들었다. 그리고 인원의 보충이 있기 직전 간발의 선수를 쳐 어둠과 빗줄기에 몸을 숨기며 내원으로 곧장 날아갔다.

탁의 가슴이 호승심으로 진동하고 있었다. 미친 듯이 타오르며 두근거렸다. 무엇 하나 자신의 예상대로 되지 않는 것이 없었다. 하늘은 적시에 비를 내려주었으며, 적의 군장이 내린 찰나의 지휘 체계 역시 자신의 예상과 일치했다. 임금의 자리는 하늘이 내리는 것, 오백 년 사직을 받들 종실의 피를 두고서 어찌 성도 다른 이가 함부로 참칭하며 보위를 빼앗으려 한단 말인가. 그 울분

을, 그 비분강개를 하늘이 대신 단죄해 주는 것이 아니고 무엇인
가.

　탁을 선두로 마지막 장애물인 내원의 담을 거의 동시에 뛰어넘
어 착지한 자객들은 숨도 쉬지 않고 곧바로 내원을 경비하고 있는
군사들을 덮쳤다. 바람과 같은 속도로 검을 뽑아 미처 돌아볼 새
도 없이 먼저 공격 거리에 있는 자들을 내려치자, 뒤늦게야 알아
챈 군사들이 뒤이어 달려들었다. 탁의 자객들과 오십여 군사들이
충돌했다.

　"웬 놈들이냐!"

　창칼이 부딪치는 소리에 정신없이 내원의 중문을 넘은 찬은 눈
앞에서 벌어진 광경에 아연실색했다. 그러나 놀라고 있을 새도 없
이 곧바로 칼을 뽑아 적들을 향해 달려들었다.

　"이놈들!"

　호령하는 찬의 목소리가 어둠을 갈랐다. 번개가 칠 때마다 칼날
에서 번쩍번쩍 빛이 일었다. 빗줄기 때문이기도 하거니와 모두 복
면을 쓰고 있어 정체를 알 수가 없었다. 찬은 눈앞을 막는 비를 악
착같이 견뎌가며 자객들을 베어나갔다. 일반 군사들에 비해 무예
의 수준이 높은 찬의 검이 지나갈 때마다 피를 뿜으며 자객들이
하나둘 쓰러졌다. 내원의 마당은 하나씩 쓰러지는 사내들의 시체
와 그들이 흘린 피로 가득 찼다. 붉은 핏물이 비와 섞여 내를 이루
며 흘러내렸다. 아비규환이었다.

　"크억!"

　탁의 눈앞에서 군사의 몸이 실 떨어진 인형처럼 쓰러진 것을 마

지막으로 드디어 진로를 뚫은 그는 뒤도 안 돌아보고 안으로 향했다. 탁이 안으로 뛰쳐 들어가자마자 그의 자리를 두 명의 다른 자객이 번개와 같은 속도로 채웠다. 실전을 생각하며 미리 몇 번이나 짜둔 대열이었다.

"저, 저놈이!"

바람처럼 안으로 침입하는 사내를 발견한 찬의 눈이 번쩍 떠졌다. 조무래기들을 상대할 여유 따위 없었다. 칼날을 휘두르며 자객들을 파고 달려가는 찬의 입에서 흡사 짐승의 으르렁거림 같은 거친 소리가 터져 나왔다.

안으로 침입한 탁은 속도를 줄이지 않고 세작(細作)을 통해 미리 알아두었던 거처로 곧장 달렸다. 모든 것이 자신의 예측과 맞아떨어지고 있었다. 한 치의 오차도 없었던 것이다. 무엇보다 건록이 없다는 것이 그가 생각한 가장 큰 구멍이었다. 만약 건록이 있었다면, 제아무리 무예가 출중한 자객들이라도 이렇게 뚫기란 불가능했을 것이다.

숨도 쉬지 않고 달려 도착한 곳은 이겸이 잠들어 있는 처소였다. 문을 벌컥 열었다. 몸을 낮춘 채 기합을 늦추지 않고 직선으로 뛰어가 불룩 뛰어나와 있는 이불의 가운데를 향해 칼끝을 찔러 넣었다. 이로써 모든 것이 끝났다. 그러나 안도를 하는 순간 등 뒤로 번쩍 하며 사나운 빛이 일었다. 무거운 통증과 함께 피가 갈라진 살갗을 툭 터뜨리며 뿜어져 나왔다.

"참으로 생각이 짧은 놈인 게야."

들리는 건 분명 차분한 이겸의 목소리였다. 그럴 리가 없을 터였다. 절대 그럴 리가 없는데!

탁은 검을 의지한 채 부들부들 떨리는 몸을 일으켜 세웠다. 믿을 수 없다는 듯 떨리는 눈동자를 천천히 뒤도 돌렸다. 말도 안 된다. 모든 것이 자신의 계산대로 되었다. 하늘마저 그의 편을 들어주었는데…… 어째서 누워 있어야 할 이겸이 성한 몸으로 자신의 뒤에 서 있는 것인가.

"궁금한가. 무인(武人)은 제아무리 빗속이라도 활과 칼이 춤추는 소리를 들어낼 수 있지. 네놈은 고작 그깟 빗소리에 제 칼 소리를 숨기려 한 것이냐."

무엇이 이겸을 이 자리까지 오르게 한 것인지 탁은 지금 이 순간 선뜩하도록 깨닫고 있었다. 암살의 목표가 되어 있는 지금도 그의 표정에서는 한 치의 흔들림도 없었다. 번개가 꽝 치는 순간, 이겸의 이마를 적신 식은땀을 보지 않았다면 탁은 아마 그 자리에서 주저앉아 버리고 말았을 것이다. 그러나 번개가 잦아든 순간의 판단이 그를 다시 움직이게 했다. 호기롭게 정상인 척하고 있었지만, 그는 다리를 다친 사람이었다. 그 통증을 꾹 참고서 겨우 바닥을 밟고 서 있는 것이다. 호락호락 죽어줄 인물이 아니었다.

등의 상처가 화끈거렸다. 뻘겋게 달아오른 인두가 동시에 몇 개가 날아와 박힌 것 같았다. 그러나 탁은 정신을 차리려 애썼다. 설란의 얼굴이 떠올랐다. 미소 지으며 행복하게 해달라던 그녀의 목소리가 약해져 가려는 그의 정신을 흔들어 깨웠다. 흐려지려는 시야를 똑바로 잡으며 젖 먹던 힘까지 끌어 모아 온몸에 힘을 실어 이겸을 향해 검을 날렸다. 이겸은 몸에 베인 무인의 기운으로 그 검을 단호하게 받아냈으나 탁이 완력을 더 실자 그만 와당탕 쓰러지고 말았다. 낙상(落傷)한 다리로는 그 정도 버티고 선 게 한계였던 것이다.

"으아아!"

탁은 이겸이 쓰러진 기회를 놓치지 않고 그에게 달려들었다. 베는 느낌이 있었지만 순간적으로 몸을 굴린 이겸의 팔을 스쳤을 뿐이다. 거의 동시에 이겸이 앉은 상태에서 날리듯 친 칼날이 탁의 허벅지를 스치고 지나갔다. 그래도 그 노련함이 베고 지나간 자리에는 욱신한 통증이 일며 피가 흘렀다.

"으윽……!"

탁의 몸이 휘청거렸다. 흔들리는 몸을 그나마 지탱해 버티고 섰지만 허리는 자연히 숙여졌다. 어둠 속에서 이겸의 눈동자가 빛났다.

"그리해서 나를 죽일 수 있겠느냐."

번개가 치며 이겸의 안광을 더욱 번쩍이게 했다. 심장이 빠르게 뛰고 있었다. 지친 몸과 등과 허벅지를 적시는 피에 혼미해진 정신은 이겸이 주는 위압감에 더더욱 위축되었다. 몇 번이나 정신을 차리려고 해도 마음대로 되지가 않았다. 호흡은 거칠어지고 숨은 뜨거워졌다. 죽을 것 같은 고통이 엄습해 왔다. 그러나 벌써 풀리려는 다리에 다시 힘을 주고 허벅지의 통증을 견뎌가며 검을 고쳐 잡았다.

'기다리고 있어라. 설란아, 기다리고 있어.'

집념이었다. 한 사람을 향해 돌아가야 했기 때문에 그는 절대 포기할 수 없었다. 그러나 번개가 칠 때마다 드러나는 이겸의 윤곽이, 그 형형한 안광이 칼을 쥔 탁의 손을 떨리게 하고 있었다. 어쩔 수 없이 드는 두려움이었다. 이자를 죽인다면, 죽일 수 있다면! 그런 생각이 절로 들 정도로. 조금만, 조금만 더 버티면 이길 수 있다. 어차피 저놈은 일어서지도 못한다.

"네 이노옴!"

"아버님!"

그러나 벼락같은 소리를 내지르며 탁이 다시 달려들려는 순간 무섭게 질주해 들어온 찬이 이겸의 앞을 가로막았다. 탁의 눈동자가 허무로 천천히 내려앉았다. 이미 등과 허벅지가 찢긴 자신과 아무런 상처도 없는 찬이 부딪친다면 승산이 없었다. 기습이 승패를 좌우하리라 생각한 이유가 바로 이것이었다.

겨우 자객들을 뚫고 들어온 찬은 호흡을 가다듬으며 칼을 쥐고 있었다. 상대의 상처를 훑는 찬의 눈동자가 경악으로 커졌다. 참으로 놀라운 일이었다. 낙상 때문에 잠시 운신하는 것도 불편한 부친이 만든 상처인 것이다.

"두어라. 내가 앉아서도 이길 수 있는 상대니."

이겸이 칼을 의지해 천천히 일어나면서 한 말이 탁의 심장을 정통으로 찔렀다. 두려운 사람이었다. 억누르려고 해도 덮쳐 오는 공포로, 안 그래도 지친 탁의 손이 더욱 부들부들 떨리고 있었다.

"집념 외에는 봐줄 게 없는 인간이라. 네놈이 누군지 알 것도 같구나.”

탁의 머릿속이 아득해졌다. 이겸이 자신을 모를 리 없었다. 그
랬기에 더더욱 단칼에 끝내는 것밖에는 방법이 없었던 것을. 탁은
어금니를 악물었다. 이렇게 죽을 수는 없었다. 그래, 자신에게는
집념이 있다. 돌아가야 할 이유가 있기 때문에 생기는 집념이.

“소자가 처리하겠습니다, 아버님.”

탁을 견제하기를 멈추지 않으며 찬이 말했다. 탁의 눈동자가 흔
들렸다.

“좋다. 연습용으로 나쁘진 않겠지.”

그와 동시에 이겸이 검을 검집에 넣었다. 탁과 찬의 시선이 맞
부딪쳤다. 이놈을 죽이면 승산은 있다. 아니, 이놈을 치는 체하면
서 이겸을 파고드는 방법도 있다. 무엇이든 가능하다. 아직 포기
할 때가 아니었다.

“무슨 일이 있어도, 가장 중요한 건 오라버니의 목숨이라는 걸
잊지 말아주셔요.”

그러나 그 순간 떠오른 설란의 목소리가 탁을 멈칫하게 했다.
빗줄기 저 너머에서 울고 있는 여인이 있었다. 돌아가지 않으면
그녀는 내내 울겠지.

“충절도, 호기도 오라버니께서 위급하시면 제발 잠시 잊으셔야
합니다!”

왜 그녀는 그런 말을 했을까. 살리고 싶었던 것일까. 그렇게나 돌아오기를 원해주는 것일까. 그렇니, 설란아? 너도 내가 너를 향하는 만큼 이 나를 연모하는 거지?

그러자 머릿속이 선명해지며 냉정한 생각들이 자리 잡기 시작했다. 가늠해 보자. 이미 늦어버린 지금, 찬과 이겸을 동시에 베어버릴 방법이 있을까. 제아무리 최정예 집단이라고 하지만 고작 스무 명의 자객이 얼마나 더 버텨줄 수 있을까.

그러나 생각을 정리할 새도 없이 찬이 먼저 달려들었다. 허벅지의 통증을 참아내며 바닥을 꾹 밟고 서서 겨우 검을 받아냈다. 그 순간 다시 번개가 번쩍 치며 두 사람의 시선이 부딪쳤다. 복면을 쓴 탁의 눈과 찬의 눈이 부딪친 그때였다. 찬의 눈동자가 멈칫하며 그의 칼에 일순 망설임이 일었다.

'서, 설마……!'

"네, 행복하게 해주셔야 해요. 꼭……. 꼭."

다시금 환영처럼 설란의 목소리가 귓가에 울리는 동시에 탁은 찬의 망설임을 이용해 그대로 찬의 검을 쳐내 버리고 돌아서서 달렸다. 다리를 끌면서 정면이 아닌 뒤쪽의 출구를 찾아 무조건 달렸다. 쓰디쓴 패배의 오물을 덮어쓰고서, 그는 단지 한 여인을 다시 보고 싶다는 간절한 일념으로 비겁자의 길을 선택했다.

한편 찬은 몸을 굳힌 채 그 자리에 서 있었다. 아직 그 눈은 놀

라움으로 흔들리고 있었다. 관휘였다. 부딪친 눈은 분명 관휘의
것이었다. 번개가 치지만 않았다면, 그 짧은 순간 그라는 걸 알아
채지만 않았다면.

"한심한 놈."

뒤에서 이겸이 혀를 차는 소리가 들려왔다. 그런 찬을 이미 짐
작한 듯 이겸의 어조는 평이하기만 했다.

"네놈이 때맞춰 들어와 줬다 했더니, 결국 없는 것보다 더 못한
결과를 내는구나."

"죄송…… 합니다."

찬은 천천히 고개를 숙였다. 부친의 비난은 한 치도 잘못된 게
없었다. 더, 더 비난받아야 마땅했다. 부친에게 칼을 겨눈 상대라
면, 그 상대가 정탁이라도 베어야 했다. 또한 자신들이 끝내 칼을
겨누어야 할 상대가 누구인가. 정온과 정탁, 마지막엔 결국 목을
베야 할 상대였다. 그런데도……. 도저히 그럴 수가 없었다. 이미
부친에게 처참할 정도의 상처를 입은 탁이었다. 그걸 보고도 자신
은 비겁하게 뒤늦게 뛰어들어 그를 찌르는 행동 따위 할 수 없었
다. 관휘였다. 형님처럼 따르던…….

"네놈은 결코 평생 건록을 이기지 못할 것이야."

"알고, 있습니다."

찬의 목소리가 떨려 나왔다. 그를 이길 생각 따위는 하지 않았
다. 다만 부친에게 또다시 실망을 드린 것이 죄스러울 뿐.

"그 이유를 알고 있느냐?"

찬의 눈동자가 흔들렸다.

“무엇…… 이옵니까.”

등을 보이고서 고개를 떨구고 있는 찬을 향해 이겸의 건조한 목소리가 흘러들었다.

“만약 그놈이었다면 네놈처럼 멈추지 않았겠지. 벗이든, 벗의 핏줄이든, 어쩌면 제 혈육까지도, 그놈은 베어버렸다.”

바로 그렇게 태어났고 그렇게 키운 것이다. 이겸의 눈동자가 차갑게 빛났다.

“그놈의 칼끝에는 망설임 따위 없다. 그게, 차이다.”

“하하하! 일부러 살려둔 놈을 휴 그놈이 한 마디도 묻지 않고 죽였다?”

며칠 후, 이겸은 그 말을 하며 파안대소를 했다. 아직 완쾌되지 않아 침상에 기대앉아 있는 이겸의 앞에서 도윤이 선 채로 긍정했다. 일부러 살려둔 이유는 분명 배후를 캐내려는 목적이었다. 이겸도, 찬도 자객의 정체를 불문에 붙이고 있었다. 이겸이 그리하라 명을 내렸으니 찬도 발설치 않았다. 그러니 그 자리에 없었던 휴로서는 알 수 없는 일이었을 텐데도 말조차 섞어보지 않고 단칼에 베어버린 것이다.

“그리하옵니다. 캐낼 필요도 없는 일이라 했습니다.”

이겸은 더욱 크게 웃으며 고개를 끄덕였다.

“그렇지. 현답이로다. 캐낼 필요가 무에 있을까.”

“허나 정확하게 확인을 하여 증좌를 확보하는 것이 안전하지 않겠사옵니까.”

도윤이 걱정스러운 어조로 물어보자 이겸이 천천히 웃음을 거두었다. 날카로운 눈으로 주시하며 입을 열었다.

"그놈이 불필요라 했으면 그뿐. 어차피 칼이 날아올 방향은 한 구석뿐이거늘, 일부러 들쑤셔서 저쪽의 경계심을 키울 필요가 무에 있을까. 전쟁은 창칼이 부딪치는 소리로 시끄러운 것만이 아니다. 묵언(默言)의 전쟁이 가장 살벌한 법이지."

도윤의 얼굴에서도 그제야 긴장이 풀렸다. 이겸은 이번 일에서 또한 자신의 기대를 저버리지 않은 휴로 인해 적잖이 만족하였다. 일부러 찬에게 일러 정온과 정탁의 연관을 입막음해 둔 그의 의도를 아들은 멋지게 간파한 것이다. 어차피 성공하지도 않은 침입이었다. 자객의 침입을 허용하였다는 불명예를 일부러 알릴 이유도 없었고, 말했던 것처럼 경계심을 키워 줄 필요도 없었다. 잔잔한 수면처럼, 의연하게 대처할 필요가 있었다. 거병(擧兵)이 미루어진 지금, 정온의 경각심을 키워 불필요한 일에 힘을 쓸 이유가 없었다. 자신이 완쾌할 때까지 시간을 벌어야 했다. 그걸 휴는 스스로 판단한 것이다.

"또한 이미 사활을 건 침입이 실패했으니, 이미 저들의 전세는 반으로 꺾인 것이나 마찬가지. 어떻게든 할 수 있을 거라고 승승장구를 치던 전과는 이미 판도가 달라졌다. 오합지졸과 비교하여 뭐가 다를까."

'과연⋯⋯.'

도윤은 자신도 모르게 감탄하며 고개를 끄덕였다. 말 그대로였다. 그야말로 가만히 앉아 몇 배의 이득을 누렸다. 그걸 건록이 부친과 똑같은 안목으로 간파하고 있었다는 게 도윤을 조금은 두렵게 하는 것이었다. 자칫 그와 적대 관계에 들어설 뻔한 일이 있는 그라서 더더욱 그럴지도. 비록 삼남(三男)이라고 하나 그는 세 번째라는 자리에 만족할 인물이 아니었다. 그 가차없는 눈빛을 떠올리는 순간 어떤 예감을 느끼며 도윤은 자신도 모르게 몸을 부르르 떨었다.

"찬이, 그놈은 어찌하고 있고?"

미더운 아들은 아니었지만 이겸은 막내인 찬에게 어쩔 수 없이 신경이 쓰이는 것이다. 어차피 그에게 기대한 것은 휴에게 거는 것과 같은 큰 게 아니었다. 그날은 눈뜨고도 적을 놓친 그 행동이 괘씸하고 한심해서 냉정하게 말했지만, 어차피 그건 말뿐이었다. 이겸에게 있어 찬은 눈에 안 보이면 안쓰럽고, 눈에 보이면 한심한 애물단지 막내자식이었다.

"자객을 허용한 죄를 물려 처소에서 근신 중입니다."

"그 명을 내린 것도 건록이렸다?"

"그러하옵니다."

이겸은 쯧쯧 고개를 저었다.

"가엾고도 한심한 놈. 그렇지 않아도 풀이 죽어 있을 테니 휴에게 일러 근신을 해제하라 이르게. 또한 수일 내로 들르란 말도 더 하고."

"받자옵니다."

도윤이 정중하게 허리를 숙이는 그때였다.

"소자 휴, 들어가옵니다."

휴의 목소리가 문밖에서 들리자 이겸과 도윤의 서신이 마주쳤다. 곧 이겸의 입가에 낮은 미소가 돌았다.

"쏘아내는 말보다도 한발 빠른 게 저놈의 행동일세."

"그러하옵니다."

"들라."

이겸의 대답이 떨어지자 문이 열리며 휴가 들어섰다. 이겸은 즐거움과 만족을 지운 담담한 눈으로 휴를 쳐다보았다.

"빈자리를 지키고 있어야 마땅할 것이, 명도 없이 무슨 일로 함부로 자리를 떴느냐."

그의 어조는 언제나 그렇듯 냉랭하게 나가고 있었다. 그것이 이겸이 휴를 키우는 방식이었다. 찬이나 다른 아들에게는 가끔 보이기도 하는 부드러운 면을 휴에게는 전혀 허용하지 않았다. 언제나 가장 엄하고 가장 차갑게 대하는 자식이었다. 싹수를 본 때부터 지금까지 한 번도 바뀌지 않은 모습이었다. 가장 기대한다는 건 가장 엄격하게 대한다는 것과 다르지 않았다.

예를 표한 휴가 감정의 움직임을 전혀 읽을 수 없는 얼굴로 입을 열었다.

"닷새 후 8)유시(酉時), 소자가 정온을 독대하겠습니다."

"흐음."

이겸의 눈매가 가늘어졌다. 도윤은 옆에서 긴장된 눈으로 두 사람을 지켜보고 있었다.

"독대하겠다. 무슨 뜻인지 풀어보거라."

---

8)유시(酉時): 오후 다섯 시부터 일곱 시까지의 시각

“독대하여 마지막 교섭을 시도하겠습니다.”

“거절한다면?”

“이후의 처리는 그날의 감정 상태에 따라 달라질 것 같습니다.”

순간 이겸의 목에서 다시 큰 웃음소리가 터졌다. 도윤도 어이가 없어 조용히 따라 웃었다. 참으로 이해할 수 없는 인물이었다. 차분한 건 좋은데 저럴 땐 애초에 감정이란 걸 타고나지 않은 게 아닐까 의심이 될 정도로 인간미라고는 찾을 수도 없는 것이다. 부친의 목숨을 노리고 침입한 자객의 우두머리인 정온을 향한 대처가 저러했다. 복수를 내세우며 날뛰는 것도 아니고, 그 목을 따오겠다 호언장담하지도 않았다. 오히려 교섭이라니. 또한 이후의 처리도 감정 상태에 따라 달리하겠다?

곧 이겸이 웃음기를 거두더니 엄한 목소리로 말했다.

“이런 불효막심한 놈을 봤나. 아비의 목숨을 노린 원수이거늘, 네놈은 증오도 없는 것이냐?”

일부러 떠보듯 하는 이겸의 말에 도윤도 조심스레 동조를 했다.

“소신의 생각 또한 같사옵니다. 기왕 건드릴 것이라면 보수설한을 빌미로 삼아 평정하여 번거로움을 없애는 것도 좋은 방도입니다. 협박하여 이쪽의 사람으로 만드는 것도 차선의 방책이겠지요.”

도윤은 진심으로 숙고한 끝에 한 말이었으나 휴는 일절의 동조도 없었다.

“굴복시켜야 할 상대는 협박이나 복수를 빌미로 일으킨 전쟁에서 강제로 취해 얻은 자가 아닙니다. 또한 정온의 의지는 협박이

나 전쟁으로 꺾일 만큼의 가벼운 것도 아닙니다. 필요한 것은 그의 인품 그대로입니다. 스스로 이쪽에 동조를 하거나, 아니면 영원히 쓸모없게 되거나, 둘 중 하나겠지요.”

“과연.”

도윤의 고개가 절로 끄덕여졌다. 강제로 억압해 굴복시켜서는 필요가 없다 하였다. 휴의 말 그대로, 정온은 그런 인물이었다. 그 성품과 재주가 아까우나, 끝까지 뜻을 굽히지 않을 이를 끌어안고 갈 필요까지는 없었다. 결국엔 없애 버리는 게 가장 좋은 방법이었다. 죽이기에 너무나 아까운 이이기에 더 죽여야 했다. 휴는 지금 그것을 말하고 있었다.

다만 지금까지는 왕과 구신들의 세력 때문에 함부로 하지 못했으나 이제 판도가 달라졌다. 그들은 이미 기가 꺾였고 희망도 꺾인 상태였다.

이겸이 조용한 눈으로 천천히 입을 열었다.

“요는 그날 네놈의 감정 상태가 여유로우면 그나마 자비를 베풀어 좀 더 살 기한을 늘려주는 것이요, 그렇지 않고 한껏 어긋나 있으면 그날이 끝이다. 그 뜻이렷다.”

“그러합니다.”

이겸의 입가에 낮은 미소가 돌았다. 생각하던 그가 입을 열었다.

“허면 그 막내아들놈은 어찌할 것인고?”

휴의 눈빛이 처음으로 움직였다. 그 기색을 놓치지 않으며 이겸은 그의 대답을 기다리고 있었다. 그 계집과 관련된 놈이라……

그 때문인가. 아니겠지. 그날 도윤을 시켜 한 일이 불발로 끝나 마뜩찮았던 이겸이어서 더더욱 아들의 행보가 예리하게 신경 쓰였다. 휴는 무감각한 얼굴로 입을 열었다.

"그는 정온의 반도 존재감이 없는 평범한 인물. 굳이 소자가 처리할 자가 못 됩니다."

"그렇다면?"

"도망간다면 갈 길을 터줄 것이고, 검을 들어오면 맞서주겠습니다."

이겸의 입술이 만족스럽게 말려 올라갔다. 더없이 오만이 뚝뚝 묻은 말이었다. 성격대로 하찮게 취급하고 있는 것이다. 적어도 그놈에 대한 마음가짐이 저 정도일 뿐이라면 그 계집에 대한 마음도 그저 그런 정두이리라. 이겸은 그렇게 판단 내려 버렸다. 예리한 직관 능력을 지닌 이겸이라도, 친자식의 가슴 깊은 곳에 있는 감정까지는 예감할 수 없었던 것인지.

어느 정도의 간절함인지, 그녀를 지키기 위해 부친의 앞에서 얼마나 신중하게 감정을 굳히고 있는지, 이겸은 결코 깨닫지 못하고 있었다. 이겸이 보고 있는 건 휴의 반쪽이었다. 절대 자신의 감정을 드러내지 않고, 그 어떤 것에도 흔들리지 않는, 망설임없는 칼끝의 모습 그 자체. 그러니 그가 알고 있는 반쪽의 휴는 그따위 여인에 대한 감정 따위를 대의보다 더 높게 둘 리가 없었다.

"좋다. 네 뜻대로 하거라."

그런 계집 따위야 나중에 손을 써 죽여 버리면 되는 일. 생각을 굳힌 이겸은 고개를 끄덕였다. 허명을 받은 휴는 예를 갖추고 몸을 돌려 침소를 나갔다.

탁은 며칠째 침소에만 틀어박혀 전혀 밖으로 나오지 않았다. 설란은 못내 탁이 걱정되어 침소 밖을 서성였지만, 그가 누구도 만나고 싶어하지 않아하기에 들어갈 수도 없었다. 몇 번이나 심옥을 시켜 자신이 왔음을 고했지만, 오로지 거부로 일관하고 있었다.

"그냥 두거라."

무슨 일이 있었던 것인지, 걱정스러운 마음으로 탁의 침소 문만 바라보고 있는 등 뒤에서 정온의 목소리가 들렸다. 설란은 화들짝 놀라 얼른 돌아서서 허리를 숙였다.

"아, 아버님……."

"잠시 그냥 두어라. 마음이 많이 상했을 게다."

더더욱 아가, 너의 얼굴은 보지 못하겠지.

자객 건의 실패는 정온으로서도 뼈아픈 일이었다. 어쩌면 마지막 기대였고, 그랬기에 모두들 더더욱 큰 기대를 걸었던 건지도 몰랐다. 그러니 그 실패가 이리도 통한이 되는 것이고, 마지막 보루를 잃어버린 느낌으로 모두의 사기가 꺾여 버린 건지도 모르겠다. 이젠 그 누구도 이겸과 맞붙어 이기리라는 기대를 하지 못하게 되었다. 눈에 보이는 전쟁은 끝났다. 더 이상 그쪽과 이쪽은 비등한 세력을 가진 무리가 아니었다. 또한 탁의 실패로 은근슬쩍 뜻을 달리해 이겸 쪽으로 붙는 이들도 적지 않았다.

앞으로는 마지막까지 고집을 꺾지 않는 것으로 역성(易姓)을 반대하는 길만이 남은 것이다. 그것으로 그나마 시기를 늦추는 것 정도가 정온이 사직을 위해 마지막으로 할 수 있는 최선의 일이었다. 어쩔 수 없이 취해야 하는 단 하나 남은 마지막 선택인 것이다. 그것은 확고한 뜻을 가진 이들만 참여할 수 있는 것이었고, 그랬기에 목숨을 걸어야 하는 방법이었다. 고집부리는 자가 필요없다 하여 저쪽이 목을 쳐버리면 그대로 목을 내줄 수밖에 없는.

"네 탓이 아니라, 그리 말하더라고 전해다오."

정온의 갑작스러운 말에 설란의 눈동자가 흔들렸다.

"아버님……."

"모두가 다 힘없는 아비의 탓. 너는 마지막까지 잘해주었다고, 고맙다고 하더라 전해다오."

설란의 표정이 다급해졌다. 그런 말을 하는 정온의 표정이 너무 담담해서 불안감이 엄습해 왔다. 마치 마지막 말을 하는 것 같은, 그런 느낌이 드는 건 왜일까. 금방이라도 시아버님이 보이지 않는 곳으로 떠날 것 같았다.

"아버님, 제가 지금 문을 열 테니 서방님께 직접 말씀해 주셔요. 지금 바로 문을 열……."

문으로 뻗어지려는 손을 정온의 손이 저지했다. 손등에 닿은 시아버님의 손 때문에 설란의 표정이 움찔했다. 허나 정온은 평온해 보였다. 잡은 손을 놓는 대신 오히려 가만히 쥐어주었다. 그 온기가 그렇게 따뜻할 수 없었다. 더없이 다정한 눈으로 설란을 내려다보며 그가 천천히 입을 열었다.

"아가야, 시아비는 너를 진심으로 내 딸처럼 생각했느니라."

“아버님……”

그 따뜻함에 어쩔 수 없이 부친의 얼굴이 생각나 설란의 눈에 눈물이 핑 돌았다. 또한 늘 산처럼 위엄있고 그 어떤 이보다 자애로운 시아버님을 향한 존경에 가슴이 벅찼다.

“아가, 너는 자미성(紫微星)의 기운을 타고났느니라. 그리하여 남들보다 배는 더 힘들 것이고 배는 더 역경이 있을 것이야. 허나 그 역경을 이겨내면 반드시, 남들은 감히 바랄 수도 없는 고귀한 운명을 마주하게 될 테니 절대 포기하지 말거라.”

설란의 눈에서 눈물이 뚝뚝 떨어졌다.

“시아비의 말을 잊지 마라. 절대 포기하지 말아야 한다.”

“네……. 네, 아버님.”

코끝이 온통 새빨개졌다. 정온은 그런 설란의 얼굴을 인자한 얼굴로 바라보다가 천천히 손을 놓았다. 아마도 평생, 지금 그가 잡아준 손의 온기를 잊지 못하리라. 멀어지는 손길이 가슴을 따끔하게 찌르며 너무나 안타깝다 생각한 그 순간 정온이 갑자기 설란의 앞에서 천천히 무릎을 꿇었다. 그의 무릎이 바닥에 닿는 순간 설란의 눈이 번쩍 떠졌다.

“아, 아버님!”

“궁주마마.”

낮은 그의 목소리였지만 설란은 거부하며 그의 앞에 마주 엎드려 소리쳤다.

“아버님, 이러지 마셔요! 제발 이러지 마셔요!”

그러나 정온은 한 치의 흔들림도 없었다. 궁주를 향한 예를 취하며 전심을 바쳐 말했다.

"마지막까지 소신이 지켜 드리겠습니다. 허니 못난 아들놈과 부족한 소신을 믿어주소서. 마지막까지, 마마만은 지켜 드리겠나이다."

설란의 얼굴을 타고 소리 없는 눈물이 흘러내렸다. 침소 안에서 탁의 얼굴도 비분강개로 젖어들고 있었다. 고스란히 모든 말을 들었다. 아버님은 설란에게 하는 말인 듯 자신에게 동시에 해주신 것인가.

"네 탓이 아니다, 그리 말하더라고 전해다오."

그리 말씀하셨다. 그러나 탁은 이 울분에서 벗어날 수가 없었다. 누구의 탓인가. 그게 중요한 게 아니었다. 그날, 비겁하게 도망을 치고 만, 그래서 이 비굴한 숨이 붙어 있는 자신이 가장 원망스러웠다. 어째서 그날 그렇게나 살고 싶었던 것일까. 어찌하여 설란의 얼굴을 핑계로 대고 아득바득 살아남은 것일까.

'널 위해서라면 차라리 그때 내가 죽었어야 했다. 내 목숨과 이겸의 목숨을 맞바꾸든, 찬의 목숨과 맞바꾸든. 아니, 아무것도 못 했더라도 차라리 내가 죽었어야 했다. 그랬다면 사직은 빼앗기더라도, 널 지키지 못한 못난 사내로는 남지 않았을 것을.'

비참함과 자괴로 가슴이 터질 것 같았다. 이리 못난 사내로 어찌 한 여인을 지킨다, 지키겠다 외칠 수 있겠는가. 어찌 그 여인을 소중하다, 은애한다 말할 수 있겠는가.

결국 핑계였단 말인가. 너를 떠올려 이 비참한 몸뚱어리를 천신 만고 끝에 살려 집으로 돌아온 것은 결국 다 핑계였단 말인가.

"집념 외에는 봐줄 게 없는 인간이라. 네놈이 누군지 알 것도 같 구나."

이겸이 했던 말이 잊히지가 않았다. 그것은 고스란히 조롱을 담 은 말임을. 그 집념은 누군가를 지키기 위한 집념도 아니고, 사직 을 지키기 위한 집념도 아니었다.

'오로지 내가 살고자 하는 집념. 바로 이 한 몸뚱어리 살리고 싶 은 집념. 이 목숨을 붙들고 있고 싶은 집념!'

울분을 참지 못한 탁의 눈이 번들거리며 젖어들었다. 간파당한 것이다. 내장까지 그대로 내보였다. 이 한심한 속을 이겸에게 보 여 버린 것이다.

"미안하다."

떨리는 목소리가 토해져 나왔다. 구차하게 살아남아서 설란아, 네게 너무 미안하다.

"죄송합니다."

치욕과 맞바꾸어 생명을 건진 아들을 그래도 탓하지 않는 당신 께, 너무나 존경하고 그래서 더 죄스러운 아버님 당신께 소자, 너 무나 죄송하옵니다.

부친은 설란에게 견뎌내라, 이겨내라 하였지만 자신은 설란에 게 할 말이 하나도 없었다. 그 눈을 보는 것조차 불가능했다. 수치스러워 결코 볼 수 없었다. 지켜 드리겠다며, 부친은 마지막 목숨을 교환 조건으로 하여 맹세하였으나 자신은 당장 달려나가 그 말을 함께할 수 없었다.

이미 자신은, 그 누구를 지킬 자격이 사라진 것이다.

七章

바람의 불어가는 방향이 기묘했다. 설란은 텅 빈 눈으로 열려진 창을 통해 하늘을 응시하고 있었다. 탁은 요사이 끼니도 거른 채 술로 하루하루를 연명하는 날이 지속되었다. 그 누구의 출입도 막은 채 방에 틀어박혀 술에만 의지하는 것이다. 시아버지 정온은 마지막까지 이겸의 숙청을 이루고자 이겸 일파의 국문을 하는 등 조정과 구신들을 응대하는 등 집에 머무는 날이 없었다. 도화는 자신의 집안을 이렇게 망가뜨린 당사자가 다름 아닌 이겸과 그 아들 건록이라는 것을 알고서, 다시 몸져누웠다. 이제 그 따사롭고 평화롭던 집 안은 온데간데없이, 풍비박산나고 온통 슬픔이고 허허로운 벌판이었다.

자연히 설란의 마음도 텅 비어 있었다. 모든 게 자신의 탓인 것만 같았다. 남의 집에 들어온 여인으로서 정숙치 못하고 조심치 못하게 행동하여 시댁까지 파탄으로 이끈 것 같아 그렇게 괴로울 수 없었다. 자신의 부덕 탓이라고 설란은 소리 없이 눈물을 흘렸다.

"심옥아…… 게 있느냐? 서방님께서 곡기를 드셨는지 한번 알아봐 주고 오련."

설란은 방 밖에 있을 심옥에게 힘없는 목소리로 말했다. 그러나 심옥은 대답이 없고, 별안간 문이 부서진 게 아닌가 싶을 정도로 요란한 소리를 내며 열렸다. 시선을 돌린 설란의 눈동자가 흔들리며 커졌다. 탁이 온통 취한 모습으로 문에 기대 쓰러지듯 서 있었다.

"서, 서방님!"

설란은 지체 없이 벌떡 일어나 달려가 탁을 부축했다. 탁이 취기로 흐릿해지고 텅 빈 눈으로 설란을 쳐다보았다. 이미 그 눈에는 전과 같은 따스함도, 다정함도 찾아보기 힘들었다. 마치 생의 모든 의미를 잃어버린 사람처럼, 허무하고 지친 빛만 남아 있었다.

"내가…… 이 식충이 같은 인간이 곡기를 거르면 어떻고, 아니면 어떨까."

혀가 꼬여 이미 말이 선명하지 못했다. 설란은 가슴이 찢어지듯 아팠지만 눈물을 애써 지우며 탁을 부축해 침상으로 향했다.

"절 꼭 잡으셔요. 조금 눈을 붙이시면 나을 거예요."

아무렇지 않은 듯 말하며 탁을 이끌었지만, 그는 바닥에 질질

끌리다시피 하며 제정신을 차리지 못했다. 어찌 이리 상하셨을까. 어찌 이리 괴롭게 자학을 하시는 걸까.

무거운 탁의 몸을 부축해 겨우 침상에 눕힌 설란은 자신도 그 옆에 앉아 탁을 내려다보았다. 탁은 혼을 잃어버린 듯한 눈으로 망연자실하게 천장만 바라보고 있다가 곧 설란을 옮겨 바라보았다. 설란은 어떻게든 그에게 힘을 주고 싶어 연하게 웃었다.

"서방님, 제가 보이셔요?"

탁이 천천히 고개를 저었다.

"아니, 보이지 않는다."

"저는 서방님이 똑똑히 보이는걸요."

"어찌 그리 부르느냐. 나는 그저 아직은 네 오라비일 뿐이거늘."

긴 자조와도 같은 말이었다. 설란의 속눈썹을 눈물이 적셨다.

"죄송해요, 서방님. 죄송해요."

차마 이유를 말하지 못하는 사죄를 했다. 이렇게 자신만 생각해 주는 고운 사람을 자신은 흔든다고 맥없이 흔들려 마음속으로 얼마나 많은 배신을 했는가.

"네가 무에 죄송할 게 있어."

탁이 천천히 몸을 일으켜 세워 앉았다. 설란은 얼른 그를 부축했다.

"설란아……."

탁이 흐트러진 음성으로 설란을 불렀다. 설란은 가까이에서 그를 바라보며 고개를 끄덕였다.

"말씀하세요."

"설란아……."

"네, 서방님. 말씀하셔요."

"나는, 널 보낼까 한다."

순간 설란의 눈이 번쩍 떠졌다. 가슴이 쿵쿵 울렸다.

"무, 무슨……."

"보이지 않느냐? 너라면 앞날이 보이기도 할 터. 나쁜 예감을 너처럼 잘 읽어내는 이가 있을까. 이상한 기운을 너처럼 잘 읽을 이가 있을까. 너는 내 각시여서는 안 돼. 너는 궁주여서는 안 돼."

청천벽력과 같은 말이었다. 마치 탁이 모든 것을 눈치 채고서 자신을 밀어내는 것만 같은 느낌에 설란은 눈물이 날 것 같았다. 왜 그런 말을 하는지, 그가 야속하기까지 했다.

"시, 싫어요. 저는 서방님의 지어미고, 아바마마의 여식이에요. 저는 설란이에요. 서방님, 왜 그러세요. 그런 말 하지 마세요, 제발."

울며 매달리는 설란을 탁이 안타까운 눈으로 내려다보았다. 그러나 결국 단호히 고개를 저었다.

"심옥이를 시켜 짐을 꾸리게 하였다. 더 큰일이 일어나기 전에 너라도 피해. 너라도, 그 누구의 눈에도 띄지 않는 곳으로 가서, 살아남아."

설란은 무너지듯 탁의 품에 기대 옷깃을 움켜쥐었다. 이 사람은 아무것도 모르면서 그녀의 걱정만 한다. 그녀만 걱정해 주는 사람이었다. 마치 어미에게 매달리는 아이처럼 안긴 설란이 미친 듯 고개를 저었다.

"싫어요. 서방님이 지켜주시면 되잖아요. 지켜주시마 하셨잖아
요."

탁의 눈빛이 흐려졌다. 나는 이미 너를 지킬 힘이 없거늘, 어찌
이리 가슴을 아프게 하는 거냐. 왜 이리 쓰리게 하는 것이냐.

"지켜줄 수 없다. 없으니까 가라는 게야."

"아니요, 싫어요. 지켜주시지 않아도 좋아요. 운명이 마지막이
라면 마지막을 따를 것이고, 몰락이라면 몰락을 따르겠어요. 저는
도망치지 않아요. 마지막까지 저는 이 나라의 궁주예요. 서방님의
지어미인 설란이에요."

설란은 고집을 부리며 탁의 품을 파고들었다.

"절 지킬 생각일랑 하지 마셔요. 서방님만 다시 웃으시면, 서방
님만 다시 일어나시면 그게 소첩을 지키는 것이어요. 지켜주마,
한 말만 떠올려도 소첩은 행복할 수 있어요. 서방님께서 힘겨우시
면 제가 지켜 드릴게요. 제가 궁주인 이 몸으로 막아서는 한이 있
더라도 서방님을 지켜 드릴게요."

탁의 가슴이 잘게 떨렸다. 어찌 이리 가엾은 이가 있을까. 어찌
이리 보는 것만으로도 아픈 이가 있을까. 한 차례의 투정도 없이,
단 한 마디의 원망도 없이 오로지 웃는 낯으로만 대해온 여인이
다. 오로지 즐거운 낯으로만 대해온 여인이다. 그래서 더더욱 이
렇게 가엾디가여운 꽃인 것을.

설란의 턱을 잡고 가만히 들어 올려 눈을 마주 보았다.

"나와 남아줄 터이냐."

설란은 젖은 눈으로 고개를 끄덕였다.

"그럴게요. 마지막까지 그럴게요."

"그럼 넌 아바마마께서 폐위되시는 걸 지켜봐야 해."

"자식으로 마지막까지 봐드리는 것이 도리예요. 보위에 오른 것만을 지켜보고, 내리시는 슬픈 모습은 무정하게 고개를 돌리는 이기적인 사람이 돼라 하시는 거예요?"

"내가, 네 앞에서 죽을 수도 있어."

"눈을 감겨 드리고 저도 따를게요. 저도 서방님을 따라갈게요."

탁은 격정을 참지 못하고 설란을 와락 끌어안았다. 그리고 뺨부터 길을 찾아 입술을 옮기며 설란의 입술을 찾아 겹쳤다. 설란은 온몸으로 그를 받아들이며 원해오는 그에게 혀를 내주었다. 혀가 엉켜들며 설란의 몸이 뒤로 넘어갔다.

설란을 눕힌 탁은 정신없이 손을 내려 저고리의 고름을 풀었다. 활짝 펼치자마자 드러난 어깨선과 가슴 선을 쉴 새 없이 만져 가며 더욱 깊이 입술을 섞었다. 설란은 눈물을 흘리며 그의 손길을 받아들였다.

"아가야, 시아비는 너를 진심으로 내 딸처럼 생각했느니라."

시아버님의 그 말이 가슴에서 떠나질 않았다. 자신은 무슨 일이 있어도 그분의 며느리가 되고 싶었다. 이 사람의 아내가 될 것이다. 이로써, 절대 뒤돌아보는 일 없이 그를 받아들일 것이다. 이 이상 모든 사람들을 아프게 할 수 없었다. 도저히 배신할 수 없었다.

탁의 손이 치마저고리를 들추며 안으로 파고들었다. 거친 손의 움직임이 평소의 그와 달랐다. 조바심이 묻어 있었고, 초조함이 묻어 있었다. 허벅지를 타고 올라와 꽉 움켜쥐는 순간 설란은 생소한 자극에 몸을 움츠렸다. 그러나 그녀는 끝끝내 팔을 뻗어 그의 등을 끌어안았다. 위로해 주고 싶었다. 그의 지친 마음을 어떻게든 부드럽게 풀어주고 싶었다. 이대로 그의 자극이 주는 감각에 몸을 맡기려는 순간, 그러나 탁은 온몸에서 힘을 풀며 설란의 위로 쓰러져 내리고 말았다.

"아니야⋯⋯. 아니야, 설란아."

고통에 찬 목소리로 중얼거렸다.

"서방님⋯⋯."

"이런 게 아니야. 내가 널 원하는 마음은 이렇게⋯⋯ 한심하고 폭력적인 게 아니야. 이렇게 조바심이 나서 널 안으려 했던 게 아니야."

이렇게 술에 취해서, 만신창이가 될 정도로 썩어버려서 그녀를 가지려고 한 게 아니었다. 그녀와의 초야는 아름답게, 너무나 곱게, 더없이 행복을 줄 수 있는 상태에서 맞이하려고 했다. 아껴주며, 위하는 마음으로, 기쁜 마음으로 나누려고 했다.

이렇게⋯⋯ 동정을 받으려 한 게 아니었다.

"너는, 정말 나를 원하니?"

자괴감이 묻은 탁의 낮은 목소리가 설란의 심장을 찔렀다.

"너는⋯⋯ 진심으로 은애하여 나를 받아들이는 것이니?"

괴롭게 가라앉은 음성에 설란은 눈물을 흘렸다. 탁은 그녀의 대답을 들은 것만 같았다. 자신이 원하는 대답이 아니라는 것도 느끼고 있었다. 네 손길은 언제나 다정하고 따뜻하기만 해서, 그것이 네가 날 은애하는 증거라 생각하고 있었다. 그러나 이렇게 취한 순간에도 여실하게 느껴지고 있었다.

이 따뜻한 손길은, 자신의 포악한 행동을 받아들이고 있는 이 몸에는 결코 거부의 뜻이 담겨 있지 않다는 것을. 무조건적인 포용과 수락이었다. 자신만큼의 마음은 담기지 않은, 그저 동정과 안타까움으로만 이루어진 수락.

뜨거워지지도 않는 몸으로, 하나도 열기를 담지 않은 몸으로 마치 자애로운 어미가 아들을 안아주듯 그렇게 안아주고 있었다.

"내가…… 네게 한 번이라도 사내였던 적이 있었을까."

예상치 못한 탁의 말에 설란의 심장이 그대로 굳었다. 탁은 천천히 몸을 떼어내고서 일어나 앉았다. 그의 고개가 한없이 숙여져 있었다.

"서방님……."

"너는 내게 여인이었다. 허나…… 한 번도 사내였던 적은 없었던 것 같아."

"아, 아니에요! 전……."

외치는 순간 탁이 설란 쪽으로 고개를 돌렸다. 가만히 기울이고서 부드럽게 웃었다.

"그렇게 부정하지 않아도 된다. 야속하다는 말이 아니야. 너를 생각하는 내 욕심이 너무 커서, 네가 나를 생각하는 마음이 아무리 크다 한들 내 욕심이 만든 크기에는 절대 닿지 않을 테니까."

"서방님, 어째서 그런 말을 하세요. 어째서……."

"네가 하늘만큼 은애한다 말을 하면 나는 그 하늘을 넘어서는 은애를 바랄 것이고, 네가 바다만큼 은애한다 하면 나는 그 바다와 하늘의 크기를 합친 것만큼의 은애를 요구할 것이야."

아무리 네가 나를 은애하는 마음이 적당하다 해도 나는 끝끝내 만족하지 못할 터이니.

"그래, 함께 있자."

설란의 부드러운 머리카락을 천천히 쓰다듬었다.

"마지막까지 함께 있자."

네가 떠나면 이미 나는 죽은 목숨이나 다름없으니 차라리 너와 나, 함께 죽어가는 것도 좋은 방법이겠지. 나를 보내고도 너 혼자 살아가는 것 따위 보고 싶지 않으니까. 너를 보내고도 나 혼자 연명하는 일 따위 흥미없으니까. 나를 보내고 너 혼자 괴로워하는 것만은 없었으면 하니까. 너를 남겨두고 나 혼자 어떻게 눈을 감을 수 있을까. 남겨두어도 고통, 함께 데려가도 고통이다. 그러니 차라리 고통을 느낄 수 없는 저 세상에서 우리 그때는 눈이 마주치는 순간 부부의 연을 맺어 꽃처럼, 나비처럼 서로를 품으며 살자꾸나.

✴

나흘째, 휴는 정온과의 독대를 앞두고서 모든 일을 마무리한 상태였다. 명일(明日) 정온과의 마지막 접촉이 있을 것이고, 그리고 그 다음날 대비의 명을 빌어 금상을 폐하고 이겸이 정권을 잡는다. 그로써 홍무국은 완전히 끝나는 동시에 새로운 국가가 선다. 홍무국의 이름은 영영 땅에 묻힐 것이고, 새 하늘이 열리는 것이다.

"은밀히 모시고 와라. 그 어떤 상처도 내서는 아니 될 것이다. 만약 조금의 고통이라도 가해지면 네놈의 목숨은 없다."

천명을 받든 거사를 앞두고, 휴는 자신이 신임하는 문객 하나를 불러 어떤 지시를 내리고 있었다. 살려내야 했다. 거사와 함께 몰아칠 잔인한 피바람에서 단 한 사람, 그녀만은 지켜내야 했다. 그 어떤 험악한 흉기도 그녀에게 감히 겨누어지지 못하도록, 자신이 옆에 두고 보호할 것이다.

"실수 없이 처리해라."

"존명."

함께 살아가기로 결정했다. 무슨 일이 있어도 그녀를 팔에 끌어안고 세파와 맞서기로. 모두가 반대한다 해도, 그녀는 너에게 불가능하니 절대 허용할 수 없다 해도, 그녀조차 자신의 품을 허락하지 않더라도, 꽉 안은 팔을 놓아주지 않을 것이다. 그래서 반드시 그녀를 살려야 했다. 죽어 무슨 소용일까. 그녀와 함께 이 어지러운 세상을 더 어지럽게 살더라도, 그대의 향기를 바로 곁에서 맡을 수 있다면 단 하루라도 태어나 숨을 쉬는 것을 감사하리니.

오랫동안 휴를 따라 이미 그의 사람이 된 문객, 치상이 바람처럼 몸을 움직여 단 한 사람을 빼내오기 위해 움직이기 시작했다.

그 시각, 이미 이틀 전에 도성으로 올라와 있던 이겸은 도윤에게, 휴와 똑같은 사람을 찾는 명령이지만 그 성격이 전혀 다른 지시를 내리고 있었다.

"거사 전, 건록이 정온을 치는 즉시 그 계집을 쥐도 새도 모르게 땅에 묻어라."

도윤의 눈이 커졌다. 가슴이 웅성거리며 울렸다. 이미 자신은 휴와 약속을 했다. 그러나 이겸이 이렇게나 신경을 쓰며 이렇게 중요한 시기에 다시 입에 올릴 정도의 일이라 도윤은 절대 자유로울 수가 없었다.

"지금 죽이는 건 도리어 역효과만 낼 수 있지. 괜히 그놈이 알아버려 미쳐 버리기라도 하면 곤란하니까. 반드시 그놈이 정온을 처리하는 게 확인되는 즉시 움직여야 할 것이야. 또한 거사가 이루어진 후에는 막을 수 없게 된다. 그놈의 힘도 그만큼 더해져 있을 터, 무슨 일이 있어도 그 계집을 살리려고 고집을 피울지도. 역시 아무래도 신경이 쓰여. 허니 반드시, 정온을 처단하는 일로 그놈이 혼란스러울 때를 잘 이용해서 해결해야 할 것이야."

"분부 받자옵니다."

도윤은 어쩔 수 없이 고개를 끄덕였다. 아무래도 그 여인을 처단하지 않고는 해결되지 않을 일 같았다. 또한 이겸이 좋은 방향을 제시해 주었다. 폐 궁주는 정온과 함께 휩쓸리듯 죽어버린다. 그렇게 되면 휴의 상실감도 여러 가지 일에 묻혀 덜할지도 모른다. 또한 거사가 성공한 후에는 휴도 좀 더 큰 이상에 눈이 빼앗겨 그 일 따위 잊어버릴지 몰랐다. 아니, 휴의 본성을 생각했을 때 그 방향이 맞을 것 같았다. 그때에는 더 이상 자신에게 이를 드러내지 않을 것이다.

　오히려 한갓 여인에게 집중했던 자신이 한심스럽게 여겨질 수도 있으니. 천하가 그의 손안에 들어갔는데 그깟 하찮은 계집 하나 따위로 임금의 자리에 있는 부친과 반목하겠는가. 또한 전혀 새로운 하늘이 열리면 자신의 위치도 재상의 반열에 오를 바, 지금처럼 건록을 두려워하고 있을 처지는 아니게 될 것이다.

　모든 것은 변하는 것이다. 하물며 천지가 뒤바뀌는 이런 형국에, 한갓 여인에 대한 사내의 일시적인 정염 따위야……

　깜깜한 밤이었다. 설란은 별채의 담을 타고 잠입한 그림자의 존재를 전혀 알지 못했다. 탁은 거처로 돌아갔고 침소 안엔 설란이 홀로 잠들어 있었다. 잠결에 문득 문이 열리는 소리가 들려 심옥인가 하여 천천히 눈을 떴다.

　"읍!"

　그러나 채 정신을 차릴 새도 없이 무언가가 덮어씌워졌다. 설란을 보쌈한 치상은 쥐 죽은 듯 고요한 정온 댁의 별채를 다시 빠져나와 미리 정해진 곳으로 이동했다.

　갑작스러운 습격으로 자루 안에서 기절했던 설란이 겨우 눈을 뜬 것은 동이 틀 무렵이었다. 어지러운 머리를 겨우 수습하며 폭신한 침상에서 몸을 일으켰다. 그러나 전혀 익숙지 못한 침소 안의 풍경 때문에 잠시 어리둥절했다. 깨끗하고 잘 치장된 곳이었으나 낯설기만 하니 편할 리 없었다. 생각 끝에 어젯밤 자신을 습격한 누군가가 있었다는 걸 떠올리자 설란의 몸이 굳어버렸다.

'누, 누가 이런 짓을……'

설란은 황망하여 정신을 차릴 수가 없었다. 만약 벌써 부친께서 폐위되셨다면 자신이 가둬져야 할 곳은 가구소(街衢所:감옥)였지, 이런 휘황찬란한 곳이 아니었다.

"서방님……."

설란은 슬픈 목소리로 탁을 찾았다. 마지막까지 함께한다 하였다. 바로 전날 그렇게 다짐했는데, 아직 그의 마음을 어지럽히는 상념을 거둬주지도 못했는데. 그렇게 불안한 탁을 홀로 두고 떨어져 있고 싶지 않았다. 왠지 그 밤, 그에게서 너무나 슬픈 눈물의 향기를 맡았다. 이대로 두면 죽음보다 더 슬픈 일이 일어날 것 같은 불길한 예감이 들었다. 그래서 죽음으로까지 연결될지라도 그와 함께 있고 싶었다.

"서방님……."

설란은 침상에서 내려서자마자 정신없이 문을 향해 뛰었다. 문고리를 잡고 움직여 보았지만 밖으로 굳게 닫힌 문은 꿈쩍도 하지 않았다. 설란은 작은 손으로 한없이 문을 두드려 가며 외쳤다.

"누가 없느냐! 밖에 누구 없느냐!"

"아무도 열어줄 이 없을 것입니다."

그 순간 등 뒤에서 들린 목소리에 설란의 고개가 빠르게 돌아갔다. 너무나 깊이 그녀의 안에 침범해 있는 목소리였다. 하지만 왜 지금 그 목소리가 들리는 것인지 그것이 이해가 가지 않을 뿐.

드리워져 있던 휘장 저편에서 천천히 휴가 걸어나왔다. 설란의 눈이 경악으로 물들었다.

"다, 당신이었나요? 당신이⋯⋯."

"그대는 여기에 있어야 합니다."

똑바로 쳐다보며 말해오는 휴의 눈빛은 낮게 가라앉아 있었다. 깊은 심해에 있는 사람처럼 그 차분함은 보는 이를 질리게 할 정도였다. 그러나 설란은 지금 그 눈앞에 있을 수가 없었다. 분노가 치솟아올랐다.

"아무것도 바라지 않는다 하시지 않았습니까! 아무것도 원하지 않는다 하시지 않았습니까! 헌데 어째서 이런 천인공로 할 짓을 벌이셔요! 보내주세요! 서방님께 돌아가야 해요. 함께 있겠다 약속하였어요! 끝까지 함께 있겠다 약조했단 말이에요!"

설란은 미친 듯 소리치며 오열을 터뜨렸다. 그가 저지르는 짓이 더 이상 허용되지 않았다. 몸을 돌려 정신없이 문을 흔들었다.

"열어라! 당장 열지 못할까!"

마치 혼이 나간 사람 같았다. 열리지 않을 문이라는 것을 알면서도 끝까지 두드리고 있었다. 단단한 나무 면에 닿아 하얀 손이 붉어지고 있었다. 그래도 끝까지 멈추지 않고 마치 발악이라도 하는 듯한 설란을 휴가 슬픈 눈으로 쳐다보고 있었다. 그러나 그 눈도, 설란이 선연한 빛을 쏘아내며 고개를 돌려 노려보자 다시 건조하게 위장되었다. 한참을 노려보던 설란이 결국 주르르 무너져 내렸다. 다리가 꺾여 바닥에 주저앉은 채 흐느낌을 터뜨렸다.

"보내주셔요. 부탁이에요, 부탁입니다."

휴는 가슴이 무너져 내리는 것 같은 아픔을 단호히 견뎌내며 무언(無言)을 유지했다. 그녀가 바라는 것을 들어줄 수 없었다. 이대로 그녀를 놓치는 건 그녀를 사지(死地)로 내모는 것과 다르지 않았다. 차라리 그녀의 앞에서 끔찍한 납치자가 되는 게 나았다. 그녀를 잃을 바에야 원망을 받더라도 곁에서 살아 숨 쉬어줬으면 좋겠다.

그 어떤 반응도 없이 바위처럼 굳어 있는 남자였다. 설란은 온통 젖은 얼굴로 애원하고 또 애원했다. 무릎으로 기다시피 해 휴에게 다가가 힘이 빠진 손을 뻗어 그의 도포 자락을 꼭 붙잡았다. 달달 떠는 손끝으로 어떻게든 그 비단 자락을 붙들고서 다시금 간절하게 애원했다.

“저는 당신을 도저히 받아들일 수 없어요. 제가 은애하는 분은 서방님이에요. 살아도 그분을 위해 살 것이고, 죽어도 그분을 위해 죽을 것이어요. 허니 제발 저를 포기해 주세요. 저를 마음에서 내쳐 주세요. 저란 사람은 잊어주세요. 부탁이에요.”

간절하게 비원하는 설란의 뺨을 타고 눈물이 뚝뚝 떨어져 내렸다. 휴의 심장이 물에 젖은 솜처럼 더욱더 무겁게 가라앉았다. 그녀가 찔러대는 비수에 몸 어느 한구석 아프지 않은 곳이 없었다.

“결국 그리 마음을 정한 것입니까.”

탁과 함께 하리라고, 마음과 몸을 다해 그와, 차라리 죽게 될지언정 마지막까지 함께 있겠다고, 그녀는 그렇게 정한 것인가. 그 선택 안에 이 사내는 마지막까지 배제되고서.

“그래요. 그분과 함께할 거예요. 서방님과 죽어도 그분의 품에서 죽게 해주셔요. 마지막 부탁입니다. 불쌍타 여기신다면 들어주세요. 제발, 조금이라도 절 귀하다 여기신다면 부탁을 들어주셔요. 당신을 더 이상 원망하고 싶지 않아요.”

“아니요, 원망하십시오. 그렇더라도 그대는 여기에 있어야 합니다.”

“제발……!”

“차라리 그대가 역겹기라도 했으면 좋겠습니다. 나처럼 역겨운 이라서 그대를 이 마음에서 지워 버릴 수 있다면 낫겠습니다.”

목숨을 구해달라고. 부친이 폐위된 후 자신은 어찌하느냐며, 살려달라고 청하는 사람이었으면 좋겠다. 색에 찌든 여자라서 남편 외에도 또 다른 사내를 향해 눈길을 보내는 부도덕한 여자라면 좋겠다. 욕망이 강한 여인이라서 한 번의 정열적인 정사로 이 여인의 감각을 잡아 그 이상, 또 그 이상을 원하며 다리를 벌리는 여인이었으면 좋겠다. 일신의 편안만 좇는 여자라서, 기울어져 가는 남편 대신 자신을 잡는 여인이었으면 좋겠다.

“내가 당신이 싫어요! 내가 당신을 받아들일 수 없어요! 내가 당신을 거부한단 말이에요!”

허나 이 여인은 늘 잊겠다, 외면하겠다, 돌아가겠다는 말밖에 하지 않는다. 차라리 그 마음을 가져 이 여인을 이렇게나 갈망하는 이런 고통이 끊어지기라도 했으면. 그녀가 지겹고 지겨워져서 눈에 보여도 보이지 않는 것처럼 되어 이 괴로움에서만 벗어날 수 있다면.

설란은 당장이라도 기절할 것 같은 마음으로 소리치고 말았다. 사사로운 감정 따위 이제는 그녀에게 소중하지 않았다. 자꾸만 마음을 끄는 슬픔도, 절절함도 깊은 곳에 가둬 버리기로 했다. 누군

가를 은애하는 마음만을 생각하며 살아갈 수 있는 여인들은 얼마
나 행복한 이들인가. 허나 그녀는 그럴 수 없었다. 그래, 이 사람
을 사내로서 생각한다. 탁에게는 한 번도 일지 않았던 아리도록
괴로운 연심으로 이 사내를 생각하고 있다. 허나 그렇기에 더더욱
이 사내를 보지 않으려 한다. 이미 의미 그 이상의 사람이 되었기
때문에 더더욱 이 사내를 자신의 심장에서 뜯어내려고 한다.

"처음부터 한 번도 내 사람이었던 일이 없는 사람입니다. 이제
와서 그대의 거부에 새삼 상처를 받을까요. 어찌할까요."

그러나 휴는 아직 그런 그녀를 놓지 못하고 있었다.

"껍데기뿐이에요. 내가 당신 곁에 있어도 단지 그것뿐이에요.
그게 무슨 행복이에요. 그게 무슨 연심이에요."

"껍데기뿐인 그대라도, 내가 가집니다."

"싫어요. 내가 싫어요!"

"나를 무정한 사내라, 그리 생각하십시오."

휴는 감정을 굳혔다. 이 난세에서 그녀를 살릴 수만 있다면. 그
녀만 살릴 수 있다면.

"나는, 오늘 그대의 사람들을 모조리 벨 것입니다."

뽑아내듯 나온 말에 설란의 눈동자가 파동쳤다.

"무슨……."

"다른 누구도 아닌 내가, 이 검으로 그대의 가족을, 지아비를,
지아비의 가족을 파멸시킬 것입니다."

잔인하도록 무심하게 흘러나온 말이었다. 이 남자를 조금은 알
고 있다고 생각했다. 그러나 결국 아니었다. 자신은 이 사람에 대

해 그 어떤 것도 모른다. 설란의 입술이 바들바들 떨렸다.

"그대가 가진 모든 것을 빼앗으러 갑니다. 그러니 이 사내를 원망하십시오."

휴가 천천히 움직이자 설란의 힘 잃은 손이 떨어져 나갔다. 허무로 텅 빈 몸마저 바닥으로 털썩 떨어졌다.

"용서하지, 마십시오."

그리고 휴는 문을 열고 나갔다. 다시 단단히 잠긴 문은 그 어떤 타협도 용납하지 않았다.

설란의 별채가 발칵 뒤집혔다. 분명히 침소에 들었던 설란이 이부자리만 고스란히 남긴 채 종적이 묘연한 것이다.

"마마, 마마아!"

평상시라면 몰라도 시국이 이리 어지러우니 심옥은 통곡을 하며 설란을 찾아댔다. 이미 집 안에서 찾는 것 자체가 무용지물이라는 걸 알았지만 맥없이 집 안 곳곳을 들쑤시고 다니는 심옥은 정신이 나간 사람 같았다.

"새언니가 대체 어떻게 된 거란 말이에요. 어디로 간 거란 말이에요."

도화도 파리하게 질린 안색으로 유씨 부인에게 말했다. 마음의 병으로 오랫동안 병석에 누워 있었던지라 쇠약한 안색이 말도 아니었다.

"모르겠다. 모르겠어. 이 일을 어찌하면 좋을까."

유씨 부인은 심란한 기색으로 아들 탁을 바라보았다. 탁은 황망한 얼굴로 넋을 놓은 사람처럼 서 있었다. 안 그래도 복잡한 일 일색이라서 그는 제대로 판단을 내릴 수도 없었다. 대체 설란이 갑자기 사라진 이유를 짐작조차 할 수 없었다. 뭐라고 해도 아직은 궁주였다. 정황상으로는 납치가 된 것 같았지만 대체 누가 이런 짓을 저지른 것인가. 결국 이겸의 무리가 이런 천인공노할 짓까지 저질렀는가! 허나 그들이 한갓 궁주인 설란을 미리 잡아서 무얼 할까. 무슨 이득이 있을까. 결국엔 다시 생각만 복잡해지고 마는 것이다.

"나가서, 찾아보겠습니다."

입술을 질끈 깨물고서 뛰어나가려는 탁을 유씨 부인이 말렸다.

"허나 어디에서 찾는다는 말이냐. 너도 조정의 일로 어지러울 것을."

"더 중요한 사람입니다. 비할 바가 아닌 사람입니다."

탁은 그 길로 정온의 사저를 뛰쳐나갔다. 대체 어디부터 찾아야 할지 막막했지만 이대로 가만히 있는 것보다는 나았다. 아무것도 하지 않은 채 손 놓고 있다는 것이 더 그를 미치게 하는 것이었다. 도저히 잡히는 부분이 없었다. 도저히⋯⋯.

"눈을 감겨 드리고 저도 따라갈게요. 저도 서방님을 따라갈게요."

아아⋯⋯. 설란아, 대체 어디에 갔단 말이냐. 어디에 있는 것이냐!

노속(奴屬) 몇을 이끌고 탁은 정신없이 도성 곳곳을 뒤지며 울분을 터뜨렸다.

"너는…… 진심으로 은애하여 나를 받아들이는 것이니?"

어쩌자고 그런 말을 했을까. 이겸의 사살을 실패한 일로 자신이 너무 보잘것없다 느껴져, 그런 자괴감을 스스로 단속하지 못하고서 설란에게까지 떠넘겨 괴롭히고 말았다. 세상 어느 여인이 상대를 미치도록 은애하여 부부의 연을 맺고 산단 말인가. 살다가, 부딪치다가, 함께 시간을 보내다가 정이 연모로 변하고 연모가 다시 정으로 변해 그리 살다 가는 것이 은애하는 사람과의 편안한 삶인 것을. 이 마음의 절절함이 너무 커서 오히려 오라비를 대하듯 받아들이기만 하는 너를 야속타 괴롭히고 말았구나. 동정도 연모의 한 종류인 것을. 그리 나를 생각해 주고 믿어주는 그 마음 자체가 연모인 것을.

"무사해라. 무사해야 해. 오라비가 찾을 테니까 그때까지 제발 무사해."

마치 넋을 놓은 사람처럼 중얼거리며 힘껏 말을 달렸다.

"네가 있어야 내가 사람이 된다. 네가 없으면, 난 단순한 패배자에 지나지 않아. 네가…… 필요하다, 설란아."

이겸 휘하의 파직당한 재신들, 또한 유배형을 받은 이들까지 모두를 화형에 처하라는 주청이 계속해서 강도를 더해가고 있었다.

정온은 마지막까지 자신이 할 수 있는 바를 하면서 조정을 지키려고 노력했다.

반면 석락정(石樂停)을 떠나 도성으로 올라와 있는 이겸의 주변은 마치 잔잔한 물결처럼 고요했다. 이미 미리 모든 것을 준비해 놓은 터라 일부러 굳이 일을 만들 필요가 없었다. 마치 왕과 구신들의 억압으로 아무것도 할 것이 없어진 무능력자들처럼 자세를 철저히 낮추고 있었다. 사병은 구국(救國)을 위한 것이라는 입장만을 견지했고, 이겸은 이미 관직을 시사하고 은둔한 이로 존재하고 있었으며 도윤과 다른 재신들은 삭탈관직을 당해 능력도 없는 인물로서 죽은 듯 지내고 있었다. 그렇듯 이겸이 아무런 움직임을 보이지 않으니 정온으로서도 도리가 없었다. 쥐 죽은 듯 고요하게 사태가 흘러가는 가운데 휴의 마지막 거동만이 은밀하게 목표물을 향해 다가가고 있었다.

유시(酉時), 까맣게 밤이 내렸다. 정온은 구신들과의 회동(會同)을 끝내고 사저로 돌아오는 길이었다. 인적이 끊긴 거리, 그때 갑자기 그의 앞을 가로막는 장대한 골격의 사내가 있었다. 곰처럼 떡 벌어진 어깨 하며 날렵한 허리는 범의 그것과도 같았다. 그 형형한 눈빛에 영민하도록 준수한 생김까지 그야말로 범상치 않은 인물이었다. 장검을 허리에 찬 사내가 감히 재상의 앞을 막아서자 정온을 보호차 따르고 있던 청지기와 몇몇 호위무사들이 얼른 정온을 엄호하며 사내로부터 막아섰다.

"웬 놈이냐! 감히 뉘 안전이라고 무엄하게 앞을 막아서는 것이야! 당장 물러나지 못할까!"

호위무사의 쩌렁쩌렁한 외침에도 굵직한 골격의 사내는 긴장의 기색 하나 없이 역력한 공격 의지를 드러내며 버티고 서 있었다. 매서운 눈빛에서 조용한 살기가 흐르듯 풍기는 사내였다. 그러니 단지 한 명의 사내였음에도 오히려 정온의 호위무사들 쪽이 긴장으로 굳어가는 형색이었다. 그만큼의 위압감을 주는 사내였다. 저 태도, 왠지 눈에 익은 것이었다. 정온은 사내의 행동에서 낯익은 누군가의 느낌을 읽어내고 있었다.

'과연 그런 것인가. 뼛속까지 자신의 사람으로 키워냈다는 건 이런 걸 말하는 것인가.'

그가 누구의 사람인지 더 살펴볼 필요도 없었다. 마치 무언가를 예감한 듯 오히려 평온해진 표정으로 그가 입을 열었다.

"두어라. 내가 만나야 할 이 같구나."

갑작스러운 정온의 말에 무사들이 반대하며 소리쳤다.

"허나 대감마님!"

"그냥 두라고 하는데도."

정온이 엄한 표정으로 꾸짖자 무사들은 어쩔 수 없이 한 걸음 뒤로 물러섰다. 그러나 언제라도 사내를 칠 수 있도록 자세를 함부로 흩뜨리지 않았다. 정온은 표정을 굳히고서 사내를 쳐다보았다.

"낯도 익지 않은 이가 늙은이의 밤길이 걱정되어 배웅을 나온 것인가."

"소신, 윤치상이라 합니다. 감히 인사 올리옵니다."

그 어떤 흔들림도 없는 사내의 목소리는 깊이 울리는 듯했다.

반듯한 자세로 예를 취하는 사내에게로 정온의 시선이 내내 머물 렀다.

"명부로 인도하는 자의 예의치고는 제법 공손하군."

"대, 대감!"

호위무사들이 그 황공한 말에 낯빛을 굳히며 소리쳤다. 그러나 정온은 여전히 그들이 나서는 걸 허용하지 않았다. 그는 다시 치상에게로 고개를 돌렸다.

"자네, 느낌이 낯이 익군. 어느 이의 문객이신가."

"이건록 장군의 문객입니다."

이미 예감한 정온은 그저 조용히 고개를 끄덕일 뿐이었다. 묘하게 묻어나는 건록의 느낌이었던 것이다.

"그래, 이건록의 사람이 어째서 내 앞을 가로막은 것인가."

"제 검이 대감마님을 고통 없이 보내 드리기를 바랍니다."

"흐음……."

"대감마님! 피하십시오!"

"어허, 경거망동을 보이지 말라 했거늘!"

그 생명의 위협에도 불구하고 무사들을 다시금 조용히 꾸짖은 정온이 곧 희미한 미소마저 입가에 담고는 치상을 향해 입을 열었다.

"그전에 만나야 할 이가 있는 것 같네만."

치상이 납득하듯 천천히 고개를 숙이며 한 발 옆으로 물러섰다. 그 뒤편의 어둠 속에서 휴가 그 칼끝 같은 모습을 드러냈다.

찬은 문밖에서 한참을 망설이다가 천천히 문을 열었다. 정온이 격살되는 순간 일제히 무력을 일으켜야 했기 때문에 수장인 자신이 이렇게 자리를 비울 때가 아니었다. 그러나 그는 휴가 사사로이 소유하고 있는 이 민가 별채로 발걸음을 옮기고 말았다. 이곳에 누가 숨겨져 있는지 너무 잘 알고 있었기 때문이다. 다른 사람은 몰라도 자신은 알 수 있었다. 형님의 마음속에는 이미 대의보다 한 여인이 더 크게 자리를 잡고 있다는 것을.

우선적으로 그 여인의 안전을 처리하기 위해 어떻게든 그의 수중에 붙들어두었으리라. 그래서 찾아왔으나 역시 삼엄한 경비는 그 안의 여인의 존재를 알려주었다. 그 누구도 들일 수 없는 곳이었으나 찬이었기에 무사히 통과할 수 있었다.

문을 열고 안으로 들어선 순간 그때까지 망연자실하게 바닥에 주저앉아 있던 설란이 벌떡 일어났다. 찬의 눈동자가 흔들렸다. 그렇게나 형님의 마음을 붙잡고 있는 여인을 눈앞에서 보고 있는 그의 마음은 혼란 그 자체였다. 고운 여인이었으나 머리카락은 흐트러져 있었고 얼굴도 온통 젖어 그렇게까지 휴를 흔드는 특별한 점은 잘 찾을 수 없었다. 짓무른 눈가와 마음의 수심이 깊은 탓인지 표정에도 생기라곤 전혀 없었다.

"누, 누구신가요?"

설란은 앞섶을 움켜쥐며 상대를 견제했다. 벌써 몇 번이나 빠져나가려고 노력했지만, 사방은 틀어막혀 있었고 건물을 삥 둘러가며 지키고 있는 사병들은 그 어떤 대답도 돌려주지 않았다. 그런데 갑자기 문을 열고 들어선 사람 때문에 그녀는 두려움이 앞섰다. 구해주러 온 탁의 사람 같지는 않았다. 그 눈빛은 차라리 적대적인 것이었다.

"당신이, 이미 한 번 목숨을 구함 받은 일이 있다는 것을 알고 있습니까."

전혀 알아차릴 수 없는 말에 설란은 그를 노려보았다.

"그 사람의 심복입니까. 나를 풀어주세요. 당신들은 대역죄를 저지르고 있습니다. 나는 이곳에 있을 사람이 아닙니다. 나가야 합니다."

"그래요. 그대는 이곳에 있을 사람이 아닙니다. 궁주가 반역을 꾀하는 무리의 힘을 빌어 살아남다니, 있을 수도 없는 일이지요."

그 말할 수 없는 조롱의 말에 설란의 눈동자가 크게 울렸다.

"당신은 대체……."

"폐주와 함께 척살이 되든, 천운으로 그나마 짧은 시간의 자비를 얻어 유배를 가게 되든, 정온의 며느리로서 일가와 함께 몰락이 되든, 그대의 앞에 남은 운명은 그렇게 잔혹한 것뿐입니다."

"상관없다 했습니다. 내 운명이 그렇다면 받아들일 것이라 했습니다."

"그렇습니까."

마치 비웃듯, 믿을 수 없다는 눈으로 깔보듯 쳐다보는 찬의 눈빛에 무시무시한 견제와 까닭 모를 원망이 담겨 있었다. 설란은 이 사내가 누구인지, 왜 자신을 저토록 원망하는 눈으로 쳐다보는 것인지 알 수가 없었다. 단지 견제하거나 폐주의 딸로서 무시하는 빛과는 다른 것이었다. 차가운 눈빛 속에 왠지 모를 인간적인 슬

품이 담겨 있는 것 같아 더욱 기이했다.

곧 한참을 설란을 쏘아보던 그의 눈빛이 착잡해지더니 가만히 고개를 끄덕였다.

"그렇군요. 그대를 보고 있으니 우리가 처음 만난 게 아니라는 걸 알겠습니다."

설란의 눈이 커졌다.

"무슨……."

"묘통사에서, 그대를 만난 일이 있는 것 같습니다. 나는 그대를 정확히 보았지요. 다만 그때 그대를 본 사람이 나만은 아니었던 듯하군요."

놀라운 말에 설란의 입술이 파르르 떨렸다. 그렇다면 그는 그곳에서 휴와 같이 있던 사람인가. 허나 누구인가. 휴에게만 닿아 있던 시선은 다른 사람을 기억해 낼 틈을 갖고 있지 않았다. 아니, 한 사람 더 있긴 했다. 이상하게도 그녀의 동정을 끌어냈던, 누군가를 향한 동경의 눈빛으로 가득 차 있던 청년.

"그, 그렇다면 당신은……!"

"아우 찬입니다. 당신을 뵌 일이 분명히 있는 사람입니다."

설란의 마음이 무너져 내렸다. 그의 아우였다. 도망칠 기회는 더더욱, 마지막까지 없어진 것인가.

"감시하러 온 것입니까. 그 사람이 그리하라 시키더이까."

"그리 생각하고 싶다면 그렇게 하십시오."

"나는 나가야 합니다. 내보내 주세요."

"감시하러 온 사람이 어찌 그런 행동을 할까요."

“그렇다면 어째서 저를 원망의 눈으로 쳐다보는 거예요! 원망하는 사람이 눈앞에서 사라지면 더 다행인 일이 아닌가요? 제가 미운 듯합니다. 그러니 저를 내보내 주세요!”

설란은 미친 듯 소리쳤다. 이렇게 아득할 수가 없었다. 마지막까지 왜 이리 억장이 무너지는 슬픔만을 주는 건지 모르겠다. 그 사람은 얽어매는 사슬과도 같은 마음밖에 주지 못하는 사람인가.

“폐주와 함께 마지막까지 궁주로서의 삶을 다하는 것이 그대의 소원이겠지요.”

“그렇습니다.”

“허면 그대는 결코 소원을 이룰 수 없을 것입니다. 그대는 곧 아버님께 사사로이 처결될 것이니까요.”

설란의 눈이 번쩍 떠졌다. 이겸을 말하는 것인가. 그가 굳이 왜…….

“그대를 사모하는 형님의 마음을 아버님께서 먼저 알아내셨습니다. 허니 형님을 아끼시는 마음에 그대를 제거하는 방법을 선택할 밖에요.”

“그, 그런…….”

“그대는 이 문을 나서는 순간 부친과의 마지막도, 지아비와의 마지막도 기약할 수 없습니다. 형님은 그걸 용납할 수 없기 때문에 그대를 이리 가둬둔 것입니다.”

설란은 무너지듯 손으로 바닥을 짚었다. 견뎌낼 수가 없었다. 어찌하여 이리 큰일들이 자신에게 일어나는 것인지, 단지 한 사내의 지아미가 되고 싶었던 마음이 그리 큰 욕심이었던가. 그러면서도 도저히 눈 돌릴 수 없는 아픈 연모의 정을 쏟아내는 한 사내에게서 눈을 돌리지 못한 것이, 이 삿된 마음이 그리 큰 업보를 낳은 것인가.

모든 것은 자신이 그 사람의 눈동자 안에 비춰졌기 때문에. 그 사람의 앞에 나타났기 때문에. 그 사람이 자신의 앞에 나타났기 때문에…….

원망하기는 싫었다. 이 또한 운명이라면 그리될 수밖에 없었겠지. 허나, 그 운명을 맥없이 받아들일 마음은 없었기에, 스스로 운명을 거부할 수밖에.

"저는 이미, 그 사람을 배제한 삶을 살아가기로 선택했습니다."

찬의 눈동자가 흔들렸다. 이리도 거부하는 여인이었단 말인가. 형님께서 그토록 아픈 마음으로 지키고, 지켜내고 싶어한 여인은 이렇게나 그를 마음으로 밀어내는 사람이었던가. 헌데도 어쩌자고 그리도 절실하게…… . 형님께서는 어쩌자고 이런 연모를 홀로 끌어안고서 견디고 있단 말인가.

"이미 한 번 그대를 목표로 하고 떨어졌던 제거 명령입니다. 헌데 그대는 어찌하여 그리 자유로이 벗어났을까요? 그 일 자체를 모르고 지나갈 수 있었을까요? 형님께서 자신의 몸으로 칼을 받아 그대를 지켜냈다는 걸, 그대는 전혀 알지 못하니 모르는 게 약이라 하는 겁니까."

설란의 눈동자가 일순간 굳어버렸다. 이 사람은 무슨 말을 하는 것인가.

설마…… . 생각하는 순간 언젠가 피에 흠뻑 젖어 자신에게로 돌아온 노리개가 생각났다. 그 커다란 나무에 기대, 죽은 사람처럼 길게 드리워져 있던 그 사람의 모습도. 그때였던가. 설마 그때였던가.

"자존심 강한 궁주께서는 절대 구함 받고 싶지 않았겠지만, 그대는 이미 형님께 구해졌습니다."

심장을 긁어대는 찬의 아픈 말들. 그러나 설란은 냉정하게 거부했다.

"그 사람이 아니라면 닥치지 않았을 위험입니다."

그래. 그가 자초한 위험이기 때문에, 그로 인해 생긴 위험이기 때문에 응당 그가 다쳤던 것뿐이라고. 마음 약해지고 싶지 않았다. 그라는 사람에게, 한 번 마음을 인정해 버리면 그대로 걷잡을 수 없는 운명의 장난 속으로 빠져 버리고 말 것이기에. 그라는 사람 하나밖에 남지 않으리란 걸 너무 잘 알고 있기에. 그런 맹목적인 세상에서 살아갈 만큼 뻔뻔하지가 못하기 때문에. 부디 그러고 싶지 않기에.

찬의 눈동자가, 설란의 뼈아픈 대답에 슬픔으로 물들어갔다.

"그대는 이곳에 있을 사람이 아니라고 하셨지요. 그대는 형님의 여인이 아니라는 것도 맞겠지요. 허나 형님께서 그대를 이미 마음에 품었습니다. 그러니 그대는 여기에 있어야 하는 겁니다."

"내게…… 도움이 될 사람이 아니라면 나가주세요. 말을 섞고 싶지 않습니다."

설란은 그를 외면해 버렸다. 만약 자신에게 이 사내와 맞싸울 힘이 있었다면 이렇게나 무기력하게 앉아 있었을까. 궁주이면 무엇 할까. 지체 높은 귀족의 여식이면 무엇 할까. 진정으로 서럽고 억울한 이런 상황에서도 제 몸 하나 마음대로 못하는 것을. 원하는 곳에 있겠다 고집 한 번 뜻대로 못 피우는 것을.

"그대는, 제게 하시는 것처럼 형님을 대했습니까."

그때 천천히 흘러나온 찬의 말에 설란은 고개를 들어 그를 바라보았다. 괴롭게 일그러져 있는 표정에 동조해야 할 필요가 없는데도 눈길이 갔다. 누군가를 아주 깊이 바라보며 살아온 자들만이 교감할 수 있는 그런 아픔이었다.

"제게 하신 말처럼 형님께도 말하고, 제게 보인 외면만큼 형님께도 주었습니까."

설란이 입술이 꼭 깨물려졌다. 이내 천천히 입을 열었다.

"그래요. 아주 아프게 공격하고, 아주 냉정하게 외면하고, 매몰차게 거부했습니다."

괴로웠을 테지요. 그 사람의 마음에 너무나 많은 생채기를 냈습니다. 그래서 더더욱 그 사람과 함께할 수 없는 이 마음을 그 누가 알까요.

"보내 드리겠습니다."

순간 설란의 눈동자가 번쩍 열렸다. 찬은 이를 악물고 있었다. 그가 받았던 고통까지 마치 자신이 참고 견디기라도 하듯 그렇게 한참을 부들부들 떨며 견디다가 말을 이었다.

"보내 드릴 테니, 이후로 다시는 형님의 앞에 나타나지 말아요. 영영, 절대 모르는 이로 돌아가겠다고 맹세하십시오."

설령 죽게 되더라도, 형님의 눈이 닿지 않는 곳에서, 더 이상 그를 한 치도 흔들지 못할 곳에서 그대의 생을 마치십시오.

"자네가, 결국 나를 마지막에 전송하는 이가 되는 건가."

정온의 차분한 목소리가 휴에게로 흘러들었다. 체념과는 또 다른 느낌의, 어떤 초탈과도 같은 모습이었다.

"치상을 데리고 온 것은 그리되는 치욕만은 막기 위해서였습니다만."

"마지막 아량이라도 베풀겠다는 말이더냐. 그렇지. 내가 네놈의 칼에 찔려 명부로 간다면 죽어서도 통탄할 일이지."

휴의 입술 끝이 건조하게 말려 올라갔다.

당신의 얼굴에서 어떤 이의 얼굴을 읽을까 두려웠지요. 그녀의 눈물이 행여 나를 주춤하게 하진 않을까 하여 치상을 앞세운 겁쟁이이지요.

"좋다. 어디 한번 네가 나를 보내보거라."

정온이 천천히 가슴을 폈다. 순간 무사들이 경악하며 튀어 나와 그의 앞을 보호했다.

"물러나십시오! 저 불충한 자들은 대감마님의 손끝 하나 건드리지 못할 것입니다!"

"피하십시오, 대감마님!"

칼끝에 살심을 쑤셔 박은 무사들이 치상과 건록을 향해 신경을 곤추세웠다. 어디선가 피 냄새가 흘러들고 있었다. 정온은 그 바람 끝의 냄새를 맡을 수 있었다. 이것은 오백 년 사직이 죽어가며 마지막으로 뿌리는 핏방울의 냄새였다. 무릇 모든 것은 죽음으로써 새 생명에게 자리를 내어주는 것. 허나 이 죽음에는 종말만이 있을 뿐. 감히 새것이라고 부를 수 있는 것이 그 어떤 것이라도 있을까. 마지막까지 그에게는 홍무국만이 응당 떠받들고 충성을 바쳐야 할 유일한 대상이었다.

"치상아."

휴가 천천히 입을 여는 순간, 치상의 민첩한 행동이 무사들을 순식간에 지나쳤다. 비명 소리 하나 뱉을 여유도 없이, 무사들과 청지기까지 그의 칼을 받고 툭툭 쓰러져 내렸다. 실로, 검이 움직이는 모습조차 보이지 않는 신묘한 솜씨였다. 바람과 같은 속도로 마무리를 한 치상은 호흡 하나 흩뜨리지 않고서 정자세로 돌아와 검을 찔러 넣었다. 정온의 시선은 그 잔혹한 순간에도 휴를 바라보는 걸 그치지 않았다.

"무력으로 얻은 천하가 얼마나 화평하리라 생각하느냐."

"꺼져 가는 불씨나마 살려내 제대로 키워놓으면 주변은 언젠가 다시 환해지는 것입니다."

"너희들 삿된 무리의 그릇된 판단으로 살린 불씨가 밝으면 얼마나 밝겠느냐. 새 왕조는 영원히 골육상잔의 피바람과 어지러운 난세를 면치 못할 것이야."

"어른을 잃고 싶어하지 않는 이들이 있습니다. 그들을 위해 살아줄 마음은 없는지요."

휴는 마지막으로 그의 마음을 권유해 보았다. 정온은 희미하게 웃었다.

"그들의 슬픔과 서러움을 저승길 노잣돈 삼아 내 눈을 감겠다."

천천히 정온의 눈이 감겼다. 억울한 마지막을 앞두고 있는 이의 표정은 편안하기만 했다. 마지막까지 뜻을 굽히지 않겠다는, 더없이 확고한 표현이었다. 처음부터 정해져 있던 것이었다. 그를 돌릴 수 없다는 것을. 그것은 너무나 거대한 손실을 의미하는 것이었지만, 그라는 구름 덮인 하늘이 말끔히 걷히는 걸 의미하는 것이기도 했다.

"소생이 처리하겠습니다."

치상의 손이 움직였다. 그러나 휴가 그것을 저지했다.

"됐다. 적어도 이름도 없는 문객의 검으로 보내 드릴 분이 아니다."

치상은 천천히 손을 바로 하고서 뒤로 물러섰다. 공기와 접촉한 휴의 검신(劍身)이 유달리 창백한 은빛을 뿜으며 달빛에 반사되었다.

설란은 정신없이 정온의 사저로 달리고 있었다. 찬은 자신의 말을 지켰다. 휴의 명에 의해 절대 길을 열 수 없다는 군사들을 벨 기세까지 보이며 막아 설란을 보내주었다. 칼날이 번뜩이자 그 어떤 군사들도 더 이상은 감히 막아서질 못했다. 찬의 의지는 그만큼 강력한 것이었다. 그는 설란을 휴의 곁에 두지 않겠다고 결심했다. 형님의 마음이 어떻든 그의 곁에서 사라져야 할 이가 있다면 그녀라고 판단했다.

그녀가 줄 수 있는 건 아픔뿐이었다. 하물며 이후 일어나게 될 모든 상황들을 생각한다면 더더욱. 하늘과 땅이 진동하고 천지가 뒤바뀔 것이다. 그때 살아남는 자들은 자신들이 될 것이고, 땅에 묻힐 자들은 그녀와 그녀의 사람들이었다.

결국 그녀가 휴의 비호로 살아남는다 한들, 그것이 어찌 다행이겠는가. 오히려 그를 죽이게 되는 결과밖에 되지 않는다고.

"가버리십시오. 절대 다시는, 이 눈앞에 띄지 마십시오."

찬의 말이 끝나기도 전에 그녀는 죽음을 향해 달려가고 있었다. 이쪽은 뒤도 돌아보지 않고서, 그녀와 함께 곧 사라지고 말 그녀의 운명 속으로 달려가고 있었다.

"마, 마님……! 마님……."

안채에서 도화와 함께 있던 유씨 부인은 피범벅이 되어 나타난 청지기 때문에 심장이 덜컥 내려앉았다. 두려운 예감에 그녀는 신도 꿰어 신지 않고 버선발로 마당에 내려섰다. 도화도 얼굴이 하얗게 질려 문간에 기대섰다. 청지기를 내려다보는 그녀의 낯빛이 공포로 굳어갔다. 온갖 노속(奴屬)들까지 덜덜 떨리는 눈으로 청지기를 향해 모여들었다.

"네 무슨 일이냐. 어, 어르신은? 대감마님은!"

이미 오랫동안 이어진 근심으로 쇠약해질 대로 쇠약해진 유씨 부인이 청지기를 붙들며 소리쳤다. 아들들은 모두 나가 있었고 누구도 의지할 곳이 없었다. 궁주도 행방불명이고 그녀는 그저 눈앞이 깜깜했다. 그런데 남편과 함께 돌아와야 할 청지기가 이 무슨 일이란 말이냐.

"대, 대감마님께서…… 대감마님의 마지막 원이십니다. 제발

동이 트기 전에…… 피하십시오.”

겨우 붙어 있는 숨을 붙들며 청지기가 마지막 힘까지 끌어 모아 고했다.

“피하라니, 피하라니! 대감마님은 어디에 계신단 말이냐. 내 말이 들리느냐!”

“스, 습격으로 돌아가셨…… 습니다. 숨을, 거두셨습니다. 이건록……. 유…… 윤치상…….”

청지기는 결국 더 이상의 말을 잇지 못하고 숨이 끊어지고 말았다. 그의 몸이 털썩 떨어지는 순간 유씨 부인의 몸도 함께 무너졌다.

“그, 그럴 리가……. 그럴 리가. 대감…… 대감……!”

유씨 부인의 곡소리가 하늘을 울렸다. 실로 허무한 삶이 아닐 수 없었다. 그리 현명하고 기로(耆老)한 분께서 어찌 이리 잔혹하게 세상을 떴단 말인가. 어찌 이리 허망하게 죽어야 한단 말인가. 통곡하는 유씨 부인의 뒤에서 도화의 여린 몸도 함께 스르르 무너져 내렸다.

“아버…… 님…….”

곡소리도 묻히지 못하는 야윈 소리가 흘러나왔다. 가슴을 찢는 눈앞의 일들이 머릿속을 텅 비게 해 자신이 죽은 사람만 같았다.

“이건록……. 윤치상…….”

청지기가 마지막 숨을 붙들어 잡고 흘린 이름이 도화의 머릿속을 헤집으며 떠다녔다. 의미는 이미 이해가 갔는데도 하얗게 바랜 머릿속이 도통 혼란을 거둬내지 못했다.

"이, 일어나라! 모, 모두들 뭣들 하고 있는 게야! 대감마님께서 마지막 남기신 말씀이시다! 어서 짐을 싸서 여기를 벗어나지 못할까!"

정온을 잃은 유씨 부인이었다. 그러나 그녀는 재상의 아내였다. 가슴을 치며 통곡한다 한들 남편이 기꺼워할 것인가. 언제 통곡하였나 싶은 사람처럼 벌떡 일어난 그녀가 모두의 혼을 한 번에 붙잡고서 무섭게 호통 쳤다. 살아나야 했다. 남편이 마지막으로 남긴 말이었다. 무슨 일이 있어도 자식들을 지켜달라고, 고통스럽게 가는 순간까지 뜻을 전한 것이다. 억울하고 억울한 것은 당신의 한없이 깊은 충심으로 스스로 만족할 것이라 하더라도, 처자식을 두고 가야 한다는 그 걱정이 얼마나 당신의 마음을 이 생(生)에 대한 미련으로 붙들었을지.

"도화야, 일어나라. 피해야 한다. 어서!"

"아…… 버……."

솜 인형처럼 맥없이 흔들리는 도화를 유씨 부인이 강제로 일으켜 세웠다.

"심옥아! 네 어디 있니, 심옥아!"

설란은 대문을 넘어서자마자 정신없이 심옥을 불렀다. 안은 난장판이었다. 온통 짐들이 몰려나와 있고 여기저기 마치 누군가가 휘젓기라도 한 듯 어지러웠는데 이상하게도 사람은 하나도 보이지 않았다. 응당 있어야 할 노속(奴屬)들도, 오고가던 문객(門客)들도, 가족들도, 그 누구도 보이지 않았다.

“벌써…….”

그녀는 가슴이 무너져 내릴 것 같은 충격으로 심장을 움켜쥐었다. 설마 벌써 관군들이 들이닥친 것인가. 모두가 붙잡혀 간 것인가! 그래도 혹시라도 눈을 피해 숨은 사람이 없을까 싶어 망령처럼 이곳저곳을 뒤지고 다니던 설란의 앞으로 갑자기 무언가가 와락 와서 안겼다.

“마마! 마마! 이 일을 어찌하면 좋습니까요! 흐어엉, 마마아!”

너무나 다행스럽게도 심옥이 그녀에게 안겨 마치 아이처럼 울어대고 있었다. 설란은 안도감에 무너지려는 다리를 겨우 힘주어 견뎌 서서는 심옥을 일단 품 안에서 떼어냈다. 눈물로 온통 젖어버린 얼굴을 손수 닦아주며 안심시키려고 애썼다. 심장이 미친 듯 뛰고 있었다. 대체 무슨 일이 일어난 것인가.

“심옥아, 내가 보이느냐. 정신 바짝 차리고 대답해야 해. 무슨 일이 일어난 거니. 다들 어디 간 거야.”

“흐어엉, 마마께서도 갑자기 보이지 않고 이년 얼마나 죽고 싶었는지 모릅니다요. 마마께 나쁜 일이라도 생겼으면 이년도 미련 없이 죽으려고 했습니다요! 진심입니다요. 다행입니다요. 이리 살아주셔서 너무 다행입니다요!”

“심옥아, 제발 나는 이리 무사하니 말 좀 해다오. 서방님은 어디 계시니? 어머님은, 아버님께서는?”

순간 심옥의 한참 젖어 짓무른 눈에서 또다시 닭똥 같은 눈물이 차올라 뚝뚝 떨어졌다.

“대감마님께서는…… 대감마님께서는…….”

우느라 말을 잇지 못하는 심옥을 설란이 어쩔 수 없이 엄하게 꾸짖었다.

"어허, 제대로 대답하지 못할까!"

"도, 돌아가셨습니다요! 청지기 아범이 피를 철철 흘리면서 대감마님께서 돌아가셨다 고하고는 제 놈도 죽었습니다요오. 흐어엉!"

곡과 같은 울음소리를 들으며 설란의 눈이 아득하게 멀어졌다. 결국 그녀의 눈에서도 눈물이 주르르 흘러내렸다.

"사, 사실이니? 정말 아버님께서……."

"돌아가셨습니다요. 이건록인지 뭔지 하는 그 쳐죽일 놈이 대감마님을 죽였습니다요."

순간 설란의 눈이 번쩍 떠졌다. 수만의 번개가 일시에 작은 몸에 내리꽂혔다.

"무, 무어라 하였니. 이…… 건록이라 하였니?"

심옥이 가슴을 쥐어뜯으며 통곡을 했다.

"마마, 대체 그 쳐죽일 인간은 무엇입니까요. 뭔데 대감마님을 죽이고 이 댁에 이 꼴로 평지풍파를 일으키는 겁니까요, 마마."

"아아……."

설란의 몸이 그대로 무너져 내렸다. 결국 이리했단 말인가. 결국 이리 선택했단 말인가. 무엇이관데, 대의가 무엇이고 사직이 무엇이관데 사람이 사람을 죽임으로써 그 위를 차지하려 그 짙은 욕심을 부린단 말인가. 자신이 무엇이관데 그의 맹목적인 칼날은 결국 시아버님의 심장을 갈랐단 말인가!

"그대가 가진 모든 것을 빼앗으러 갑니다. 그러니 이 사내를 원망하십시오."

설란의 심장이 찢기듯 헤졌다. 그를 마음 한구석에 담았던 자신을 증오한다. 그를 끝까지 사람으로서 대했던 자신을 너무나 증오한다.

아아……. 아아……!

이대로 피를 토하고 죽어버릴 수만 있다면. 더 이상 돌아볼 것 없이 피가 모조리 말라 숨이 거두어졌으면.

"마마, 피하셔야 합니다요. 마님과 도화 아씨 모두 벌써 피하셨습니다요. 대감마님께서 돌아가시기 전에 모두 피하라 하셨습니다요. 마지막 말씀이라 하셨습니다요."

자신의 울분을 다 토해낸 심옥은 절망과 고통으로 황망하게 주저앉아 있는 설란을 일으키려고 애쓰며 외쳤다. 자신도 괴로웠지만 이분의 마음은 오죽할 것인가. 경황이 없어 자신의 애달픔만 고한 게 너무 죄스러웠다. 슬픔도, 아득함도 자신만 같겠는가.

"마마, 일어나십시오. 일어나셔야 합니다요. 마마를 모시고 가려고 이년이 기다린 것입니다요. 모두 서두르는데 이년만 남았습니다요. 지금 움직이면 따라잡을 수 있을 것입니다요. 제발, 제발 일어나세요, 마마!"

그러나 설란은 움직이지 않았다. 아니, 움직일 마음이 없었다. 이대로 죽고만 싶었다. 죽어졌으면 좋겠다. 심옥이 내지르는 소리들이 귓가에서 웅성거렸다. 그러나 도무지 그 어느 것도 선명하게 인식이 되지 않았다. 죄인이었다. 자신은 죄인이었다. 눈뜨고도 시아버님을 해하려는 이를 막지 못한 죄인이었고, 그들 역적의 소굴에 있느라 가족들을 지키지 못한 죄인이었으며, 나라를 지키지 못해 폐위될 부친의 죄를 기꺼이 함께 받아야 하는 죄인이었다. 그리고 이휴, 그를 결국 잔혹한 살인귀로 만들어버린 죄인이었다. 그를 그렇게 만든 사람은 다름 아닌 자신이었다. 그가 증오스럽지만 가엾고, 죽이고 싶을 정도로 원망스러운 만큼 한편으로 가슴이 아팠다. 애증(愛憎)이 뒤섞인 그 사람에 대한 감정, 오로지 증오와 복수심만으로 가득 차 그를 마음에서 깨끗하게 지워 버릴 수 있다면, 그러면 얼마나 마음이 편하겠는가. 다만 차마 그렇게 하지 못하는, 이 여인으로서의 마음이 가장 증오스러웠다.

"나는…… 가지 않아."

홀연히 흘러나온 설란의 말에 심옥의 눈이 휘둥그레졌다. 애가 달아서 설란을 더욱 끌어당겼다.

"왜 이러십니까요, 마마. 이러고 있으면 다 죽습니다. 다 죽습니다요, 마마!"

"너는, 어서 가거라."

"마마!"

"너라도 살아남아. 나는…… 마지막까지 여길 지켜야 해. 서방님을, 만나야 해. 내 죄를 고하고 서방님의 칼에 맞아서 죽고 싶다. 서방님을…… 만나고 싶다. 내가 망친 이 댁을, 이 댁의 어디도 그들이 감히 모욕하지 못하도록…… 내가 지켜야 해."

“도대체 왜 이러십니까요. 무슨 말씀이신지 알아들을 수가 없습니다요. 제발 정신을 차리세요, 마마. 얼른 일어나세요오!”

설란은 고개를 저었다. 완강하게 버티며 흙을 양손에 움켜쥐었다. 그러던 어느 순간 그녀가 천천히 자리에서 일어나자 심옥은 겨우 살았다는 듯 안도의 한숨을 흘렸다. 그러나 설란은 따라나서는 게 아니었다. 정온의 거처가 있는 방향으로 돌아서더니, 단정하게 옷매무새를 고치고 천천히 큰절을 올렸다. 너무나 가슴 아픈 광경에 심옥도 옆에서 목 놓아 울어버리고 말았다.

“아버님……. 아버님…….”

흘러내린 설란의 눈물이 흙바닥을 적셨다. 그녀는 큰절의 끝에 일어나질 못하고 그대로 바닥에 쓰러진 채 흐느꼈다.

“마지막까지 소신이 지켜 드리겠습니다. 허니 못난 아들놈과 부족한 소신을 믿어주소서. 마지막까지, 마마만은 지켜 드리겠나이다.”

고통 속에서 마지막까지 그 인자한 성품을 잃지 않았던 시아버님이었다. 고매하고도 고매한 분이었다. 헌데 어찌하여 반역자들은 그런 그에게 칼을 겨눌 수 있었는가. 어찌 그 사람은 시아버님을 해할 수 있었는가.

“새언…… 니, 언…….”

그때였다. 등 뒤에서 마치 모기만한 소리를 내며 다가오는 어떤 음성 때문에 설란의 고개가 돌아갔다. 생각지도 못한 얼굴에 설란의 눈이 화등잔이 되었다. 도화가 새하얗게 질려 숨을 헐떡거리며 대문을 넘어서고 있었다. 심옥의 눈도 휘둥그레지고 설란은 지체 없이 도화를 향해 달려가 야윈 몸을 안아 들었다.

"아, 아가씨. 여긴 왜 다시 오셨어요. 이곳은……."

"아이고, 그예 마님마저 사단이 나셨습니다요. 틀림없습니다요. 아니면 어째서 아씨께서 돌아오셨겠습니까요!"

심옥의 방정맞은 통곡에 설란의 심장이 미친 듯 뛰었다. 결국 그리된 것인가. 시어머니의 목숨까지 잃어버리고 말았는가.

"아가씨, 괜찮아요. 괜찮으니까 마음을 단단히 먹어요."

설란은 도화를 꼭 끌어안고 자신에게 하는 말인 양 다짐했다. 이미 그리되었다면 살아 있는 도화라도 힘을 내야 했다. 다만 너무나 약한 사람이라서 그게 너무 걱정이었다.

그래서인가, 허무함으로 빛을 잃어가던 설란의 눈동자가 다시금 천천히 선명해졌다. 그래, 어차피 길지는 않을 것이다. 빼앗길 목숨이었지만 그녀는 지금 도화만은 감싸고 싶었다. 여인으로서, 너무도 약한 여인이라는 그 이름을.

"싫어…… 혼자……. 건, 건로……."

설란의 품속에서 도화가 힘겹게 중얼거린 순간 설란의 눈동자가 흔들리며 천천히 아래로 향했다. 그것은 흐느끼느라 말이 끊어진 것과는 또 다른 느낌이었다. 마치 벙어리의 그것처럼 말하고 싶어도 하지 못하는 사람처럼, 그녀가 더듬거리고 있는 것이다.

"아, 아가씨……?"

설란은 도화의 뺨에 손을 댄 채 그녀를 바라보았다.

“아가씨, 내 얼굴이 보여요? 말할 수 있는 거죠? 그렇죠?”

“거, 건로⋯⋯. 아버⋯⋯. 헤치⋯⋯.”

도대체 알아들을 수 없는 말을, 그래도 하고 싶어하는 얼굴로, 간절하게 매달려 오며 설란에게 토해내고 있었다. 설란은 절망을 견디지 못하고 도화를 안아버리고 말았다.

“아가씨. 아가씨⋯⋯.”

“마마, 아, 아씨께서 왜 이러십니까요? 바, 반벙어리처럼 왜 이러십니까요.”

심옥도 옆에서 넋을 놓은 채 중얼거렸다. 설란도 이유를 알 리가 없었다. 집히는 바는 있었지만 차마 도화까지 이렇게 만든 그를 더 이상은 떠올리기조차 싫었다.

도화가 함께 도망치던 유씨 부인의 손을 매몰차게 놓은 건 한순간이었다. 유씨 부인이 애달프게 도화를 부르고 있었지만 그녀는 뒤도 안 돌아보고 집으로 돌아왔다. 왜 그런 건지는 그녀 자신도 알지 못했다. 단지 부친을 죽인 사람이 다름 아닌 이건록이라는 걸 들은 순간부터 일었던 참을 수 없는 증오가, 살기가 도화를 더 이상의 여린 꽃으로만 두지 않았다. 목소리를 잃어버렸다. 그저 단 한 번 부딪친 것뿐인데, 그때 이미 생겨 버린 연모의 정이 그녀의 정신을 피폐해질 대로 망쳐 놓고, 지금 이렇게 집안의 원수로서 그를 향해 분노의 불꽃을 피우고 있었다. 그를 죽이고 싶었다. 죽이기 위해선 도망가서는 안 되었다. 그런 생각에 달려오고 말았다.

“아이고오! 그놈들이 우리 아씨를 망쳐 놓고 말았구만요! 우리 아씨를 이렇게 만들고 말았구만요오!"

털썩 주저앉은 심옥이 땅을 치며 통곡했다. 설란의 뺨을 타고 회한의 눈물이 조용히 흘러내렸다.

"저년들이렷다! 뭣들 하느냐! 신속히 처리해!"

그때였다. 별안간 들려온 사내의 목소리에 설란의 고개가 들렸다. 칼을 든 날렵한 사내들이 일사불란하게 뛰어들어 와 설란을 포함한 세 사람을 눈 깜짝할 새에 에워쌌다.

"에, 에구머니!"

그 갑작스러운 행태에 심옥이 엉덩방아를 찧으며 넘어졌다. 설란은 도화를 꽉 끌어안고서 그들을 노려보았다.

"하늘이 두렵지 않으냐. 당장 칼을 버리고 돌아가지 못할까!"

"오라, 말하는 걸 들으니 네년이 폐 궁주인 모양이구나. 조용히 칼을 받아라!"

날랜 사내의 잘 벼리어진 칼이 허공을 휙 가르며 올라갈 때였다.

"으아아!"

난데없이 처절한 비명과 함께 뒤에서 날아온 무언가가 사내의 등을 가르고 이어 숨 쉴 틈도 없이 모조리 다른 사내들을 차례차례로 베어갔다. 설란의 허허로운 눈동자에 그나마 희미한 안도의 빛이 어렸다.

"서방님……."

탁이었다. 그가 와준 것이다. 그가, 살아 있었다!

설란을 찾아 헤매던 탁은 순식간에 번진 부친의 암살 소식에 눈을 부릅뜨고 집으로 돌아오는 길이었다. 그리고 찰나의 순간에 설란에게 겨누어진 검을 발견했다. 살아 있다는 것에 대한 안도감과 이어 솟구쳐 오른 증오가 그를 미친 듯 날뛰게 만들었다.

한 번 패배해서 도망친 몸이었다. 다시는 칼을 들지 않으려고도 생각했다. 그러나 결국 부친의 목숨을 앗아가고만 저들을 용서할 수 없었기에, 증오는 다시금 손에 칼을 쥐게 했다. 그리고 달려온 지금, 눈앞에서 해해지려고 하는 설란을 발견한 순간 그의 모든 감각의 끈은 끊어지고 말았다. 오로지 날뛰며, 이미 죽어버린 사내의 목을 다시 또 찌르고, 피가 튀도록 베고 또 베고 있었다. 이성의 끈을 놓쳐 버린 탁의 눈동자는 악귀의 그것이었다. 결국 설란이 벌떡 일어나 그런 탁의 등을 뒤에서 꼭 끌어안았다.

"됐어요. 그만⋯⋯. 그만 해도 되니까 이제 진정해요. 괜찮아요, 괜찮아⋯⋯."

쉬이⋯⋯. 그의 마지막까지 해져 버린 감각을 다독여 가며 설란은 탁의 마음을 안정시키려 노력했다. 그 많은 날랜 사내들을 순식간에 모두 베어버린 것이다. 모두 도윤이 고르고 골라 보낸 협객이었다. 이겸의 명대로 거병 직전에 먼저 설란을 제거하기 위해 한발 앞서 보내진 사람들이었다.

"서방님, 전 괜찮아요. 아가씨도 모두 다 괜찮으니까⋯⋯. 아버님께서 무사하라 마지막으로 부탁하셨다 하니까."

돌아선 탁의 등이 부르르 떨렸다. 천천히 숙여진 얼굴에서 눈물이 떨어졌다. 처음으로 탁의 눈물을 접한 설란은 그렇게 아플 수가 없었다. 그의 넓고 곧은 등에 천천히 이마를 기댔다.

“다행이어요. 서방님께서 아직 무사하셔서 너무 다행이어요.”

탁은 어금니를 악물었다. 눈물을 밀어 삼키고서 천천히 돌아섰다. 설란의 손을 꽉 쥐어 자신의 가슴에 끌어왔다. 심장 위치에서 꼭 누른 채 설란의 눈을 똑바로 쳐다보며 말했다.

“도화를 부탁한다.”

설란의 눈동자가 흔들렸다.

“서방님……?”

“사내로 태어나, 이 울분을 갚지 않고 이대로 개처럼 죽을 수는 없다. 오라비의, 아니, 네 지아비의 마음을 이해해다오.”

“서방님!”

“너를 지키겠노라고 맹세했다. 대의도, 충절도, 부친도 잊고서 너와 숨어서 화전을 일구면서, 장작을 패면서, 네가 좋아하는 꽃도 가꾸고, 능금도 따 먹으면서, 겨울엔 아랫목에서 밤도 구워 먹으며 그렇게 살려고 했다. 허나 나는, 그것을 머릿속에 떠올려 본 것만으로도 행복했다. 너와 함께하는 순간을 상상하는 것만으로도 충분히 즐거웠어. 그러니 나는 행복한 사내다. 다만, 아비의 원수를 갚지 않고 물러서는 불효자로는 절대 남을 수 없다.”

더 이상은 패배자가 될 수 없었다. 다시는 도망치지 않으리라.

하지만 설란은 그를 보내줄 수 없었다. 이 사람을 절대 살려줄 그가 아니었다. 무슨 일이 있더라도 이 사람만은 죽이고야 말 것이다.

“서방님, 냉정하게 생각하셔야 해요. 잊으라고는 말 못해요. 하지만 피해서, 목숨이라도 부지하면 가문을 이을 수 있어요. 이대로는 아버님의 뜻도, 모든 게 다 허무하게 사라지고 말아요. 제발 깊이 상량해 보셔요. 도저히 눈뜨고 서방님을 사지로 보낼 수 없어요. 제발……."

마음을 담아 간청했지만 설란의 애원은 이미 탁에게 통하지 않았다. 그 눈물이 더욱 그의 가슴을 후벼 파놓기에 더더욱 그는 해야 할 일이 있었다. 그녀에게 패배자로 남을 수 없었기에, 비록 그녀를 홀로 두게 하는 한이 있더라도 그는 움직여야 했다.

"살아남아라."

냉정한 탁의 말에 설란은 하염없이 눈물을 흘렸다.

"서방님……."

"무슨 일이 있어도 살아남아. 지금 피하면 도망갈 수 있어. 도화를 데리고 가다오."

설란은 더 이상 탁을 붙잡지 못한다는 걸 깨달았다. 현재 자신의 힘으로는 부친의 안위 하나 알아내지 못하듯, 거센 물결에 몸을 던지려는 그의 마음도 그녀는 결코 막을 수 없었다.

"살아만 있어. 그러면 나도 살아남을 테다. 네가 살아 있는데 내가 결코 혼자 죽을 리 없어. 살아만 있으면 반드시 찾아갈 테니, 데리러 갈 테니 반드시."

설란은 천천히 멀어지는 탁의 손을 더 잡지 못하고 하염없이 바라보고만 있었다. 탁의 입가에 평온한 미소가 돌았다. 그것은 마지막으로 설란에게 보내는 상냥한 미소였다. 마지막 순간만큼은 제발 행복한 모습을 남기고 싶어서.

그리고 곧 탁은 돌아서서 달려나갔다. 설란은 무너져 내리는 슬픔으로 그의 뒷모습을 바라보고 있었다. 어느 순간부터 그만 보면 슬픔과 불안의 향기가 맡아졌다. 그게 언제부터인지 모르겠다. 어쩌면 휴를 알게 된 순간, 그때부터였는지도 모르지. 세 사람의 운명이 이렇게 틀어진 것은, 과연 누구의 잘못이란 말인가. 시대의 희생양이 되기에 탁은 너무나 순수한 사람이었고, 휴는…… 너무도 맹목적인 사람이었다.

"마마, 이제 어쩝니까요. 서방님도 저리 떠나시고, 이제 우리는 어쩝니까요. 마음은, 쇤네만 믿으시라고 천번만번 말씀드리고 싶지만 쇤네가 마마를 어찌 지킬 수 있을까요. 쇤네는 두렵습니다요. 어쩌면 좋을까요."

심옥의 구구절절 근심을 담은 말이 설란을 스치고 지나갔다. 원통하고 원통했지만 설란은 살아남을 수밖에 없었다. 시아버님이, 남편이 살아남으라, 살아남아 달라고 그리 부탁했으므로.

"심옥아, 불을 붙일 것을 준비해라. 모조리 태워 버릴 수 있는 것으로."

"아, 아씨. 그게 무슨……."

"태워 버릴 것이야. 이 집도, 한구석에 묻어 있는 작은 것까지도 그 사람의 눈에 닿지 않게끔."

자신이 살아 있다는 걸 그가 절대 알아내지 못하도록. 더는 그 사람을 생각하지 않는다. 떠올리지도 않는다. 더더욱 슬프다 생각하는 일조차 없을 것이다. 부친을 버리고, 정온을 잊고, 탁까지도 가슴에서 끊어내 버리고서 살아남고자 한다.

설란의 젖은 눈동자에 힘이 들어가고 있었다.

심옥이 낑낑거리며 움직인 끝에 설란이 머물던 별채가 활활 타오르고 있었다. 심옥의 옷차림을 하고 있는 도화는 살아 있지 않은 사람처럼 한쪽 구석에서 넋을 놓고 앉아 있었다. 세찬 불길을 피해 설란 역시 계집종의 차림으로 도화의 팔을 끌어 어깨에 멨다.

"가자."

흐느껴 울고 있는 심옥을 재촉해 돌아섰다. 심옥은 패물을 챙긴 보퉁이를 꼭 안은 채 설란을 따라나섰다. 한 치 앞도 내다볼 수 없는 지옥 같은 앞길이 기다리고 있더라도, 설란은 걸어야 했다.

설란이 도화를 데리고 옛 집에서 멀어질 즈음, 거국적인 거병(擧兵)이 시행되었다. 홍무국이 성립된 이래 최초로 무시무한 규모로 일어선 군사들이 일제히 도성을 에워싸고 궁(宮)을 점거했다. 대비의 명을 받들어 금상이 폐위되고, 마지막까지 이겸을 적대시하던 구신들이 여기저기서 모조리 포박되었다. 하늘을 찌를 듯 창검이 웅성거리고 군사들의 함성 소리가 천지를 울렸다. 역사상 찾을 수 없는 일대 반전이었다.

찬은 수장으로서 거병에 참여하고 있었다. 혁명인지 반역인지 분간이 안 가는 그런 거대한 회오리에 몸을 첨벙 담근 그의 눈에는 어떤 흔들림도 없었다. 다만 그가 이따금씩 고개를 돌려 찾는 그림자는 휴의 것이었다. 그는 이곳으로 와야 했다.

"어서 오십시오. 이 모든 것이 형님의 것입니다. 형님의 앞에 고스란히 바쳐질 빛나는 위업입니다. 당신의 두 손으로 받으세요.

마땅히 형님의 소유인 것입니다. 그러니 서럽고 애달기만 한 연심 따위 잊어버리고, 제발 아우의 비원을 들어주세요."

그러나 찬의 간절한 바람과는 달리, 야율의 말발굽은 설란을 숨겨둔 별채를 향해 힘껏 땅을 박차고 있었다.

"지금 뭐라 했느냐."

낮게 가라앉은 목소리는 분노조차 담겨 있지 않았다. 스스로를 너무 눌러 그 어떤 감정도 묻어나오지 않는 어조였다. 그녀의 소중한 가족 하나를 죽인 몸으로도 뻔뻔하게 말을 달려 그녀에게로 돌아왔다. 처음부터 이리 운명 지어졌다면 더욱 뻔뻔해지리라 생각하며 숨도 쉬지 않고 달려온 곳이었다. 그러나 절절한 아픔을 끌어안고 도착한 그곳에는 이미 그녀의 흔적도 남아 있지 않았다. 배덕의 길을 선택하고서 단 하나 지키고자 했던 작은 꽃은 이미 그를 떠난 후였다.

"내 아우가, 이 내가 목숨 걸고 지키라 한 이를 스스로 내보내 줬다, 그리 말하였더냐."

"주, 죽을죄를 졌습니다!"

병졸들이 덜덜 떨며 일제히 이마를 바닥에 박았다. 휴의 입술 끝이 잔혹하게 말려 올라갔다.

"어디 변명을 해보아라. 변명이든 뭐든 해야 용서를 할지 벌을 내릴지 판단을 하지."

웃음기마저 담겨 있었다. 그러나 그게 어떤 상태를 의미하는지 알기 때문에 병졸들은 누구 하나 입을 열지 못했다. 휴가 천천히 검을 빼며 앞으로 걸어나갔다.

"변명 한마디 하지 못할 정도로 겁을 먹었구나. 이리 가여울 수가 있나."

"으억!"

말이 끝나는 동시에 병졸 하나가 피를 뿜으며 고꾸라졌다. 팔을 베고 지나간 검신(劍身)에도 피가 묻어 있었다. 병졸은 팔을 움켜쥐고 뒹굴면서 고통을 참았다.

"필시 찬 그놈이 칼을 앞세워 협박했을 터, 목숨이 아깝다는 걸 알았다면 끝까지 지켰어야지. 그놈의 무딘 칼끝을 피하고자 내 칼을 각오했다는 말과 무에 다를까."

광기(狂氣)가 눈빛을 번들거리게 했다. 병졸들은 차마 그 눈을 마주치지도 못하고서 두려움에 질려 사지를 떨어댔다.

"목숨을 걸고 지키라고 한 수장의 명령을 허언(虛言)쯤으로 치부하다니, 네놈들이 목숨이 아깝지 않았구나."

"사, 살려주십시오! 살려주십시오!"

"치상아."

휴가 낮게 부르자 치상이 그림자처럼 움직여 다가와 섰다.

"이놈들을 가둬라. 그리고, 따라와."

휴가 돌아서자 치상은 예를 취하며 그가 지나갈 수 있도록 피해 섰다. 주인은 늘 그렇듯 잔혹하도록 침착하다고 생각했다. 그러나 스쳐 지나가는 그의 검은 몹시도 흔들리고 있었다.

불길이 번지는 방향으로 휴는 미친 듯 말을 몰았다. 불길한 예감에 그의 표정이 더더욱 차디차게 식고 있었다. 어금니를 질끈 깨물고 허리를 낮춰 더더욱 말에 박차를 가했다.

안 됩니다. 당신만은 절대 잃을 수 없습니다.

시대의 부름에 의해 하늘을 연 것이 어떻게 죄라 할 수 있을까. 그 천명을 받들기 위해 적대 세력을 죄인으로 간주해 죽여 버린 것 또한 죄라 칭하고 싶다면 그리하라 생각했다. 다만 마지막까지 지키고 싶은 이를 이 손에서 떠나보내 놓쳐 버리는 것은 죄였다. 스스로에게 주어지는 가장 큰 죄이자 벌(罰)이었다.

찬을 향한 참을 수 없는 분노와 부친을 향한 터질 것 같은 증오. 단지 두 가지가 당장이라도 지쳐 쓰러질 것 같은 그의 몸을 일으켜 세워주고 있었다. 결국 그녀는 마지막까지 거부를 했다. 찬을 설득한 것이든, 찬이 내보내준 것이든 결국 그녀는 스스로 떠나 버린 것이다. 미련없이, 이쪽의 보호 따위 고맙지 않다고, 반갑지 않다고. 증오만이 어울리는 두 사람의 관계에 무슨 지켜주는 말이 어울리느냐며 차갑게 돌아선 것이다.

그렇다 해도 나는 당신을 지킵니다.

왜 저 불길이 이토록 섬뜩한 것일까. 타는 듯한 갈증에 심장까지 버적버적 소리를 내며 갈라졌다. 화마가 치솟는 곳은 정온의 사저 방향이었다. 가슴을 저리게 하는 고통이 지금만은 자신을 봐 주었으면 좋겠다. 그녀를 찾아, 안전하게 이 품에 끌어안을 때까지 고통 같은 건 제발 숨어 있어달라고. 그녀를 찾은 후에 그 원망을 받아가며 마음껏 고통스러워해 줄 테니 제발 지금만은 자신을 이대로 놓아두라고.

아버님, 진정 당신이십니까. 정녕 그리하셨단 말입니까.

고삐를 쥔 손아귀에 강하게 힘이 들어갔다.

살아 있어주십시오. 관휘라도 좋으니, 그 누구의 도움이라도 받아 살아남아 주십시오. 이 사내를 외면한 것 따위, 이 사내에게서 도망간 것 따위 아프지도, 괴롭지도 않다 생각하겠습니다. 어차피 그대는 나를 떠나려고 태어난 사람, 다 괜찮으니까…… 제발 살아 있어요.

"핫!"

어느새 달려와 따라붙는 치상을 인식하며 휴는 더욱더 말에 박차를 가했다. 그 어느 순간 앞만 보며 달리던 휴의 눈이 번쩍 떠지며 말의 속도를 곧장 늦추었다. 바람을 뚫으며 달리고 있던 그의 앞길을 가로막는 이가 있었다. 이쪽을 향해 질주하며 말을 달려오고 있는 이는 탁이었다.

"워!"

휴는 야율을 멈추며 천천히 원을 돌았다. 탁의 두 눈이 붉게 충혈되어 있었다.

"그녀는……."

심장을 끊어버릴 것 같은 불안으로 휴가 입을 여는 순간이었다. 증오 가득한 탁의 두 눈이 휴를 꿰뚫듯 향한다 생각한 순간 그가 멈추고 있던 말을 세차게 달려오며 그대로 검을 들어 휴를 내려쳤다.

"죽인다. 네놈을 죽이겠다!"

아슬아슬하게 탁의 검을 받아낸 휴는 나서려고 하는 치상을 날카로운 눈으로 저지시키곤 검신(劍身)을 엇갈리며 옆으로 피했다. 날카로운 쇠끼리 스치는 소리가 소름 끼치도록 높게 울렸다.

"비켜라. 네놈을 상대할 시간 따위 없다."

휴는 지금 탁의 증오를 상대하고 있을 시간이 없었다. 물론 가장 죽여야 할 사람은 탁이었는지도 모른다. 그러나 그렇기에, 또한 그를 무참하게 죽이고 싶지 않았다. 최소한의 예우로써 그를 살려주리라 생각했다. 두 번은 그녀의 소중한 사람의 피를 칼에 묻힐 수 없었다.

제아무리 살육자인 자신이라도.

"으아아아!"

그러나 탁의 분노는 그가 가늠할 수 있는 성질의 것이 아니었다.

"네놈을 죽이고 나도 죽는다! 내 시체를 밟지 않고서는 한 걸음도 지나지 못한다!"

칼은 다시 온 살심을 다해 겨눠졌고 휴는 마상에서 힘겹게 칼을 받았다. 정신이 흐트러져 있어 탁보다 훨씬 넘어서는 기량을 다 내지 못하고 있었다. 치상은 불안한 눈으로 두 사람을 지켜보고 있었지만 휴가 나서지 말라고 했기에 움직일 수도 없었다.

증오를 뭉텅이째 묻힌 탁의 검이 휴의 뺨을 스치고 지나갔다. 피가 번지며 뺨을 타고 흘러내렸다. 휴는 차가운 눈으로 탁을 응시했다. 그를 저지하지 않고는 지나갈 수 없단 말인가.

"나는 너를 죽일 수 없다. 이유가 있으니 비켜라."

차분한 목소리로 흥분해 날뛰고 있는 탁에게 일렀다. 조급한 마음이 휴에게 자꾸만 살심을 부추겨 정신이 더욱 불안정했다. 탁의 눈빛이 번들거리며 내쏘았다.

"너는 어차피 나를 죽일 수 없다."

휴의 눈빛이 일그러졌다.

"그렇게 믿고 있는 건가."

"내 아비를 죽이고, 내 가문을 멸하고, 내 아내를 죽인 네놈을, 이 정탁이 처단한다. 명부의 문을 열 테니 네놈이 빨려 들어갈지, 내가 빨려 들어갈지 지켜보는 게 좋을 것이다."

탁의 으르렁거림, 그 어느 한 부분이 휴의 신경을 끊어버렸다. 죽었다…… 고? 누가 죽었다는 건가. 들었지만 믿을 수 없는 말에, 인정하고 싶지 않은 말에 휴의 머릿속이 텅 비었다. 그 틈을 파고 든 탁의 검이 휴에게 곧장 파고들었다. 그러나 휴는 텅 빈 상태로 움직이지도 못했고, 간발의 차이로 치상이 말을 박차 탁의 검을 자신의 검으로 쳐냈다.

"장군님!"

치상이 외쳤지만 휴는 계속해서 정신을 차리지 못했다. 하얗게 질린 얼굴로 그답지 않은 허점을 완전히 드러내고 있었다. 탁도 휴가 정상적이지 않다는 걸 알아챘다. 누구인지 모르겠지만 저 사내가 쳐내는 완력은 대단한 것이었다. 그 힘에 의해 튕겨져 나갈 뻔한 검을 다시금 고쳐 쥐고서 넋이 나간 것 같은 휴를 경계하며 노려보았다. 치상의 호위 때문에 함부로 달려들지도 못하면서 말을 빙빙 돌리며 거닐고 있는데, 문득 휴의 입에서 낮은 소리가 흘러나왔다.

"죽었다고…… 했나."

그 말의 무엇이 그에게 충격을 준 것인지 이해할 수가 없었다. 네놈이 바란 것이 아니던가! 기막힘과 서러움, 억울함이 뒤섞여 탁이 목에 핏대가 섰다.

"네놈의 손으로 죽이지 않았느냐! 네놈이 파괴하지 않았어!"

부친을, 설란마저 그가 죽인 것이다. 그녀를 살리기 위해서라도 그녀는 죽은 사람이 되어야 했다. 폐 궁주라는 그녀의 신분으로 이 난세에 어떻게 살아남을 수 있겠는가. 살리기 위해 죽여야 했다. 이미 탁의 의식 안에 설란은 죽은 사람이 되어 있었다. 지켜주지 못하고서, 자신의 손으로 보냈기 때문에 더더욱.

"그녀가…… 죽었단 말이냐."

계속해서 같은 말만을 반복하는 휴를 치상은 담담한 눈으로 쳐다보았다. 아마도 별채에 빼돌려 두었던 그 여인을 말하는 것인가. 그때 고개를 돌리던 치상의 눈빛이 멈칫했다. 탁의 표정도 휴의 것과 마찬가지로 정지해 있었다.

"누구를, 묻고 있는 거냐. 네가 감히…… 누구를!"

믿을 수 없는 말이었지만 그가 지칭하는 그녀라는 단어를 탁의 상식이 도저히 받아들이지 못했다.

"그녀가 죽었느냐 물었다. 그녀가!"

휴의 눈빛에서 불꽃이 튀었다. 결국 이 마음을 폭발시켜 버리고 말았다. 아무것도 보이는 게 없었다. 심장이 이미 제 것이 아니게 되어버렸다. 그녀가 죽는다면, 살아도 산 것이 아니었다. 단지 그 것뿐이었다.

탁의 눈동자가 믿을 수 없는 경악으로 파동쳤다. 그의 말을, 그 반응을 어떻게 받아들이라는 건지 모르겠다. 그가 말하는 여인이 설란인가. 아니, 대체 무슨 이유로. 도화가 아닌 설란이었다. 누이동생의 이야기는 꺼내지도 않았고, 그가 반응하기 시작한 건 부친과 아내의 죽음을 말한 순간부터였다.

"네놈…… 도대체 뭐냐. 무슨 말을 지껄이고 있는 거야!"

"그녀는, 내 것이다."

휴의 이글이글 타오르는 눈빛이 탁을 맥을 탁 풀어버렸다.

"뭐…… 라 했느냐. 네가 지금 뭐라…….”

"설란은, 설란이라는 이름의 여인은 내가 내 목숨을 걸고 지켜야 할, 내 여인이다."

그러나 휴의 이어진 말에 탁은 결국 말할 수 없는 충격을 받고 말았다. 설란의 이름이 나온 순간 그의 심장은 이미 펑 터져 버렸다. 분노가 한곳으로 몰려들어 광기에 찬 눈으로 으르렁거렸다.

"닥쳐라. 감히 네놈이 내 아내를……. 네놈이 무슨 상관이관데 함부로 그녀의 이름을 언급하는 것이냐!"

온몸을 태워 버릴 것 같은 참담함에 숨도 쉴 수 없었다. 자존심이 상해 미칠 것 같았다. 이 사내가 감히 설란에게 욕심을 부리고 있었단 말인가. 자신도 모르는 사이에 그런 일이 어떻게 태연히 벌어질 수 있단 말인가. 그래, 욕심일 것이다. 단지 그의 짐승 같은 욕심일 뿐. 자신의 모든 것을 빼앗아가려는 이 사내의 더러운 수작일 뿐. 더럽히려고 하는 것이다. 이간하려고 하는 것이다. 마음을 흩트려 놓고 이 목을 베려고 치졸한 모계를 부리는 것이다.

그러나 이 고통의 크기만큼이나 채 누를 수 없는 걷잡을 수 없는 의심이 그의 뇌를 잠식시키고 있었다. 부릅뜬 눈으로 온몸을 폭발시킬 것 같은 울분의 비명이 내질러졌다.

"네놈이이!"

"그녀는 내 사람이다. 죽어도, 비록 죽더라도 내 사람이야. 나는 내 여인을 찾을 수밖에 없다. 네놈과는 더 말할 필요가 없어. 아버님이, 죽여 버렸다. 그녀를 죽였어. 내게서 그녀를 앗아가려는 이는 모두 적이다. 너조차, 그래, 그녀를 갖고 있는 너조차…… 나에게는 의미없다."

휴는 그대로 말을 박차 달려나갔다.

"기다려! 가지 못해! 기다리란 말이얏!"

이성을 잃은 탁이 눈을 부릅뜨고 외치며 달려나갔지만 이미 진로는 치상에 의해 차단되어 있었다.

"귀공을 살려 보낼 수 없습니다."

담담한 어조로 그가 입을 열었다. 이미 광기로 번들거리는 탁의 눈은 반쯤 미친 상태였다.

"더 미치기 전에, 그대는 죽어주어야겠소."

치상의 검이 치올라 갔다.

"으아아아아!"

괴로움을 묻힌 탁의 검이 휴를 쫓아가기 위해, 이 사내를 죽이고 그를 붙잡아 그가 함부로 내뱉은 추악한 말의 의미를 제대로 알아내기 위해 바람을 찢으며 울부짖었다.

그럴 리가 없다. 너를 믿고 있다. 너는 내 꽃이야. 다른 이도 아닌, 그 누구의 것도 아닌 나의 꽃. 소유라고 생각하진 않는다. 단지 나와 더불어 숨을 쉬면서 내가 품어주고 싶은 너무나 고운 꽃인 것이다.

헌데 어째서 그가 그런 말을 하는 것이냐. 설란아, 아니지? 아무것도 아니지? 네가 아닐 거야. 그놈이 말하는 게 절대 너일 리가 없잖느냐.

그러나 죽을힘을 다해 치상의 검을 받아내고 있는 탁의 머릿속에 떠오른 기억이 있었다. 어느 날 야율의 몸에 실려온 그녀를, 그 이후 사흘이나 앓아누웠던 그녀를 생각해 내고 말았다.

"내가…… 네게 한 번이라도 사내였던 적이 있었을까."

그때 나는 왜 그런 말을 네게 했던 것일까. 묵직한 검이 엇갈리며 몇 번이나 서로의 심장을 노리고 파고들었다. 그리고 어느 순간 끔찍한 고통과 함께 날카롭고 섬뜩한 무언가가 피부를 거침없이 베어 뚫고 들어온다는 생각이 든 순간 탁의 눈앞이 핏물인지, 눈물인지 모를 것으로 덮어지며 서서히 흐려졌다.

'설란아……. 절대…… 아닐 거야. 그렇지?'

여기저기서 치솟는 화마가 정온의 사저를 날름날름 잡아먹고 있었다. 불길을 잡는 작업이 진행 중이라 그나마 까맣게 그을린 전각이 앙상한 뼈마디로 서 있었지만, 그래도 아직 다 잡지는 못해 안은 위험했다. 어디에서 불길이 갑자기 치솟아오를지 몰랐고 어느 곳이 무너질지 모르는 상태였다.

"들어가시면 안 됩니다! 물러서십시오!"

누군가가 기겁을 하며 휴를 막았지만 휴는 들리지도 보이지도 않았다. 앞을 가리는 무언가를 거침없이 걷어차 버리고는 그대로 무너져 가는 저택 안으로 뛰어들었다. 바람처럼 달려가는 그의 주위로 불똥이 비 오듯 떨어졌다. 화재로 인한 열기도, 두려움도 잊은 듯 그의 눈은 미친 듯 별채가 있던 방향만을 찾았다. 안 된다고. 제발 살아만 달라고. 살아만 주면 더 이상은 괴롭히지 않겠다고. 갖고 싶다는 마음 따위 그대가 원하는 대로 포기하겠다고.

그대가 잃어버린 모든 것을 돌려주고, 부친을 배반하고라도 모든 무너진 것을 돌려놓고, 이미 죽여 버린 그대의 소중한 분께 사죄하는 마음으로 내 심장에 스스로 칼을 꽂겠다고.

'버리겠습니다. 그대를 연모하는 마음 따위 버리겠으니 제발……!'

찢어질 것 같은 심정으로, 미칠 것처럼 간절한 바람으로 달리는 그의 앞으로 별채가, 아니, 별채였던 건물이 드러났다. 서서히 휴의 걸음이 잦아들다가 결국 황망하게 멈추었다. 불길이 시작된 곳인 듯 그곳은 까만 뼈대조차 남기지 않고 전소되어 있었다. 그저 그런 곳이 있었다는 것만 알려주겠다는 듯, 폭삭 내려앉은 건물 터만이 처량하게 남아 아직 채 잡아먹히지 않은 나무를 태워가며 연기를 흘리고 있었다. 그녀가 드나들던 마루도, 그녀가 잠들던 침소도, 그녀가 가꾸던 꽃밭도, 어느 하나도 남은 게 없었다.

모든 것이 사라져 버린 그곳에서 그녀의 미소도, 스르르 타버려 흩날려진 재처럼 아무리 손을 뻗어도 도무지 잡을 수가 없었다.

생애 처음 여인을 만났다.

생애 처음 만난 여인을 생애 처음 연모하게 되었다.

생애 처음 만나 생애 처음 연모하게 된 여인은 단 한 번도 그에게 미소를 주지 않았다. 생각해 보니 자신에게 보내진 미소가 단 한 자락도 없었다. 그런데도 어떻게 그토록 마음이 갈 수 있었을까. 어떻게 그토록, 그녀를 보는 것 자체로도 그리 심장이 웅성거릴 수 있었을까. 단 한 번도 보지 못한 그녀의 미소이나 너무나 선명하게 가슴에 박혀 있는 걸 보니, 연모의 정이란 건 온통 환영인 듯. 그 여인을 목숨보다 소중하게 생각한 그 모든 감정도, 절절한 그리움도, 죽을 것 같던 고통도 모두가 다 환영이었던 듯.

처음부터 떠나려고 눈앞에 나타난 여인은, 마지막까지 그의 손길을 거부하고서 그 고운 뺨에 눈물만을 적신 채 완전히 돌아서고 말았다. 이 사내의 비참함 따위, 이 사내의 참담함 따위 그녀는 처음부터 돌아봐 준 적이 없으니, 이렇게 멋대로 가버려도 이 사내는 괜찮을 거라고. 오히려 이 사내 때문에 죽은 거라 각인시키며, 그녀는 이렇게 조롱하듯 쉽게 떠나 버린 것인가.

그대를 잃어도 나는 아무렇지도 않다. 그대란 사람, 늘 외면만 주었으니 죽었다고 해도 나는 차라리 웃어 보일 수 있다. 나는 절대 참담하지 않다. 비참하지 않다. 괴롭지도, 쓰리지도 않다. 그대가 곱다 생각한 일 따위 한 번도 없었다. 그대를 은애한 그런 마음 따위, 절대 가진 일이 없다.

미워한다. 오로지 절망한다. 그립지도 않다. 아프지 않다. 슬픔 따위 더더욱 있을 리가 없다.

휴의 텅 빈 시선은 타버린 별채 앞에서 움직일 줄을 몰랐다. 절망을 넘어선 허무가 그를 오히려 웃게 하고 있었다. 하하……. 하하하……. 광증에 걸린 사람처럼 그는 타 들어가는 전각 앞에서 천천히 고개를 숙였다. 눈물도 흐르지 않는 참담함에, 더 이상 쥐어뜯지도 못할 정도로 지친 피로에, 눈앞의 현실을 두고서도 차마 믿지 못하는 이 비참함에 사지가 썩어 들어가고 있었다.

오로지 지쳐 가고 있을 뿐이었다. 그대가 사라질 때 이 심장까지 함께 덜어간 겁니까. 적어도, 괴로워라도 하도록 두고 가지 그랬습니까. 이 사내는 그대를 잃은 슬픔조차도 갖지 말아야 한다는 것입니까. 그것조차 이 사내에게는 허락하고 싶지 않았습니까.

"사실입니까……."

낮은 소리가 천천히 흘러나왔다.

"내가 그리도 미워서…… 죽어가고 있을 때 웃고 계시지나 않으셨습니까. 드디어 이 사내를 벗어날 수 있다고…… 오히려 행복하셨습니까."

불을 끄기 위한 사람들의 움직임으로 어수선했지만 대 저택을 집어삼키는 화마를 진정시키기란 쉽지 않았다. 오고가는 사람들의 움직임도, 소리들도 휴에게는 어떤 것도 인식되지 않았다. 이미 형체도 남지 않을 정도로 불길이 먹어치워 버린 붉고 검은 재 덩어리가, 숯덩이가 그를 비웃듯 공격하고 있었다.

"아니요. 그대가 죽었을 리 없습니다. 그대의 모든 것을 파괴시키고, 그리도 괴롭게 한 이 잔인한 사내를 살려두고 그대가 그리 쉽게 죽겠습니까. 복수도 하지 않고서, 그대가 죽었을 리가 없지요."

허허로운 웃음소리가 나무가 탁탁 타오르는 소리에 섞여들었
다. 똑바로 눈을 들어 전소된 별채를 노려보았다.

"나는, 그대를 찾아냅니다. 뼈 한 조각이라도 찾아내 그 뼈에 다
시 칼을 꽂겠습니다. 이것이 복수입니다. 이것이 진정한 복수란
말입니다!"

참지 못한 분노가 검에 고스란히 묻어 잿더미를 관통해 날아가
정중앙에 꽂혀 진동했다.

"으아아아!"

품 안에 담겨 있던 꽃 한 송이를 잃은 것으로 하늘도, 땅도, 그
자신마저도 모두 잃어버린 사내의 참담한 비명 소리가 하늘을 울
렸다.

『작야우昨夜雨』 2권에 계속…

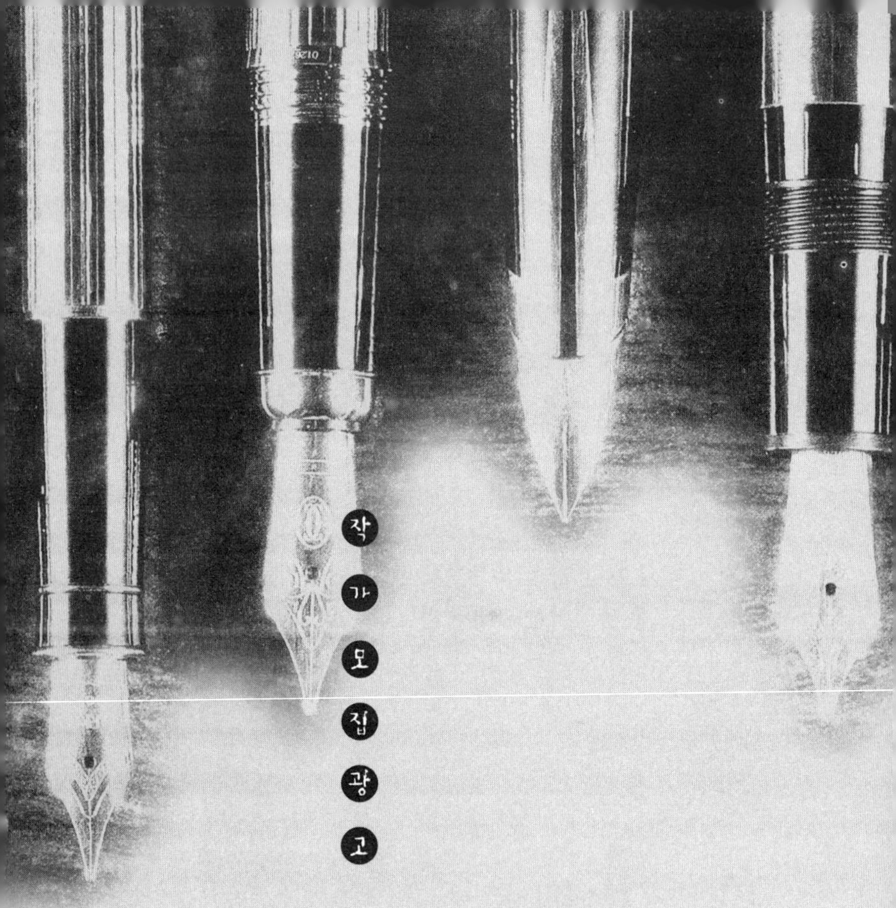

작
가
모
집
광
고